Heike Schroll

Giftweizen

alto-Verlag Berlin

Die vorliegende Kriminalerzählung ist frei erfunden.
Jede Übereinstimmung von Personen und Örtlichkeiten wäre rein zufällig.

Impressum

Schroll, Heike
»Giftweizen – Ein Altmarkkrimi«
Judith Brunners dritter Fall
Kriminalroman

1. Auflage, alto-Verlag Berlin 2013
ISBN 13: 978-3-944468-02-0
ISBN 10: 3-944468-02-3
ISBN-A: 10.978.3944468/020
http://dx.doi.org/10.978.3944468/020

www.heikeschroll.com

Umschlaggestaltung und Fotos: Bernd Schroll

ISBN 13: 978-3-944468-06-8 (epub)
ISBN 10: 3-944468-06-6 (epub)

www.alto-verlag.com
fon: +49.(0)30.202 375 56
fax: +49.(0)30.220 117 54
info@alto-verlag.com

Heike Schroll

Giftweizen – Ein Altmarkkrimi
Judith Brunners dritter Fall

Kriminalroman

Altmark, Ende April 1987

Freitag

~ 1 ~

Drei Leichen waren es diesmal.
Dagegen gab es prinzipiell nichts einzuwenden. Drei Leichen reichten auch aus. Der Auftrag erklärte sich durch die Umstände.
Und nun das!

Gestern, am späten Nachmittag, kurz nachdem Friedrich Renz seine nachgeschliffenen Instrumente endlich bei Waffen-Moritz hatte abholen können und zufrieden wieder in seinem Zuhause eingetroffen war, hatte ihn der neue Kreisarzt angerufen und um seine Hilfe gebeten. Im Gardelegener Krankenhaus waren seit ein paar Tagen die ohnehin begrenzten Kapazitäten für die Aufbewahrung von Leichnamen erschöpft und schon bei einem weiteren Todesfall hätten sie Probleme bekommen, die Körper kühl zu lagern. Der zuständige Arzt im Krankenhaus war plötzlich erkrankt, die Vertretung weilte auswärts auf Weiterbildung, und so war Dr. Renz wieder einmal gefragt worden, ob nicht er die nötigen Untersuchungen vornehmen, die Leichen freigeben und damit für eine Entspannung der Situation sorgen könnte. Natürlich hatte er sich bereit erklärt. Obwohl bereits seit einigen Jahren im Ruhestand, unterstützte der Rechtsmediziner gern und oft seine Kollegen im Krankenhaus, welches ihm dafür ein Büro und die Untersuchungsräume für seine Forschungen zur Verfügung stellte. Ganz ohne Arbeit mochte er nämlich noch

nicht leben, obwohl sich die Herausforderungen des Alterns schon ab und zu deutlich bemerkbar machten.
Wenig später hatte ihn dann der Chefarzt der Abteilung für Innere Medizin telefonisch über die drei zu erledigenden Fälle knapp ins Bild gesetzt: Ein Bauarbeiter, noch viel zu jung zum Sterben, wartete bereits seit dem Wochenbeginn. Ein schwerer Unfall mit dem Motorrad hatte ihn das Leben gekostet. Bei strömendem Regen war er auf seinem Heimweg von der Straße gerutscht und gegen einen Baum geprallt. Die Leute vom Rettungswagen konnten ihm nicht mehr helfen. Für die Verkehrspolizei war wohl alles klar, jedoch wünschten die Angehörigen aus versicherungstechnischen Gründen eine Leichenöffnung.
Die hochbetagte Frau, gestern in den frühen Morgenstunden verstorben, hatte einen Herzschrittmacher getragen, und da war eine Obduktion obligatorisch.
Der dritte Patient war ein älterer Mann, der stets sportlich und gesund gelebt hatte und dessen starkes Unwohlsein man sich nicht hatte erklären können. Noch vor Abschluss der ersten Untersuchungen war er gestern Nachmittag verstorben, nur wenige Stunden nach seiner Aufnahme. Auch in diesem Fall sollte die Obduktion Klarheit über die Todesursache bringen.
Alle drei Autopsien verhießen eigentlich nur Routine.
Sein Kollege hatte sich bei ihm für die Bereitschaft, dem Krankenhaus erneut uneigennützig zu helfen, bedankt und versprochen, alles gründlich vorbereiten zu lassen. Er sei auch im Hause, habe zwar kleinere Operationen durchzuführen, aber falls es Fragen geben würde, stünde er selbstverständlich zur Verfügung.

Ans Werk! Renz überlegte, wie er am besten vorgehen sollte. Er liebte die Herausforderung. Daher stand für ihn von Beginn an fest, sich zuerst der anspruchsvollsten Aufgabe zu widmen. Sicher half ein Blick in die Patientenakten, eine Entscheidung zu treffen. Die Unterlagen gaben nicht viel mehr her, als er gestern schon am Telefon erfahren hatte. So war nach einigen Über-

legungen klar: Unfall und Herzschrittmacher müssten warten. Dafür brauchte es auf keinen Fall einen Spezialisten mit seiner Erfahrung. Der alte Mann sollte es sein!
Renz ging zum Kühlraum und betrachtete die drei abgedeckten Körper auf den schmalen Rollliegen. Nach einem Blick auf die Rumpfkonturen wandte er sich der bauchigsten Leiche zu und fuhr sie langsam zum Untersuchungstisch. Bevor er den Leichnam mit den tausendmal geübten Handgriffen auf die Stahlplatte hinüberziehen würde, musste Renz noch das Abdecktuch entfernen. Mit einer Hand zog er den leichten Stoff schwungvoll beiseite und machte – wirklich überrascht – einen kleinen Schritt zurück.
»Was, zum Teufel, ist das denn?« Interessiert beugte er sich über den Körper. So etwas hatte er in seiner langen beruflichen Karriere noch nicht gesehen! Vor ihm lag ein Verstorbener, dessen Alter ungefähr zu seinem Auftrag passen könnte, doch mit erschreckend vielen, den gesamten Rumpf verunstaltenden Narben. Dazu bildeten die noch von Feuchtigkeit glänzenden, dunklen Haare – aufdringlich nach einem waldimitierenden Badeschaum riechend – einen extremen Kontrast. Und auf jeden Fall, das verriet ihm seine Nase weiterhin, war der Mann schon länger als ein paar Tage tot.
Kritisch blickte er sich um. In der Pathologie sah alles normal aus. Unbewusst steuerte Dr. Renz den erstbesten Sessel seiner kleinen Bürositzgruppe an, ließ sich fallen und grübelte, wie er mit diesem unerwarteten Problem umgehen sollte. Unmöglich, dass er da gestern etwas missverstanden hatte. Was für eine Erklärung ließ sich finden? Eine harmlose Verwechslung, die in einem Krankenhaus nicht völlig auszuschließen war? Ein böser Scherz missgünstiger Kollegen? Oder hatte er es gar mit einem kriminellen Delikt zu tun? Kopfschüttelnd stand er auf und griff erneut nach den drei Patientenakten. Ohne sich wieder zu setzten, verglich er die Aufzeichnungen. Dann war er sich gewiss: Diese bereits verwesende und eigenartig duftende Leiche gehörte einfach nicht hierher.

~ 2 ~

»Gib deinem Opa noch einen Kuss!«, verlangte Botho Ahlsens. »Nein? Du willst nicht? Na dann muss ich wohl ohne Abschied auf die Reise.«
Irgendetwas in der sonoren Stimme des Alten sagte dem kleinen Mädchen, dass es jetzt kurz sein amüsantes Spiel mit dem Plüschteddy unterbrechen sollte. Sie ließ sich auf den Arm nehmen und sabberte dem glücklichen Mann auf die frisch rasierte Wange.
»Bäh!« Angewidert verzog sie das Gesicht. Noch gehörte Ella zu den weiblichen Geschöpfen, die nicht mit einem teuren Aftershave zu beeindrucken waren.
»In spätestens drei Stunden bin ich wieder da! Ich spaziere heute rüber zum Ferchel und schaue, ob die Felder schon abgetrocknet sind.«
»Mach das! Mich interessiert auch, was du zu berichten hast. Pass bitte auf, dass du die Zeit nicht vergisst«, mahnte Astrid aus Erfahrung und nahm ihrem Onkel den kleinen Wonneproppen wieder aus dem Arm.

Die Sonne hatte schon mächtig Kraft und spendete mehr von ihrer ersehnten Wärme, als Botho Ahlsens voraussehen konnte. Ihm wurde zunehmend heißer auf seiner kleinen Wanderung und so zog er seine Joppe aus und trug sie lässig über die Schulter gehängt. Es lag noch ein gutes Stück des Weges vor ihm.
Der Regen des Frühlings war über Wochen, und viel ergiebiger als in den letzten Jahren, gefallen. Die Wintergerste, die im Herbst gleichmäßig und kräftig auf den Äckern stand, sollte das nasse Wetter eigentlich unbeschadet überstanden haben, denn die Felder lagen zwischen dem Weg und dem entfernten Waldrand leicht hangaufwärts, sodass selbst die stärksten Niederschläge gut ablaufen konnten. Botho Ahlsens atmete erleichtert auf, als er seine Hoffnungen bestätigt sah: Ein regelmäßiges, sattes Grün lag über der sonst braunen Erde.

Auf dem fast pfützenfreien, breiten Landwirtschaftsweg zwischen Waldau und Wiepke war er gut vorangekommen. Spontan kam ihm die Idee, auf dem Rückweg über den Stakenberg nach Waldau zu wandern. Der Aufstieg würde zwar etwas beschwerlich werden, zumindest für Leute, die wie er fast siebzig Lenze erlebt hatten, doch könnte er bei dieser Gelegenheit einen kleinen Abstecher zu den Elf Quellen machen. Dort war es um diese Zeit im Jahr besonders schön. Das lebhafte Plätschern der kleinen Rinnsale unter den flirrenden Schatten der noch nahezu blattlosen Buchen erinnerte ihn jedes Mal an seine Kindheit, als er hier mit seinem Bruder Paul die neuesten Schiffsmodelle ihrer winterlichen Bastelarbeiten auf Wassertauglichkeit getestet hatte.

Ahlsens blieb kurz stehen und genoss das Panorama. Beiläufig registrierte er, dass linker Hand am Weg einige Utensilien aufgestapelt waren, die für die Reparatur der zahlreichen Weidezäune gebraucht wurden: Drahtrollen, Erdbohrer und Pfähle. Saftige Wiesen wechselten sich links, weit hinunter bis zur parallel zu seinem Wanderweg verlaufenden Landstraße, mit kleineren Waldstücken ab. Er lauschte. Außer dem Summen einiger Insekten und dem unermüdlichen Gezwitscher eines Zilpzalps war nichts zu hören. Das frische Grün an den Büschen und Sträuchern leuchtete in vielen verschiedenen Tönen und dazu schien die Sonne vom blank geputzten Himmel. »Herrlich!«, rief Botho Ahlsens laut aus.

Schon gestern hatte sein Enkelkind die warme Frühlingssonne genießen können und auf der großen Wiese im Gutspark erneut probiert, aufrecht umherzulaufen. Die kleine Ella wurde nun bald ein Jahr alt und war genau genommen nicht seine Enkelin, doch hatte er seine Nichte Astrid nach dem Tod ihrer Eltern wie seine Tochter großgezogen, und nun lebten sie schon viele Jahre einträchtig im Waldauer Gutshaus beieinander. Im letzten Sommer hatte Astrid entbunden und seitdem war ihr kleines Töchterlein auch in Botho Ahlsens Leben zum Mittelpunkt geworden.

Von Ellas Vater indes hielt er überhaupt nichts. Womöglich war Martin Bach sogar ein ganz brauchbarer Arzt, aber er war eben auch verheiratet! Lange hatte er mit Ehefrau und Kindern im Dorf gelebt. Zum Ende des letzten Winters war er – endlich! – mit seiner Familie von Waldau nach Bismark umgezogen, hielt aber die Praxis im Dorf vorerst für einen Tag in der Woche geöffnet. Wer sollte die Arbeit sonst auch machen? So schnell war ein Nachfolger nicht zu finden. In Waldau war man sich einig, dass eine tagweise geöffnete Arztpraxis immer noch besser sei, als bei kleinen gesundheitlichen Beschwerden extra nach Gardelegen oder Klötze fahren zu müssen.
Botho Ahlsens hingegen hatte einen Arzt seit Jahrzehnten nicht aufgesucht und gedachte unter diesen Umständen schon gar nicht, daran etwas zu ändern. Pah! Wenn er dem Kindsvater zufällig im Ort begegnete, wechselten sie nicht mehr als distanziert grüßende Blicke. Wenigstens zahlte Martin Bach zuverlässig den Unterhalt für das Kind und besuchte Astrid und Ella regelmäßig. Botho Ahlsens trachtete dann allerdings stets danach, diesen Treffen auszuweichen und suchte sich zumeist eine Aufgabe außerhalb des Gutshauses, denn er konnte Astrids hoffnungsvolle Blicke nur schwer ertragen. Glaubte sie wirklich an eine Zukunft mit diesem Mann? Wieder und wieder konnte sich Ahlsens über diese für ihn schwer zu akzeptierenden Verhältnisse ereifern.

Ohne es zu bemerken, war er dem Ziel seiner Wanderung bereits nahe gekommen: Die große, alte Eiche war gut zu sehen. Nach alten Überlieferungen bildete der Baum den Mittelpunkt des sagenumwobenen Dorfes Ferchel, das schon vor über fünf Jahrhunderten aufgegeben worden war.
Man erzählte sich, dass das alte Adelsgeschlecht der Quitzows daran die Schuld trug. Die Quitzows waren zu jener Zeit mächtige und wohl auch gefürchtete Feudalherren der Mark Brandenburg und ihr Drang nach Machterweiterung führte sie bei ihren Plünderungszügen bis in die Altmark. Die Menschen hat-

ten damals unter mancher Fehde zu leiden, zumal die Quitzows nicht die einzigen rücksichtslosen und brutalen Raubritter in der Mark waren. In der Waldauer Chronik war vermerkt, dass die ganze Gegend vor ihnen zitterte und die Bauern oft beteten: *»Vor Kökeritz und Lüderitz, vor Quitzows, Itzenplitz und Krachten, soll uns der Herrgott bewachten!«*
Die Quitzows nutzten für ihre Raubzüge gern die alte Handels- und Heerstraße, die heute als Fernverkehrsstraße F 71 die Altmark durchquert. Jahrhunderte zuvor wurde sie als Nord-Süd-Verbindung von vielen Kaufleuten bevorzugt. Die Quitzows raubten Salz, das nach Norden geliefert werden sollte, oder nahmen den Händlern Stoffe und Gewürze ab, die sie dafür eingetauscht hatten. Auf dem Weg der Raubritter zurück in ihre Schlupfwinkel, von denen sich einige in den nahegelegenen Hellbergen befanden, lag das unglückliche Dorf Ferchel, das den Launen der manchmal erfolgstrunkenen oder eben enttäuschten Banditen schutzlos ausgeliefert war. Oft mussten die Bewohner froh sein, mit dem Leben davonzukommen, und ein jeder hatte wohl schon mehrfach erwogen, von hier wegzugehen.
Die Stadt Gardelegen, der als Hansestadt viel an einer regen und sicheren Handelstätigkeit lag, hatte sogar eine Reitertruppe aufgestellt, um die Kaufleute auf dem Handelsweg zu begleiten und zu schützen. Den bewaffneten Mannen gelang das recht wirkungsvoll und die Überfälle der Quitzows endeten immer öfter mit schmachvollen Niederlagen.
Einen dieser fehlgeschlagenen Raubzüge, im Jahre 1474, musste das Dorf Ferchel büßen; an ihm ließen die Raubritter ihren Frust und ihre Wut aus. Ihr Überfall wurde zum Gemetzel, als die Bauern sich wehrten: Männer wurden an der Dorfeiche aufgehängt, die Frauen geschändet und ermordet, die Häuser und Scheunen in Brand gesteckt – schließlich brannte ganz Ferchel nieder. Nur wenige konnten sich retten und in die Wälder flüchten. Die überlebenden Bewohner des Dorfes hatten allerdings keine Kraft mehr, an dieser gefährlichen Ortslage einen Neuanfang zu wagen. Ihr Dorf war vernichtet. Die Menschen kamen

bei Verwandten in Breitenfeld, Schwiesau oder Waldau unter. Lediglich die mächtige Dorfeiche überstand die Feuersbrunst und zeugt nach Jahrhunderten noch immer von Ferchel und seinem tragischen Schicksal.

Eine Zeit lang hatte eine einfache, hölzerne Bank unter dem alten Baum die vereinzelten Wanderer zum Ausruhen eingeladen und auch Botho Ahlsens hatte diesen Rastplatz ab und zu genutzt. Vor ein paar Jahren schon war die Bank in sich zusammengefallen. Im letzten Herbst dann hatten Waldarbeiter einige ungerade gewachsene, doch recht dicke Baumstämme am Wegrand liegen lassen, die nun ersatzweise eine brauchbare Sitzgelegenheit boten.
Botho Ahlsens trug in seinen geräumigen Jackentaschen eine kleine Flasche Bier und zwei Schmalzbrote mit sich und freute sich auf die stärkende Rast. Schon von Weitem sah er auf einem der angesteuerten Buchenstämme, am hinteren Ende, etwas Schwarzes liegen. Beim Näherkommen erkannte er, dass es Fingerhandschuhe aus dunklem Leder waren. Wie in einem Schaufenster lagen sie ordentlich beisammen, mit den Daumen nach außen, die Innenflächen nach oben. Sie waren sauber, bestimmt noch neu und so groß, dass sie nur einem Mann gehören konnten. Botho Ahlsens sah sich um. Niemand war zu sehen. Von fern hörte er, wie sich aus Richtung Wiepke ein Traktor näherte. Das waren bestimmt wieder die Landarbeiter aus Waldaus Nachbardorf, die den Weidezaun reparierten und weiteres Material antransportierten. Ihnen konnten diese Dinger nicht gehören, denn wie Arbeitshandschuhe sah das Paar auf keinen Fall aus. Und überhaupt, wer trug denn jetzt, Ende April, noch Wintersachen?
Von dem Rätsel angelockt, trat Botho Ahlsens ganz dicht heran und beugte sich hinunter. Dann weigerte sich sein Verstand zu glauben, was er vor sich sah: rohes Fleisch, Knochen! Das Bild formte sich nur schwer zu etwas Offensichtlichem. Selbst mit zusammengekniffenen Augen wurde es nicht besser. Er starrte

auf abgetrennte Hände!

~ 3 ~

»Walter, du bringst mich ja um! Ich bekomme keine Luft mehr!« Laura Perch protestierte nicht ernsthaft gegen die herzliche Umarmung.

»So blass hast du schon vorher ausgesehen. Daran habe ich keinen Anteil.« Walter Dreyer ließ sie sacht los. Er war froh, dass der erste Vormittagszug in Gardelegen halbwegs pünktlich eingetroffen war, denn auf dem Bahnhof wollte er nicht länger als unbedingt nötig verweilen. Vor Wochen schon hatte sich der Waldauer Ortspolizist ein rotes Kreuzchen auf seinen Jahreskalender gemacht, um diesen für ihn wichtigen Termin nicht zu verpassen. Weitere Markierungen waren nicht hinzugekommen. In seinem Dorf führte er ein ausgeglichenes Leben. »Komm, gib mir den großen Koffer. Das Auto steht gleich da vorn.«

»Früher hast du mich zur Begrüßung hoch in die Luft gehalten und dich dann mit mir gedreht, weißt du noch?«, erinnerte Laura ihn und war bemüht, seinem forschen Schritt zu folgen.

Für seine vierundfünfzig Jahre machte Walter einen überaus dynamischen Eindruck. Nicht nur, dass er mit seinem vollen Haar, in das sich vereinzelte graue Strähnen verirrt hatten, deutlich jünger wirkte, hatten ihn der Verzicht auf Nikotin, viel Bewegung und vielleicht auch die Gene vor einigen äußeren Zeichen seines Alters bewahrt. Trotz des Gepäcks versuchte er, Laura einen Arm um die Schulter zu legen und schlug unternehmungslustig vor: »Machen wir das ruhig noch mal – aber auf deine Verantwortung und vielleicht auch ohne den riesigen Anlauf, mit dem du immer auf mich zugestürmt kamst.« Hatte er doch gerade selbst bemerkt, dass er viel zu schnell lief. Nachsichtig sah er auf ihre eleganten Sandalen mit den bleistiftdünnen, hohen Absätzen.

»Kann es sein, dass wir beide dreißig Jahre jünger waren?«, merkte Laura an. »Lassen wir es zukünftig lieber beim Drücken.« Sie versuchte, sich ihren Rucksack wieder auf die Schulter zu schieben, und kämpfte dabei mit einem voluminösen, derben Stoffbeutel, gefüllt mit Reiseverpflegung, Lektüre und einigen Flaschen Wein.
»Wie ich sehe, hast du tatsächlich drei Wochen freibekommen«, kommentierte Walter die Anzahl der Gepäckstücke, als er sie in den Kofferraum hievte.
»Ja. Warum klingst du so erstaunt?«, fragte sie und stieg ein.
Walter fuhr los und nahm das Gespräch wieder auf. Er begründete grinsend seine Skepsis: »Na, eure große Feierei in der Hauptstadt! 750 Jahre! Versteh mich nicht falsch, ich freue mich immer, wenn du hier bist. Das weißt du. Doch ich hätte gedacht, zum Berliner Stadtjubiläum sind dort sämtliche Stadtarchivare unabkömmlich.«
Laura wusste, dass er dem ganzen Brimborium nichts abgewinnen konnte und sie nur etwas aufziehen wollte. Mit gespielter Empörung antwortete sie: »Das sind sie auch, Walter. Sehr sogar. Aber nicht im Moment. Unsere Arbeit haben wir nämlich bereits erledigt! In den letzten Jahren schien es nichts Wichtigeres zu geben, als das große Fest vorzubereiten. Du würdest nicht glauben, was da alles zu tun war! Jetzt wäre es wohl etwas zu spät, um mit den Vorbereitungen anzufangen, meinst du nicht?«
»Na gut!«, räumte Walter ein. »Aber der normale Mann von der Straße, der nicht jahrelang forscht, sondern nur was über Berliner Geschichte erfahren will? Was macht der? Ich denke auch an die Zeitungsfritzen, das Fernsehen oder die vielen Touristen.«
»Oh. Darum kümmern sich andere. Da gibt es extra eingerichtete Dienststellen mit ganzen Geschwadern von in Geschichtspropaganda geschulten Leuten. Sogar unser Archiv musste zwei Mann dahin abgeben.« Dann hoffte Laura, ihn etwas aufziehen zu können: »Das wird dir gefallen: Einige Archiv-Kolleginnen machen sogar beim großen Festumzug mit, und du wirst nicht glauben, wo – auf dem Wagen von Miss Berlin!«

»Eine Archivarin ist Miss Berlin?« Das konnte sich Walter beim besten Willen nicht vorstellen.
Laura konnte sich das Lachen kaum noch verkneifen, als sie ihn anblickte. »Natürlich nicht!«
Walter machte ein ebenso abschätziges Gesicht, wie Laura es bei anderen schon öfter gesehen hatte. Auch seine Anschauung war ähnlich: »Und überhaupt – eine Miss! Das hat uns wirklich noch gefehlt! Närrisch! Aber was sagtest du, machen deine Kolleginnen auf dem Wagen?«
Laura prustete los: »Sie geben die Sittenpolizei! ... Es muss ein kurioses Bild abgeben, ich weiß. Die knapp bekleidete Miss schmust verführerisch mit einem riesigen, braunpelzigen Berliner Bären! Und zu ihren Füßen laufen einige Mädchen, wohl als Kontrast zur ihr – sittsam bis oben hin zugeknöpft, mit knielangen Röcken und unschuldig winkend – nebenher. Ein riesiger Spaß für alle!«
Walter lachte mit. »Was für ein Theater!«
»Gute Zusammenfassung!«, stimmte ihm Laura vorbehaltlos zu. »So sollte man das Ganze tatsächlich sehen. Als Theater – Brot und Spiele waren immer schon beliebt. Deswegen hatte ich auch kein schlechtes Gewissen, mich jetzt für ein paar Wochen zu verdrücken. Und wenn es dann bei den Feierlichkeiten im Sommer richtig hoch hergeht, bin ich ja wieder vor Ort.«
»Schön.« Walter nickte. »Und was hast du nun vor in deinem Urlaub?«
»Nichts.«
»Nichts? Hervorragend! Dann könnten wir beide ...«
Abrupt wurde Walter von Laura unterbrochen: »Warte! Mir fällt gerade wieder ein, Judith hatte mich gebeten, ihr bei einer Recherche behilflich zu sein. Das will ich unbedingt erledigen. Aber sonst habe ich nichts vor.«

Judith Brunner, Polizeihauptkommissarin, wohnte bereits gut ein Jahr, seit sie in Gardelegen die Leitung der Kreisdienststelle der Volkspolizei übernommen hatte, in Lauras Haus zur Miete.

Beinahe waren die Leute in Waldau ein wenig stolz, dass eine in der Region so bedeutende Person in ihrem Dörfchen wohnen wollte.
Ein halbes Jahr vor ihrem – zunächst als Zwischenlösung gedachten – Einzug hatten sich Laura Perch und Judith Brunner während einer Mordermittlung kennengelernt. Beide Frauen waren etwa im gleichen Alter, Mitte dreißig, beruflich engagiert; auch ihre private Lebenssituation sah ähnlich aus: ledig, kinderlos, Großstädter mit einem Hang zum Landleben. Durchaus zufrieden damit, war aus anfänglicher Sympathie rasch eine Freundschaft geworden.
Ohne Zögern hatte Laura Judith nach deren Versetzung den Vorschlag gemacht, dauerhaft bei ihr einzuziehen. Laura nutzte das von den Großeltern geerbte Haus ohnehin nur als Wochenend- und Urlaubsdomizil und war froh, dass es nun eine Dauerbewohnerin hatte und sie nicht mehr ständig ihre Freunde und Nachbarn bitten musste, während ihrer Abwesenheit nach dem Rechten zu sehen.
Judith Brunner hingegen schätzte neben dem ruhigen Wohnen in Waldau auch die Distanz zu ihrem Arbeitsort. Die stressfreie Autofahrt am Morgen gestattete es ihr, sich in Ruhe auf den kommenden Tag einzustellen, und zum Feierabend gelang es ihr auf der knapp halbstündigen Rückfahrt zumeist, einiges von der Last der Polizeiarbeit hinter sich zu lassen.
Die Wohngemeinschaft der beiden Frauen erwies sich einfach als ideale Lösung – und das nicht nur in einer Hinsicht! Lauras Haus war nämlich nur durch eine leer stehende Kate von Walters Anwesen getrennt. Ihr war es unter diesen Wohnverhältnissen natürlich nicht verborgen geblieben, dass zwischen Walter und Judith eine innige Zuneigung entstanden war und sie sich ineinander verliebt hatten. Laura freute sich für die beiden und stand ihnen vorbehaltlos bei. Denn sollte dieses intime Verhältnis irgendwann offenbar werden, würde der Dorftratsch bei Weitem das kleinere Problem sein – ein Liebesverhältnis zwischen einer Vorgesetzten und einem ihr unterstellten Ortspolizisten würde

in Polizeikreisen erfahrungsgemäß auf breite Ablehnung stoßen, von Judiths beruflicher Zukunft mal ganz abgesehen. Also balancierten die beiden Polizisten zwischen einem öffentlichen, rein nachbarschaftlichen Leben mit dienstlichem Hintergrund und einem heimlichen Zusammensein als Liebespaar.

Laura war entspannt; die Fahrt verlief ganz nach ihrem Geschmack. Walter fuhr extra etwas langsamer, damit sie ihr Fenster herabkurbeln und den angenehmen Fahrtwind genießen konnte. Trotzdem wollte sie kaum ein Auto überholen. Hinter Wiepke nahmen sie dann die direkte Landstraße nach Waldau.
Walter wusste natürlich von Judiths Ansinnen um Lauras Hilfe, ließ sich davon aber nicht beirren: »Wenn du damit fertig bist, könnten wir dann vielleicht zusammen meine Bibliothek aufräumen?« Walter nahm sich das jedes Mal vor, wenn er ein Buch suchte oder zurückstellte, schaffte es aus irgendwelchen Gründen, über die er nicht weiter nachdenken wollte, jedoch nie, seinen Entschluss in die Tat umzusetzen. Er hoffte, mit Lauras Unterstützung hätte sein Vorhaben bessere Erfolgsaussichten.
Laura jedoch lehnte kategorisch ab: »Auf keinen Fall! Das ist ja nun wirklich eine Winterarbeit! Das machen wir irgendwann, wenn es draußen kalt und dunkel ist. Jetzt will ich im Garten werkeln und ... Halt!!!«, schrie sie aus voller Kehle.
Es schien, als sei der riesige Traktor hinter dem Gebüsch auf der linken Straßenseite hervorgesprungen, so plötzlich schoss das gewaltige Fahrzeug mitten auf die Fahrbahn und legte sich dermaßen auf die Seite, dass es umzukippen drohte.
Nur mit viel Glück gelang es Walter Dreyer gerade noch, seinen Wagen auf dem schmalen, abschüssigen Seitenstreifen zum Stehen zu bringen und bei dem riskanten Bremsmanöver keinen Schaden zu nehmen. Verdutzt sah er durch seine Windschutzscheibe, wie ein Mann, ohne die Maschine abzustellen, aus dem Fahrerhaus des Treckers heraussprang und, die Arme schwenkend, brüllend auf ihn zustürzte: »Anhalten!!!«
Das hatte Walter längst getan; sogar den Motor hatte er dabei

abgewürgt. Als er eilends aus dem Wagen steigen wollte, stellte er fest, wie ihm der Schreck die Glieder lähmte. Er machte ein paar Schritte auf den Mann zu und erkannte Ludwig Wenzel, einen Bauern aus Wiepke.
»Was? Du?«, Wenzel starrte erst Walter und dann Walters Wagen an, als er schnaufend zum Stehen kam. Und rief mit viel zu lauter Stimme: »Was machst du denn im Graben?«
Walter war perplex: »Das fragst du mich? Warum fährst du wie ein Irrer mit deinem Trecker umher?«
»Ich muss zur Polizei!«, brüllte Wenzel ihn weiter an.
»Ludwig, ich bin die Polizei, auch wenn ich nicht immer in Uniform herumlaufe«, erinnerte ihn Walter Dreyer sachlich und hoffte, dass der Treckerfahrer sich etwas beruhigte.
Es klappte. Der Mann holte tief Luft, um dann bedeutungsvoll zu sagen: »Hinten, an der Fercheler Eiche, da liegen Handschuhe.«
Laura hatte sich ebenfalls von ihrem Schreck erholt. Neugierig geworden, gelang es ihr, trotz der Schräglage des Autos auszusteigen. Auch sie vernahm diesen Satz. Doch ihr erging es wie Walter, dem sich der Sinn dieser banalen Mitteilung absolut nicht erschloss, schon gar nicht im Zusammenhang mit der Hysterie des Mannes. Handschuhe? Was für Handschuhe?
»Nun reiß dich mal zusammen! Was ist los, Ludwig?«, beharrte der Waldauer Ortspolizist und sah Wenzel auffordernd an. War der Mann krank? Nach Alkohol roch er jedenfalls nicht. »Na?«
»Du musst mitkommen, Walter! In den Dingern stecken noch die Hände.«
»Wie bitte? Stell doch mal den Trecker ab!« Dreyer war sich wirklich nicht sicher, ob er eben richtig gehört hatte. »Was hast du gesagt?«
Wenzel bekräftigte die Worte, als hätte er die Absurdität seiner Mitteilung nicht selbst erkennen können: »Ja! Hände! Der alte Ahlsens hat sie gefunden. Er wartet dort und ich soll die Polizei holen.«
»Das hat er zu dir gesagt?«, vergewisserte sich Dreyer.

Wenzel nickte bekräftigend.
Botho Ahlsens würde das nicht veranlassen, wenn es nicht nötig wäre, davon war Walter Dreyer überzeugt. Er kannte den Mann seit Jahrzehnten als besonnenen und integren Menschen. An Wenzels seltsamem Bericht konnte also tatsächlich etwas dran sein! Er blickte in Richtung Ferchel und wies den Bauern an: »Stell deinen Trecker an die Seite, wir fahren mit meinem Auto hin.«
Wenzel wusste nicht, ob der Vorschlag ernst gemeint war. Zweifelnd blickte er auf das nicht gerade geländetaugliche Fahrzeug des Polizisten. Dann nickte er wider besseren Wissens und bemerkte: »Nur zu, es sind ja deine Achsen!«

~ 4 ~

Judith Brunner betrat ihr frisch renoviertes Büro. Schnell öffnete sie alle Fenster, um statt des Farbgeruchs die wohltuende Frühlingsluft hereinzulassen.
Es hatte mehrere Monate gedauert, bis sich der zuständige Mitarbeiter bei der Gebäudeverwaltung davon überzeugen ließ, dass die Räume der Kreisdienststelle der Polizei nicht in dem beklagenswerten Zustand bleiben konnten, in dem Judith sie seinerzeit vorgefunden hatte. Erst, als sie sich keinen anderen Rat mehr wusste und zu den abgenutzten Formeln von besseren Arbeits- und Lebensbedingungen, von anstehenden Volkswahlen und Bürgernähe gegriffen hatte, war etwas passiert. Und nun waren immerhin der Empfangs- und Eingangsbereich, der Warteraum und die erste Etage, in der sich auch ihr Büro befand, hergerichtet und teilweise neu möbliert worden. Für das kommende Jahr waren ihr sogar für weitere Räume entsprechende Gelder in Aussicht gestellt worden. Ihrer Hartnäckigkeit in dieser Frage wusste man in der Verwaltung nichts mehr entgegenzusetzen.

Wahrscheinlich würde Judith sich an den bloßen, nun weißen Wänden und den vorhanglosen Fenstern erst einmal einige Wochen erfreuen, bevor sie über eine Raumgestaltung nachzudenken bereit war, denn nach den abscheulichen Tapeten und Gardinenschals, die bis vor einigen Tagen den ziemlich großen Raum verunzierten, war der neue Anblick eine Wohltat für Augen und Seele.
Den Schreibtisch ihres Vorgängers hätte sie notfalls auch weiter benutzt, doch als er gegen ein neueres Modell ausgetauscht wurde, protestierte sie nicht allzu laut. Einzig der größere Besprechungstisch aus altem Holz war vom ursprünglichen Mobiliar noch geblieben. Die angeschafften Stühle genügten praktischen Anforderungen und insgesamt gefiel Judith diese eher spartanische Ausstattung ihres Büros recht gut.
Als das Telefon klingelte, hallte es sogar ein wenig.
»Hauptkommissarin Brunner«, meldete sie sich.
»Guten Morgen. Hier ist Renz.«
Judith Brunner würde diese Stimme auch ohne Vorstellung erkennen. Sie war ihr seit Jahren vertraut, denn sie hatte mit dem Rechtsmediziner schon in der Magdeburger Polizeibehörde bei vielen Fällen zusammengearbeitet. In Gardelegen waren sie sich dann wieder begegnet, und Judith Brunner hatte bei ihren Ermittlungen in der Altmark erneut von Dr. Renz' Hilfsbereitschaft und Gründlichkeit profitieren können.
»Hallo. Es ist wirklich ein schöner Morgen.« Und da Dr. Renz nicht zu den Leuten gehörte, die für einen belanglosen Schwatz anriefen, fragte sie sofort: »Was kann ich für Sie tun?«
»Ich fürchte, ich benötige Ihre Hilfe.«
Judith Brunner horchte sofort auf, denn es konnte sich bei einem Anliegen von Dr. Friedrich Renz weder um eine Bagatelle noch um eine eitle Wichtigtuerei handeln. »Oh. Ich hoffe, es ist Ihnen nichts geschehen?«
»Danke, nein. Mir geht es gut. Bitte entschuldigen Sie, ich wollte Sie nicht in Aufregung versetzen. Es geht um ein Problem hier im Krankenhaus. Ich habe es eben erst festgestellt. Leider ist es

mir allein nicht gelungen, eine plausible Erklärung zu finden.« Nach einer kurzen Pause ergänzte er: »Nun hoffe ich, Sie können mir helfen.«
Es war ganz sicher keine medizinische Angelegenheit, die ihn so beschäftigte. Judith Brunner beeilte sich zu versichern: »Gern. Was ist denn passiert?«
Ohne Zögern sagte Dr. Renz: »Nun – ich habe hier eine falsche Leiche gefunden.«
»Pardon?« Gehört hatte Judith schon, was Dr. Renz da sagte, der Satz verlangte aber nach einigen erklärenden Worten. »Eine falsche Leiche?«, echote sie.
»Schon die ganze Woche über fehlen in der Pathologie die Leute und ich helfe ein wenig aus. Vor mir liegt nun jemand auf dem Tisch, der eindeutig nicht zu der mir beschriebenen Person passt und auch nicht zu der Akte, die die Krankenhausverwaltung zu dem verstorbenen Patienten hergeschickt hat. Und bevor Sie fragen: Die anderen Toten, die sich hier befinden, passen zu ihren Akten. Das habe ich schon überprüft.«
»Die anderen Toten? Wie viele haben Sie denn?« Judith Brunner verdrängte das Bild von einem Keller voller Leichen.
»Insgesamt drei. Das ist nicht ungewöhnlich für ein Kreiskrankenhaus«, beeilte sich Dr. Renz zu versichern. Dann fuhr er fort: »Eine Verwechslung in der Pathologie ist auszuschließen. Und die Schwester in der Patientenregistratur teilte mir auch sehr bestimmt mit, sie hätte keinen Fehler gemacht; ich hätte genau die Patientenakte bekommen, die von der Inneren Medizin zu dem Mann geführt worden war.«
Judith Brunner dachte einen Moment über das Gesagte nach und schwieg.
Noch ehe sie eine weitere Frage formulieren konnte, fuhr Dr. Renz fort: »Was mich beunruhigt, ist natürlich nicht, dass eine Leiche verwechselt wurde. Dazu praktiziere ich schon zu lange und kann mit einigen fast filmreifen Anekdoten aufwarten.«
Bei Judith wuchs die Spannung. »Sondern?«
»Was mich in Unruhe versetzt, sind bestimmte Merkmale an der

Leiche, die auf ein Schicksal hindeuten, welches Grund genug für einen absichtlichen Identitätswechsel sein könnte, und natürlich die Art und Weise, wie ich die Leiche fand.«

»Und hier kommt die Polizei ins Spiel?«, vermutete Judith.

»Richtig, Frau Hauptkommissarin. Ich bin erfreut, dass Sie sich so hervorragend mit den Vorschriften zur Leichenschau auskennen. Der Tote hat viele Narben, zwar älteren Datums, trotzdem tippe ich auf Schussverletzungen. Diesem Mann ist zu Lebzeiten etwas Schreckliches widerfahren.«

»Das klingt in der Tat beunruhigend. Und die Patientenakte hätte das dokumentieren müssen?«, fragte sie.

»Das auch. Sicher. Aber die Akten sind nicht immer so vollständig, wie das wünschenswert wäre.«

»Ach ja?«, meinte Judith Brunner ironisch, denn diesen Makel kennzeichneten auch polizeiliche Ermittlungsakten, wie sie in einigen Fällen hatte erfahren müssen.

»Mein Anruf hat noch andere Gründe, doch ehe ich am Telefon weiter ins Detail gehe, wollte ich Sie eigentlich bitten, bei mir vorbeizukommen, um Ihnen die ganze Situation vor Ort zeigen zu können. Ich möchte nichts übersehen, aber auch kein grundloses Aufsehen erregen. Ihr professioneller Rat würde mir schon helfen, die Angelegenheit hinsichtlich ihrer Konsequenzen besser einordnen zu können. Rein verfahrenstechnisch, meine ich.«

Judith Brunner versprach, sich sofort auf den Weg ins Krankenhaus zu machen. Noch konnte sie nicht ahnen, dass sie es bald mit einem ihrer verwirrendsten Fälle zu tun bekommen würde.

~ 5 ~

Walter Dreyers neuer Passagier hatte auf dem Beifahrersitz Platz genommen, als bedürfe es tatsächlich seiner wegweisenden Hilfe; dabei gab es nur diesen Sandweg, um die Stelle am Ferchel

zu erreichen, zu der sie nun im Schritttempo unterwegs waren. Laura hatte widerspruchslos die Rückbank besetzt. Sie war gespannt, was sie wohl zu sehen bekommen würden. Handschuhe? Hände? Den Treckerfahrer aus Wiepke kannte sie nicht, dazu war sie dort viel zu selten unterwegs. Ein wenig sonderlich kam er ihr schon vor.
Ludwig Wenzel hatte sich mittlerweile wieder gefasst und wurde in Gesellschaft sogar recht munter. »Das sieht vielleicht eklig aus!«, kündigte er an, nun heftig mit der Sensation, die er zu bieten hatte, prahlend, und blickte interessiert zu Laura auf den Rücksitz. Ob diese nett anzusehende Person, auf jeden Fall aus der Stadt, wie er sofort mutmaßte, den Anblick aushalten würde? Eigentlich hatte er selber ja auch noch nichts Genaues gesehen, trotzdem gelang es ihm, seinen Bericht fantasievoll auszuschmücken.
Walter Dreyer sah auf dem geraden Weg schon von Weitem eine hoch aufragende Gestalt stehen.
Botho Ahlsens wartete geduldig, kam ihnen dann aber doch, als er das Auto erkannte, ein paar Schritte entgegen.
Nach langen Minuten holperiger Fahrt hatten sie ihn erreicht. Walter Dreyer stieg aus und gab ihm die Hand. »Guten Tag.«
»Das ging aber rasch«, staunte Ahlsens, »so schnell hatte ich gar nicht mit Ihnen gerechnet.«
»Ein Glücksfall«, erklärte Dreyer, »wir sind« – er überlegte nach einem passenden Begriff für Wenzels Treckeranschlag – »auf der Straße zufällig aufeinandergestoßen. Ich habe Laura vom Zug abgeholt.«
»Astrid hat erwähnt, dass sie heute kommt«, sagte Botho Ahlsens und rief winkend zum Wagen: »Herzlich willkommen!« Er kannte Laura schon, seit sie gemeinsam mit seiner Nichte im Kindergarten gespielt hatte, und über all die Jahre fühlte er eine warmherzige Zuneigung für die junge Frau.
Laura stieg aus und umarmte ihn.
Nach dieser unbeschwerten Begrüßungszeremonie forderte Walter Dreyer Ahlsens mit berechtigter Ungeduld auf: »Zeigen

Sie doch mal, was Sie gefunden haben.«
»Das wird Ihnen nicht gefallen, fürchte ich«, schickte Ahlsens voraus, als er in Richtung der Buchenstämme wies.
Dreyer ließ sein Auto samt Mitfahrern stehen, und schweigend gingen die beiden Männer den kurzen Weg, bis sie an den hinteren Baumstämmen ankamen. Das Schwirren der Insekten war schon zu hören, noch ehe Walter Details erkennen konnte. Als er dann direkt davor stand, konnte er es immer noch nicht recht glauben, so irreal war der Anblick: In den schwarzen Lederhandschuhen waren tatsächlich die Schnittflächen von Handgelenken zu sehen. Zumindest nahm Walter Dreyer das an, denn seine anatomischen Kenntnisse waren nicht sonderlich ausgeprägt. Instinktiv verscheuchte er die Fliegen, die in der Wärme des prallen Sonnenlichts den Verlockungen der Verwesung nicht widerstehen konnten. Dann wandte er sich nachdenklich ab und sah sich lange aufmerksam um.
»Hier ist niemand«, teilte Ahlsens mit. »Ich hab die Gegend genauestens im Auge behalten und die ganze Zeit niemanden gesehen oder gehört, obwohl ich anfangs schon dachte, da beobachtet mich einer.«
»Zwei Hände«, überlegte Dreyer laut, »wo ist der Rest?«
»Gute Frage«, stimmte ihm Ahlsens zu, »das habe ich mich auch schon gefragt, während ich hier wartete. Ein unangenehmer Gedanke übrigens, wenn man hier so allein rumsitzt.«
»Und Sie hatten das Gefühl, beobachtet zu werden?« Walter sah erneut über die weiten Felder zum Waldrand hinauf.
»Na, Sie kennen das doch sicher auch. Selbst mich alten Mann erwischt es von Zeit zu Zeit, im Wald oder in der Dämmerung, und auch nur, wenn ich allein unterwegs bin ... Aber da ist sicher nichts dran, dass man Blicke spüren kann«, sprach Ahlsens sich Mut zu.
Dreyer bekannte: »Na klar kenne ich das, vermute jedoch, dass unsere Instinkte für dieses Gefühl verantwortlich sind. Also: Ich würde erst einmal davon ausgehen, dass Sie tatsächlich beobachtet wurden. Diese Handschuhe liegen hier noch nicht lange.

Es sieht alles ziemlich, ähm, frisch aus.« Er sah auf seine Uhr. Halb elf. »Vielleicht sollten gerade Sie das da finden?«
»Ich? Wieso denn?!« Ahlsens war entsetzt.
»War nur so ’ne Idee«, lenkte Dreyer rasch ein. Doch dann begründete er seine Vermutung: »Es ist doch irgendwie eigenartig, finden Sie nicht? Die Dinger sind nicht zu übersehen. Würden sie schon länger so daliegen, hätte irgendein Raubvogel oder ein anderes Tier sich wenigstens einen der Handschuhe schnappen können, hätte mal dran gezerrt oder sonst etwas verändert, doch nein, sie liegen beide exakt so positioniert, dass man nicht an ein zufällig vergessenes Paar glauben kann und einfach an ihnen vorbei geht. Dieses schauerliche Arrangement wäre nach kurzer Zeit zerstört gewesen, glauben Sie mir.«
Ahlsens dachte nach. »Ich bin von Waldau gekommen. Da kann man diese Stelle schon von da hinten sehen«, wies er auf den von ihm zurückgelegten Weg. »Da war niemand. Ich habe nur den Trecker fahren gehört.«
Walter Dreyer versuchte, sich die Situation vorzustellen. Also war der Wenzel hier in der Gegend unterwegs gewesen. Ob dem was aufgefallen war? Und mit wem hatte er heute Morgen am Zaun gearbeitet? Eine heftige Unruhe ergriff ihn. Wenn in den Handschuhen tatsächlich menschliche Körperteile stecken sollten, war keine Zeit zu verlieren. »Ich werde jetzt meine Vorgesetzte in Gardelegen anrufen«, teilte er entschlossen mit.
Dass ihn ein Telefonat auch unter diesen Umständen in Hochstimmung versetzte, ahnte niemand. Allein der Gedanke, gleich mit Judith zu sprechen und ihre Stimme zu hören, ließ sein Herz schneller schlagen.
Walter Dreyer sah Botho Ahlsens direkt an. »Ich muss Sie bitten, noch ein wenig hier zu bleiben. Ich lasse Ihnen den Wenzel zur Gesellschaft da. Nach Wiepke geht’s am schnellsten und ich erledige dort rasch den Anruf. Laura nehm ich lieber mit, aber wir kommen sofort wieder her, versprochen!«
Dreyer blickte nochmals auf den sonderbaren Fund. Wofür mochte diese makabre Inszenierung der Auftakt sein?

~ 6 ~

Judith Brunner hatte sich am Krankenhauseingang ausgewiesen und war dann von einer molligen Schwester in den Keller mitgenommen worden, die ohnehin dort einige Gewebeproben zur Untersuchung abgeben wollte. Im Gehen unterhielten sich die Frauen über das warme Wetter, ein Thema, das in diesen Tagen alle Menschen für sich einnahm. Judith Brunner war der Weg zur Pathologie nur zu gut bekannt, dennoch freute sie sich über die nette Begleitung.

Dr. Friedrich Renz erwartete sie schon hinter der großen Glastür, die zu den diversen Untersuchungsräumen und Laboren führte, und geleitete Judith Brunner zu seinem Büro. Er rückte ihr einen Sessel zurecht und bat sie, Platz zu nehmen. Es duftete nach frisch gebrühtem Kaffee und ofenfrischem Gebäck, was Judith Brunner nicht verwunderte, denn sie kannte die stilvolle Lebensart des Rechtsmediziners. Und als sie auf das kleine Tischchen sah, entdeckte sie sogar noch frische Sahne. »Ich hatte gar nicht erwartet, so verwöhnt zu werden. Dankeschön!«, lächelte sie Dr. Renz an.

»Wenn ich Sie schon mit so unerfreulichen Dingen wie falschen Leichen behellige, Frau Brunner, dann müssen Sie mir das bitte zugestehen«, gab er eloquent zurück. Renz schenkte ihr den Kaffee ein und sie bediente sich an den verführerisch duftenden Plätzchen.

Judith Brunner schätzte den Kavalier der alten Schule, mehr noch, sie mochte diesen Mann, der schon in seiner aktiven Zeit in Magdeburg über das Maß hinaus, das seinesgleichen zugestanden wurde, als exzentrisch galt. Das bezog sich im Übrigen nicht auf den zynischen oder gedankenlosen Umgang mit den anvertrauten Leichen, wie das oft in Fernsehfilmen oder Büchern kolportiert wurde. Nein, sein Ruf resultierte aus dem Anspruch, jenseits allen Zeitgeistes anderen gegenüber überaus höflich und aufmerksam zu sein, Frauen die Tür aufzuhalten, ihnen in den Mantel zu helfen, oder ihnen – wie eben ihr – eine

Sitzgelegenheit anzubieten. Sie kannte ausreichend Kollegen, die ohne diese zivilisierten Gesten auskamen und meinten, sich so emanzipieren zu müssen. Außerdem bemerkte Judith heute wieder einmal, wie es Dr. Renz durch seine verinnerlichten Manieren gelang, jegliche Aufregung oder Anspannung zu kaschieren.

Die Kaffeetasse in der Hand, deutete Dr. Renz mit einem Blick dezent auf drei Akten, die auf seinem Schreibtisch lagen. »Die Unterlagen selbst sind, soweit ich das bei meiner ersten Durchsicht erkennen konnte, ordentlich geführt. Und bei zweien gibt es auch keine Bedenken – die gehören zu den Leuten, die ich nach einer eingehenden Musterung einstweilen wieder in den Kühlraum gebracht habe. Den falschen Mann, wenn ich das so sagen darf, habe ich mir bisher nur äußerlich gründlich angesehen. Ich vermute aber schon jetzt, ich sollte hier keine der üblichen Krankenhausobduktionen durchführen. Wahrscheinlich haben wir es mit einem unbekannten Toten zu tun« – dabei sah er die Hauptkommissarin demonstrativ an – »und auf jeden Fall, denke ich, sind die Umstände seltsam genug, dass die Polizei hier entscheiden sollte.« An dieser Stelle machte Dr. Renz eine kleine Pause. »Denn bevor ich mit meiner Arbeit anfange, brauche ich Gewissheit, ob hier eine Autopsie am Opfer eines Verbrechens vorzunehmen ist, denn da gelten ja andere Regeln, wie Sie wissen.«

Ohne Regung hatte Judith während dieser Bemerkungen mit Genuss ein mit Zitronencreme gefülltes Blätterteigröllchen verputzt. Aufmerksam sah sie nun den Rechtsmediziner an: »Gut. Ich habe Ihr Problem verstanden. Dann zeigen Sie mir am besten erst einmal die Leiche.«

Beide gingen durch die breite Tür einer Glaswand zu dem Stahltisch, der am hinteren Ende des Obduktionsraumes, und damit am weitesten von der gemütlichen Sitzgruppe entfernt, stand.

Dr. Renz begann: »Ich schätze diesen Mann auf Mitte sechzig, Anfang siebzig; sein Zahnstatus entspräche diesem Alter und die anderen äußeren Merkmale auch.«

Dieser Einschätzung konnte sich Judith Brunner nach kurzer Betrachtung der Leiche durchaus anschließen. Und eingedenk der vielen Narben auf Brust und Bauch des Toten wurde ihr klar, dass er sie hatte dazubitten müssen. Das waren keine Alltags- oder Sportverletzungen, auch keine Operationsnarben. »Wie kann so etwas passieren?«
»Das Streumuster ist typisch«, meinte Dr. Renz, »diese Narben können eigentlich nur von Schüssen aus einer Schrotflinte stammen. Der Zahl der dabei entstandenen Wunden nach wurde er von wenigstens zwei Ladungen getroffen. Zumindest ist das meine erste Vermutung. Aber das lässt sich noch genauer feststellen. Er muss damals Hilfe bekommen haben, sonst hätte er das nicht überlebt.«
»Damals? Wann könnte das denn passiert sein?«, wollte Judith Brunner wissen.
Dr. Renz wiegte den Kopf: »Das ist lange, lange her. Das Narbengewebe ist alt. Und so laienhaft, wie das behandelt wurde ... Die Schnitte und Nahtstellen waren an manchen Stellen wohl schlimmer als die eigentlichen Wunden der Schussverletzung. Ich denke, er wurde bereits mit dreißig oder vierzig angeschossen.«
»Und, was schätzen Sie, wie lange ist der Mann schon tot?« Zwangsläufig hatte Judith Brunner schon genügend Leichen gesehen, um zu erkennen, dass diese hier älter als die üblicherweise in Krankenhäusern liegenden Toten war.
»Mindestens sechs, sieben Tage. Kommt darauf an, wo er sich in dieser Zeit befand. Ende letzter Woche war es noch recht kühl. Wer weiß? Im Freien kann er unmöglich gelegen haben, es gibt keinerlei Spuren von Insektenbefall oder Tierfraß. Sauber ist er auch.« Hier unterbrach er abrupt und teilte Judith Brunner dann leicht verunsichert mit: »Sein Haar war noch feucht, als ich ihn entdeckte. Offenbar wurde er erst kurz zuvor gewaschen.«
Jetzt fiel Judith Brunner auch der Duft des Bademittels auf, den sie bisher neben dem Verwesungsgeruch nicht wahrgenommen hatte. »Oh, das ist aber wirklich eigenartig, nicht wahr?«

Das Telefon klingelte.
Dr. Renz ging in sein Büro zum Schreibtisch. Er hörte im Prinzip nur zu. Außer einem »Aha« und einem »Das hatte ich befürchtet« war nichts zu vernehmen. Mit einem »Vielen Dank!« legte er auf und teilte Judith Brunner mit: »Hier im Krankenhaus fehlt kein Patient. Dieser Mann wurde demnach von außerhalb hierher gebracht.«
Judith Brunner zog die ersten Schlüsse: »Irgendjemand hat unseren Toten mehrere Tage lang – wahrscheinlich geschützt – aufbewahrt, dann vor Kurzem gewaschen und in die Pathologie des Krankenhauses geschafft. Er sollte also gefunden werden!«
»Da stimme ich Ihnen zu und würde sogar noch weiter gehen: Jemand war um das Wohl des toten Körpers besorgt. Ob das allerdings derjenige war, der ihn vorher aufbewahrt hat?«
»Was meinen Sie?«
»Na, es könnte jemand die Leiche gefunden haben und will nicht in die Sache verwickelt werden. Denkbar auch, der Mann lag bereits in einem Sarg oder war sogar schon beerdigt. Und jemand wollte unbedingt, dass er noch untersucht wird. Das könnte die kürzliche Waschung der schon verwesenden Leiche erklären.«
Judith Brunner gab Dr. Renz recht: »Stimmt. Alles in allem scheint mir das Ganze von einer gewissen Fürsorge zu zeugen. Das Aufbewahren. Das Waschen. Die Leiche unauffällig herzubringen, war sicher auch nicht ganz einfach.«
»Richtig. Und da haben wir das nächste Problem: Wo ist die Leiche aus dem Krankenhaus geblieben, die ich ursprünglich hätte obduzieren sollen? Der alte Mann, der sich – laut Akte – plötzlich unwohl fühlte. Und kurz nach seiner Einlieferung verstorben ist.«
»Womöglich wurde seine Leiche statt dieser mitgenommen.« Judith Brunner sah besorgt auf den vor ihr liegenden geschundenen Körper. »Selbstverständlich müssen wir uns dieses Mannes annehmen.«
Einen Moment schwiegen beide, dann fuhr sie fort: »Und natürlich müssen wir nach dem verschwundenen Toten suchen. Was

sagt denn seine Patientenakte über ihn? Vielleicht hilft uns das schon weiter.«
Dr. Renz bat die Kommissarin mit einer einladenden Geste wieder zum Kaffeetischchen zurück und holte die Unterlagen von seinem Schreibtisch. Er schenkte ihnen nach und las vor: »Sein Name war Eduard Singer. Laut Aufnahmeblatt ist er erst gestern Vormittag eingewiesen worden. Er ist Jahrgang 1915, mithin war er jetzt zweiundsiebzig Jahre alt. Mittelgroß, normales Gewicht, allerdings recht kräftig, hier widersprechen sich die Angaben etwas. Jemand hat vermerkt, dass der Patient Gleichgewichtsprobleme hatte. Für eine erfolgreiche Suche – oder eher eine erfolgreiche Identifizierung – entscheidend ist jedoch, dass unser verschwundener Toter ein besonderes Merkmal hatte: Ihm fehlte ein Glied sowohl am rechten Ringfinger als auch am kleinen Finger.«
»Das könnte uns helfen. Steht da auch eine Adresse?«
Dr. Renz sah nach. »Ja. Seine Frau, zumindest vermute ich das, hatte ihn in die Notaufnahme gebracht. Hella Singer. Könnte aber auch die Tochter oder Schwester sein. Die Familie wohnt in Breitenfeld. Ich schreibe Ihnen die Wohnanschrift gerne auf.« Er ging ein paar Schritte zu seinem Schreibtisch hinüber.
Während Judith wartete, dachte sie über alles nach. Zweifelsohne kam eine Menge Arbeit auf sie zu. Aber steckten hinter den Vorkommnissen auch Straftaten?
»Bitte«, Dr. Renz reichte ihr das Blatt mit den Notizen. »Ich könnte sofort mit den Untersuchungen beginnen, wenn Sie mir zustimmen, dass die Situation hier eine besondere Leichenöffnung rechtfertigt.«
Judith Brunner nickte noch zögerlich. Doch als sie in das Gesicht von Dr. Renz blickte, war sie überzeugt: »Natürlich stimme ich Ihnen zu. Ich habe Ihnen für Ihre Umsicht zu danken.«
Allerdings wussten beide, dass zuvor noch einige bürokratische Hürden zu nehmen waren. Ein Totenschein für die zusätzliche Leiche war theoretisch noch am einfachsten zu bekommen. Genügend Ärzte waren im Dienst, die eine Leichenschau vorneh-

men und das Formular ausfüllen könnten. Und mit Dr. Renz war ein geeigneter und befugter Facharzt für gerichtliche Medizin schon vor Ort.
Aber es war noch einiges mehr zu organisieren und daher fragte Judith Brunner: »Darf ich Ihr Telefon benutzen?«
Dr. Renz bot ihr seinen Schreibtischstuhl an, und da er ahnte, wen sie informieren wollte, setzte er hinzu: »Die Nummern des Kreisarztes und vom Staatsanwalt stehen hier«, wies er auf eine auf dem Schreibtisch liegende Liste mit Telefonnummern hin, »aber die haben Sie ja bestimmt auch im Kopf und die Polizei brauchen wir nun nicht mehr zu benachrichtigen.«
Sie blickte kurz lächelnd zu Dr. Renz auf und begann zu wählen. Die Dinge nahmen ihren Lauf.

Als Judith Brunner gerade das Krankenhaus verlassen wollte, wurde sie aufgehalten. Ein blasser, dünner Mann in grünem Chirurgenkittel lief ihr hinterher und rief: »Hallo, sind Sie die Frau von der Polizei?«
»Ja?«
»Ein dringender Anruf für Sie, unten bei Dr. Renz.« Als Judith Brunner ihn fragend anblickte, erklärte er: »Er telefoniert immer noch. Ich wollte gerade etwas mit ihm wegen der ...«, er schluckte und senkte endlich etwas seine Stimme, »Leichen besprechen, da klingelte sein Telefon. Er meinte nur, hoffentlich erreichen wir Sie noch und bat mich, Sie rasch aufzuhalten.«
Gespannt folgte Judith Brunner dem Arzt.
Dr. Renz winkte sie mit den Worten »Hier ist sie« an den Apparat. »Walter Dreyer. Aus Wiepke«, flüsterte er ihr zu. Dabei machte er ein Gesicht, das zwischen Betroffenheit, Anspannung und Neugier wechselte.
Judith ahnte nichts Gutes. Walter! Ein Anruf in der Pathologie! Und was machte er in Wiepke? Sie meldete sich förmlich: »Hauptkommissarin Brunner.«
»Judith, endlich. Ich brauche euch.«
Da sie sich nicht im pluralis majestatis anzureden pflegten,

nahm sie an, dass wohl die Dienststelle gemeint war. »Nun, berichten Sie bitte«, fuhr sie in offiziellem Ton weiter fort: »Was ist denn geschehen?«
»Botho Ahlsens hat zwei Hände gefunden.«
Die Nachricht klang sonderbar, fand Judith. Doch der Tag hatte mit einer falschen und mit einer verschwundenen Leiche begonnen, und nun ging er also mit zwei gefundenen Händen weiter.
»Mehr nicht? Nur die Hände?«, fragte sie sicherheitshalber nach.
»Ja, zumindest bis jetzt. Und die Umstände sind äußerst seltsam.« Walter beschrieb Judith die Situation.
Dr. Renz schien bereits zu wissen, was ihr da gerade mitgeteilt wurde, denn er hob ratlos die Schultern, als sie ihn verdutzt ansah.
»Meine Güte! So etwas habe ich ja noch nie gehört!«, musste Judith feststellen.
Dr. Renz nickte dazu. Auch ihm war das, was Walter Dreyer ihm eben geschildert hatte, noch nicht untergekommen. Der Morgen ließ an Überraschungen wirklich nichts zu wünschen übrig! Neben seinem üblichen Untersuchungskoffer holte er rasch noch eine Kühlbox herbei und bedeutete Judith Brunner, vorsichtig seine Autoschlüssel in Augenhöhe schwenkend, dass die nötige Ausrüstung komplett und er zur Abfahrt bereit war. Bis sich wegen der Obduktion des Unbekannten alle zu beteiligenden Dienststellen gemeldet hatten, würde sowieso noch einige Zeit vergehen, zumal das Wochenende anstand. Da konnte er sich inzwischen ruhig anderweitig nützlich machen. Zwei Hände! Das war eine Herausforderung nach seinem Geschmack.
»Ich sage der Spurensicherung sofort Bescheid. Dr. Renz wird mich begleiten«, hörte er die Hauptkommissarin ankündigen.

~ 7 ~

Inzwischen nahte die Mittagsstunde. Die Sonne brannte vom

wolkenlosen Himmel. Walter Dreyer hatte in Sorge um den Zustand der Leichenteile das Dreiecktuch aus dem Erste-Hilfe-Kasten seines Autos über die Handschuhe gebreitet, doch waren Schwärme von Insekten damit beschäftigt, eine Möglichkeit zu finden, sich ungeachtet dessen auf der kleinen, Fleisch bietenden Fläche niederzulassen.

Botho Ahlsens war mit seinen Fundstücken allein. Die Gesellschaft Wenzels hatte er rücksichtsvoll abgelehnt und der war erleichtert mit ins Dorf zurückgefahren. Ahlsens fühlte sich in der Nähe der Hände nicht wohl. Er versuchte sich abzulenken, indem er seinen Proviant aß. Das Bier wollte er lieber nicht trinken, denn eine Bierfahne würde auf die Leute von der Polizei sicher keinen guten Eindruck machen.

Glücklicherweise kehrten Walter Dreyer und Laura recht zügig zu ihm zurück. Sie hatten an Mineralwasser für ihn gedacht und vermeldeten, dass alle informiert seien.

Laura hatte sich weiter vorn, in der Nähe des Wegrandes, auf die Wiese gesetzt und lehnte, die Sonne genießend, an einem großen Findling.

Die Männer bevorzugten einen geschützten Platz, im Schatten der Eiche, wo die Wärme einigermaßen auszuhalten war.

Sie saßen und warteten.

Walter Dreyer behielt aufmerksam die Umgebung im Auge, in der Hoffnung, doch noch jemanden oder irgendetwas zu entdecken. Vergeblich.

Botho Ahlsens spekulierte immer noch über die Bedeutung seines Fundes. Walter Dreyer hatte möglicherweise sogar recht mit seiner Annahme, es könnte Absicht gewesen sein, dass er die Hände findet. Wer hätte das gewollt? Zunächst suchte Ahlsens nach harmlosen Erklärungen: »Und wenn bloß Spitzbeine drin stecken? Frisch beim Fleischer gekauft?«

Dreyer überlegt nur kurz: »Kaum. Bedenken Sie den Aufwand. Einen blöden Scherz hätte man auch einfacher haben können.«

Das hatte Botho Ahlsens zwar nicht hören wollen, doch musste er den Einwand akzeptieren. »Keiner wusste, dass ich hier vor-

beikomme«, versuchte er es dann weiter. »Für mich können die da«, er deutete auf das Tuch, »nicht hingelegt worden sein.«
Diesmal nickte Dreyer, ohne groß zu zögern. Vielleicht beruhigte Ahlsens dieser Gedanke. Dann kam ihm eine Idee, mit der er den alten Mann etwas von seinen Grübeleien ablenken konnte. Er zeigte in Richtung von Lauras Sitzplatz und begann: »Erinnern Sie sich? Der alte Brunnen ist doch wieder ...«
»Richtig!«, unterbrach ihn Botho Ahlsens, den Themenwechsel dankbar aufnehmend. »Das war damals, nach dem Unwetter vor ein paar Jahren!«
Zu jener Zeit hatte es in einer Sommernacht ein gewaltiges, ja fast apokalyptisches Gewitter gegeben. Es goss und goss, stundenlang Blitz und Donner. Der Strom war ausgefallen. Ein Viehstall und zwei Höfe waren abgebrannt. Sogar Menschenleben waren zu beklagen. Zwei Pkw-Insassen und ein Motorradfahrer waren auf den überspülten Straßen ums Leben gekommen.
Am nächsten Morgen war einer der Bauern aus Waldau mit dem Moped die Feldmark abgefahren, um die Unwetterschäden zu besichtigen. Und dabei hatte er den alten Fercheler Dorfbrunnen entdeckt! Durch die Wassermassen des Gewitterregens lief über den breiten Acker ein Rinnsal vom Waldrand hinab, beinahe so munter wie ein kleiner Bach. Am Feldweg angelangt, gurgelte das Wasser mit einem Strudel in die Tiefe und spülte einige Steine frei, die eindeutig zu einem Rund aufgetürmt waren. Es war unverkennbar, dass Menschenhand die Steine gesetzt hatte.
»Ich weiß noch, dass einige Leute aus Waldau die Idee hatten, den Feldweg einfach um ein paar Meter zu verlegen und den historischen Brunnen auszugraben und einzufrieden. Sie planten, hier am Ferchel mit der Eiche und dem Brunnen ein lohnendes Wanderziel, ›Die Wüstung Ferchel‹, aufzubauen. Doch leider! Keine Genehmigung vom Kreis. Diese Ignoranten!«, schimpfte Botho Ahlsens verspätet, dafür aber mit um so größerer Vehemenz.
Dreyer gab ihm recht: »Ja, das ist wirklich schade! Unsere Dorfgeschichte interessiert dort oben eben keinen.« Und außerdem

hätte so ein Kulturdenkmal ja im Unterhalt etwas Geld gekostet, das ohnehin nie ausreichend zur Verfügung stand.
Die beiden Männer wurden durch das Näherkommen einer kleinen Fahrzeugkolonne, die eine weithin sichtbare Fahne aus Staub und Dreck hinter sich herzog, aus ihrem heimatgeschichtlichen Disput gerissen. Ahlsens erkannte das Auto der Kommissarin aus Gardelegen; da sie mittlerweile im Dorf wohnte, gehörte das Fahrzeug zum alltäglichen Anblick. Dass Judith Brunner sich persönlich um seinen Fund kümmerte, beruhigte Ahlsens und erfüllte ihn sogar mit einer gewissen Zuversicht. Das zweite Fahrzeug war ihm unbekannt. Das letzte Fahrzeug erkannte er als das der Spurensicherung. Auch dieses Auto hatte er bei den früheren Ermittlungen auf seinem Gutsgelände wahrgenommen. Mittlerweile vertraute er diesen Leuten uneingeschränkt, denn sie hatten mehrfach bewiesen, dass sie etwas von ihrer Arbeit verstanden.
All das erklärte seine erleichterte und aufrichtige Begrüßung, als er Judith Brunner die Hand schüttelte. »Ich bin wahrlich froh, dass Sie da sind.«
Walter Dreyer dankte Judith und Dr. Renz ebenfalls für das rasche Kommen. Und dann trat Thomas Ritter, Leiter der Gardelegener Spurensicherung noch zu ihnen, während sein Kollege nur von Weitem grüßte und bereits anfing, diverse Utensilien hinten aus dem Auto zu räumen.
Judith Brunner sah interessiert zu den abgedeckten Handschuhen hinüber, die nur notdürftig geschützt auf dem Buchenstamm lagen, blieb aber in der Entfernung stehen, um vielleicht vorhandene Spuren am Boden nicht zu zerstören.
Der Kriminaltechniker baute sein Stativ für die Fotos auf.
Walter Dreyer begann, die Sachlage zu schildern: »Herr Ahlsens kam von da, aus Richtung Waldau, ungefähr um zehn hier an.« Dann sah er den Mann auffordernd an, in der Hoffnung, er führe fort, und Ahlsens machte bereitwillig mit.
»Richtig. War vielleicht auch schon viertel elf. Ich hatte mir spontan vorgenommen, noch rauf zum Stakenberg zu wandern.

Doch dann fand ich das da«, wies er mit der Schulter in Richtung des äußeren Baumstammes, ohne sich umzuwenden. »Ich konnte erst gar nicht glauben, was ich da sah.«
»Sie waren allein unterwegs?«, fragte Judith Brunner.
Ahlsens nickte. »Ja. Und gesehen habe ich auch niemanden, obwohl ich ab und zu den Eindruck hatte, beobachtet zu werden.« Er deutete den Weg zum Berg hinauf, wo sich ein herrlicher, alter Wald erstreckte. »Ich hab öfter raufgeschaut, aber nichts bemerkt. Meine Augen sind eben nicht mehr die jüngsten.«
»Wir werden uns auch da mal umsehen«, warf Ritter ein.
Sein Mitarbeiter hatte inzwischen Fotos vom Fundort, dessen Umgebung und vom Weg gemacht und wollte jetzt mit den Nahaufnahmen beginnen.
Thomas Ritter hielt ihn kurz zurück. Er besah sich aufmerksam den Boden um den Sandweg herum an und markierte einige der Stellen, von denen sie später noch Gipsabdrücke nehmen würden. Direkt vor und hinter dem Baumstamm lagen diverse Borkenreste, Zweiglein und Halme, völlig getrocknet und überwiegend fein zu einem Gemisch zerbröselt. »Ich nehme an, Sie haben hier gestanden?«, fragte er Botho Ahlsens nüchtern und deutete auf eine Stelle in unmittelbarer Nähe.
»Ja«, bestätigte Ahlsens, »ich bin aber gleich beiseite gegangen, als ich ...«
»Schon gut. Ich muss nur wissen, wer hier wo rumgelaufen ist. Walter, du hast auch hier gestanden?«
Dreyer nickte. »Sie aber nicht«, wies er auf Laura hin, die nach einem grüßenden Winken auf ihrem Sonnenplatz geblieben war.
Thomas Ritter prüfte sachgerecht die unmittelbare Nähe um das Abdecktuch, und als er nichts fand, erlaubte er Judith Brunner: »Sie dürfen dann.«
Judith ging zum Baumstamm und hockte sich ungeachtet des Fliegenschwarms nieder. Sie nahm vorsichtig das Tuch herunter und besah sich eingehend, was darunter lag.
»Ah«, meinte Dr. Renz, der neben sie getreten war, »das ist ja ein

Anblick!« Seine professionell bedingte Neugier war kaum noch zu zügeln. Er ließ sich auf die Knie nieder.
Thomas Ritter hatte es anscheinend die Sprache verschlagen. Er blickte Walter an, als könne sein langjähriger Freund ihm diese seltsame Situation, in der sie sich hier inmitten dieses unschuldigen Sonnenwetters befanden, erklären. Als Kriminaltechniker mit gehöriger Berufserfahrung hatte er natürlich schon abgetrennte Körperteile gesehen und entsprechende Unfall- oder Tatorte untersucht, aber diese Art und Weise der Platzierung war beunruhigend.
»Das ist gar nicht gut«, sprach Judith Brunner den Gedanken ihres Mitarbeiters laut aus und trat einen Schritt zurück. Was sollte das Ganze? Alles deutete auf ein Verbrechen, es sei denn ...
»Es sind tatsächlich menschliche Gliedmaßen«, zerschlug Dr. Renz mit einer sachlichen Bemerkung ihre vage Hoffnung.
Es steckten also keine Lammhaxen in den Handschuhen. Judith Brunner registrierte einen kurzen Blickwechsel zwischen Botho Ahlsens und Walter, die offensichtlich Ähnliches überlegt hatten.
»Post mortem abgetrennt, eindeutig«, teilte Dr. Renz weiter mit. Das war, wenn man unter diesen Umständen überhaupt davon sprechen konnte, eine gute Nachricht, dachte Judith Brunner.
»Die Amputation ist höchstens vor ein paar Stunden geschehen. Die Hände liegen auch noch nicht lange hier. Auf keinen Fall seit dem frühen Morgen oder gar der Nacht, sonst hätte irgendein Tier – ein Fuchs, ein Wildschwein, auch ein kräftiger Vogel käme infrage – sie längst verschleppt. Ich sehe keine Spuren von Tierfraß. Das Leder der Handschuhe ist außerdem nicht feucht.« Vorsichtig begann Dr. Renz, mit einer langen Pinzette auf den Handschuhen herumzustechen. »Weich. Das Gewebe gibt nach.« Als er auf die einzelnen Finger des rechten Handschuhs piekste, stieß er weder bei der ledernen Spitze des Ringfingers noch bei der des kleinen Fingers auf den erwarteten Widerstand. Dr. Renz kam sehr langsam wieder hoch.

Judith konnte in seinem ernsten Blick dieselbe schlimme Ahnung lesen, die auch sie ergriff.

~ 8 ~

Nach diesem ereignisreichen Vormittag trennten sich zunächst die Wege der Ermittler.
Dr. Renz war mit den sicher in seiner Kühltasche verwahrten Händen zurück nach Gardelegen gefahren und wollte schnellstmöglich mit ihrer Untersuchung beginnen. Auch die Arbeit an den drei Leichen wartete noch auf ihn.
Thomas Ritter und sein Mitarbeiter blieben am Ferchel, wo sie noch eine geraume Weile zu tun haben würden. Judith Brunner hatte außerdem Verstärkung angefordert, damit im Wald und der näheren Umgebung nach Spuren, weiteren Teilen der Leiche oder sonstigen Auffälligkeiten gesucht werden konnte. Selbst ihr Dienstfahrzeug wurde gebraucht, um die nähergelegenen Straßen und Wege schnellstmöglich zu kontrollieren. Ritter sollte die neuen Leute einweisen und koordinieren.
Walter Dreyer kutschierte seinen Wagen mit Botho Ahlsens, Judith Brunner und Laura Perch an Bord zurück nach Waldau.
Judith hatte vorgeschlagen, eine erste Erörterung der Ereignisse mit einem stärkenden Mittagessen im Gasthof »Zur Altmärkischen Schweiz« zu verbinden. Der Name des traditionsreichen Hauses wurde selbst von wohlmeinenden Durchreisenden eher dem Überschwang der örtlichen Folklore zugeschrieben, aber er hatte seine Berechtigung. War es doch seit Langem üblich, die Gegend rings um Waldau als Altmärkische Schweiz zu bezeichnen, und Walter wurde nicht müde, Judith voller Stolz und bei jeder passenden Gelegenheit von der Richtigkeit dieses hohen landschaftlichen Anspruches zu überzeugen. Diesen Umstand hatte sich seinerzeit auch der Gründer der gleichnamigen Waldauer Gastwirtschaft zunutze gemacht, obwohl es in deren

Sichtweite statt hoher Berge und imposanter Bergseen nur einen eher bescheidenen Dorfteich gab.
Botho Ahlsens schlug Judith Brunners Einladung zum Essen aus, da er dringend Ruhe brauchte. Irgendwie nahmen ihn die Erlebnisse des Vormittags mehr mit, als er sich selbst zunächst eingestehen wollte.
So saßen Judith, Laura und Walter nun zu dritt an einem der Tische unter den alten Kastanienbäumen, deren zartgrünes Blätterdach im hellen Sonnenschein eine fast unwirklich leuchtende Lichtglocke bildete.
Außer ihrem waren an diesem späten Freitagmittag nur noch zwei weitere Tische besetzt: An einem, direkt neben dem Eingang, saßen zwei Männer im Anzug, die völlig erschöpft und verschwitzt aussahen und in irgendwelchen Papieren blätterten. Walter meinte, sie als Mitarbeiter einer Straßenbauverwaltung wiederzuerkennen. Er wusste nur nicht, ob es die vom Kreis oder aus dem Bezirk waren. Es gab Gerüchte, dass Waldau eine neue Straße bekommen würde, die die alte, kurvige Wegführung um den Kirchhof herum begradigen sollte. Ob das den Aufwand tatsächlich lohnte? Trotz der Wärme hatten die Baubürokraten nicht abgelegt, bloß die Kragenknöpfe geöffnet und die Schlipse etwas gelockert. Für wen sie wohl die Form wahren wollten? Oder hatten sie ihren Termin noch vor sich? Jedenfalls begannen sie, erregt zu debattieren und auf irgendwelche Zeichnungen zu deuten.
Walter blickte sich weiter um. Den anderen Tisch, hinten zum Hof hin, nutzte eine Familie mit zwei noch recht kleinen Kindern. Die jungen Eltern trugen legere Kleidung und saßen entspannt bei Cola und Bier. Auf und um den Tisch herum war zahlreiches, buntes Spielzeug verteilt und der gelassene, freundliche Umgang miteinander deutete darauf hin, dass die vier hier Urlaub machten.
Damit sie ungestört reden konnten, hatte Judith einen Tisch an der äußersten Ecke des Kastaniengartens ausgesucht und alle drei wandten sich zunächst dem naheliegendsten Problem zu:

Was wollten sie essen? Die Speisekarte mit traditioneller altmärkischer Küche war ihnen hinlänglich bekannt und musste deswegen nicht studiert werden. Wolfgang Merker, der Wirt, legte keinen Wert auf große Veränderungen seines Angebots – und seine Kundschaft offenbar auch nicht. Die Gäste waren stets satt und zufrieden von dannen gezogen. Heute entschieden sie sich kurz entschlossen für das Tagesangebot: paniertes Schweinekotelett, Salzkartoffeln und Blumenkohl mit brauner Butter. Ohne Zweifel würde es lecker schmecken!
Walter Dreyer gehörte natürlich seit Jahren zu den Stammkunden in der »Altmärkischen Schweiz« und inzwischen hatten sich alle im Dorf daran gewöhnt, dass er mit seinen Nachbarinnen auf ein Bier oder zum Essen vorbeikam.
Laura Perch kannten viele Waldauer noch aus der Zeit, als sie als Kind häufig bei ihren Großeltern weilte.
Und auch die Hauptkommissarin gehörte mittlerweile zu den gern und oft gesehenen Gästen. Dorfbewohner, die sich von ihrem Zuzug einen Informationsvorsprung am Stammtisch oder beim Friseur erhofft hatten, waren allerdings enttäuscht worden, da weder die Neue noch der alteingesessene Dorfpolizist dazu neigten, breit und öffentlich über die Polizeiarbeit zu reden. Aber Judith Brunner hatte es mit gleichbleibender Freundlichkeit – und auch mit den ab und zu in der Presse veröffentlichten Ermittlungserfolgen – geschafft, viele der Skeptiker im Dorf verstummen zu lassen. Ihr städtischer Chic und ihre aparte Erscheinung hatten anfangs viele Bedenkenträger auf den Plan gerufen, die nicht müde wurden, ihrem Aufenthalt in der Altmark keine große Zukunft zu prophezeien. Doch mittlerweile wurde nur noch selten und meistens hinter vorgehaltener Hand gelästert. Damit konnte Judith gut leben. Diese Ressentiments interessierten sie nicht und waren für sie ohne Belang. Sie lebte inzwischen gern in Waldau.
Lauras vertraute Gesellschaft hatte die beiden Polizisten noch nie davon abgehalten, die Lage detailliert und mit allen Interna zu analysieren. In einigen Ermittlungen hatte Laura sogar aktiv

zur Aufklärung der Fälle beitragen können.
Nach einem kräftigen Schluck rosaroter Fassbrause aus einem großen Henkelglas bemerkte Judith einleitend: »Was für ein Schlamassel!«
»Allerdings!«, schloss sich Walter dieser Einschätzung an und wischte sich den Bierschaum von den Lippen.
Laura, die sich mit einem gut gekühlten Weißwein auf das gehaltvolle Essen vorbereitete, verlangte nun endlich Aufklärung: »Was ist hier eigentlich los?«
Walter zwinkerte Judith auffordernd zu: »Sie hat vollkommen recht! Ich will auch wissen, was der Blick von Dr. Renz vorhin zu bedeuten hatte.«
Judiths enges Verhältnis zu dem kultivierten Rechtsmediziner hatte am Anfang ihrer Bekanntschaft mit Walter zu einigen Missverständnissen geführt und Walter hatte fast zu viel Zeit benötigt, bis er sich durchringen konnte, Judith direkt danach zu fragen. Zum Glück hatte sie ihn ernst genommen und, ohne etwas zu verheimlichen, von den kritischen Situationen in ihrer Karriere bei der Bezirksbehörde in Magdeburg berichtet, bei denen nur Dr. Renz sie vorbehaltlos unterstützt hatte. Ohne seinen Beistand – und das Wort eines Fachmannes mit seiner Reputation hatte damals ein erhebliches Gewicht bei der Polizei – hätte sie weder die Verleumdungen überstanden, denen sie sich ausgesetzt sah, nachdem sie den rabiaten Annäherungsversuch eines Kollegen während eines Nachtdienstes abgewehrt hatte, noch hätte sie die zwei Jahre später folgenden Unterstellungen ausgehalten. Damals waren Judith Brunner Fehler in einer Ermittlung untergeschoben worden, die in Wirklichkeit eine andere Einheit zu verantworten hatte. Nach einer überschwänglichen Feier mit reichlich Alkohol hatte man vergessen, Beweisstücke aus einem schweren Raubüberfall für die nötigen Untersuchungen sicher zu verwahren. Ein Teil der Beute war verschwunden und blieb es auch. Hätte damals Dr. Renz nicht mittels der fachlichen Möglichkeiten seines Labors Judiths Unschuld zweifelsfrei nachgewiesen, wäre sie wohl mit Hohn und

Spott überzogen worden, wenn nicht gar schlimmere Demütigungen gedroht hätten. Dennoch war Judiths Position in Magdeburg seitdem recht mühselig aufrechtzuerhalten gewesen. An Beförderung brauchte sie nicht mehr zu denken. Mit Dr. Renz' Rückzug in den Ruhestand hatte sie dann einen nachhaltigen Verlust erlitten, der erst durch ihre Versetzung nach Gardelegen und seine fabelhafte Unterstützung ihrer Ermittlungen einen mehr als gerechten Ausgleich fand. Inzwischen schätzte Walter es sehr, dass Judith in Dr. Renz einen wahren Freund hatte. Dem Rechtsmediziner auch ihr privates Verhältnis anzuvertrauen, hatten sie aber bisher nicht gewagt.
»Es ist euch also aufgefallen?«, stellte Judith ohne schlechtes Gewissen fest.
»Mir fällt immer auf, wenn dich andere Männer ansehen«, erwiderte Walter und verfiel in ein Flüstern, denn der Wirt näherte sich. Erwartungsvoll sah er seinem Kotelett entgegen.
Merker stellte die übervollen Teller vor ihnen ab und wünschte guten Appetit. Der war vorhanden, und sie begannen, nach einem kurzen »Lasst es euch schmecken!«, sich das Essen munden zu lassen.
Als der erste Hunger gestillt war, forderte Laura beharrlich: »Ich möchte immer noch wissen, was hier los ist!«
»Also, hört zu«, begann Judith, »heute Morgen rief mich Dr. Renz an. Er hat eine falsche Leiche in der Pathologie.« Und ohne ihr Essen zu vernachlässigen, gelang es Judith, ihren beiden Tischgenossen das Problem des fehlenden beziehungsweise vertauschten Leichnams schlüssig zu schildern. »Deswegen schaute Dr. Renz so vielsagend, als er bemerkte, dass der rechte Handschuh keine Füllung in den beiden Fingerspitzen aufwies«, schloss sie ihren Bericht und steckte sich dabei das letzte Röschen Blumenkohl in den Mund.
Ihre Zuhörer waren sich einig: »Schlamassel trifft es wirklich gut«, meinte Laura und Walter nickte, bevor er sich nochmals vergewisserte: »Es fehlt also ein toter Mann aus dem Krankenhaus, Eduard Singer, dessen Hände Botho Ahlsens gefunden

hat. Dafür liegt dort einer in der Pathologie, den niemand kennt, und der irgendwann einmal angeschossen worden ist. Hm, Singer, Singer ...?«, Walter überlegte, ob der Name ihm etwas sagte.
»Er wohnte in Breitenfeld«, half Judith.
Walters Überlegungen wurden kurz unterbrochen; Merker räumte die leeren Teller ab.
Judith orderte noch drei Mokka.
»In Breitenfeld? Ach, richtig!« Walter wusste nun, wer gemeint war.
Die kleinen Gemeinden rund um Waldau hatten nur wenige Einwohner und irgendwann hörte man voneinander oder lief sich über den Weg, das ließ sich gar nicht vermeiden.
»Ich kannte ihn nur flüchtig vom Sehen und Grüßen, so ein drahtiger, wacher Typ, ungefähr Ende sechzig. Er wohnte dort mit seiner Frau. Hella, stimmt's?«
»Richtig«, bestätigte Judith.
Walter fuhr fort: »Wird schwer für sie werden ohne ihn. Die beiden kamen offensichtlich gut miteinander zurecht. Zumindest war das mein Eindruck. Ein hübsches Häuschen am Dorfrand. Ich muss immer dran vorbei, wenn ich in den Wald zu meiner geheimen Fundstelle für Krause Glucken will.« Und mit gespielter Ernsthaftigkeit ergänzte er: »Deswegen verweigere ich auch weitere Auskünfte.«
Judith war nun lange genug in der Altmark, um sich über geheime Krause Glucken nicht mehr zu wundern, zumal Walter ihr bereits eine delikate Suppe daraus gekocht hatte. Auf den Spaziergang, um den kohlkopfgroßen Pilz zu ernten, hatte er sie allerdings schon damals unter Hinweis auf seine Verschwiegenheitspflicht nicht mitgenommen.
»Eduard und Hella Singer. Schöne Namen«, fand Laura. Sie hatte von den beiden bisher nie gehört.
»Was sagen wir seiner Frau?«, wandte sich Walter nüchtern den kommenden Aufgaben zu.
Judith blieb in dieser Frage noch zurückhaltend: »Wir warten besser noch, bis wir mit ihr reden. Ich will genau wissen, was

wir haben, bevor ich ihr von ihrem verschwundenen Mann und den Verstümmelungen erzähle. Dr. Renz wird sicher so rasch es geht arbeiten.«
Der Mokka kam und schon der Duft des starken Kaffees vertrieb ihre Mittagsmüdigkeit. Walter schaffte es, in seiner winzigen Tasse noch drei Teelöffel Zucker langsam unterzurühren, ohne dass etwas überlief. Er wurde mit einem köstlichen ersten Schluck belohnt!
»Wieso findet Botho Ahlsens die Hände von Eduard Singer?« Judiths Frage, bei der sie die Namen der beiden Männer überdeutlich betonte, holte Walter aus seinem genüsslichen Tagtraum zurück.
»Wir sind uns also darin einig, dass die abgetrennten Hände nicht zufällig da lagen«, schlussfolgerte er. Doch die konsequente Sicht auf die Dinge erschreckte Walter mehr, als ihm lieb war. Wer mutet so einen Fund einem anderen zu? Und warum?
Laura meinte nachdenklich: »Um zu erreichen, dass ausgerechnet Botho Ahlsens die Hände findet, hätte jemand entweder von seinem Spaziergang und der genauen Wanderroute wissen müssen – oder jemand musste ihn den ganzen Morgen über beobachten, um die Handschuhe in einem geeigneten Moment ablegen zu können. Die Observationsvariante scheint mir beim offenen Gelände am Ferchel fast unmöglich.«
Walter spekulierte noch weiter: »Vielleicht gibt es sogar einen Zusammenhang zwischen den beiden und Botho Ahlsens kannte den Vermissten? Er und Eduard Singer sind immerhin eine Generation. Und Breitenfeld ist fast unser Nachbardorf.«
Judith meinte: »Wir unterhalten uns morgen mit Ahlsens, wenn er sich etwas erholt hat. Ich fahre jetzt erst mal nach Gardelegen und sehe, was sich Neues ergeben hat.« Sie sah auf die Uhr. »In ein paar Minuten kommt der Bus.«
»Ich werde die Zeit nutzen, um meinen Bericht über unseren Vormittag zu schreiben«, fügte sich Walter, wenig begeistert, seinen Plichten, »und nehme gleich noch Lauras Zeugenaussage auf. Immerhin war sie dabei.«

Laura nickte. »Aber mach das bitte gleich als Erstes. Tante Irmgard wartet sicher schon ungeduldig auf mich, und dann will ich endlich zu Astrid und der Kleinen.«
»Und befrag bitte auch noch diesen Treckerfahrer, der euch so halsbrecherisch angehalten hat«, ergänzte Judith seine Aufgabenliste. Sie stand auf, verschwand kurz zum Bezahlen in der Gaststätte und ging dann die wenigen Schritte zur Bushaltestelle.

~ 9 ~

Jetzt, am frühen Nachmittag, füllte sich der Bus in Richtung Kreisstadt an jeder Haltestelle nur mit ein paar Leuten.
Judith Brunner hatte sich ziemlich in der Mitte des Fahrzeuges einen Platz am Gang gesucht und konnte von hier aus das Treiben mit Muße beobachten.
Das Einsteigen, vorne über die zwei sehr hohen Stufen, war für viele der älteren Passagiere recht beschwerlich. Die meisten hatten das abgezählte Fahrgeld in der Hand und der Busfahrer konnte in der Regel nach dem Kassieren zügig weiterfahren.
In Estedt allerdings gedachte eine etwas schmuddlig wirkende Frau, eine Kiepe, von der ein ziemlich strenger Geruch ausging, mitzunehmen. Ein altes Geschirrtuch war über den Korb gebreitet. Als die Frau ihn neben sich abstellte, um zu bezahlen, wurde der Inhalt mit einem fiepsigen Geräusch lebendig und durchstieß mühelos die nur lose aufgelegte Bedeckung. Mit Beteiligung einiger Mitfahrer und viel gutem Zureden der Hundebesitzerin war der tapsige, sandbraune Welpe bald wieder eingefangen. Der Busfahrer war offensichtlich nicht begeistert, das vermutlich noch nicht stubenreine Tierchen zu transportieren, so unnachgiebig und abweisend besah er die Kiepe, aus der die zwei sichtbaren Pfötchen bereits einen erneuten Befreiungsversuch ankündigten. Doch als die Frau dann bat: »Iss man bloß

eene Station«, ließ er sich erweichen und war sichtlich erleichtert, als beide den Bus tatsächlich in Berge verließen. Das ersparte ihm womöglich weitere Zwischenfälle.
Wahrscheinlich hatte Judith Brunner als Einzige bemerkt, dass die Frau in dem ganzen von ihr beziehungsweise ihrem Tier verursachten Durcheinander den Fahrpreis nicht bezahlt hatte. Ob die beiden öfter zusammen verreisten?
Die ausschließlich einheimischen Mitfahrer hatten sich vor der Sitzplatzwahl zumeist lautstark begrüßt und klärten sich ungeniert quer durch den Bus über ihre Vorhaben in Gardelegen auf. In der Altmark fuhr man nicht schweigend Bus. In einer halben Stunde würden die Geschäfte in der Stadt wieder öffnen und notwendige Besorgungen konnten gemacht werden. Einige wollten zur Genossenschaftsbank, andere zum Arzt. Alle hofften nur, rechtzeitig mit ihren Angelegenheiten fertig zu sein, schließlich wollten sie noch den letzten Bus zurück auf die Dörfer schaffen.
Judith Brunner mochte die Altmärker, weil sie gut zu ihrer Landschaft passten. Sie waren ursprünglich, ehrlich und treu im Sinne einer verlässlichen Beständigkeit. Einer guten Küche zugetan, hatten sie es geschafft, sich allen Schönheitsidealen und Moden zu verweigern, und nahmen mit Genuss zu sich, was der fruchtbare Boden und ihre Viehwirtschaft hergaben.
Eine Zeit lang war der Platz neben Judith leer geblieben, doch nun kam ächzend eine ältere Frau auf sie zu, die sonst wohl keinen Bekannten zum Schwatzen erblickt hatte. Also nahm sie mit der fremden, hübschen Frau, die bereitwillig auf den Fensterplatz gerutscht war, vorlieb. »Muss mich sachte setzten. Der Rücken.«
»Aha«, machte Judith und hoffte, mitfühlend auszusehen.
Ungezwungen begann die Frau, Judith auszuhorchen: »Wo fahren Sie denn hin?«
»Zur Arbeit.«
Judith wurde von Kopf bis Fuß gemustert, soweit das im Sitzen auf der Busbank möglich war. Jedoch ließ ihre Kleidung –

dunkelblaue Cordhose, silbergrauer Pulli, tiefviolette Wolljacke, dazu ein fein gestreiftes Seidentuch um den Hals – keine deutbaren Rückschlüsse zu. »Jetzt noch? Was arbeiten Sie denn?«, folgte konsequent die Frage.
»Ich bin bei der Polizei.«
»Und da fahren Sie im Bus?« Ihre Auskunft rief erstaunlicherweise keine der üblichen Reaktionen von sofortigem Verstummen bis zu beleidigenden Bemerkungen hervor, doch dass die Polizei im Bus mitfuhr, weckte das Interesse ihrer Mitfahrerin. Die sah sich augenblicklich um. »Wer isses?«
Judith Brunner war verwirrt. »Wer ist was?«
Ihre Nachbarin versuchte zu flüstern: »Na, wen verfolgen Sie?« Mit rollenden Augen deutete die Frau auf die anderen Passagiere.
»Verfolgen?« Jetzt schaltete Judith. Dann lächelte sie: »Nein, nein. Das hier ist kein Einsatz. Ich habe heute bloß kein Auto dabei. Außerdem fahre ich gern mit dem Bus.«
Nun war die Frau enttäuscht: »Schade. Na ...«, suchte sie dann ein Thema, um das Gespräch fortzusetzen, »kennen Sie denn den Otto Pech? Der iss auch bei der Polizei.«
Judith überlegte, doch der Name sagte ihr nichts. »Leider nein. Was macht er denn genau?«
»Arbeitet in Oebisfelde.«
Das half Judith Brunner nicht weiter, denn der Ort lang weit außerhalb ihres Zuständigkeitsbereichs und wahrscheinlich meinte die Frau sogar die Transportpolizei. Da sie nicht unhöflich erscheinen wollte, antwortete sie: »Da kenne ich mich nicht aus.« Was die absolute Wahrheit war.
Ihre Sitznachbarin fing an, sich umständlich hochzuhieven. »Muss die Nächste raus. Schön Tach noch«, verabschiedete sie sich freundlich. Im Stehen beugte sie sich ein wenig zu Judith hinüber und tröstete sie trotz ihrer unbefriedigenden Auskünfte offenherzig: »Na, bei der Polizei kann man ja nicht jeden kennen.«

~ 10 ~

Am Empfang wurde Judith Brunner von Wachtmeister Karl-Horst Stein begrüßt, einem stets vorbildlich uniformierten und auch darüber hinaus um Korrektheit bemühten Mitarbeiter, der wegen eines schmerzhaften Gelenkleidens nicht mehr Streife gehen konnte und nun sein Bestes gab, den Besuchern der Kreisbehörde den Weg zum erfragten Büro oder ins Wartezimmer zu weisen. Diese Aufgabe bewältigte Stein ganz passabel. Doch leider gelang ihm weder die Zuordnung der eingehenden Post noch die zuverlässige Vermittlung von Telefonaten. Die Entgegennahme von Nachrichten und ihre verständliche Niederschrift zählten ebenfalls nicht zu seinen Stärken.
Bei den Kollegen war daher ein ausgeprägtes Talent zum Rätselraten häufiger gefragt, als es Judith Brunner lieb sein konnte. Ihre Geduld ließ sie wahrscheinlich öfter eine Notiz zu einem Telefonat entschlüsseln, als das anderen gelang, aber auch sie hatte schon vor den Steinschen Geheimzeichen kapitulieren müssen.
Diese Mängel im Arbeitsvermögen des Wachtmeisters wurden von den meisten Kollegen der Kreisdienststelle jedoch großzügig toleriert, denn Stein hatte einen unbestreitbaren Vorteil: seinen Bruder. Der arbeitete beim beliebtesten Fleischer der Stadt und hatte damit direkten Zugriff auf den Sonntagsbraten oder die Grillzutaten fürs Wochenende. Und spätestens Donnerstag Mittag wurden an Karl-Horst Stein diskret kleine Zettel zur Weiterleitung übergeben, die sich dann am Sonnabend Vormittag in bereits fertig gepackte Päckchen im Laden des Fleischers in der Sandstraße verwandelten. Außerdem konnte Stein durch seine familiären Beziehungen jederzeit einen frischen und schmackhaften Imbiss organisieren, was schon in mancher Krisensituation oder überlangen Sitzung hilfreich gewesen war. Niemand würde also auf die Idee kommen, diese äußerst bequeme und auch zuverlässige Methode der Versorgung durch eine laut geäußerte Kritik an Steins Art, Nachrichten zu übermitteln, aufs

Spiel zu setzen.
Der Wachtmeister telefonierte gerade und übergab Judith Brunner deshalb wortlos und mit etwas, das er für einen Verschwörerblick hielt, einen gefalteten Zettel, auf dem »Br« – ihr Name, wie sie vermutete – und ihr voller Dienstgrad standen. Stein legte Wert auf Diskretion und genaue Adressierung bei der Nachrichtenübergabe.
Judith entfaltete das Blatt und las: »kh 2 fragen – Wachtmeister Stein«. Sie hatte nichts anderes erwartet. Auf den vollständigen Dienstgrad war immer Verlass.
Schmerzlich vermisste sie Lisa Lenz hinter dem Tresen, die in den Zeiten vor Stein den Empfang beherrscht hatte. Lisa war eine perfekte Zentrale für ein- und ausgehende Nachrichten aller Art gewesen, hatte eine Antenne für den Aufenthaltsort eines jeden Mitarbeiters gehabt, den Judith hatte sprechen wollen, war aufmerksam und ließ zudem noch Talent für polizeiliche Ermittlungen erkennen. Deswegen, und weil sie der jungen Frau noch viel mehr zutraute, hatte Judith Brunner Lisa Lenz zu ihrer Assistentin gemacht und außerdem zum Fernstudium angemeldet. So froh Judith über diese gelungene Verstärkung ihres unmittelbaren Teams auch war, so deutlich wurde ihr wieder einmal die Lücke bewusst, die damit am Empfang gerissen worden war. Und der Mitarbeiter der Personalstelle, gegen deren Widerstände sie die Weiterbildung für Lisa durchgesetzt hatte, hatte Judith Brunner unmissverständlich und mit einem süffisanten Unterton mitgeteilt, dass sich an dem Arbeitsplatz für Karl-Horst Stein in absehbarer Zukunft auch nichts ändern würde. Nun denn.
Der tadellos Uniformierte legte gerade den Hörer auf, sodass Judith Brunner, wenn auch mit wenig Hoffnung, nachfragen konnte: »Wachtmeister Stein, erinnern Sie sich noch an dieses Telefongespräch?«
»Ja. Genau sogar.« Er nahm seine Notiz in die Hand und überlegte angestrengt. »Kam aus dem Krankenhaus. Jemand hatte zwei Fragen.«

»Und wer?«, hakte Judith wider besseren Wissens nach.
Stein hob bedauernd die Schultern. Um seine Vorgesetzte aufzumuntern, fügte er aber rasch hinzu: »Vielleicht ruft er ja wieder an.«
»Möglich«, gab Judith Brunner zu und sah Stein leicht verärgert an. »Fragen Sie doch bitte beim nächsten Mal den Anrufer nach seinem Namen und schreiben den mit auf. Das wäre mir wirklich eine Hilfe.«
Stein versprach überzeugend, sein Mögliches zu tun.
Doch seine Vorgesetzte ahnte, dass das nicht ausreichen würde.

Judith Brunner hatte die kürzlichen Renovierungsarbeiten in ihrer Etage genutzt, um ihre engsten Mitarbeiter in unmittelbarer Nähe unterzubringen. Dr. Horst Grede, ihr Stellvertreter und als Technischer Leiter in der Kreisbehörde zuständig für die Spurensicherung, die Werkstätten und die Labore, konnte in seinem Domizil bleiben, da es am Ende desselben Flurs lag. Die Verwaltungsleiterin, die ihr ursprünglich schräg gegenüber saß, hatte für den großen Besprechungsraum weichen müssen. Sie wurde dafür mit einem frisch gemalerten und neu möblierten Büro belohnt, was die Renovierungsarbeiten insgesamt sowohl vom Tempo als auch von der Ausführung her befördert hatte. Im Zimmer daneben und damit genau ihrem Büro gegenüber war dann Lisa Lenz eingezogen.
Judith Brunner klopfte an die offen stehende Tür: »Hallo Lisa, ich bin zurück. Rufen Sie bitte bei Dr. Renz an? Ich glaube, er hat versucht, mich zu erreichen.«
»Mach ich. Thomas Ritter wollte Sie ebenfalls sprechen.«
Lisa sah wieder einmal umwerfend aus. Hier an ihrem neuen Arbeitsplatz trug sie keine Uniform mehr, und ihr sicherer Geschmack in Kleiderfragen hatte sie heute zierliche Sandalen und ein einfaches, doch raffiniert geschnittenes dunkelgrünes Kleid auswählen lassen, das ihre üppige Figur gut zur Geltung brachte. Helle Haut und rabenschwarzes Haar drängten den Vergleich mit Schneewittchen geradezu auf.

Dr. Grede, der Judith Brunners Stimme gehört hatte, kam neugierig lauschend aus seinem Büro. Zu den Händen hatte er bisher über das Wenige hinaus, was Ritter ihm berichten konnte, nichts Neues erfahren.
»Kommen Sie, setzen wir uns bei mir zusammen«, lud Judith ihn ein und bat Lisa, nach dem Anruf im Krankenhaus dazuzukommen. »Und bringen Sie Ritter auch gleich mit.«
Die Runde war rasch komplett.
»Bitte einmal das Ganze von vorn«, erbat Dr. Grede sich einen ersten Ermittlungsbericht.
Lisa schenkte Kaffee ein und wusste mitzuteilen, dass Dr. Renz sich mittlerweile zu ihnen aufgemacht hatte.
Ritter informierte alle schon vor dem Hinsetzen, dass die Spurensicherung bisher nichts in den Waldstücken rund um den Fundort am Ferchel gefunden hatte.
Dann hörten sie aufmerksam Judith Brunners Bericht über die Wanderung Ahlsens, seinen Fund, die Benachrichtigung der Polizei und die Sicherung der Hände zu. Sie schloss mit der Vermutung, dass die amputierten Hände wohl absichtlich an dieser Stelle abgelegt worden waren, damit Botho Ahlsens sie fände. »Und da sie noch völlig unversehrt waren, müssen sie, kurz bevor Ahlsens an der Fercheler Eiche ankam, also etwa gegen zehn Uhr heute Morgen, dort drapiert worden sein.«
»Da könnte dieser Treckerfahrer uns aufklären. Vielleicht ist er ja schon bei einer früheren Tour am Fundort vorbeigefahren und könnte uns sogar bestätigen, dass dort noch nichts lag«, meinte Dr. Grede.
»Walter Dreyer befragt ihn noch heute«, versicherte Judith Brunner.
»Wir müssen auch mit den anderen Männern vom Weidezaun reden, ihnen könnte ebenfalls was aufgefallen sein«, erinnerte Ritter.
»Stimmt«, bestätigte Judith und sah, wie Lisa sich entsprechende Notizen machte. »Doch dürfen wir dabei nicht übersehen, dass genau diese Leute, die wir als Zeugen sehen, auch diejenigen

sein könnten, die die Hände abgelegt haben.«
Nach einer kleinen Weile äußerte Dr. Grede: »Das ist sogar gut. Damit haben wir wenigstens ein paar Verdächtige.«
»Vergessen wir Botho Ahlsens in diesem Zusammenhang nicht völlig. Wir haben bisher nur seine Aussage zu den Fundumständen«, gab Judith Brunner zu bedenken, obwohl sie selber nicht an Ahlsens Täterschaft glauben konnte, denn sie sah keinerlei Verbindung zum Leichentausch im Krankenhaus.
»Sie meinen, er könnte das alles arrangiert haben? Wozu?«, ging Ritter, der von den Vorfällen in der Pathologie noch gar nichts wissen konnte, auf ihre Bemerkung ein.
»Ich meine nur, wir dürfen ihn nicht außer Acht lassen«, schüttelte Judith Brunner den Kopf und milderte damit den Verdacht ab. Sie sah auf die Uhr. Jeden Moment konnte Dr. Renz eintreffen. »Außerdem gibt es noch etwas, wovon ich Ihnen berichten möchte«, sagte sie ernst.
Ihr Tonfall ließ die anderen gespannt aufblicken.
»Dr. Renz hat heute Morgen in der Pathologie des Krankenhauses einen unbekannten Leichnam gefunden. Einen Mann um die siebzig, der verheilte Spuren von Schusswunden aufwies. Bisher konnten im Krankenhaus keine Unterlagen oder Hinweise zu diesem Mann gefunden werden. Ich habe diesbezüglich ein Ermittlungsverfahren eingeleitet.«
Noch erschloss sich ihren Zuhörern der Zusammenhang nicht, und Judith Brunner fuhr fort: »Zudem fehlt eine Leiche im Krankenhaus. Und dieser Tote hatte ein besonderes Merkmal: Ihm fehlen Fingerglieder an der rechten Hand.«
»Ach du Scheiße!«, entfuhr es Ritter. Auch ihm war der Blickkontakt zwischen der Hauptkommissarin und Dr. Renz nach dessen Stechprobe am Fundort nicht entgangen.
»Was ist so schlimm daran?«, fragte Lisa.
In diesem Moment klopfte es und Dr. Renz, von Wachtmeister Stein unnötigerweise bis zur Tür geleitet, trat ein.
»Das ist der Mann vom Krankenhaus, den Sie von mir wissen wollten!«, informierte Karl-Horst Stein mit stolz geschwellter

Brust seine Vorgesetzte und schob den Besucher in Richtung des Tisches. Dabei schaute er so, als sei es ihm gelungen, einen lange gesuchten Schwerverbrecher dingfest zu machen.
Judith Brunner stand rasch auf, entließ den Wachtmeister mit einem einfachen »Danke. Man vermisst Sie sicher schon an Ihrem Platz!« und bat Dr. Renz mit entschuldigendem Blick um Nachsicht für diesen Empfang. Als Stein wieder aus ihrem Büro verschwunden war, ergänzte sie: »Ich rede nachher noch mal mit ihm. Vielleicht erreiche ich ja irgendwann etwas.« Sie klang nicht zuversichtlich.
Die anderen am Tisch feixten.
In die allgemeine Heiterkeit einstimmend, meinte der Mediziner nur: »Machen Sie sich bitte deswegen keine Gedanken. Natürlich bin ich früher von Ihnen netter begrüßt worden«, nickte Dr. Renz freundlich in Lisas Richtung und legte ab.
Judith Brunner bot ihm einen Stuhl und einen Kaffee an. Dann setzte sie ihn kurz ins Bild: »Ich habe meinen Mitarbeitern gerade vom Fund am Ferchel und vom fehlenden Leichnam bei Ihnen berichtet. Sie kommen genau im richtigen Moment, um eine Verbindung zwischen den beiden Ereignissen herzustellen. Brachten Ihre Untersuchungen an den Händen schon Ergebnisse?«
»Oh, offenbar hat Sie meine Nachricht noch nicht erreicht«, vermutete Dr. Renz und blickte instinktiv zur Tür, durch die Wachtmeister Stein entschwunden war. »Ich wollte Ihnen die beiden Fakten schon per Telefon mitteilen lassen. Nun gut. Zunächst können Sie es als gesichert betrachten, dass an den gefundenen Händen dieselben Fingerglieder fehlen, die in der Patientenakte von Eduard Singer als fehlend vermerkt sind. Den Aufzeichnungen nach zog er sich die Verletzung, eine Quetschung, schon als junger Mann zu. Außerdem passen die Hände, ich meine ihre Hautbeschaffenheit, Knochendichte und die Gelenkabnutzung zum Alter des vermissten Toten. Ich denke, Sie können davon ausgehen, dass Sie den Leichnam Eduard Singers ohne seine Hände finden werden. Das war der erste Teil.« Dr. Renz

trank einen Schluck Kaffee. Dann setzte er fort: »Ich habe die Untersuchungen noch nicht abgeschlossen, doch schon jetzt bin ich überzeugt – und das zum Zweiten – , die Hände wurden mit meinen Instrumenten im Krankenhaus abgetrennt. Ganz professionell. Glatte Schnitte, keinerlei Unsauberkeiten in den Wunden. Wenn ich schneide, sieht das genauso aus.«
»Ein Täter aus dem Krankenhaus? Jemand mit anatomischen Kenntnissen? Warum nicht«, konstatierte Judith Brunner eine weitere Möglichkeit, Verdächtige zu benennen.
»Ich fasse mal zusammen«, versuchte Hans Grede, die für ihn neuen Mitteilungen zu sortieren. »Heute Morgen entdeckt Dr. Renz in der Pathologie einen unbekannten Toten. Gleichzeitig fehlt im Gardelegener Krankenhaus der Leichnam von Eduard Singer, und wenig später findet Botho Ahlsens dessen abgetrennte Hände am Ferchel nahe Waldau. So. Seine Leiche ist also irgendwann vor heute früh« – er sah Dr. Renz fragend an – »verstümmelt und abtransportiert worden.«
»Halb acht am Morgen hab ich angefangen«, beantwortete Renz die angedeutete Frage, »und gestern war sie noch da. Als ich mit dem Chefarzt der Inneren Medizin telefonierte, hatte er sich alle drei Leichen gerade angesehen.«
»Wann war das genau?«, fragte Lisa.
»Gestern Nachmittag, um vier Uhr herum.«
»Schön. Das grenzt also die Zeit, in der Singers Leichnam verschwunden ist, auf rund 15 Stunden ein«, rechnete Ritter aus, »da kann allerhand passieren.«
»Selbstverständlich müssen wir umgehend die Suche nach dem verschwundenen Toten organisieren.« Judith Brunner sah in die Runde. »Lisa, Sie rufen bitte bei den Bestattern in der Gegend an. Erkundigen Sie sich nach den Trauerfällen der letzten Woche. Und sorgen Sie bitte rasch für einen Termin mit dem Direktor vom Krankenhaus; wir müssen die Befragungen dort organisieren. Jemandem muss was in dieser Zeit aufgefallen sein – 15 Stunden immerhin. Ein Wagen, Fremde, irgendetwas!«
Dr. Grede wandte sich direkt an Dr. Renz: »Was macht man

eigentlich mit einer Leiche? Ich meine, wozu stiehlt man einen Toten?«
»Gute Frage«, stimmte Thomas Ritter seinem Chef zu.
»Na ja, in unserem Falle liegt das wohl auf der Hand – man fand die Hände nützlich ... Oh, verzeihen Sie die unglückliche Wortwahl, das war nicht meine Absicht.« Dr. Renz sah tatsächlich etwas konsterniert drein.
»Das macht nicht unbedingt den Leichenklau erforderlich«, hakte Ritter nach. »Warum nimmt man den Rest auch mit? Man hätte doch den Mann ohne Hände einfach bei Ihnen liegen lassen können.«
»Stimmt«, räumte Dr. Renz weiter grübelnd ein, »wozu dann wohl? Die Zeiten der anatomischen Theater sind ja lange vorbei. Nun, vielleicht braucht da jemand auch noch andere Körperteile?«
Diese nüchterne Vermutung löste einige Missfallensäußerungen aus.
Doch war sie wirklich so abwegig? Lisa Lenz jedenfalls beugte sich interessiert vor und nickte nur.
»Sie meinen, wir finden morgen irgendwo Schuhe mit Füßen drin?« Thomas Ritter klang erregt.
»Sie haben gefragt«, gab Dr. Renz zurück. »Im Übrigen glaube ich das nicht. So etwas wäre dann schon sehr außergewöhnlich.«
»Also, was ist es dann?«, fragte Ritter weiter. »Ein Nekrophiler?«, warf er in die Runde.
Dr. Renz ließ sich nicht aus der Ruhe bringen. »Das ist auch eher selten. Doch möglich. Und möglich ist auch, dass jemandem an unserer verschwundenen Leiche lag, um sie schnellstmöglich zu begraben.«
»Hätten Sie sie denn nicht bald freigegeben?«
»Schon. Ich meine aber jemanden, der möglicherweise nicht berechtigt gewesen wäre, diesen Toten zu bestatten.«
»Ach?«
»Da habe ich schon so einiges erlebt: Parallele Ehefrauen, zerstrittene Erben, langjährige Geliebte, uneheliche Geschwister –

ein jeder meinte, Rechte auf einen Verstorbenen zu haben. Da gibt es allerhand Motive.«
Judith Brunner stimmte Dr. Renz zu: »Wir müssen den privaten Hintergrund von Eduard Singer gründlich prüfen. Ich werde seine Frau morgen mit unseren Annahmen konfrontieren müssen. Vielleich ergibt sich daraus ein Ermittlungsansatz. Lisa, Sie kümmern sich bitte um alles Amtliche: Testament, Finanzen, Standesamt, na – Sie wissen schon.«
Lisa lächelte und Judith Brunner wusste, dass sie sich voll auf ihre Assistentin verlassen konnte. »Ach, und ein weiteres Motiv für die Entwendung des Leichnams dürfen wir nicht übersehen«, betonte sie, »vielleicht sollte Eduard Singer einfach nicht obduziert werden. Nicht jeder kann die damit verbundenen Fantasien aushalten.«
Dr. Renz nickte bestätigend, schränkte dann aber ein: »Wir dürfen den Aspekt der abgetrennten Hände nicht unterschätzen. Da steckt meines Erachtens mehr dahinter.« Dann griff er in seine lederne Arzttasche: »Hier, die Handschuhe habe ich für Ihre Untersuchungen mitgebracht«, und übergab Dr. Grede einen durchsichtigen Kunststoffbeutel. »Mir scheinen sie neu und ungebraucht zu sein«, ergänzte er.
»Danke. – Und nun zu dem Unbekannten in der Pathologie«, bat Judith Brunner ihre Tischrunde um weitere Konzentration.
»Ein rätselhafter Leichenfund in der Pathologie – das klingt irgendwie verrückt«, konnte Ritter sich nicht enthalten, zu bemerken.
»Ich kann nicht glauben, dass die beiden Vorfälle nichts miteinander zu tun haben«, meinte Dr. Grede und erntete Zustimmung.
»Dass sich in einer Nacht – in unserem kleinen Krankenhaus – zwei Ereignisse dieser Art unabhängig voneinander ereignen, ist weniger wahrscheinlich als ein Hauptgewinn im Lotto«, bekräftigte Dr. Renz.
»Gut. Wir gehen also von einem Zusammenhang aus. Dann können wir auch annehmen, dass der Austausch der Leichen im

selben Zeitraum bewerkstelligt wurde. Das grenzt unsere Ermittlungen auf einen gemeinsamen Tatzeitraum ein. Alsdann ist die Identität des Toten zu klären. Lisa, bei Ihren Telefonaten mit den Bestattern fragen Sie bitte auch unbedingt nach fehlenden Leichen. Die sollen wirklich alle überprüfen, ob ihre Kun ... , hm, Verstorbenen noch vollständig da sind!«
»Der Leichnam war schon einige Tage alt«, lenkte Dr. Renz die Aufmerksamkeit auf diesen Umstand. »Die Leichenhallen und die frischen Gräber müssen auch überprüft werden.«
»Mann, wir suchen ein leeres Grab!«, versuchte Lisa Lenz vergeblich, ihre Begeisterung im Zaum zu halten.
»Sie meinen – Grabräuber? Leichendiebe?« Dr. Grede überraschte der Gedanke.
»Alles schon da gewesen«, lautete der lakonische Kommentar von Dr. Renz.
Ein unbehagliches Gefühl machte sich am Tisch breit.
Thomas Ritter fragte, wieder eine Spur zu laut: »Ein paar Tage alt? Dann muss den Mann doch jemand vermissen. Ist keine Vermisstenanzeige eingegangen?«
Lisa teilte ihm sofort mit: »Aktuell ist niemand neu in der Vermisstenliste aufgetaucht. Die ist nämlich seit drei Wochen unverändert.«
»Er muss nicht vermisst werden«, gab Judith Brunner zu bedenken. »Wenn er zur Bestattung vorbereitet werden sollte, kann das ein paar Tage dauern. Oder, und da muss ich Dr. Renz zustimmen, wenn der Unbekannte vielleicht schon begraben war, vermisst ihn auch niemand mehr.«

~ 11 ~

Ludwig Wenzels Gehöft lag in Wiepke in einer kleinen Seitenstraße, die hinter dem Wirtshaus »Zur Quelle« linker Hand in Richtung Waldau führte. Von hier hätte man den Weg zu den

Reparaturstellen am Zaun eigentlich auch bequem laufen können, doch zum einen erforderte der Materialtransport ein Fahrzeug, zum anderen ging Wenzel, wie viele der Bauern hier, nicht gern zu Fuß, und überhaupt fuhr er gerne Trecker.
Walter Dreyer hoffte, ihn auf seinem Hof anzutreffen, und war erleichtert, als er den Traktor vor dem offenen Tor stehen sah. Es war gleich fünf und sicher hatte Ludwig Wenzel heute pünktlichst Feierabend gemacht. Der Stammtisch wartete bestimmt schon ungeduldig auf seinen Bericht. Dreyer wollte ihn auch nicht lange aufhalten, aber ein paar Fragen musste er dem Mann noch stellen.
Im scheibenlosen Fahrerhaus des Treckers glaubte er, einige kleine Kinder herumturnen zu sehen. Ungeschickt versuchten sie, sich im Fußraum zu verstecken, als er näher kam. Kichergeräusche drangen aus dem Fahrzeug. Walter klopfte an die Fahrertür. »Rauskommen«, forderte er in gespielt ernstem Ton auf. Nichts passierte. »Sofort«, wurde er energischer. »Hier spricht die Polizei!« Ob Wenzel wenigstens den Schlüssel abgezogen hatte?
Tatsächlich ging die Tür wenig später einen Spalt auf und ein Knirps von vier, fünf Jahren lugte hervor. Es war schwer zu entscheiden, ob er überlegte zu gehorchen oder wie er unbeschadet entkommen konnte. Vertrauensvoll reckte er Walter dann die Ärmchen entgegen, der das ziemlich verdreckte Kerlchen schwungvoll vom riesigen Hinterrad herunterhob. Ein etwas älterer Junge, der nicht weniger getrockneten Schlamm an sich verteilt hatte, kletterte ohne Hilfe, vorsichtig zu Walter blickend, geschickt an den Profilen des großen Rades runter. Dabei trug er eine weitere Schicht Dreck auf sein Hemd auf.
»Wo steckt ihr schon wieder?«, rief laut eine Frau, ohne wirklich eine Antwort zu erwarten, in den Hof. Beide Jungen flitzten schnell wie kleine Eichhörnchen weg und blieben unsichtbar.
»Haben Sie meine Bengel gesehen?«, wurde Walter Dreyer vom Hoftor aus gefragt.
Er schüttelte den Kopf, sah sich angesichts der offen stehenden

Traktortür und des misstrauischen Blicks der Frau jedoch genötigt, seine vorgeschützte Unkenntnis glaubhafter nachzuweisen: »Ihr Mann sollte wenigstens den Schlüssel abziehen, wenn er das Fahrzeug schon so offen rumstehen lässt«, tadelte er.
Jetzt musterte ihn die Frau genauer und schien ihn zu erkennen.
»Sie woll'n zum Ludwig, wa?«
»Richtig. Ist er da?«
»Inner Küche. Beim Essen. Mit den annern. Kommse«, lud sie ihn freundlich ein. Wenzels Frau hatte dunkles, glänzendes Haar, das ihr offenes Gesicht mit den großen braunen Augen in leichten Wellen umschloss. Ein simples Gummiband fasste es zu einem lockeren Zopf zusammen. Auf den zweiten Blick wurde hier eine wirkliche Schönheit sichtbar, und Walter stellte sich einen Moment lang vor, wie bezaubernd diese Frau ausgeruht und in anderer Kleidung aussehen würde. Jetzt trug sie nämlich mit Gummistiefeln, Trainingshose, Pullover und Kittelschürze die übliche Alltagstracht vieler Bäuerinnen. Und das Wort ausruhen kannte sie wahrscheinlich auch nur aus dem Fernsehen, dachte Walter, als er wenig später in die Küche kam, wo drei weitere kleine Kinder – alles Jungen? – mit ihrem Vater auf einer hölzernen Eckbank um den Tisch saßen. Wenzel hatte ein ehemals weißes Unterhemd an, die Kinder verschiedenfarbige ausgewaschene T-Shirts.
Ludwig Wenzel unterbrach, immer noch lachend, sein offenbar recht vergnügtes Gespräch, und neugierig wandten sich vier Gesichter dem Besucher zu. Der Kleinste nutzte die Situation, um die Leberwurst von seiner in Stückchen geschnittenen Brotscheibe zu lecken. Die beiden anderen Sprösslinge kabbelten glucksend ein wenig herum und sahen dann prüfend zu ihrem Vater, doch der übersah ihre kindliche Provokation gelassen.
»Ach. Du noch mal«, fiel zumindest die Begrüßung durch den Hausherrn wenig enthusiastisch aus.
Walter Dreyer sah, wie eine Kinderhand langsam unter dem Tisch verschwand und ein leer geschlecktes Brotstückchen auf den Küchenboden fiel. Aus dem Dunkel unter der Holzbank,

auf der die Kinder saßen, erschien eine kleine schwarze Schnauze, schnappte vorsichtig zu und verschwand wieder. Als das Fell des Hündchens dabei den Fuß des Jungen streichelte, lächelte der Häppchenspender glücklich.
»Ja. Ich muss dich noch was fragen«, erklärte Walter, »ich kann aber draußen warten.«
»Kommt nich infrage. Kinder, rückt mal«, forderte Wenzel und winkte Walter aufgeräumt an den Tisch.
Der setzte sich auf den frei werdenden Platz neben dem Kleinsten und wurde von dessen zappelnden Brüdern zunächst einmal intensiv gemustert. Die Hand seines Sitznachbarn verschwand erneut vorsichtig unter dem Tisch und Walter spürte am linken Hosenbein in Knöchelhöhe eine sachte Berührung. Er hörte den Kleinen erleichtert durchatmen, als er so tat, als würde er das nicht bemerken. Walter schielte zu Seite und wurde mit einem strahlenden Kinderlächeln belohnt.
Wenzels Frau stellte ein Holzbrettchen vor ihn hin, legte ein Messer dazu und fragte: »Kaffee auch?«
Doch Walter bekam gar keine Gelegenheit zur Antwort, so schnell stand der gefüllte Becher vor ihm. Dann setzte sich Frau Wenzel auf den Stuhl neben ihrem Mann und verlangte freundlich: »Na los, essen Sie.«
Die Bewirtung kam für Walter unerwartet. Er kannte Ludwig Wenzel zwar, wie man sich auf dem Dorf eben so über den Weg läuft, und hatte von einigen Kindern gehört, doch mehr als einen guten Tag und guten Weg hatte es bisher nicht gegeben. Die Kinderschar war beeindruckend, wie auch die Frau mit ihrer freundlichen Gelassenheit.
Walter nahm eine Scheibe Brot und belegte sie mit Räucherschinken, den er mit ein wenig fein gemahlenem Pfeffer bestreute. Interessiert verfolgte die gesamte Familie seinen ersten Happen, und als er kauend lobte: »Schmeckt richtig gut«, sahen sich alle zufrieden an.
»Gehn wir in die Stube«, schlug Wenzel vor, griff nach seinem Becher und stand auf. Walter Dreyer machte aus seinem Brot

eine Klappstulle, schnappte sich den Kaffee und folgte ihm. Wenzel schloss die Tür hinter ihnen und ließ sich auf ein voluminöses Sofa plumpsen. Walter nutzte einen Polsterhocker als Sitzgelegenheit. Das hier war die Alltagsstube im Haus, mit Fernseher, abgenutzter Sitzgruppe, Tischchen, Nähmaschinenschrank und einem kleinen Regal, in dem verschiedenste zerlesene Illustrierte und diverse Brettspiele gestapelt lagen. Der schmucklose Kachelofen war ungeheizt.
»Ludwig, wegen heute Morgen muss ich dir noch ein paar Fragen stellen«, begann Walter sein Anliegen vorzutragen.
»Na, mach.«
Walter schluckte den letzten Happen Schinkenbrot hinunter und nahm einen Schluck Kaffee, bevor er loslegte. »Wann habt ihr heute früh am Zaun angefangen?«
»Um sieben warn wir aufm Hof, haben alles aufgeladen und sind mit der ersten Fuhre los.« Er überlegte. »Halb acht denk ich, waren wir am Ferchel.«
»Wer ist wir?«
»Ich hatte heute den Achim und den Manne dabei.«
Müsste er die beiden kennen? Doch die zwei Namen sagten Walter nichts und er fragte nach. Er holte einen kleinen Schreibblock sowie einen kurzen Bleistift aus seiner Jackentasche und machte sich eine Notiz. Dann erkundigte sich weiter: »Heute? Hast du sonst andere Männer mit?«
»Manchmal schon, je nachdem, was sonst in der Genossenschaft zu tun ist.«
»Wer hat an den anderen Tagen mitgemacht?«
Ludwig Wenzel nannte Namen, doch auch diese Leute kannte Walter Dreyer nicht.
»Beschreib mal genau. Was habt ihr am Ferchel gemacht?«
»Heute haben wir nur Material gefahren. Gestern waren nämlich erst die dicken Drahtrollen gekommen. Alle zehn Pfosten haben wir eine Rolle abgeladen. Dann den Bohrer rausgebracht, die neuen Pfähle auch. Ich war mitten in der ersten Fuhre nach der Frühstückspause, als, na ja, als Botho Ahlsens mich wegen

dieser Handschuhe anhielt. Ich bin gleich zurückgefahren, auf die Straße ...«, berichtete Wenzel und schaute so erschrocken, als sei es gerade erst passiert.
»Ich erinnere mich«, lächelte Walter ihn beruhigend an, »ist ja alles noch mal gut gegangen.«
Erleichtert hob Wenzel die Kaffeetasse und nahm einen kräftigen Schluck darauf.
»Und ihr habt bei euren Touren niemanden gesehen?«
»Ich jedenfalls nicht«, war sich Wenzel sicher. »Die annern musste selber fragen.«
Walter Dreyer nickte. »Und die Handschuhe lagen auch nicht da?«
»Hab keine gesehen.«
»Wann habt ihr denn Frühstück gemacht?«
»Gegen halb zehn, wie immer.«
»Und wo?«
»Aufm Genossenschaftshof, der Trecker stand direkt beim Lager. Wir mussten doch später mit noch mehr Pfählen los.«
»Und ihr wart alle dort?«, hakte Dreyer nach.
»Wie? Alle?«
»Du und deine Kollegen. Habt ihr zusammen gesessen und gefrühstückt?«
»Na ja, da geht auch schon mal einer weg, kurz nach Hause, aufs Klo. Oder raucht mal eine Fluppe an der frischen Luft. Was fragst du?«
Würde die Zeit womöglich reichen, um zum Ferchel und zurückzukommen, überlegte Walter. Er fragte: »Und wie lange habt ihr Pause gemacht?«
»Na, ne halbe Stunde war's sicher.«
Das würde sogar für drei Ausflüge reichen, wenn man ein Moped hätte! Aber selbst mit einem Fahrrad wäre der Weg mühelos hin und zurück zu schaffen gewesen.
Walter Dreyer stand auf. Er war mit dem Gespräch zufrieden; er hatte einen Zeitrahmen und er hatte vier Namen. Damit ließ sich etwas anfangen. »Danke. Ich schreibe unser Gespräch noch

auf und komme morgen wegen deiner Unterschrift noch mal vorbei, Ludwig«, kündigte er an.
Wenzel hob die Schultern. »Meinetwegen.« Er stemmte sich hoch und öffnete die Tür.
In der Küche waren sie inzwischen mit dem Essen fertig und die Hausherrin räumte gerade das Geschirr zusammen. Die beiden älteren Kinder fochten lärmend mit den Gabeln.
»Ich bring Sie noch zur Tür«, bot Wenzels Frau Walter Dreyer freundlich an. »Und du hör auf, Pitti ständig zu füttern«, wurde der Kleine, dessen Hand wieder einmal nicht zu sehen war, im Rausgehen sanft von ihr gerüffelt.
Der Ertappte nickte stumm.

~ 12 ~

Kurz nach dem Ende ihrer Besprechung hatte Lisa Lenz schon den nächsten Termin organisiert. »Chefin, Sie können den Ärztlichen Direktor«, Lisa las von einem Zettel ab, »einen Dr. Heiner Frederich, unverzüglich befragen. Noch heute! Er macht dann eben später Feierabend, hat er gesagt. Am Eingang wartet jemand auf Sie, eine Schwester Ellen.«

Und so war es. Judith Brunner wurde von der neben der großen Informationstafel wie auf Wache stehenden, sehr jungen und erkennbar aufgeregten Lernschwester erwartet, die offensichtlich genaueste Instruktionen erhalten hatte, nach wem sie Ausschau halten sollte. Ihr Namensschild blitzte am makellos weißen Kittel. »Ich bringe Sie in das Büro von Dr. Frederich. Er ist in einer Besprechung. Ich sage ihm dann, dass Sie da sind. Dann kommt er sofort«, brachte Schwester Ellen hervor, um danach, wie erleichtert von der Bürde einer komplizierten Botschaft, befreit zu lächeln. Die Röte in ihrem Gesicht verblasste; sie wandte den Blick zum Fahrstuhl und wartete.

»Schön. Danke«, versuchte Judith Brunner, ihr die Befangenheit etwas zu nehmen, »wohin müssen wir denn?«
»Dritte Etage, Ende linker Flur«, kam die präzise Ortsangabe.
»Na, dann lassen Sie uns gehen«, ermunterte Judith die junge Frau zum Loslaufen. Musste sie sie auch noch anstupsen?
Wieder errötend, ging ihre Begleitung voran und blickte wie hypnotisiert auf die Etagenanzeige des Fahrstuhls. Als die Türen sich öffneten, stieg Judith ein und nickte aufmunternd, damit der Knopf für die dritte Etage gedrückt wurde.
Oben angekommen, wurde sie von der Schwester in einen recht schmucklosen Raum geführt und erinnert: »Warten Sie bitte hier. Ich sage Bescheid.«
Dr. Fredrichs Büro war nicht größer als die üblichen Vierbettzimmer auf den Stationen. Die Anordnung von Steckdosen, Heizkörpern und Beleuchtung vor weißlichen Wänden ließ den Schluss zu, dass es sich um ein umfunktioniertes Patientenzimmer handelte – ein Blick auf den gelbbraun gemusterten Linoleumfußboden brachte Judith dann Gewissheit. Angesichts dieser wenig repräsentativen Gegebenheiten hatte niemand den Versuch unternommen, den Raum anders als zweckmäßig einzurichten. Das nötige Mobiliar war vorhanden.
Judith Brunner ging zum Fenster und erfreute sich an der weiten Aussicht über die im Abendlicht liegende kleine Stadt.
»Gardelegen kann wirklich schön aussehen«, hörte sie eine angenehme Stimme von der Tür, »ich genieße diesen Blick öfter, gerade zu dieser Tageszeit.«
Vermutlich beherrschen Leute im Krankenhaus das lautlose Türöffnen perfekt, wohl aus Rücksicht auf die Patienten, dachte Judith, denn sie hatte absolut nichts gehört. »Stimmt«, wandte sie sich dem Eintretenden zu, der zwei kleine Gläser leicht sprudelndes Mineralwasser in einer Hand hielt und sie demonstrativ musterte.
Ihm gefiel offenbar, was er sah. »Hallo«, begrüßte er seine Besucherin salopp und stieß mit der Hüfte die Tür hinter sich zu. Heiner Frederich war ein Mann in den besten Jahren. Er sah

außerordentlich nobel und gepflegt aus. Die aus konservativer Sicht etwas zu langen, dunklen Haare fielen locker in die Stirn und eine dezente Brille unterstrich die wachen Augen in einem ebenmäßigen Gesicht. Unter seinem nur mit einem Knopf geschlossenen Arztkittel trug er ein leuchtend hellblaues Hemd, wodurch sein Gesicht noch sonnengebräunter wirkte, dazu eine mit schmalen Rhomben gemusterte Seidenkrawatte. Dunkelgraue Hosen, ein passender Gürtel und geflochtene, leichte Lederschuhe vervollständigten die Erscheinung eines sich sicher für unwiderstehlich haltenden Beaus.

Judith vermutete, dass das mehrmalige Erröten von Lernschwester Ellen von einer unschuldigen Schwärmerei für diesen Mann herrühren könnte. »Ich muss Sie leider stören, weil …«, wollte sie erklären, doch Dr. Frederich unterbrach sie rasch: »Kein Problem, Frau Brunner. Sie erretten mich aus einer furchtbar öden Besprechung mit der Bauverwaltung über die normgerechte Befestigung von Fallrohren. Das muss nun meine Stellvertreterin erledigen«, freute er sich spitzbübisch. Er stellte die Gläser ab und reichte Judith Brunner freundlich die Hand. »Setzen Sie sich doch bitte.«

Sie nahmen an einem kleinen, nicht für Besprechungsrunden gedachten Tisch Platz, der nicht viel Fläche für Unterlagen oder anderes bot. Mit Judiths Mappe, ihrem Notizblock und den beiden Getränken wirkte er geradezu überladen.

»Dr. Renz hat Sie ja sicher über die Vorkommnisse in der Pathologie unterrichtet«, kam Judith Brunner gleich auf den Zweck ihres Besuches zu sprechen.

Nickend bestätigte Dr. Frederich diese Vermutung. »Wissen Sie inzwischen mehr? Kollege Renz hat angedeutet, dass der gefundene Mann schon länger verstorben war?«

»Na ja, länger? Er spekulierte über einen Zeitraum von einigen Tagen bis zu einer Woche. Leider konnten wir noch nicht ermitteln, wo sein Leichnam vorher gelagert wurde«, informierte Judith Brunner.

»Und wie kann ich Ihnen helfen?«

»Nun, alles deutet darauf hin, dass die Vorfälle in der Zeit zwischen gestern Nachmittag vier Uhr und heute Morgen halb acht geschehen sind. Gab es da etwas Auffälliges in Ihrem Krankenhaus, besondere Vorkommnisse?«
Dr. Frederich dachte nach, doch dann schüttelte er leicht den Kopf: »Einen ziemlich langen Zeitraum haben Sie da abgesteckt. Hm. Besonderes war da nicht. Ich glaube, wir hatten gestern zwei, drei Notfälle, die mit dem Wagen von der Schnellen Medizinischen Hilfe eingeliefert wurden, aber wie viele mit einem privaten Pkw kamen? Da kann ich aber für Sie in der Notaufnahme nachfragen. Dann wurde uns endlich eine lang erwartete Lieferung mit Medikamenten vom Depot in Stendal zugestellt. Das tägliche Wäscheauto war sicher auch da. Möglicherweise auch der eine oder andere Mitarbeiter aus einem der Bestattungshäuser. Die kommen fast täglich. Das lässt sich aber alles feststellen.«
»Wenn Sie mir eine Liste der Einlieferungen, sonstigen Fahrten und der momentan im Krankenhaus agierenden Handwerker anfertigen würden? Und bitte nicht nur für gestern und heute früh, sondern auch für vorgestern.«
Klaglos notierte sich Dr. Frederich ein paar Stichworte, was Judith Brunner ermutigte, weiter nachzufragen: »Wer vom Personal hat eigentlich Zugang zu den Räumen der Pathologie?«
»Tja, praktisch jeder, der einen weißen Kittel trägt, wenn Sie verstehen. Wir haben da keine besonderen Vorkehrungen getroffen«, räumte Dr. Frederich ein. »Sicher, es gibt eine verschlossene Glastür da unten. Doch wenn jemand ein Behältnis für Gewebeproben in die Höhe hält oder mit einer Akte wedelt, gar einen abgedeckten Leichnam auf einer Rollliege hat und andeutet, er müsse damit dort hinein …« Bedauernd hob er die Schultern.
»Dr. Frederich, wir müssen uns hier im Krankenhaus mit einigen Leuten unterhalten, um die Ereignisse rekonstruieren zu können. Möglicherweise benötigen wir auch Zugang zu Personalakten, Dienstplänen oder anderen Unterlagen.«

Seufzend meinte Dr. Frederich: »Das hatte ich mir schon gedacht. Ich werde mit meinen zuständigen Mitarbeitern reden und das Nötige veranlassen. Ich bitte Sie dennoch um die gebotene Zurückhaltung, nicht nur, was die mögliche Störung des Krankenhausbetriebes angeht, sondern auch, was Ihre Bitten um Akteneinsicht betrifft. Ich möchte Ihnen nichts abschlagen müssen. Sie wissen doch: die ärztliche Schweigepflicht!«
Judith Brunner wollte schon entgegnen, dass es angesichts eines vermissten, verstümmelten Leichnams und eines überzähligen Toten mit Schussverletzungen so etwas wie eine gebotene Zurückhaltung nicht geben konnte, überlegte es sich dann aber anders. Denn obwohl Dr. Heiner Frederich sie freundlich und in gewisser Weise entgegenkommend ansah, hatte seine einschränkende Bemerkung kompromisslos geklungen.

~ 13 ~

»Na endlich! Wo bliffst du denn, meen Deern!«, wurde Laura liebevoll, aber auch mit einem leichten Vorwurf empfangen, als sie gerade an Irmgard Rehses Tür klopfen wollte. Ihre Großtante hatte hinter der Gardine gelauert und war schnellstmöglich zur Tür geeilt.
Laura drückte die alte Frau herzlich und beruhigte sie: »Nun bin ich doch da.«
»Ich mach uns gleich Kaffee«, kündigte Tante Irmgard an und wischte sich hastig einige Tränen der Erleichterung weg. Warum wurde sie in letzter Zeit nur so schnell unruhig und machte sich gleich um alles Gedanken? »Was war denn los? Hatte dein Zug Verspätung?«
Laura war ihr in die winzige Küche gefolgt. »Ach wo! Walter hat mich pünktlich abgeholt, doch du wirst nicht glauben, was uns unterwegs passiert ist! Du bist die Erste, die es erfährt!«
Der Trick funktionierte und die Enttäuschung über Lauras ver-

spätete Ankunft wich der Neugier. Tante Irmgard gab ihr eine Kuchenplatte voller goldgelber luftiger Stückchen in die Hand. »Hier. Kannst du schon in die Stube bringen. Ich habe dir einen Butterkuchen gebacken, so wie deine Oma den immer gemacht hat. Auf dem Blech – und dann frisch aus dem Ofen auf den Teller.«

Laura hatte den Duft natürlich schon wahrgenommen und bemerkte gerührt: »Wie lieb von dir. Es ist immer so schön, dich zu besuchen.« Das meinte sie aus tiefstem Herzen, und um der alten Frau eine Freude zu machen, fügte sie hinzu: »Und ich kann wie versprochen drei Wochen bleiben.« Ein glückliches Lächeln verscheuchte den sorgenvollen Zug aus Tante Irmgards Gesicht.

Genussvoll biss Laura in das erste Stück Kuchen.

Tante Irmgard goss den Kaffee in die eigens für den besonderen Anlass herausgesuchten Sammeltassen, die Laura schon aus ihrer Kindheit kannte. Geschwungener Goldrand, Blumenmuster, verschnörkelter Henkel; Tasse, Untertasse, Kuchenteller. Nahezu jeder Haushalt in Waldau verfügte über eine entsprechende Anzahl von Gedecken, denn Sammeltassen galten in der guten alten Zeit als passendes Geschenk für fast jede Gelegenheit: Taufen, Einschulungen, Konfirmationen, Hochzeiten. Und immer wussten die Besitzerinnen den Anlass noch genau und konnten bei den diversen Feierlichkeiten die Erinnerungen gemeinsam auffrischen. Da ging der Gesprächsstoff nie aus.

Laura berichtete Tante Irmgard anschaulich von Ludwig Wenzels panisch-rasantem Trecker-Fahrstil – »Das ging gerade noch mal gut!« – und von dem Fund der Hände am Ferchel. »Da musste Walter erst mal einiges vor Ort erledigen, bis er mich hier abliefern konnte.«

»Das will ich gerne glauben!«, war Tante Irmgard sofort überzeugt und fragte wissbegierig: »Was meint er denn, was nun weiter wird? Das ist ja richtig gruselig. Huh!« Es klang wie »Wunderbar!«. Sie schien wegen Lauras Erlebnis, das für die kommenden Tage eine willkommene Abwechslung bei den Kaffeekränzchen

der Dorffrauen versprach, ganz aus dem Häuschen zu sein.
»Oh, die Polizei sucht nun natürlich den Körper zu den Händen. Gott sei Dank war der Mann schon tot, als sie ihm abgetrennt wurden. Judith leitet wieder die Ermittlungen. Und Walter wird wohl allerhand Leute befragen müssen. Vielleicht findet er Zeugen, die ihm weiterhelfen können.«
Über den falschen Leichnam in der Pathologie erzählte Laura angesichts von Tante Irmgards wohligem Schauer vorerst lieber nichts. Außerdem fühlte sie sich geschafft. Die Erlebnisse des Tages wollten auch von ihr erst noch verdaut werden. »Ist da noch einen Schlückchen?«, hielt sie ihre Tasse hin, hoffend, dass der starke Kaffee ihr neue Kräfte verleihen würde.
»Du bist erschöpft, Mädel, kein Wunder. Die Reise, und dann das mit diesen Händen«, erahnte Tante Irmgard Lauras Befinden. »Willst du dich ein bisschen hinlegen?«
»Lieber nicht, sonst schlafe ich bloß ein. Und ich will doch noch auf ein paar Minuten hoch zum Gutshaus.« Laura hielt es seit Jahren so, dass sie gleich am Tag ihrer Ankunft in Waldau zuerst bei Tante Irmgard und dann bei Astrid Ahlsens vorbeischaute. Es war ihr wichtig, diese ihr nahen Menschen zu sehen und mit ihnen zu reden. Sie stand auf. »Mein Mitbringsel!«, fiel es Laura gerade noch rechtzeitig ein. Sie holte aus ihrer Umhängetasche ein in knisterndes Seidenpapier eingewickeltes weiches Päckchen und reichte es über den Tisch.
»Was für ein schöner Schal!«, freute sich Tante Irmgard und hielt das bunt gemusterte Schultertuch aus feinster Wolle ins Licht.
»Die Farben stehen dir gut!«, war Laura über ihre gelungene Wahl froh. »Den Schal kannst du dir umlegen, wenn es abends auf deiner Bank vorm Haus etwas kühler wird.«
Herzlich drückte Irmgard Rehse ihre Großnichte. »Nun mach aber los, Astrid wartet!«

Laura musste noch die kleinen Aufmerksamkeiten für ihre Freundin holen. Raschen Schrittes lief sie die wenigen Meter zu ihrem Haus. Niemand war da. Judith hatte mit Sicherheit noch

alle Hände voll zu tun und Wilhelmina, die sonst immer ein sicheres Gespür für ihr Erscheinen bewies, ließ sich ebenfalls nicht blicken. Wahrscheinlich war schon hohe Jagdzeit für immer hungrige Dorfkatzen.
Im Handumdrehen entnahm Laura die Geschenke ihrem Gepäck. Für Ella hatte sie ein entzückendes Mäntelchen im Pepitamuster erstanden und natürlich ein Spielzeug gekauft – eine Plüschmaus, an der Wilhelmina auch ihre Freude gehabt hätte. Und Astrid bekam ein weiteres altes, schön geschliffenes Wasserglas geschenkt, diesmal aus zartem Kristall mit schwerem Boden. Laura stöberte nämlich gerne in den Berliner Gebrauchtwarenläden und wurde ab und zu fündig. Wie Laura wusste, legte Astrid keinen Wert auf sechs oder mehr gleiche Gläser bei Tisch – sie bevorzugte ihre Sammlung hübscher Einzelexemplare.

Kurz vor dem Gut hörte Laura schon von Weitem einige Kinder laut und aufgekratzt schreien.
»Tritt doch zu!«
»Aua!«
»Rein damit!«
Bald konnte sie den Grund für die Begeisterung sehen: Auf der großen Wiese im Gutspark trainierte Leon Ahlsens seine Dorfjugend. Fritzi Bauer und ein paar weitere Lausebengel übten sich im Fußball, und die kleine Ella krabbelte, von den Spielern geschickt umspielt, auf dem Rasen umher.
Leon stand in einem imaginären Tor, dessen Pfosten von zwei Trainingsjacken markiert wurden.
Zuschauer hatten sich nur wenige eingefunden. Laura erkannte Fritzis Schwester Dany und einige andere Mädchen in ihrem Alter, die aussahen, als würden sie gern mitspielen, es aber nicht dürfen, Astrid und eine ihren gestürzten Sohn tröstende Spielermama. Alle Zuschauerinnen feuerten offenbar immer genau den Jungen an, der gerade am Ball war. »Renne! Na los!« Ihre jubelnden Rufe galten jeder Balleroberung. Den Sportlern jeden-

falls machte es riesigen Spaß, angefeuert zu werden, das konnte Laura beim Näherkommen genau erkennen.
Sie winkte ihrer Freundin zu, die ihr Töchterlein rasch vor einem heransprintenden Stürmer in Sicherheit brachte und ihr freudestrahlend entgegenkam. Herzlich umarmten sich die Frauen und Laura knuddelte die Kleine, die vor Vergnügen quiekste.
»Komm, gehen wir rein. Ist sowieso Zeit fürs Abendessen«, lud Astrid ein.

Die Küche vom Gutshaus war angenehm temperiert und das vorgewärmte Wasser auf dem Herd wurde schnell zum Kochen gebracht. »Ich mach uns erst mal einen Tee und setze gleich die Eier auf. Wenn du Ella inzwischen bitte ausziehst?«
Nichts leichter als das, dachte Laura. Doch das kleine Mädchen krabbelte stattdessen auf einen großen Korb mit Feuerholz am Herd zu. Laura lockte sie, mit der Plüschmaus wackelnd, zurück. Das neue Spielzeug erzielte die gewünschte Wirkung und so konnte sie Ella, die kurzerhand ein intensives Kleinkindgespräch mit der Maus anfing, sacht auf ihren Schoß nehmen.
Dann übergab Laura ihr Geschenk an Astrid. Sie tranken duftenden Kräutertee und genossen den wunderbaren Moment des Wiedersehens. »Du siehst toll aus«, freute sich Laura.
»Es geht mir auch gut: Manchmal denke ich, so gut wie jetzt ging es mir noch nie«, bekannte Astrid freimütig.
Offenbar hatte die Maus ihrer Besitzerin widersprochen, denn Ella war sichtlich unzufrieden mit dem Tier und schimpfte unüberhörbar los. Als auch das nichts half, flog die Maus Astrid rigoros vor die Füße. Das gefiel der kleinen Werferin allerdings auch nicht und noch lautstärker wurde das Spielzeug zurückgefordert. Kaum hatte Ella das Plüschtier wieder in den Händen, wurde die Maus kurz an das Bäuchlein gedrückt und die Unterhaltung der beiden setzte von Neuem ein.
Klein Ella machte ihrer Mama große Freude, wie Laura den vielen stolzen und ausführlichen Briefen mit den begeisterten Schilderungen aller kindlichen Heldentaten entnehmen konnte.

Sie spürte beim Lesen Astrids neues Lebensglück stets durch jede einzelne Zeile.
Es tat Laura gut zu wissen, dass ihre Freundin so unerwartet souverän mit der neuen Situation als ledige Mutter zurechtkam. Vielleicht half auch, dass Astrid sich offen und unvoreingenommen mit Elvira Bauer, die durch Leons Liebe zu ihr und ihren Kindern ganz selbstverständlich im Ahlsensschen Alltag präsent geworden war, angefreundet hatte – sodass nun deren achtjähriges Töchterchen Dany im Gutshaus ein und aus ging und sich hier stundenlang mit Ella vergnügte.
Die beiden Freundinnen begannen beim Tischdecken, die aktuellen Alltäglichkeiten und den neuesten Dorftratsch auszutauschen. Natürlich wurden auch die gefundenen Hände kurz erwähnt. Aber es sollte ein schöner Abend werden, daher kamen sie schnell überein, die unappetitlichen Ereignisse des Vormittags ein andermal ausführlicher zu bereden.
»Wie geht es denn mit euren vielen Vorhaben voran?«, fragte Laura interessiert. Astrid hatte ihr ausführlich geschrieben, wie die Gutsanlagen umgestaltet werden sollten.
»Eigentlich ganz passabel, doch wir sind mit dem Abriss etwas im Verzug. Die Container sind noch nicht da.«
Astrid sprach von einem maroden, barackenartigen Gebäuderiegel, der das untere Gutsgelände nach Norden begrenzte und ursprünglich aus drei einfachen, fast baufälligen Wohnungen bestand. Erst hatten sie überlegt, die Wohnbaracke als Wirtschaftsgebäude zu nutzen, doch in Anbetracht der Dinge, die sich dort abgespielt hatten, wurde dieser Plan schnell wieder verworfen. So entschlossen sich die Ahlsens zum Abriss und würden für die Geräte und die anderen üblichen Gärtnereiutensilien einen Neubau errichten. All das organisierte und betreute Leon nun mit einem enormen Engagement.
Das Plaudern über die Zukunft des Gutes, das schmackhafte Essen, ein Glas Portwein und das immer ruhiger werdende Plappern von Ella ließen die Freundinnen die Zeit vergessen. Als der Mond schon über den Parkbäumen leuchtete, verab-

schiedete sich Laura und ging seelenfroh nach Hause, gewiss, dass die Freude den Weg in Astrids Herz zurückgefunden hatte.

Sonnabend

~ 14 ~

Für den Vormittag hatte Judith Brunner sich einiges vorgenommen. Zunächst fuhr sie in ihre Dienststelle, um Ermittlungsergebnisse auszutauschen und mit ihren Mitarbeitern die Aufgaben des Tages zu besprechen. Wochenenden hatte in der Regel zur Folge, dass die Kreisbehörde nur mit einer Minimalbesetzung arbeitete, doch im Ernstfall – und darum handelte es sich bei den aktuellen Geschehnissen zweifelsohne – war auf die Einsatzbereitschaft ihres unmittelbaren Ermittlungsteams und vieler anderer Mitarbeiter Verlass.

Am großen Besprechungstisch hatte jeder eine Mappe mit Dokumenten oder Fotos vor sich liegen.

Als Judith Brunner dazu kam, trat augenblicklich Ruhe ein. Ein Blick in die Runde sagte ihr sofort, dass sich die echten Neuigkeiten in Grenzen halten würden. Sie begann daher, aus Walter Dreyers Bericht zur Zeugenaussage Ludwig Wenzels vorzulesen.

»Na immerhin«, freute sich Dr. Grede, »nun haben wir den genauen Zeitraum, in dem die Hände abgelegt worden sind.«

Judith Brunner stimmte ihm zu: »Als Hypothese können wir von halb zehn bis zehn Uhr ausgehen.«

»Allerdings kommen allerhand Leute für das Platzieren infrage, nämlich alle, die von der Frühstückspause der Zaunarbeiter wussten«, warf Ritter ein, doch Lisa widersprach: »Wenn wir von einer Absicht ausgehen, Ahlsens die Hände finden zu lassen, bleiben nicht so viele übrig.«

»Lisa, Sie überprüfen bitte kurz den Hintergrund dieser von Wenzel benannten Landarbeiter, Wohnort, Vorstrafen, alles, was Sie schnell finden können.« Judith reichte ihrer Mitarbeite-

rin eine kurze Liste. »Und die Ergebnisse teilen Sie bitte Walter Dreyer in Waldau per Telefon mit. Der macht dann die Befragungen ... Haben Sie von den Friedhöfen schon Rückmeldungen?«
Die junge Frau nickte. »Hier in Gardelegen ist alles in Ordnung, da gibt es keine Grabschändungen. Letzte Woche gab es sieben Bestattungen und die Gräber sind alle unversehrt.« Dann änderte sich plötzlich ihr Tonfall und sie setzte ungewohnt ärgerlich hinzu: »Nur wurden wieder Wasserhähne, Gartengeräte und Pflanzen aller Art geklaut! Der Verwalter schimpfte, dass wir nichts unternehmen.«
Dr. Grede wirkte genervt. »So, so. Der Verwalter schimpfte? Als hätten wir nichts anderes zu tun!«
»Der Mann hat aber recht, wir ignorieren die Anzeigen schon seit Wochen«, korrigierte ihn Lisa scharf. »Das geht schon so, seit die Wasserleitungen nach dem Winter wieder in Betrieb genommen worden sind. Alle paar Tage meldete er ein neues Vorkommnis.«
Auch Judith Brunner hörte nicht zum ersten Mal davon, zumindest hatte sie in den Rapporten etwas dazu gelesen. Allerdings hatte sie bisher die Brisanz des Themas wohl nicht erkannt. Warum war Lisa so erregt? Sie würde am besten selbst mal beim Friedhof vorbeigehen, jetzt, wo sich das mit ihrem neuen Fall verknüpfen ließ. Und zu der merkwürdigen Meinungsverschiedenheit mit Lisa würde sie Dr. Grede unter vier Augen befragen. Judith entschied: »Ich kümmer mich darum, doch darüber reden wir nachher. Noch weitere Meldungen zum aktuellen Fall, Lisa?«
»Einige Bestatter in unserem Kreis habe ich schon erreicht. Sie hatten keine Unregelmäßigkeiten festgestellt. Bei den anderen versuche ich es weiter. Soll ich auch im Kreis Klötze noch nachfragen?«
»Ja, bitte.«
»Und die Friedhöfe auf den Dörfern? Wer prüft die?«, fragte Dr. Grede.

Judith Brunner überlegte. »Wir nehmen erst mal nur Breitenfeld, da wohnte Singer, und danach die unmittelbaren Nachbardörfer. Ich berede das mit Walter Dreyer. Es ist Wochenende. Viele Leute nutzen das für einen Gang auf den Friedhof. Vielleicht bekommen wir auf diese Weise einen Hinweis. Und außerdem hoffe ich auf eine baldige Identifizierung des Toten. Das dürfte dann die notwendigen Überprüfungen erheblich einschränken.« Sie nahm einen Schluck Kaffee und fragte in die Runde: »Was haben wir noch?«
Dr. Grede kündigte an: »Sobald wir die Liste mit den Namen aller Handwerker und Lieferanten aus dem Krankenhaus haben, gehe ich mit zwei Leuten hin und fange mit den Befragungen an. Irgendjemandem wird was aufgefallen sein«, sagte er optimistisch.
»Die Leute von der Schutzpolizei haben gestern bis zum Dunkelwerden den Boden um die Fundstelle abgesucht, doch selbst an den umliegenden Feld- und Waldwegen war nichts zu finden, was auf den ersten Blick weiterhilft. Die eingesammelten Flaschen waren alle total verdreckt, verschandelten also schon länger die Botanik, zwei, drei Zigarettenkippen am Waldrand, eine rostzerfressene Pfanne und zwei zerkratzte Emaillebecher. Haben sicher Holzfäller mal vergessen«, berichtete dann Thomas Ritter und ergänzte: »Die Spuren vom Weg geben nichts Verwertbares her, diverse Reifenabdrücke von Autos, Mofas und Fahrrädern.« Ritter reichte Judith eine Mappe mit entsprechenden Fotos und Dokumentationen zu den Gipsabdrücken herüber. Vielleicht könnten sie mit diesem Material später mehr anfangen, wenn sie genauer wüssten, wonach sie suchen sollten.
»Trotzdem vielen Dank ans Labor«, meinte Judith Brunner und teilte mit: »Ich fahre jetzt nach Waldau zurück und rede mit Botho Ahlsens. Danach statte ich Hella Singer einen Besuch ab. Haben wir da schon was, Lisa?«
»Nur wenig. Die beiden Singers haben 1960 geheiratet. Eduard Singer stammte sogar aus Breitenfeld, das Haus steht auf seinem Grundstück. Kinder sind keine vermerkt, Vorstrafen auch

nicht.«
Judith musste über Lisas Betonung der letzten beiden Fakten schmunzeln und fragte: »Woher kommt Hella Singer?«
Lisa sah in ihren Notizen aus der Meldestelle nach: »Aus, ach, das ist aber schon ein Stück weg, sie stammt aus Neuwied am Rhein. Eine geborene Schmittke.«
»Danke. Ich fahre dann los. Heute Nachmittag komme ich aber noch einmal rein.«

~ 15 ~

Botho Ahlsens wartete schon seit dem frühen Morgen, als er aus einem unruhigen Schlaf erwacht war, auf den Besuch der Hauptkommissarin. Er fühlte sich miserabel. In Worte hätte er sein Befinden nicht fassen können; ein unbeschreibliches Gefühl hatte ihn ergriffen: Wollte ihm – auf diese entsetzliche Weise – tatsächlich jemand eine Botschaft übermitteln? Und wenn ja – welche? Was sollten die zwei abgehackten Hände? Sicher, er hatte in seinem Leben nicht nur Ruhmestaten vollbracht, und es gab einiges, worauf er nicht stolz war. Doch eine Tat, die dieses Ausmaß an Abscheulichkeit rechtfertigen würde, war ihm auch beim Anlegen strengster Maßstäbe an sein Handeln nicht eingefallen. Und dann hatte ihm ein Gedanke den letzten Rest an mühsam aufrechterhaltener Beherrschung geraubt: Ging es vielleicht nicht um ihn, sondern um jemanden aus seiner Familie? Astrid und Ella, selbst wenn er Leon hinzuzählte, mehr waren sie nicht. Wer könnte ihnen schaden wollen?
Beim Frühstück hatte es selbst die Kleine nicht geschafft, ihn abzulenken. Astrid hatte ihn besorgt angesehen und wollte schon ihren geplanten Termin mit der Abteilung Bauwesen in der Gardelegener Kreisverwaltung absagen, was er aber entschieden abgelehnt hatte. Er wollte keine Einschränkung ihres Alltagslebens, nicht schon wieder.

Endlich hörte er, wie ein Wagen vor dem Gutshaus hielt. Er ging Judith Brunner erwartungsvoll entgegen und war erleichtert zu sehen, dass sie allein gekommen war. Er hoffte auf alternative Szenarien, auf neue, ihn beruhigende Auskünfte zu den polizeilichen Ermittlungen, die seine trüben Gedanken würden vertreiben könnten. Für ein Gespräch unter vier Augen würde seine Kraft wohl reichen.

Judith Brunner wurde von Botho Ahlsens in ein großes Zimmer geführt, das sowohl Bibliothek als auch Wohnzimmer sein konnte. Wahrscheinlich wurde es beiden Nutzungen gerecht, dachte sie. Der Raum strahlte eine behagliche Arbeitsatmosphäre und Ruhe zugleich aus. Er lag an der Stirnseite des Erdgeschosses vom Gutshaus und erstreckte sich über die gesamte Breite des Gebäudes. Je zwei doppelte Flügelfenster gingen sowohl auf den Park als auch zum Hof. Die hohen Bücherregale nahmen fast die gesamte Wand dazwischen ein, manche waren verglast, andere offen. Vor den Parkfenstern stand eine Sitzgruppe aus zwei breiten Sofas und einer Ottomane, die so aufgestellt waren, dass sie von allen Plätzen den Blick ins Grüne gestatteten.

Vor einem der Fenster hatte es sich ein wohlgenährter Kater auf einem kleinen Teppich gemütlich gemacht. Er schien listig zu überlegten, auf welchen Platz der fremde Besuch sich wohl setzen würde, damit er ihn vorher noch rasch okkupieren könnte. Aber sein Vorhaben wurde vereitelt, denn die Frau setzte sich nicht, sondern besah sich die Bücher.

Judith Brunners Blick blieb an einer Sammlung von Berichten früher Forschungsreisender hängen: alte Ausgaben mit Lederrücken und Goldprägung, die neueren Datums mit Schutzumschlag oder Papprücken. Sympathischerweise wiesen alle Bücher diverse Gebrauchsspuren auf – kleine Einrisse, Abriebstellen oder Knicke.

Ein imposanter langer Tisch vor den Hoffenstern, der früher bestimmt als Tafel für opulente Festessen genutzt worden war, bot viel Platz zur Ablage von Unterlagen aller Art, und dieses verführerische Angebot nutzte jemand in diesem Haushalt of-

fensichtlich gern.
Wirklich schön, ein Zimmer, das zum Verweilen einlud.
Botho Ahlsens bemerkte Judiths schweifenden Blick und erzählte leise: »Hier hat Paul oft gesessen; er nutzte die Bibliothek gern zum Nachdenken.» Er deutete auf das scheinbare Durcheinander auf dem großen Tisch. «Und Leon versucht gerade, in den alten Ordnern ein paar brauchbare Pläne zum alten Park und zur Gärtnerei zu finden.«
»Ich habe von Ihrem Vorhaben gehört, alles wieder aufzubauen. Laura Perch erzählte mir schon, dass Ihr Neffe der Bauleiter ist.«
Diese Bemerkung brachte Botho Ahlsens fast zum Lächeln. Er fand es nett, dass die Kommissarin Leon als seinen Neffen bezeichnete und damit ihrem inzwischen guten, vertrauten Verhältnis eine familiäre Nähe zugestand, obwohl sie sicher sehr genau wusste, dass sie nur äußerst weitläufig verwandt waren. Und: Leon als Bauleiter! Wer hätte das gedacht. Doch eigentlich stimmte es – der Junge machte seine Sache wirklich gut. Natürlich half Botho Ahlsens unauffällig mit seinen Beziehungen nach, wenn er merkte, dass es irgendwo klemmte, doch vieles gelang Leon allein. Als der junge Mann seinerzeit in Waldau aufgetaucht war, schien er bloß ein sympathischer Tagedieb zu sein, der sein Leben verplemperte. Dass Leon nun so engagiert und fantasievoll an der Wiedererweckung von Park und Gärtnerei mitwirkte, ja, das ganze Projekt eigentlich angestoßen hatte, stimmte ihn außerordentlich froh. »Hoffentlich findet Leon, was er sucht«, bemerkte der Hausherr philosophisch und tippte mit dem Zeigefinger wie nebenbei auf die Unterlagen an der Ecke des Tisches.
»Bitte, setzen Sie sich. Möchten Sie etwas trinken?«, bot Ahlsens dann aufmerksam an.
Judith Brunner war mit einem Glas Wasser zufrieden. Sie wollte keine Umstände machen; auf einem Beistelltischchen neben der Ottomane hatte sie eine Karaffe und einige Gläser entdeckt. Botho Ahlsens schenkte ein und sie setzten sich.

Der Kater bevorzugte nun die Nachbarschaft des Mannes und machte es sich zwischen dunkelroten Kissen bequem.
»Haben Sie schon etwas herausfinden können?«, fragte Ahlsens ohne Umschweife.
Judith Brunner nickte. »Wir vermuten, dass die Hände einem Mann gehören, der vorgestern im Gardelegener Krankenhaus verstorben ist.«
»Heißt das, Sie haben ihn gefunden?«
»Nein. Das eher nicht. Sein Leichnam ist von dort verschwunden.«
Das verstand Ahlsens nicht. »Was meinen Sie?«
Judith erläuterte die ihr so weit bekannten Umstände.
Botho Ahlsens schien fassungslos. »Und Sie denken immer noch, das alles hat mit mir persönlich zu tun? Eine gestohlene Leiche muss doch noch andere Erklärungen hergeben!«
Das gestand Judith Brunner ohne Zögern zu: »Dadurch weiten sich die Alternativen tatsächlich erheblich aus.«
»Wie hieß der Mann?«, wollte Ahlsens wissen.
»Wir nehmen an, es handelt sich um einen gewissen Eduard Singer.«
Botho Ahlsens war keine Reaktion anzusehen.
»Aus Breitenfeld«, ergänzte Judith Brunner.
Nun kniff Ahlsens die Augen etwas zusammen und schüttelte bedächtig den Kopf.
Aus der Diele des Gutshauses war das beharrliche Klingeln des Telefons zu vernehmen. Ahlsens entschuldigte sich und ließ Judith Brunner allein.

Eine Minute später war er zurück. »Dr. Renz für Sie. Würden Sie bitte zum Telefon kommen?«
»Nanu?«,.wunderte sich Judith, was mag sich so Wichtiges ergeben haben, dass er ihr hinterhertelefonierte?

»Verehrte Frau Brunner, entschuldigen Sie bitte die Störung. Frau Lenz sagte mir, wo ich Sie erreichen kann. Ich bin weitge-

hend fertig mit der Obduktion des Unbekannten. Einige Laboruntersuchungen laufen noch, doch ich wollte Sie besser gleich über ein paar neue Gegebenheiten informieren. Vielleicht ist es ja für irgendetwas von Bedeutung.«
»Ich bin sicher, dass Ihre Ergebnisse hilfreich sind«, bemerkte Judith Brunner, »erzählen Sie bitte.«
»Das Vordergründigste waren natürlich die Schusswunden. Ich habe die Streumuster noch mal genau geprüft – es sind wirklich nur zwei Schüsse gewesen, und es käme dafür auch nur eine Schrotflinte infrage. Es wurde aus sehr geringer Entfernung geschossen!«
War das so wichtig? Das hatten sie gestern schon vermutet, doch die Betonung des letzten Satzes ließ Judith erstaunt nachfragen: »Und das kann man überleben?«
»Nein, sicher nicht. Deswegen denke ich, die Flinte war nicht mit Schrot geladen. Es muss etwas gewesen sein, das nicht ganz so tiefe, aber dennoch recht üble Wunden reißt.«
»Was könnte das gewesen sein? Die Narben sind ja da.«
»Harte Körner aller Art. Getreide, getrocknete Samen, so etwas.«
»Und was ist für Sie am wahrscheinlichsten?«
»Na ja, ich vermute, es könnte ein Salz gewesen sein.«
»Salz?«
»Ja, etwas Grobkörniges. Ich denke an Steinsalz. Die Salzkörner dringen beim Schuss in tiefer liegende Gewebeschichten ein. An der Kontaktstelle kommt es zu einem Flüssigkeitsverlust; diese Verletzungen führen zu starken, brennenden Schmerzen.«
»Und zu den Narben?«
»Nicht unbedingt. Das Salz wird normalerweise resorbiert und die Wunden heilen. Nur wenn die Wunden länger nicht fachgerecht versorgt werden oder eine Infektion dazukommt, entstehen diese Gewebebildungen. Vielleicht war das Salz ja verdreckt oder kontaminiert, mit irgendetwas Ätzendem oder mit einem Gift ... Aber ich habe eine weitere Entdeckung gemacht, die mir viel interessanter scheint.«

»Ich bin ganz Ohr.«
»Die Röntgenaufnahmen vom Leichnam belegen mehrere alte, längst und gut verheilte Brüche. Zwei an den Armen, zwei an den Beinen. Bemerkenswert sind aber eher die Knochenbrüche der Finger der rechten Hand. Fast unsichtbar, aber mir sind sie nicht entgangen!«
»Oh.« Hatte das etwas zu bedeuten? Oder war das ein Zufall? Merkwürdig war es auf jeden Fall. Judith Brunner bedankte sich aufrichtig bei dem Rechtsmediziner für seine Arbeit, der bescheiden abwiegelte: »Immer wieder gern; Sie wissen doch, mir machen solche anspruchsvollen Aufgaben Freude. Das war etwas knifflig, die Ursachen der Narben so genau festzustellen. Insofern war es unstreitig richtig, die Leiche einem Fachmann hinzulegen, wer immer die Idee dazu hatte und welche Absicht dahinter stecken mochte«, schloss er.
In Judiths Kopf formte sich ein Gedanke, der in Sekundenbruchteilen Gestalt annahm. Sie versuchte, Zeit zu gewinnen. »Können Sie bitte noch mal wiederholen, was Sie eben gesagt haben?«
Falls Dr. Renz diese Bitte überraschte, ließ er nichts vernehmen. »Ich habe gesagt, dass die Autopsie recht anspruchsvoll war.«
»Nein, nein. Das danach«, drängte Judith.
Renz konnte die unterdrückte Aufregung in der Stimme der Hauptkommissarin hören. »Es war wohl eine gute Idee, den Leichnam uns Fachleuten anzuvertrauen. Wer sonst hätte das nach so vielen Jahren noch herausgefunden?«
Das war es! Judith spürte, wie ihre Idee an sicheren Konturen gewann: Was, wenn die unbekannte Leiche nicht in der Pathologie abgeliefert worden war, um den Diebstahl des anderen Leichnams zu vertuschen, sondern weil sie exakt dort – bei den Spezialisten für die Untersuchung von Toten – gefunden werden sollte! Und was, wenn die Hände genau dort auf den Baumstamm gelegt worden waren, damit ausgerechnet Botho Ahlsens sie entdecken musste! Weil nur er über irgendein spezielles Wissen verfügte?

Judith bedankte sich nochmals bei Dr. Renz und eilte gespannt zurück in die Bibliothek.

»Herr Ahlsens, wofür sind Sie eigentlich ein Spezialist?«, wagte Judith Brunner, noch in der Tür, den Schuss ins Blaue.
Die Frage verblüffte den Mann. »Was meinen Sie?«
»Was können Sie besonders gut? Oder wissen Sie etwas, das sonst kaum jemand weiß? Spezielle Kenntnisse. So etwas meine ich.«
»Was ich kann?« Ahlsens wirkte ratlos.
»Was sind Sie von Beruf?«, half Judith Brunner.
»Von Beruf? Ich habe einen Abschluss als Pflanzenbauingenieur. Doch ich verstehe nicht ...«
Sie bohrte weiter: »Was konkret haben Sie da zu tun?«
»Nun, jetzt halte ich nur noch Vorlesungen an der Universität, ein paar Stunden pro Woche. Im Herbstsemester leite ich ab und zu ein Seminar.« Fast unwillig beantwortete Ahlsens die Nachfrage.
»Sind Sie nicht emeritiert?«, wollte Judith Brunner wissen.
Nun reichte es Botho Ahlsens: »Ja. Doch man fand bisher keinen geeigneten Nachfolger. Also mache ich weiter. Was zum Teufel soll die Fragerei?«
Judith Brunner zögerte. Sollte sie Ahlsens von ihrer Hypothese berichten? Was war zu verlieren? »Es ist nur eine Idee und ich weiß nicht ... Also hören Sie zu«, begann sie. »Ich denke, derjenige, der die Hände auf Ihrem Weg ablegte, wollte, dass genau Sie in die polizeilichen Ermittlungen einbezogen werden und Ihre speziellen Kenntnisse zum Tragen kommen.«
»Wieso!? Als Pflanzenbauingenieur!? Welche Kenntnisse?«
Sie verlangte weiter: »Erzählen Sie mir bitte mehr! Ich frage noch einmal: Wofür sind Sie ein Spezialist?«
Botho Ahlsens antwortete lange nicht. Er sah Judith Brunner direkt an und begann zu überlegen. Sie erwiderte seinen Blick, der unangenehm prüfend war.
»Wir kennen uns jetzt fast zwei Jahre«, stellte er dann fest, um

hinzuzufügen: »Ich weiß, dass Sie gute Arbeit leisten.«
Judith beugte sich vor und war hoch konzentriert. Sie wollte verstehen, worauf das Kompliment hinauslaufen sollte. Bedankt hatte sich Ahlsens bei ihr schon genug. Und dass er ihre Arbeit so genau einschätzen konnte, da hatte sie ihre Zweifel.
»Glauben Sie mir, ich kann das«, bekräftigte Ahlsens.
Als würde er auch noch ihre Gedanken lesen können!
»Ich vertraue Ihnen«, fuhr Ahlsens dann bedächtig fort, »und ich vertraue darauf, dass Sie das, was ich Ihnen nun erzähle, nur wenn nötig bei ihren Ermittlungen weitergeben. Es ist sehr, hm, persönlich.«
Das klang interessant. Und das Versprechen konnte sie ihm bedenkenlos geben – Judith hatte sich stets um Diskretion bemüht. Sie nickte zustimmend und lehnte sich wieder bequem zurück, um die Situation etwas zu entspannen.
Ahlsens begann: »Meiner Familie gehörte das hier alles einmal. Unsere Eltern waren vermögend, wie schon unsere Großeltern. Als die noch lebten, war das hier ein richtig herrschaftliches Anwesen. Wegen irgendeiner politischen Verärgerung im Zusammenhang mit der Reichsgründung hatte mein Großvater trotzig den Adelstitel abgelegt, und weder meine Eltern noch Paul oder ich konnten einen triftigen Grund erkennen, dem alten ›von‹ nachzutrauern. Es blieb bei Ahlsens, und die Gutswirtschaft und die anderen Unternehmen meiner Familie florierten weiter. Und nach dem Krieg – Sie wissen das ja sicher. Alles sollte sich ändern. Doch nicht das gesamte Bodenreformland ging in Privathand über; ein großer Teil verblieb beim Staat. So radikal und entschieden das Vorgehen auch im Einzelnen war, im Falle von Gut Waldau war es so: Ich kam mit meinem Bruder Paul aus dem Krieg zurück und wir durften bleiben. Und mit allem weitermachen. Uns blieben Haus, Hof, Park, Personal und – die Gärtnerei.«
»Weitermachen ... Womit?«
»Mit« – hier lächelte Botho Ahlsens sie freundlich an – »unseren Spezialkenntnissen, wie Sie es vorhin so treffend ausgedrückt

haben. Wir waren anerkannte Fachleute für Pflanzenquarantäne und Pflanzenschutz.«
Judith gab sich keine Mühe, nicht überrascht auszusehen. Das war alles? Sie hatte irgendwie mit wesentlich brisanteren Enthüllungen gerechnet. »Pflanzenquarantäne. Dazu fällt mir gar nichts ein«, gab sie zu.
»Das ist auch keine jedem geläufige Aufgabe, aber dennoch von erheblicher Bedeutung. Ihr Ziel ist die Vermeidung der Verschleppung von Pflanzenkrankheiten und -schädlingen. Das erkläre ich jedenfalls meinen Studenten immer so«, entschuldigte er charmant seinen belehrenden Ton, bevor er unbeirrt mit dem Dozieren weitermachte: »In Deutschland hatten sich in der Kriegs- und Nachkriegszeit gefährliche Landwirtschaftsschädlinge erheblich ausgebreitet, etwa Motten in den Saaten oder, wesentlich bekannter, der Kartoffelkäfer. Manch einer vermutet dabei bis heute noch Sabotage, eine Form der biologischen Kriegsführung. In den Kriegsjahren war unser Fachgebiet völlig vernachlässigt worden und außerdem fehlten die entsprechenden Spezialisten. Viele, zu viele, waren im Krieg geblieben. Waren vor Kriegsbeginn in Deutschland etwa 400 Sachverständige für die Einfuhr und 650 Sachverständige für die Ausfuhr von Pflanzen und Pflanzenteilen tätig, gab es nun – gerade hier bei uns – nur noch eine Handvoll ausgebildeter Männer. Vor allem Paul, aber auch ich gehörten bald dazu.« Botho Ahlsens seufzte leicht und Judith Brunner vermutete, dass er in Gedanken bei seinem toten Bruder war.
Dann fuhr Ahlsens konzentriert fort: »Man konnte davon ausgehen, dass Deutschland nach der erheblichen Zerstörung und Demontage seiner Industrie in weit größerem Maße als zuvor an der Ein- und Ausfuhr von Pflanzenteilen interessiert war. Der Pflanzenbeschaudienst musste also zwingend wieder aufgebaut werden. Entsprechende Verordnungen waren zu erneuern, Anschauungsmaterialien und Vergleichspräparate mussten beschafft werden, optische Geräte, auch Chemikalien, etwa Begasungsmittel, und Gasschutzgeräte waren zu besorgen. Und:

In der ganzen Region hier an der westlichen Grenze gab es davon nichts! Paul und ich wurden also beauftragt, diesen akuten Mangel zu beseitigen. Es gab allerdings keine geeigneten Räume für die Verwaltung und für eine einigermaßen sichere Untersuchungsstation – und deshalb schlug Paul den verantwortlichen Männern mit und ohne Uniform wohlüberlegt vor, unser Gut in Waldau dafür zu nutzen. Es bot unzerstörte Gebäude, war abgelegen genug für die damals übliche Heimlichtuerei zwischen den Besatzungsmächten, die Pflanzengifte waren einigermaßen sicher zu lagern und – es gab zwei Fachmänner.« Botho Ahlsens nahm sein Wasserglas, und es hatte den Anschein, als bringe er einen Trinkspruch aus.

Hatte dessen Idee seinen Besitz gerettet?, überlegte Judith.

Ahlsens hielt einen Moment inne, dann stand er auf und entschuldigte sich, um etwas aus einem der Bibliotheksschränke zu holen. Er kehrte mit einem alten Leitzordner zurück, den er vor Judith auf den Tisch legte und ihr anbot, darin zu blättern. Er setzte sich neben sie und berichtete weiter: »Ab Herbst 1947 haben wir hier auf dem Gut die Schulungen für Pflanzenschutztechniker durchgeführt. Als einheimische Pflanze war die Kartoffel in der Nachkriegszeit ein äußerst wichtiges Nahrungsmittel und auch wir hatten, wie schon angedeutet, große Probleme mit dem Kartoffelkäfer. Eine Zeit lang hat man die chemische Bekämpfung mit Schwefelkohlenstoff versucht. Das war ziemlich gefährlich: Eigentlich sollte das Zeug in Benzintankwagen zu den Feldern gefahren werden, doch oft hat man das Mittel in Fässern mit einem Lkw vom Herstellerwerk geholt. Obwohl diese gefährliche Ladung nur in den frühen Morgenstunden transportiert wurde, kam es zu Unfällen und so hat man diese Bekämpfungsmethode schon nach wenigen Jahren eingestellt.«

Dann blätterte Ahlsens ein paar Seiten weiter: »1949 griffen die Russen energisch ein und befahlen verschärfte Maßnahmen gegen das Biest, gerade hier im Kreis Gardelegen an der Grenze zum Westen. Ab sofort wurde die chemische Bekämpfung mit Arsenkalzium durchgeführt.« Er dachte einen Moment

nach und erinnerte sich: »In Kalbe gab es eine kleine Landmaschinenfabrik. Die baute entsprechende Gespannspritzen. Man brauchte also nur noch ein Pferd. Hier, sehen Sie, das ist ein Foto von den Giftbehältern«, wies er auf ein vergilbtes Blatt aus einer alten Fachzeitschrift hin. »Die meisten Bauern sind aber mit Rückenspritzen los, wenn ich mich recht erinnere.«
»Wo wurde das Gift denn aufbewahrt?«, fragte Judith Brunner eher beiläufig.
»Auch hier, auf dem Gelände von Gut Waldau. Der riesige Schuppen steht aber nicht mehr. Ist viele Jahre später abgebrannt ... Die Kalkarsenbrühe haben wir damals in Fässern angesetzt. Selbst die Verpackung des Kalkarsens war nachweisbar zu vernichten.«
»Und alles mit Arsen?«, wunderte sich Judith. »Durfte man die Kartoffeln nach dem Spritzen etwa essen?«
Ahlsens erklärte: »Verfüttern durfte man sie. Mit einem gewissen zeitlichen Abstand. Ich glaube, sechs Wochen waren als Mindestabstand festgelegt.«
Die Erinnerungen schienen so vielfältig zurückzukommen, dass Botho Ahlsens gar nicht wusste, was er zuerst erzählen sollte: »Ach. Und am Gütergleis am Bahnhof in Gardelegen hatten wir Kontrollen zu erledigen, damit ja keine Kartoffellieferung mit Käfern zur Abfertigung gelangte. Sogar die Polizei war zu verständigen, falls wir bei diesen Kontrollen fündig geworden wären«, ergänzte er mit einem Seitenblick auf die Hauptkommissarin.
Beim bedächtigen Blättern in seinem Ordner stieß er dann auf mehrere Seiten mit detaillierten technischen Zeichnungen und chemische Formeln. Er erklärte: »Für die nötigen Entwesungen war ein gasdicht zu verschließender Raum notwendig mit etwa 30 Kubikmeter Rauminhalt. Ich weiß noch, wie wir in Gardelegen ewig danach gesucht haben, denn er musste mindestens 5 Meter von jedem Wohn-, Stall- oder Aufenthaltsraum entfernt sein. Und heizbar musste er auch sein, denn die Begasungen wirkten unter 12 Grad nicht genügend. Für die Kammerbega-

sung haben wir damals Calcid verwendet, ich denke, es waren Tabletten. Hier muss doch irgendwo ein Prospekt dabei sein«, blätterte er weiter. »Ah, hier, richtig: 1 Tablette zu 20 Gramm je Kubikmeter Raum«, las Ahlsens vor. »Die Waggonbegasung hat man meistens in Begasungstunneln durchgeführt. Aber das Calcid war dafür nicht geeignet; man hat Zyklon genommen, 10 Gramm HCN je Kubikmeter.«
Plötzlich verstummte Ahlsens Redefluss, als hätte er das Thema seines Vortrages vergessen. Er sah Judith Brunner betreten an und sagte ohne jede eitle Pose: »Verzeihen Sie meine Geschwätzigkeit. Meine Ausführungen helfen Ihnen wohl kaum weiter.«
»Da muss ich Ihnen energisch widersprechen! Ich finde das alles hochinteressant. Und ich denke, Sie haben das Rätsel eben gelöst«, gab Judith Brunner zu seiner nicht geringen Überraschung erfreut zurück.
»Welches Rätsel?«
»Na, meine Frage nach Ihren speziellen Kenntnissen: Sie sind ein Spezialist für Gifte!«
»Tatsächlich?«, staunte Botho Ahlsens über sich selbst. »Könnte es das sein?«
»Ich vermute schon«, meinte Judith Brunner, war sich aber ziemlich sicher. Hatte Dr. Renz nicht vorhin am Telefon die Verwendung von Gift angedeutet? Allerdings hätte sie gern noch den Rest gehört. »Wie ging es dann weiter?«
»Was meinen Sie?«
Judith Brunner ließ nicht locker: »Herr Ahlsens, wir wissen beide, dass das nur ein Teil der Geschichte ist.«
»So? Wissen wir das?«
»Ja. Sonst hätten Sie sich Ihre einleitenden Ausführungen sparen können.«
Ein Lächeln überflog Ahlsens' Gesicht: »Richtig. Mein Fehler. Na gut. Also weiter ... In Aschersleben gab es dann ab Ende 1949 eine ›Biologische Zentralanstalt für Land- und Forstwirtschaft‹ als Außenstelle des Landwirtschaftsministeriums. Unser Gut verlor an Bedeutung, was die Fülle der Aufgaben anbelang-

te. Das Personal folgte der Arbeit; nur Laurenz und der alte Weber machten mit uns weiter. Paul und mir blieb zunächst nur etwas Forschungsraum in der Obstbaumpflege. Man wollte weg vom Wegeobstbau, der als überholt galt, und hin zum Plantagenobstbau. Das fand ich eigentlich ganz reizvoll. Paul nicht. Er probierte es daher mit dem Vorratsschutz von Getreide und forschte dort weiter; wichtig für die Brauereien, aber vor allem für Mühlen und Futtermittel produzierende Betriebe, denen die Kornkäfer alles wegfraßen. Irgendwann hat er damit dann aber aufgehört und fing gemeinsam mit Berger an, Pflanzen zu züchten.«

»Aha. Das erklärt alles«, meinte Judith Brunner. Die Ironie war nicht zu überhören.

»Warten Sie. Wir wurden beide ins Ministerium nach Berlin bestellt. Das konnte damals, Anfang der fünfziger Jahre, für die Menschen alles bedeuten, von ab nach Sibirien bis zum Aufstieg in den Machtapparat, mit rasch wechselnden Präferenzen der Verantwortlichen in Berlin und Moskau. Auf dem Lande wurden die ersten Genossenschaften gegründet, nicht immer mit gewaltfreien Begleitumständen. Da kann Ihnen hier jeder ein paar unerfreuliche Geschichten erzählen. Viele Neubauern haben seinerzeit allerdings auch ihr Glück gemacht und die meisten fahren bis heute gut damit. Na schön ... Paul und ich haben damals zwei Nächte durchdiskutiert, was man im Ministerium wohl von uns wollen könnte. Wir wussten aus dem Bekanntenkreis von genügend Versuchen, uns so genannte bürgerliche Wissenschaftler mit Drohszenarien einzuschüchtern. Da hat selbst virtuoses Agieren in den diversen Partei- und Staatsebenen nicht immer geholfen. Die Auslegungspraxis von Vorschriften führte zu ziemlichen Rechtsunsicherheiten, und viele Fachleute gingen in den Westen. Es war dort wesentlich einfacher, vor allem aber sicherer, ein Forschungsinstitut aufzubauen und privat oder staatlich gefördert wissenschaftlich zu arbeiten.«

Ahlsens hielt kurz inne, bevor er Judith Brunner direkt ansah und mit Überzeugung sagte: »Doch für uns war das keine Op-

tion.«
»Sie wollten in Waldau bleiben«, verstand sie.
»Genau. Das hier war unser Zuhause. Und Paul und ich, wir hatten verdammtes Glück. Das war der Preis: unser Wissen und unsere Forschung für ein Leben in Waldau. Das Gut kam unter staatliche Verwaltung und wir wurden Angestellte. Das war's. Wir bekamen beide lukrative Einzelverträge.« Ahlsens schmunzelte und vergaß weiterzureden.
»Was ist?« Judith Brunner war neugierig.
»Wissen Sie, dass wir offiziell als ›Angehörige der Intelligenz‹ eingeordnet wurden? Was für ein Spaß! Wir haben uns immer gegenseitig damit aufgezogen, wenn bei unseren Forschungen wieder mal etwas danebengegangen war. Wir hatten es schließlich schwarz auf weiß, intelligent zu sein.«
»Sie müssen wirklich gut gewesen sein«, war Judith Brunner überzeugt.
»Waren wir. Das kann ich bei aller Bescheidenheit sagen. Und es hat uns zudem begeistert, im Pflanzenschutz und in der Pflanzenzucht weiter zu machen. Und das auf unserem Gut – zumindest empfanden wir das so, als unser Gut. Paul hat tolle Zierpflanzen für das Freiland hinbekommen! Sie haben keine Vorstellung!«, schwärmte er auf sympathische Weise für die Arbeit seines Bruders. »Die haben international einen Preis nach dem anderen abgeräumt und der Staat hat damit einiges an Devisen rein bekommen«, fügte er stolz hinzu. »Mir ist es gelungen, einer alten Obstkrankheit bei Äpfeln auf die Spur zu kommen, und die Erträge wuchsen erheblich. Auf eines unserer Pflanzenschutzmittel wurde ein Patent angemeldet und ich werde immer noch am Erlös beteiligt. Frau Brunner, ich bin wirklich eine Kapazität auf meinem Gebiet, sogar international bekannt und, was vielleicht das Entscheidende ist, auch anerkannt. Ich bekomme eine gute Rente, dann die Professur ... Doch das Wichtigste war: Paul und ich konnten hier in Waldau, auf dem Gut unserer Familie, weiter leben, weitgehend unbehelligt von den Zeitläufen. Wir konnten forschen, wir konnten publizieren. As-

trid hat hier ein Zuhause gefunden, nun auch Leon ... Ich will mich wirklich nicht beklagen.«
Judith Brunner staunte anerkennend: »Privilegierung gegen Forschungsergebnisse. Das ist kein schlechter Handel.«
»Richtig. Und er gilt bis heute. Mir gehört hier zwar nichts, aber ich fühle mich dennoch hier zu Hause. Mich bedrückt nur, dass Paul und Laurenz nicht mehr da sind.«

~ 16 ~

Etwa zur selben Zeit an diesem Vormittag war Walter Dreyer mit dem Auto unterwegs, um die anderen Arbeiter, die an der Reparatur des Weidezauns beteiligt waren, zu befragen. Das Seitenfenster hatte er heruntergekurbelt; seine linker Arm hing lässig in der warmen Luft.
Wegen des nassen Wetters der letzten Wochen waren viele Arbeiten liegen geblieben und deswegen wurde mit Sicherheit der eigentlich arbeitsfreie Sonnabend von der Genossenschaft genutzt, um die Rückstände bei den Frühjahrsarbeiten aufzuholen. Auf dem Lande war das mit dem freien Wochenende für die meisten sowieso eine Illusion, denn zumindest das Vieh und die Gärten mussten immer versorgt werden, vom tagelangen Durcharbeiten in der Erntesaison ganz zu schweigen. Vielen altmärkischen Bauern war die Vorstellung, gar nichts zu tun zu haben, sowieso suspekt.
Walter Dreyer war also optimistisch, seine fehlenden Zeugen bei der Arbeit anzutreffen. Lisa Lenz hatte zu den vier Namen inzwischen nicht viel feststellen können. Zwei waren Familienväter, zwei Junggesellen. Von denen war einer vorbestraft; die Tat eines Jugendlichen und über zehn Jahre her. In seinem Lehrbetrieb waren Werkzeuge verschwunden; ihn hatte man erwischt. Dreyer seufzte. Das gab kaum etwas her.
Er versuchte es zuerst am Weidezaun und hatte richtig vermu-

tet. Ludwig Wenzel fuhr auf seinem Trecker mit riesigem Getöse an ihm vorbei. Kurz stoppend, hob er grüßend die Hand und wies nach hinten. Was er dabei brüllte, hörte sich nach »Holz« und »Furz« an, doch Walter erinnerte sich nach einem kurzen Moment der Ratlosigkeit an seine Namensliste und ging davon aus, bald Achim Scholz und Manfred Kurz anzutreffen.
Wenig später sah er zwei Männer angestrengt an einem der großen Holzpfosten herumwerkeln. Neugierig blickten sie auf sein langsam fahrendes Auto. Augenscheinlich bot er einen willkommenen Vorwand, die Arbeiten zu unterbrechen. Dienstlich hatte er mit beiden noch nie etwas zu tun gehabt, doch wussten die hundertprozentig, wer er war.
Als Walter Dreyer sie grüßte und sich dennoch vorstellte, zogen beide fast synchron Zigarettenschachteln aus den Brusttaschen ihrer schwarzen, derben Latzhosen hervor und boten ihm eine an. Jetzt hatte er die Wahl zwischen Zigarette mit und ohne Filter.
Freundlich lehnte er ab. »Sie wissen sicher, was hier gestern los war. Haben Sie mit Ludwig Wenzel zusammen gearbeitet?«
Beide Männer nickten, blieben aber schweigsam.
»Können Sie mir dazu etwas sagen, Herr …?«, freimütig sah Walter Dreyer den korpulenteren der beiden an. Er machte den aufgeschlosseneren, friedlicheren Eindruck.
»Nö.«
»Denken Sie bitte nach. Es ist wirklich wichtig!« Manchmal half so ein Wink, die Leute tatsächlich zum Nachdenken anzuregen. Ihre Erinnerungen bekamen immerhin eine Bedeutung, was vielen schmeichelte. Es konnte aber auch dazu führen, dass die Zeugen ihrer Fantasie freien Lauf ließen, um dieser Bedeutsamkeit erst recht entsprechen zu können. Zumeist gelang es Dreyer mit seiner Erfahrung, den Unterschied zu erkennen.
»Der Manne merkt doch nie was«, teilte der drahtige Mann abschätzig mit. Das musste dann wohl Achim Scholz sein; mit Manne war sicher sein Kollege Manfred Kurz gemeint.
Walter Dreyer hatte den Eindruck, dass der die abfällige Ein-

schätzung seines geistigen Horizonts recht gelassen hinnahm. Konnte man sich an solche Frotzeleien gewöhnen? Sollte man? Wie um seinen Kollegen Lügen zu strafen, teilte Kurz dann stolz mit: »Ick hab aber wat jesehn!«
»Ach.« Walter Dreyer hörte man die Überraschung hinsichtlich dieser Behauptung offenbar an, denn Kurz bekräftigte: »Könnse gloom.«
»Verraten Sie mir auch, was Sie gesehen haben?«
»Unten, anner Straße nach Waldau, stand ne Karre.«
Walter Dreyer sah in diese Richtung. Die Straße war nicht zu sehen. »Ne Karre? Was für eine denn?«
»Sah aus wien alter Skoda. Braun«, war Kurz sich sicher.
»So genau haben Sie das erkannt? Ich sehe gar nichts von hier.«
»Könnse auch nich. Ick war nämlich oom aufm Trekker, stand aufm zweiten Tritt. Da sieht man ville mehr.«
Walter Dreyer überlegte. Die Angaben könnten stimmen, denn Kurz hätte gut anderthalb Meter Höhengewinn. »Haben Sie eine Idee, wem der Wagen gehörte?«, fragte Dreyer hoffnungsvoll. Auf dem Dorf kannte man die Wagen der Nachbarn.
»War keener von hier. Kenn die Karre nich. Deswegen fiel se mir ja uff.«
Alles klang so, als könnte das, was Kurz beobachtet hatte, den Tatsachen entsprechen.
»Und Sie haben das Auto nicht gesehen?«, wandte sich Dreyer an Achim Scholz.
»Nö.«
»Haben Sie eventuell den Fahrer erkannt?«, machte Dreyer Kurz Mut, intensiver in seinem Gedächtnis zu kramen. »Lief jemand umher?«
Beide Arbeiter schüttelten die Köpfe.
»War unjefähr anner Müllgrube«, vermutete jetzt Kurz doch noch, »iss ja nich weit.«
Das wäre möglich! Walter Dreyer wusste, dass das große Toteisloch im Feld an der Chaussee zwischen Wiepke und Waldau von manchem Einheimischen immer noch genutzt wurde, um

Abfälle zu entsorgen, obwohl das mittlerweile streng verboten war. Da das Loch aber über Jahrzehnte legal als Müllkippe der Dörfer genutzt worden war, wirkten hier Gewohnheit und mangelndes Umweltbewusstsein in einer ärgerlichen Verbindung beständig fort.

»Wie lange stand das Auto denn da? Haben Sie darauf geachtet?«

»Nachm Frühstück wars weg«, wusste Kurz. »Hab mir nichts weiter bei jedacht.«

»Danke. Ich komme in den nächsten Tagen noch mal vorbei, wegen Ihrer Unterschriften unter mein Protokoll. Und falls Ihnen inzwischen noch etwas einfällt, melden Sie sich bitte«, sagte Walter Dreyer, insbesondere zu Kurz, versuchte aber auch Scholz in seine Verabschiedung mit einzubeziehen.

Walter wollte Ludwig Wenzel abfangen, um ihn zu fragen, wo die anderen beiden Zaunarbeiter heute eingesetzt waren. Er fuhr auf dem Feldweg zurück und traf kurz vor Wiepke auf das laut tuckernde Gespann. Der kleine Anhänger am Trecker war beladen mit Wasserkanistern, verbeulten Eimern und kleinen Blechfässern mit Holzschutzmittel. Außerdem hockten zwei von Wenzels spillrigen Söhnchen mit im Fahrerhaus und übten einen Blick, als wären sie schon große Jungen mit jeder Menge Erfahrung im Treckerfahren. Wenzel hielt an und stellte den Motor aus.

Die Ruhe war verblüffend. Im ersten Moment dachte Walter Dreyer, er sei taub geworden. »Hallo Jungs!«, begrüßte er die Kinder und sah, wie sie sich freudig anstupsten. Man wurde schließlich nicht jeden Tag von einem echten Polizisten gegrüßt!

»Tach«, sprang Wenzel vom Bock und fragte mit sichtlichem Interesse: »Na, wie lief ’s?«

Walter berichtete von Kurz’ Beobachtung.

»Ach, da steht immer mal jemand«, tat Wenzel den Skoda ab. Er hatte ihn nicht gesehen. »Da guck ich schon gar nich mehr hin.« Immerhin konnte er Walter Dreyer dann die benötigte

Auskunft geben: »Die annern beiden sind heut im Hof, helfen in der Schlosserei.« Dann fuhr jeder seines Weges. Die beiden Kinder winkten Walter begeistert hinterher.

Der Hof der Genossenschaft in Wiepke war nicht groß und Walter Dreyer musste auf dem letzten freien Flecken parken. Hier und da erschienen Leute in Arbeitsklamotten, sahen kurz zu ihm rüber, doch niemand scherte sich um seine Ankunft.
Wo die Schlosserwerkstatt war, wusste Walter Dreyer. Dort traf er auch einige Männer beim Arbeiten an. Was die allerdings genau taten, war nicht zu erkennen. Weder ein reparaturbedürftiges Fahrzeug noch ein landwirtschaftliches Gerät waren zu sehen. Auch nach der Herstellung eines selbst gefertigten Ersatzteiles sah das hier nicht aus. Einer schweißte an etwas, das einmal der Flügel eines sehr breiten Gartentors werden könnte. Dem Geruch nach wurde irgendwo in der Nähe gelötet.
Über eine lange Werkbank hinweg blickte ein kräftig gebauter Mann mit total verschmutztem Gesicht, der sich offensichtlich beim Nieten scharfkantiger Stahlbleche gestört fühlte, Dreyer finster an und rief über die Schulter in den Raum: »Glatze, für dich.« Dann wartete er mit verächtlichem Blick, die stark behaarten Arme mit geballten Fäusten auf die Werkbank gestützt, was passieren würde.
Bedächtig erschien sein kleinerer, aber nicht minder stämmig wirkender Kollege, der seinen Spitznamen nicht ohne Grund trug, hinter einem mit Ersatzteilen bestückten hohen Metallregal. Wie ein Spielzeug wirkte eine gewaltige Rohrzange in seiner rechten Hand. Er war eigentlich zu jung für einen Kahlkopf und Dreyer vermutete, dass er sich jeden Tag den Kopf rasierte. Der Mann blieb auf eine beunruhigend lauernde Art stehen, ohne auch nur im entferntesten einen Gruß anzudeuten. Er hielt einen Abstand zu Walter Dreyer, der es ihm problemlos gestatten würde, mit dem Werkzeug zuzuschlagen.
Ein weiterer Arbeiter mit vergleichbarer Frisur kam hinzu, steckte die Hände in die Hosentaschen seines Blaumanns, leckte

sich provozierend die wulstigen Lippen und wippte leicht mit den Füßen auf und ab.
Der Schweißer kam von links, stellte sich zu den beiden anderen und schob sich seine Schutzmaske aus dem Gesicht. Auch er schien – wie die anderen Männer – einen Großteil seiner Freizeit mit Hanteltraining zu füllen. Keiner der vier sagte etwas.
Walter Dreyer kannte die Männer nur vom Sehen. Ohne Zweifel wollten sie ihn einschüchtern, was ihnen auch in gewisser Weise gelungen war. Er war auf der Hut und spürte, wie das Adrenalin sich in seinem Körper ausbreitete. Irgendetwas stimmte hier nicht. Wobei hatte er sie gestört? »Guten Tag. Ich bin von der Polizei«, stellte er klar.
Das schien dem Quartett allerdings bewusst gewesen zu sein, denn kurz grinsten sie sich wissend an.
Mit der Rohrzange klopfte der Muskelprotz mehrmals herausfordernd in seine freie Hand und sah Dreyer scharf in die Augen.
Walter Dreyer hatte keine Lust, seine Zeit mit diesen unangenehmen Typen zu verplempern. Solche Spielchen kannte er zur Genüge. Aber nicht zum ersten Mal ärgerte er sich, seine Dienstwaffe im Büro gelassen zu haben. Nicht, dass er sie hätte einsetzen wollen, trotzdem wäre ihm in dieser Lage damit wohler gewesen. Mit erzwungener Ruhe sagte er: »Es geht um Wenzels gestriges Erlebnis. Wer von Ihnen war in den letzten Tagen mit draußen am Zaun?«
Sofort entspannte sich die Situation. Irgendeine Gefahr schien gebannt, jetzt, wo klar war, was die Polizei hier wollte. Das Furcht einflößende Grinsen von zweien der Männer wich einem eher schadenfrohen Ausdruck. Sie fuhren mit ihrer Arbeit fort, und Walter Dreyer blieben der Schweißer und der Rohrzangenschwinger für seine Fragen.
»Ich möchte, dass Sie sich an die Arbeiten am Weidezaun erinnern. Wann sind Sie immer los? Wie waren die Fuhren? Haben Sie was gesehen?«
Das waren drei Fragen, von Dreyer als Anregung gedacht, und

damit offenbar mindestens zwei Fragen zu viel. Das Desinteresse in den Gesichtern der Landarbeiter wich einem breit gezogenen »Hä?«.
»Na, wie läuft so ein Arbeitstag ab?«
»Wir sind immer um sieben aufm Hof hier«, kam die Antwort vom Schweißer.
»Schön«, lobte Walter Dreyer, »darf ich fragen, wie Sie heißen?«
»Jürgens, Michael Jürgens.« Es klang fast so, als staune der Mann über seinen eigenen Namen.
»Was war dann?«
»Na, wir haben das Zeugs aufgeladen und sind dann mit dem Wenzel los. Halb acht, oder so.«
»Jeden Tag?«
»War'n doch erst zwei«, bemerkte der mit der Rohrzange, um sich auf Walter Dreyers fragenden Blick hin vorzustellen: »Willi Hartmann.«
»Hm. Sie sind also an beiden Tagen, Donnerstag und Freitag, etwa zur gleichen Zeit am Ferchel gewesen.«
Jürgens und Hartmann nickten.
»Haben Sie jemanden gesehen?«, versuchte es Walter Dreyer erneut.
»Nur wir.«
»Oder fiel Ihnen ein Auto auf, ... vielleicht ein anderes Fahrzeug, so etwas?«
Die Männer verneinten im Chor.
Walter Dreyer verließ, ohne ihnen den Rücken zuzuwenden, grußlos die Werkstatt. Ihm fiel einfach nichts ein, wofür er sich bei diesen Kerlen hätte bedanken können.

~ 17 ~

Der Besuch bei Botho Ahlsens war außerordentlich aufschlussreich gewesen. Judith hatte es schon immer als eine der ange-

nehmeren Begleiterscheinungen ihres Berufes empfunden, bei den polizeilichen Ermittlungen auf ungewöhnliche Menschen zu treffen. Deren Lebensgeschichten gefielen ihr natürlich nicht immer, besonders wenn sie irgendwann in einer Katastrophe endeten. Dennoch faszinierten sie die Entscheidungen, die die Menschen in Momenten trafen, in denen sie die Wahl hatten. Oder wählen mussten, je nach den Umständen. Die Ahlsens hatten sich damals nach dem Krieg für ihre Heimat, ihr Zuhause entschieden. Durchaus nachvollziehbar, fand Judith.
Ihr war eigentlich nach einer kleinen Pause zumute, so viele Informationen waren zu verarbeiten. Der Anruf von Dr. Renz, Botho Ahlsens Biografie ... Doch Hella Singer wartete auf sie. Judith wusste, dass Lisa Lenz den Besuch der Hauptkommissarin telefonisch angekündigt hatte, ohne die genaueren Hintergründe mitzuteilen. Von Waldau nach Breitenfeld waren es nur wenige Fahrminuten und bei dem herrlichen Wetter konnte sie die Fahrt über Schwiesau, vorbei an Feldern und Weiden, sogar ein wenig zur Entspannung nutzen. Walter hatte ihr den Weg beschrieben und so fand Judith ohne Mühe die gesuchte Adresse. Sie parkte ihr Auto vor dem gegenüberliegenden Haus und stieg aus.
Hella Singer stand, ein paar frisch geschnittene Zweige in der Hand, in der Tür ihres hübschen Hauses und sah Judith Brunner entgegen. Das Fachwerk des Großbauernhauses war wunderschön erhalten. Die dunkelbraun gebeizten Fensterläden, deren Farbton auch die Haustür aufwies, hielten die Fassade malerisch zusammen. Links und rechts von der Tür gab es jeweils drei Fenster mit weiß gestrichenen Holzrahmen und auf den Fensterbänken standen Blumenkästen mit Stiefmütterchen. Hella Singer trug ein fast bodenlanges, schwarzes Jerseykleid, das ihre schlanke Gestalt elegant umschloss. Um die Schultern hatte sie sich einen türkisgrünen, zart gehäkelten, breiten Schal gelegt. Ihre grauen, fast weißen Haare hielt im Nacken ein schwarzes Samtband zu einem Zopf zusammen. Die feinen, doch sehr angespannten Gesichtszüge zeigten, dass sie vom

Tod ihres Mannes sehr mitgenommen war. Diese Frau litt entsetzlich, das sah Judith sofort.
»Frau Singer, ich bin Hauptkommissarin Brunner. Ich möchte Ihnen mein aufrichtiges Beileid ausdrücken. Und ich bedaure sehr, dass ich Sie in dieser Situation störe, doch wir müssen miteinander reden«, betonte Judith Brunner das Unabdingbare des Gesprächs.
Die Frauen gaben sich schweigend die Hände und Hella Singer ging voraus ins Haus. Judith Brunner bemerkte, dass sie barfuß lief. Spuren von Gartenerde hafteten an den Füßen, und eigentlich war es für bloße Füße noch zu kalt, trotz der gut meinenden Frühlingssonne. Allerdings hatte Hella Singer die makellosesten Füße, die Judith Brunner je bei einer Frau dieses Alters gesehen hatte.
In der guten Stube bot sie der Polizistin einen Platz auf einem mit dunkelgrünem Samt bezogenen Lehnstuhl an, der mit anderen um einen runden Tisch stand, und setzte sich dazu. Der alte Regulator an der Wand, der eigentlich laut ticken sollte, war – wie in Trauerhäusern üblich – angehalten worden.
Einen Moment war kein Laut zu hören, doch dann klapperte leise Geschirr.
»Gleich gibt es eine Tasse Kaffee«, kündigte Hella Singer freundlich an, »oder möchten Sie etwas anderes? Eine Nachbarin hilft mir mit den Beileidsbesuchern.«
»Kaffee wäre schön«, nahm Judith Brunner das Angebot an.
Dann war es wieder still.
Hella Singer saß reglos und wie fremd in ihrem Wohnzimmer. Ihr Blick lief ins Leere.
Der Raum war gemütlich und zeitlos eingerichtet. Zwischen einem hellgrünen Plüschsofa und einem passenden Ohrensessel stand ein hübscher Nähtisch. Daneben diente eine geschwungene, breite Kommode als Ablage für Korrespondenz, Zeitungen und einen kleinen Korb mit Strickwolle. Ein alter, gewebter Teppich verband die Möbel.
Judith ließ ihre Blicke über die halbhohen Bücherregale und die

vielen gerahmten Bilder an den Wänden darüber schweifen.
Sie schwiegen weiter. Judith sah keinen Grund, Hella Singer zu drängen. Die Rolle der Gastgeberin war in dieser Situation wahrscheinlich ohnehin sehr belastend. Vielleicht wäre sie in ihrer Trauer auch lieber allein und ungestört, ohne die ständigen Besuche der Nachbarn oder anderer, weitläufigerer Bekannter. Doch auch diese Menschen hatten ihren Mann gekannt, ihn möglicherweise sogar gemocht, und es war eben Brauch, der Witwe persönlich zu kondolieren und ihr Hilfe anzubieten. Den Erwartungen der Mitmenschen in solchen Momenten zu entsprechen, erforderte von den Hinterbliebenen oftmals erhebliche Anstrengungen. Dass sich die Frauen im Dorf dabei gegenseitig halfen und Beistand gaben, fand Judith Brunner wunderbar beruhigend.
Eine korpulente Frau trat zurückhaltend mit einem gefüllten Tablett an den Tisch und grüßte Judith Brunner wortlos mit einem Nicken. Sie verkörperte anschaulich den völlig aus der Mode gekommenen Begriff der Schicklichkeit. Die Frau trug über einem einfachen schwarzen Wollkleid eine in Grautönen karierte Halbschürze und war wesentlich jünger als Hella Singer. Sie servierte ruhig den Kaffee, stellte ein Kännchen Sahne und einen Teller mit dunklen Pralinen dazu und fragte Hella Singer dann mit überraschend tiefer und warmer Stimme: »Brauchst du noch was?«
»Erst mal nicht, Anneliese, danke. Nachher wollte Meta noch vorbeikommen.«
Der gute Geist verschwand und Judith Brunner begann, während Hella Singer ihnen Kaffee einschenkte: »Ich weiß, dass Sie gerade Ihren Mann verloren haben. Und ich wünschte, ich müsste nicht zu Ihnen kommen und Sie stören. Doch es ist etwas geschehen, das wir nur mit Ihrer Unterstützung aufklären können.«
»Dann hoffe ich, Ihnen helfen zu können«, meinte die Witwe ahnungslos.
Judith Brunner baute vor: »Ich habe keine guten Nachrichten.«

Hella Singer stützte ihre Arme auf, legte die Stirn langsam auf beide Hände und sah auf die Tischplatte. Dann sagte sie mit hoffnungsloser Stimme: »Mein Mann ist tot, Frau Brunner. Er war die Liebe meines Lebens und ist ohne erkennbaren Grund, ganz plötzlich, von mir gegangen. Was soll jetzt noch Schlimmes kommen?«
Judith spürte schlagartig, wie sich ein stählernes Band um ihre Brust zog und sie fast panisch wurde bei dem Gedanken, Walter so jäh zu verlieren. Ihr Herz setzte erst kurz aus und dann pochte es rasend in ihr. Sie bekam kaum Luft. Ihr Nacken wurde eiskalt. Eine so intensive Angst hatte sie noch nie gefühlt. Der Gedanke an ein Leben ohne Walter war so unerträglich, dass ihr alles wehtat. Judith versuchte, sich wieder zu beruhigen, und hoffte, dass ihr das einigermaßen gelang. Sie konzentrierte sich und atmete tief ein und aus. Sie musste sich zwingen, dieses belastende Gespräch bis zum Ende durchzuhalten, noch ehe es begonnen hatte. Glücklicherweise hatte Hella Singer nicht aufgesehen und von ihrer Panikattacke nichts bemerkt.
Mit heftigem, doch wieder regelmäßigem Herzschlag begann Judith dann zu reden: »Gestern Morgen sollte die Ursache für den plötzlichen Tod Ihres Mannes gefunden werden.« Sie vermied es, die Obduktion beim Namen zu nennen.
Hella Singer sah auf. »Ja, ich weiß.«
»Frau Singer, Ihr Mann war nicht mehr da. Die Untersuchungen konnten noch nicht stattfinden.«
»Nicht mehr da? Was meinen Sie damit?«
»Nun, der Leichnam Ihres Mannes fehlte. Der untersuchende Mediziner hat das gestern Vormittag festgestellt.«
Ungläubig sah Hella Singer sich in ihrem Wohnzimmer um, als müsse sie prüfen, ob das Gespräch in der Realität stattfand. Die Nachricht war einfach zu schwer zu begreifen. Dann fragte sie nach: »Sie meinen, mein Mann ist nicht mehr im Krankenhaus?«
Judith Brunner bestätigte das.
»Wo kann er sein? Wurde dort etwas verwechselt und er liegt schon woanders?« Hella Singers Stimme versagte fast.

»Wir suchen ihn, glauben Sie mir bitte. Doch das ist leider noch nicht alles«, versuchte Judith Brunner, Eduard Singers Witwe auf das Kommende vorzubereiten. »Gestern Vormittag wurden im Wald zwischen Waldau und Wiepke, am Ferchel, zwei Hände gefunden. An der rechten Hand fehlten einige Fingerglieder.«
Eine böse Ahnung ergriff Hella Singer. Ihr Mienenspiel drückte wachsendes Entsetzen aus. »Mein Gott!«, entfuhr es ihr. »Sie haben Eduards Hände, aber ihn nicht?!«
Als Judith Brunner bedauernd nickte, drang ein erschütterndes Stöhnen aus Hella Singers Kehle und sie schlug sich die Hände vors Gesicht.
Judith Brunner konnte ihr nicht helfen. Sie musste warten, sorgenvoll, bis die trauernde Frau ihre Fassung wiedergewonnen hatte.
»Können Sie sich vorstellen, warum man Ihrem Mann so etwas angetan hat oder wer dahinter stecken könnte?«, fragte Judith Brunner leise.
Ein zittriges Kopfschütteln war die Antwort. Aber dann konnte Hella Singer wenigstens noch ein paar allgemeine Angaben über sich und ihren Mann machen, obwohl ihr das Reden weiterhin schwerfiel.
Judith Brunner beendete das Gespräch und verabschiedete sich. Es war wieder still im Haus.

~ 18 ~

Auf dem Rückweg von Breitenfeld nach Gardelegen entschloss sich Judith, in Waldau haltzumachen. Jetzt hatte sie die Pause dringend nötig. Insgeheim hoffte sie, Walter in seinem Büro anzutreffen, um sich überzeugen zu können, dass es ihm gut ging. Sie wollte ihn berühren, seine Haut fühlen und ihn festhalten. Doch Walter war nicht da. Ihre Angstattacke beunruhigte sie immens, zumal der Druck auf ihrer Brust bisher kaum nach-

gelassen hatte. Vielleicht half ein warmer Tee in vertrauter Umgebung?
Sie schloss das Auto ab und lief die paar Schritte zum Haus.

Laura saß in der Küche am Tisch, auf dem Wilhelmina zwischen einigen Bücherstapeln aufrecht auf mehreren Blättern weißen Schreibpapiers hockte, den Schwanz vornehm um die zusammengestellten Pfoten gelegt. Laura schlug etwas in einem dicken Buch nach, das wohl, so viel konnte Judith von der Tür aus erkennen, ein älteres Exemplar war: derbes Papier, zweispaltiger Druck und abgenutzte Einbandecken.
»Hallo«, lächelte Judith matt zur Begrüßung. »Fleißig? Ich will auch gar nicht stören.«
Letztere Bemerkung schien zumindest Wilhelmina wenig überzeugend, denn sie ahnte, dass es mit der blätterraschelnden Gemütlichkeit zunächst vorbei war.
Laura hingegen war hocherfreut. »Von wegen stören! Du kommst genau richtig. Ich wollte dir nämlich sowieso etwas erzählen.«
»Ach! Was denn?«
Als Antwort knurrte Lauras Magen vernehmlich. »Tut mir leid, ich hab ganz vergessen, zu essen. Wollen wir uns rasch ein paar Bratwürste machen?« Sie begann, ihre Unterlagen vom Tisch zu räumen, und stapelte die Bücher ins Fensterbrett.
Judith hatte absolut nichts dagegen. Ihre letzte Mahlzeit lag schon lange zurück, und wie sie wusste, war Essen schon immer ein guter Seelentröster. Sie staunte, als Laura ein Weckglas aus dem Keller holte. Eingekochte Bratwürste? War das nicht ein Widerspruch in sich? Die altmärkische Küche war voller Überraschungen! Die Würstchen gelangten mit etwas von dem Fett, das sich im Glas abgesetzt hatte, in die Pfanne und brutzelten, bis sie eine knusprige braune Haut hatten. Sie schmeckten unglaublich lecker. Laura hatte noch ein Glas Gewürzgurken aufgemacht und mit frischem Brot und Senf ergab alles zusammen einen schnellen Schmaus.

Nachdem der Hunger gestillt war, begann Laura, ihre Ankündigung wahr zu machen: »Ich habe ein wenig recherchiert. Wegen der Hände. Die bedeuten doch sicher irgendwas. Also habe ich versucht, etwas zur Symbolik von Händen zusammenzustellen.«
»Gute Idee!« Judith war beeindruckt.
»Botho Ahlsens hat zwei Hände gefunden, keine einzelne Hand. Das ist natürlich kein Zufall, erst recht, wenn man bedenkt, dass die Hände ordentlich nebeneinanderlagen. Aber zu zwei abgehackten Händen habe ich nichts gefunden, nur jeweils zu einer Hand ... Die christliche Symbolik bietet reichlich Deutungen. In unserem Kulturkreis ist die Hand ein Symbol der Rechtsprechung. Denke bitte an den Handschlag, der gegenseitiges Akzeptieren von Vereinbarungen bedeutet, die Handgreiflichkeit als Zeichen des Anspruchs, das Heben der Hand beim Schwur ...«
»Dieben wurden die Hände abgehackt«, fiel Judith ein.
»Stimmt, aber meistens nur eine. Das Handabhacken war eine häufige Körperstrafe im Mittelalter. Doch nicht nur für Diebe, auch einen Falschspieler konnte es erwischen oder jemanden, der falsche Gewichte benutzte. Auch wer Waffen ohne Erlaubnis führte, konnte so bestraft werden. Und es traf Leute, die einen anderen am Körper verletzt hatten und dazu nie wieder in der Lage sein sollten.«
»Da tun sich ja eine Menge Motive auf. Womöglich bedeuten zwei abgetrennte Hände sogar einen Hinweis auf zwei Missetaten«, erwog Judith, obwohl sie nicht ganz überzeugt war, dass sich mithilfe der Symbolik reelle Ermittlungsansätze auftaten. Doch schaden konnten Überlegungen in diese Richtung auch nicht.
»Es wird noch besser«, kündigte Laura an. »Wenn jemand einen Meineid geschworen hatte, traf es oft seine Schwurhand. Allerdings gab es dabei eine Form der Strafmilderung: das Abtrennen eines oder mehrerer Finger. Also seiner Schwurfinger.«
»Und das sind aber ...«
»... nicht der kleine und der Ringfinger«, bestätigte Laura.

Judith gab außerdem zu bedenken: »Die Hände steckten in Handschuhen.«
»Auch dazu habe ich etwas gefunden.« Laura ging zum Fenster und griff nach einem Zettel, der zur Hälfte aus einem der Bücher schaute. »Oft stehen Handschuhe auch für die Hand an sich. Doch als eigenes Symbol stehen sie für einen hohen Stand, für eine Abkehr vom Alltäglichen oder Üblichen, und der Handschuh steht für die Reinheit der Hände.«
Sie legte den Zettel beiseite. »Wenn es überhaupt etwas bedeuten soll und die Hände vom Ferchel nicht einfach nur abgetrennte Hände sind«, schränkte Laura den Nutzen ihres Vortrages ein.
»Oh nein, das glaube ich nicht. Deine Recherche war ein großartiger Einfall, wirklich. Anregend ist es auf jeden Fall und wer weiß – womöglich bringen uns entsprechende Überlegungen tatsächlich auf die richtige Spur.«
»Danke«, freute sich Laura über das Lob, »ich helfe gern. Das weißt du ja.«
»Und ich habe vor, das weiter schamlos auszunutzen, wie ich schon letzte Woche bei unserem Telefongespräch angedeutet hatte.« Judith sah auf ihre Uhr und musste feststellen, dass jetzt keine Zeit mehr war, ihren Wunsch zu erklären. Sie musste zurück nach Gardelegen.
»Fahr nur los«, zeigte Laura Verständnis, »heute Abend oder morgen kommst du sicher noch dazu.«

~ 19 ~

Seine Friedhofsinspektionen hatten Walter Dreyer als Erstes nach Breitenfeld geführt, wo alles in Ordnung war. Nun waren die beiden Waldauer Friedhöfe dran. Eine Trauerfeier hatte es hier in den letzten Tagen nicht gegeben, soweit er wusste. Dennoch, vom Zustand der Gräber wollte er sich besser selbst überzeugen.

Der kleine, alte Friedhof rund um die Dorfkirche wurde nur noch in wenigen Ausnahmefällen genutzt, wenn alte Familiengrabstätten und die Berufung auf eine entsprechende religiöse oder familiäre Tradition das noch gestatteten. Eine Friedhofsordnung forderte nämlich schon seit Längerem, die Beerdigungen auf dem neuen Friedhof am nordwestlichen Dorfrand vorzunehmen. Dort waren inzwischen auch Urnenbeisetzungen üblich.

Aber auch da war alles unversehrt gewesen, die Tür zu der kleinen Leichenhalle war verschlossen und unbeschädigt, es gab kein offenes Grab oder Spuren von frischen Erdarbeiten.

Nun wollte Walter per Fahrrad weiter, um die Friedhöfe in Schwiesau, Engersen und Wiepke zu kontrollieren. Sein Rad hatte er vor dem Friedhof an einen Holzstapel gelehnt und bemerkte beim Näherkommen einen Platten im Hinterreifen. Wo kam der denn auf einmal her?! Das war ärgerlich, denn er hatte sich auf die spontane Fahrradtour gefreut. Er hockte sich hin. Eine genauere Betrachtung des Schadens ergab schnell einen eingefahrenen Nagel als Ursache. Walter seufzte. Das sah nach einer zeitraubenden Reparatur aus. Und bis er damit fertig und der Kleber getrocknet war ... Seine nächsten Besichtigungen würden bis morgen warten müssen.

»Kennst du ein gutes Versteck?«, wurde er von hinten angesprochen und erschrak, denn er hatte niemanden kommen hören.

»Fritzi! Du kannst dich aber gut anschleichen!«, lobte Walter den kleinen, zierlichen Jungen, der ihn dankbar anstrahlte.

Fritzi Bauer war ein glühender Verehrer des Dorfpolizisten, seit der ihm im letzten Jahr das Leben gerettet und seine Mama damit überglücklich gemacht hatte. Außerdem durften seine Mama, seine Schwester und er in das große, leere Haus einziehen, und Leon kam jeden Tag zu Besuch. Die Erwachsenen sagten immer wieder, dass der Umzug ohne den Polizisten nicht geklappt hätte. Fritzi wunderte sich zwar, dass Polizisten neben dem Fangen von Verbrechern und dem Anhalten von Autos auch für schöne Häuser sorgen mussten, dennoch stand für ihn der Berufswunsch fest. Wenn man den Sechsjährigen fragte, was er als großer Mann einmal werden wollte, antwortete er seit Monaten stets: »Onkel Walter.«

Tatsächlich hatte Walter Dreyer sich beharrlich bei den Behörden eingesetzt, um für die Familie Bauer eine neue Bleibe zu finden. Vom Ehemann und Vater schwer misshandelt, waren die drei vor gut zwei Jahren quasi nach Waldau geflohen und hatten sich hier gerade einigermaßen eingelebt, als dramatische Ereignisse alles wieder infrage stellten. Doch Elvira Bauer wollte gerne hier bleiben, die Kinder sowieso, und vermutlich spielte die enge Beziehung zu Leon Ahlsens bei diesem Wunsch eine nicht unerhebliche Rolle. Nach vielem Hin und Her gelang es Walter Dreyer durchzusetzen, dass die drei Bauers in ein – nicht nur an ihren bisherigen Wohnumständen gemessen – großes und komfortables Haus umziehen konnten. Das Gebäude, das sich wieder in Gemeindebesitz befand, stand seit ein paar Monaten leer, seit seine früheren Bewohnerinnen zu langen Haftstrafen verurteilt worden waren. Sie würden hierher nicht zurückkehren, das war sicher.

Fritzi war begeistert eingezogen, denn das Haus verfügte über einen kleinen Turm und war für ihn eine Ritterburg. Seine etwas ältere Schwester Dany war vor allem von den vielen Zimmern angetan und hatte sich tagelang nicht entscheiden können, was nun ihres werden sollte. Leon hatte ihr dann vorgeschlagen, eine Woche lang einfach jede Nacht in einem anderen Zimmer zu schlafen und dann dasjenige auszuwählen, in dem sie den schönsten Traum gehabt hatte. Dany war einverstanden und so wurde es auch gemacht.

Botho Ahlsens hatte ohne viel Aufhebens auf seine Kosten die Maler ins Haus geschickt und auch ein paar Möbel spendiert; für die Küche hatte die Gemeinde einen Gasherd bereitgestellt, und nach einem wenig aufwendigen Umzug – was hatten sie schon mitzunehmen – konnten die Bauers endlich aufatmen und einen zweiten Neustart versuchen.

Den Kindern gelang das mühelos. Walter Dreyer, der sie bei

seinen Rundgängen im Dorf fast täglich traf, war erstaunt, wie unbeeindruckt die beiden die Geschehnisse verkraftet hatten. Leider konnte ihre zierliche Mutter ihre Angst nicht so leicht abschütteln, und die bezog sich nicht nur auf das Schicksal der Kinder, sondern irgendwie auch auf ihr zurückhaltendes Verhältnis zu Leon. Elvira Bauer schien immer noch kaum glauben zu können, dass seine selbstlose Unterstützung und leidenschaftliche Hingabe zu ihr und den Kindern Realität waren. Sie nahm beides hin, freute sich unermesslich, traute dem Glück jedoch nicht. Walter Dreyer hoffte sehr, dass sie es irgendwann schaffen würde, Leons uneigennützige Liebe annehmen zu können.

»Onkel Walter?«, machte sich der Kleine bemerkbar und rief Walter aus seinen Grübeleien zurück. Er stand auf und nahm Fritzi auf den Arm. Sie drückten sich. Dann ließ er den Jungen wieder runter.

»Wofür brauchst du denn ein Versteck? Spielst du hier mit jemandem Suchen?« Walter Dreyer hatte keine anderen Kinder in der Nähe bemerkt. Der Gedanke, Fritzi allein herumstrolchen zu sehen, bereitete ihm immer noch Unbehagen. Außerdem nutzten die Kinder im Dorf zum Versteckspielen meistens den Gutspark oder die Gegend um den Dorfplatz.

Fritzi schüttelte den Kopf und flüsterte: »Für ein Geschenk.«

»Ein Geschenk! Was ist es denn?«

Der Junge griff in seine Hosentasche und holte eine kleine blau-weiß-schwarz gestreifte Feder hervor. Ein Eichelhäher hatte sie verloren. Allerdings sah sie durch den Transport in der Hosentasche etwas zerzaust aus.

»Die ist aber schön. Für wen ist die denn?« Walter nahm die Feder in die Hand und zeigte Fritzi, wie man die Federäste vorsichtig wieder aneinanderfügen konnte.

»Die ist für Mama. Wenn sie mal wieder traurig ist oder krank. Dann bekommt Mama die Feder. Leon hat ihr auch mal eine geschenkt und da hat sie ihn geküsst und sich gefreut. Sie war gleich wieder lustig.«

Walter war gerührt von der Fürsorge des Kleinen. Fritzi liebte seine Mutter über alles und Leon war sein Held.
»Du kannst die Feder hinter deine Bilderbücher im Regal legen, da findet sie bestimmt niemand. Oder du steckst sie unter den Pullover von deinem großen Teddy«, riet er Fritzi, »doch wichtig ist, dass du selber das Versteck nicht vergisst.«
Beide Vorschläge wurden überdacht. Offenbar kam Fritzi so rasch zu keiner abschließenden Entscheidung, wirkte aber trotzdem erleichtert.
»Was machst du eigentlich so allein hier am Friedhof?«, wollte Walter dann sicherheitshalber wissen.
Verlegen schaute Fritzi ihn an. Einen Polizisten durfte man nicht beschwindeln, also gestand er: »Ich bin dir wie ein Indianer hinterhergeschlichen, als ich dich vom Fenster aus gesehen habe. Ich musste dich doch fragen!«, rechtfertigte er seine Verfolgung.
»Dann setz dich mal auf mein lahmes Pferd, ich bringe dich zurück nach Hause«, bot er dem Kleinen an, der juchzend auf den Sattel kletterte. »Halt dich gut an mir fest«, forderte Walter und schob das Fahrrad eine kleine Extrarunde, um zur großen Freude Fritzis die eigentlich recht kurze Strecke zum Wohnhaus der Bauers zu verlängern.

~ 20 ~

Gegen halb vier hatten sich alle wieder im Besprechungszimmer eingefunden.
Judith Brunner begann, von Dr. Renz' Anruf während ihres Besuches bei Botho Ahlsens und von Ahlsens Kenntnissen im Pflanzenschutz zu berichten.
Obwohl die Informationen alle beeindruckten, meinte Dr. Grede: »Mir ist das Spezialisten-Motiv zu dünn. Irgendwie auch zu fein konstruiert. Die Fakten sind meines Erachtens nach handfester: abgetrennte Gliedmaßen beziehungsweise verstümmel-

ter Leichnam – je nach Sichtweise. Das sieht mir sehr nach einer Botschaft oder gar nach Rache aus.«
Ritter nickte zustimmend. »Mächtig dünn. Rache passt besser.«
Judith Brunner wollte sich nicht so leicht überstimmen lassen. Sie fragte nach: »Rache an wem? Eduard Singer? Hella Singer? Botho Ahlsens? Dem toten Unbekannten?«
Dr. Grede war zuversichtlich: »Das werden wir schon noch herausfinden.«
»Sie erinnern sich doch alle an Laura Perch, die Archivarin«, erweiterte Judith Brunner dann die Motivdiskussion und erzählte von den Möglichkeiten, die sich unter Berücksichtigung der Symbolik von Händen ergeben könnten. »Insofern ist die Idee von einer Botschaft möglicherweise gar nicht so weit hergeholt«, lenkte sie jetzt vorsichtig in Dr. Gredes Richtung.
»Vielleicht war der Singer ein Dieb? Oder hat jemandem körperlichen Schaden zugefügt? Verkehrsunfall mit Fahrerflucht oder so etwas. Den falschen Leuten die Treue geschworen. Oder, oder ... Meine Güte! So viele Motive hatten wir ja noch nie«, staunte ihr Stellvertreter.
»Das mit den Dieben habe ich gewusst«, versuchte Ritter, seine begrenzten Kenntnisse bezüglich abgehackter Hände auszuspielen.
Judith Brunner musste schmunzeln, genau das hatte sie Laura auch erzählt. Wahrscheinlich wusste kaum jemand mehr. Und wenn doch? Mussten sie einen Täter suchen, der Kenntnisse in Symbolik hatte und diese auch bis zur letzten Konsequenz anwandte? Ein schauerlicher Gedanke, den sie lieber nicht zu Ende dachte und statt dessen auf die möglicherweise verwendete Munition für die Schusswunden an der unbekannten Leiche zurückkam.
Thomas Ritter musste auch hierbei seine Skepsis kundtun: »Steinsalz allein ist schon eigenartig genug, aber dann noch vergiftetes?«
»Bisher ist Gift nur eine Vermutung«, bremste Judith Brunner seine Bedenken.

Dr. Grede meinte: »Der Tote sollte also damals nicht einfach sterben, sondern er sollte mächtig leiden.«
»Wäre möglich.« Judith Brunner notierte sich diesen Aspekt. Es gab noch zu viele offene Fragen. Zu guter Letzt informierte sie ihre Mitarbeiter über das Gespräch mit der Witwe: »Für Hella Singer war es schwer, die Nachrichten vom Verschwinden und der Verstümmelung des Leichnams ihres Ehemannes zu verkraften, doch nach ein paar Minuten hatte sie sich gefangen und bekundete ihren Willen, uns bei den Ermittlungen zu helfen. Sie hat mir erzählt, dass sie fast dreißig Jahre verheiratet waren. Er war Lehrer an der Schule in Estedt, sie hat früher in Klötze im Kurzwarenladen gearbeitet und ist schon seit einigen Jahren Hausfrau. An einem Leben mit Kindern war ihnen nicht gelegen. Sie hatten ein schönes Zuhause und waren zusammen glücklich.« Judith Brunner musste tief durchatmen. »Hella Singers Verfassung war jammervoll.«
»Verdammt! Bin gleich wieder da«, schimpfte Lisa Lenz leise. Das Telefon in ihrem Zimmer hatte zu läuten begonnen und sie lief rasch hinüber. Die anderen warteten geduldig und blätterten in ihren Unterlagen. Nach einigen Minuten kam Lisa wieder, mit Notizen in der Hand. »Das war Walter Dreyer. Die Friedhöfe in Breitenfeld und Waldau sind in Ordnung, er fährt morgen die anderen in den Nachbardörfern ab. Und er ist mit den Befragungen der Zaunarbeiter fertig. Die Protokolle schreibt er noch heute; wir bekommen alles dann morgen.«
»Und was hat er rausgefunden?«, wollte Ritter wissen.
Judith hatte Mühe, ihre Erleichterung über Walters offenbares Wohlbefinden zu verbergen. Sie verfolgte Lisas Bericht nur äußerst unkonzentriert. Wann würde sich ihre Unruhe wieder legen?
Lisa sagte gerade: »Als Dreyer in die Werkstatt in Wiepke kam, war der Argwohn wohl mit Händen zu greifen, irgendwie befürchteten die, er erwische sie, wobei auch immer. Und gewusst haben die gar nichts.«
»Oder die haben einfach nichts gesagt. Diese Typen! Machen

auf dicke Hose und schrauben in den Werkstätten ständig an irgendwas Privatem rum«, war Thomas Ritter sich sicher. »Ich bin immer heilfroh, dass ich mich an so was Handfestem wie den Spuren abarbeiten kann. Zeugen vernehmen? Nein danke! Die sind bockig oder erzählen einem, im Himmel sei Jahrmarkt.«

»Na, ganz so schlimm ist es nicht«, schränkte Judith Brunner gelassen ein, »es gibt auch brauchbare Zeugen ... Also, ich fasse zusammen: Wir suchen einen braunen Skoda, der am Mittwoch früh bis zehn Uhr an der Zufahrt zur alten Müllkippe gehalten hat. Lisa, Sie kümmern sich bitte um eine Liste der Fahrzeughalter, erst einmal nur die mit den hiesigen Kennzeichen. Außerdem müssen wir die Identität des Unbekannten endlich klären. Vielleicht sollten wir mehr Leute auf die Friedhöfe schicken. Und um Singers Vergangenheit müssen wir uns gründlicher kümmern! Wir brauchen ein Motiv! Woher sollen wir sonst Verdächtige nehmen?«

»Ich bleibe bei Rache«, beharrte Dr. Grede.

~ 21 ~

Laura Perch nutzte den Nachmittag für einen Rundgang durch Waldau. Es wurde höchste Zeit! Immerhin war sie schon über einen Tag da und hatte noch nichts vom Dorf gesehen. Sie mochte diese Spaziergänge, besonders den ersten. Man traf immer Leute und brauchte nur ein paar Sätze zu schwatzen, um automatisch wieder auf dem neuesten Stand des Dorfklatsches zu sein. Außerdem konnte man sehen, was es an Veränderungen gab, wer sein Haus renoviert oder seinen Garten umgestaltet hatte. Laura begrüßte die Hunde der Nachbarn und entdeckte ab und zu auch eine faule Hofkatze, die in der Sonne döste.

In der Gärtnerei des Gutes hatte sich wirklich allerhand getan! Laura staunte. Leons Engagement nahm bereits Konturen an. Die Gewächshäuser hatten mit ihren roten Ziegeln, den repa-

rierten Klappfenstern im Dach und einigen neuen Sprossenfenstern neben den Eingangstüren ihren altertümlichen Charme zurückerhalten. Der sichtbare Verfall war gestoppt.
Laura betrat das Gewächshaus, dessen Tür weit offen stand. Ob Leon da war? Tatsächlich hörte sie auf einmal ein extrem lautes Geräusch von schabendem Metall und dann einen dumpfen Knall; der Fußboden vibrierte. Sie hörte einen kurzen Schrei. Und dann wurde herzhaft geflucht: »Au! Verdammter Mist!« Irgendetwas polterte über den Ziegelboden.
Laura eilte in Richtung der Erschütterung und rief: »Hallo! Ist was passiert?« Nach wenigen Schritten sah sie Leon in einer sich langsam verziehenden, dichten Staubwolke stehen.
Er hielt sich die Seite und sah sich erschrocken um. »Ach, du bist es. Grüß dich. Komm bloß nicht näher!« Leons Stimme klang rau; der Staub machte ihm das Reden schwer.
»Bist du verletzt?«, fragte Laura besorgt. Sie sah, dass ein meterlanges Stahlprofil der alten Bewässerungsanlage abgeknickt und aus ziemlicher Höhe auf einen großen Schutthaufen gefallen war. Ein verbogener, rostiger Bolzen hielt es an einer Stelle noch oben, und das war wohl Leons Rettung gewesen.
»Nein. Ich denke nicht. Ich wollte noch zur Seite springen, als ich das Ding kommen sah. An diesem blöden Teil da bin ich hängen geblieben«, deutete er auf eine verbeulte, auf der Seite liegende Schubkarre. »Ich habe mir sicher nur was gezerrt.« Er kam langsam auf sie zu und massierte sich dabei eine schmerzende Stelle am Rücken. Gerade als Laura anbieten wollte, einmal nachzusehen, ob wirklich nichts Ärgeres passiert war, hörten sie den Bolzen bersten und sprangen im letzten Moment beiseite. Nun krachten gleich mehrere Stahlprofile und Rohre herab.
»Es ist wohl besser, wir räumen schleunigst das Feld«, brachte Laura, röchelnd unter Leon liegend, hervor.
Sie rappelten sich auf und blickten entsetzt auf den Schaden.
Laura fühlte einen dumpfen Schmerz und merkte, wie an ihrem Hinterkopf eine Beule wuchs, und Leon hatte am Unterarm

eine blutende Schürfwunde davongetragen. Sie betrachteten gegenseitig ihre Verletzungen und versicherten sich dann, noch einmal glimpflich davongekommen zu sein.
»Dass es so schlimm um die alte Anlage steht, hätte ich nicht gedacht«, meinte Leon niedergeschlagen. »Berger hat auch nichts bemerkt, sonst hätte er mir was gesagt.«
»Du musst ihm sofort Bescheid geben«, war Laura um die Unversehrtheit des betagten Gärtners vom Gut besorgt.
»Keine Bange, der ist für ein paar Wochen zur Kur. Bis der wiederkommt, habe ich den Schlamassel hier im Griff«, beruhigte Leon sie. Er sah wieder abwägend nach oben.
Ein paar Quadratmeter Glas drohten, ebenfalls noch herabzustürzen.
»Wir müssen das Gewächshaus absperren. Kannst du mir helfen, oder tut dein Kopf zu sehr weh?«, fragte er Laura.
»Das wird schon gehen. Komm, stellen wir erst einmal einen der langen Tische vor die Tür.«
Sie schleppten den Pflanztisch raus, Leon verriegelte die Tür und sie schoben den schweren Tisch davor. »Müsste eigentlich ausreichen, zumindest, dass die Kinder nicht mehr zum Spielen reinrennen können«, meinte Leon, den Absperreffekt einschätzend.
»Soll ich dich nicht lieber zu einem Arzt bringen?«, fragte Laura.
Leon lehnte tapfer ab: »Wegen dem bisschen? Das kann ich mir alleine abwaschen. Elvira bekommt sonst noch Angst um mich; das kann ich nicht brauchen.«
Laura rührte seine Rücksicht. »Ich bestehe aber darauf, dir beim Verbinden zu helfen. Zieh danach einfach was Langärmeliges an und niemand sieht es. Einverstanden?«
Auf diesen Vorschlag ließ sich Leon bereitwillig ein.

~ 22 ~

Walter und Judith saßen, in dicke Pullover gehüllt, auf der Bank hinter Walters Haus im nachtdunklen Garten. Hier waren sie vor fremden Blicken geschützt.

Nur Wilhelmina leistete ihnen Gesellschaft. Um das Geheimnis der beiden als Erste wissend, hatte sie von Beginn an die nächtlichen Besuche zwischen den Bewohnern der Nachbarhäuser aufmerksam verfolgt. Jetzt hatte sich die Katze diskret zurückgezogen und lag unter einem Forsythiabusch, ohne die beiden auch nur eine Sekunde lang aus den Augen zu lassen.

Judith hatte Walter vor einer guten Stunde, unmittelbar nach ihrer Rückkehr aus Gardelegen, unter einem dienstlichen Vorwand aufgesucht und ihn kurz über die Ergebnisse des Tages ins Bild gesetzt. Dann, schon nach wenigen Sätzen, hatte sie plötzlich das Bürolicht gelöscht, Walter geküsst und ihn fordernd in sein Schlafzimmer gezogen. Walters Gegenwehr beschränkte sich auf das Heben einer Braue. Schnell rannte er noch einmal in den Flur und schloss die Haustür ab. Und obwohl er sich über die Spontanität von Judiths heftiger Erregung zunächst wunderte, ließ er sich nichts anmerken und genoss ihren berauschenden Sex. Er spürte, dass sie ihn heute mit noch größerer Leidenschaft liebte, und bedankte sich dafür mit seiner ganzen Sinnlichkeit und Kraft.

Danach wollte Judith Walters Berührungen noch ein wenig nachspüren und sie setzten sich mit ausreichend wärmenden Getränken zusammen in die Nacht.

Walter zog Judith an sich und fragte leise: »Ist alles in Ordnung mit dir?« Sie war blass und er bemerkte die dunklen Ringe unter ihren Augen. Irgendetwas musste heute geschehen sein, sagte ihm sein Gefühl.

Judith wollte ihn aber nicht belasten und entschied, Walter vorerst nichts von ihrer erschreckenden Angst zu erzählen. Sie wusste selber noch nicht, was da mit ihr passiert war. Vielleicht

verschwand die Enge in ihrer Brust irgendwann einfach wieder.
»Du bist hier, bei mir. Alles ist gut«, flüsterte sie und küsste ihn auf die Schläfe.
Walter hielt sie sanft am Kinn fest und sah ihr in die Augen. »Du kannst mir alles anvertrauen, das weißt du.«
Judith geriet in eine Stimmung, in der sie fürchtete, gleich loszuschluchzen. Sie hatte Mühe, die Tränen wegzublinzeln und hoffte, dass Walter das in der Dunkelheit nicht bemerkte. »Weißt du eigentlich, wie sehr ich dich in diesem Moment liebe?«, fragte sie statt einer Antwort, denn das war genau das, was sie fühlte.
Walter küsste sie sanft auf den Mund, hielt sie fest umschlungen und ließ es für den Moment auf sich beruhen. Welche Dämonen musste er vertreiben?
Lange Minuten später fragte Judith ihn zwischen zwei Schlucken von ihrem schweren Rotwein: »Hast du eigentlich gewusst, wer Botho Ahlsens wirklich ist?«
Er verstand, was sie meinte. »Ja, habe ich. Botho Ahlsens ist ein Pflanzenschutzexperte, der nach Kriegsende hier im Land benötigt wurde. Und er ist wohl bis heute eine internationale Kapazität, was sein Spezialgebiet angeht.« Walter war irgendwie erleichtert, dass Judith ihm keine Vorhaltungen machte, ihr nie davon erzählt zu haben. Außerdem hatte er angenommen, dass sie vor ihrer Versetzung hierher über die Ahlsens genauer unterrichtet worden sei. So viele Sonderbehandlungen gab es in der Altmark ganz sicher nicht.
»Interessanter Mann«, fand Judith. »Hat er es dir selbst erzählt?«
»Nein, zumindest nicht früher. Als ich damals in Waldau als Ortspolizist anfing, wurde ich beim Kreis instruiert, auf dem Gut ab und zu nach dem Rechten zu sehen. Die Brüder Ahlsens seien enorm wichtige Leute, denen man vonseiten des Staates Obhut angedeihen lassen müsse. Ich sollte mitteilen, wenn die Ahlsens irgendwelche Probleme hätten, welche Besucher kamen, wie die Stimmung im Dorf war ... Ich erfuhr damals keine Hintergründe, empfand das ganze Konstrukt jedoch als einigermaßen seltsam. Ich hatte aber nie einen Grund, meine Berichts-

instruktionen allzu ernst zu nehmen. Das lag mir nicht – bis heute gibt es nicht einmal eine Notiz über das Gut von mir.«
Das stand für Judith außer Zweifel. »Und wann hat Ahlsens dir dann was erzählt?«
»Letztes Jahr.« Ahlsens hatte sich Walter Dreyer bei einem langen Spaziergang, der sich einer zufälligen Begegnung anschloss, anvertraut. Er hatte ihm seinerzeit versprechen müssen, das Gespräch für sich zu behalten.
»Mir hat er heute davon erzählt. Wie es ihm und seinem Bruder gelungen ist, hier ein Leben für die Wissenschaft zu führen. Das geht mir ziemlich nahe, diese selbst auferlegte Marginalisierung, nur um in der Heimat bleiben zu können.«
»Na, nun mach mal halblang! Was hat Ahlsens dir denn erzählt? Ein Leben für die Wissenschaft?! So schlimm hat es die beiden ja wohl nicht getroffen«, relativierte Walter lächelnd Judiths Mitgefühl. »Es geht ihnen doch bestens hier. Allein das Anwesen! Und: Er ist ja beileibe nicht die einzige Koryphäe, die es hierzulande gibt. Denke doch mal an Robert Rompe oder an Manfred von Ardenne ... Interessante Leute – da stimme ich dir zu. Ansonsten gehören sie zu der Sorte der Gleichen unter den Gleichen, wie man so schön sagt. Die gab es schon immer, zu jeder Zeit, und ich gönne den Ahlsens ihre Privilegien, denn ich bin überzeugt, sie sind gute Menschen, die sich ihre Annehmlichkeiten auch verdient haben. Aber deine Ergriffenheit über ihr Schicksal ist wirklich übertrieben, meinst du nicht?«
Judith konnte Walter mühelos zustimmen. »Ich bin wohl nur ein wenig beeindruckt, mehr nicht.« Sie kuschelte sich an ihn und seine Wärme tat ihr gut.

Sonntag

~ 23 ~

Entspannte Frühstückszeit. Walter, der für die frisch gebackenen Brötchen gesorgt hatte, durfte zur Belohnung als Erster einen Blick in die Wochenendausgabe der Tageszeitung von gestern werfen, sollte aber Laura und Judith die wichtigsten Neuigkeiten vorlesen. Er behauptete, es stünde sowieso nichts Weltbewegendes drin und so könne er auch nichts zum Besten geben. Die Damen sollten sich etwas gedulden, lange brauche er eh nicht mehr, nachdem er schon beim Sportteil angelangt war. Die Sonne versprach einen weiteren traumhaften Frühlingstag; der Kaffeeduft und das leise Simmern des Wassertopfes sorgten für eine Atmosphäre, die Judiths Arbeitseifer heute Morgen erheblich beeinträchtigte. Musste man an so einem Tag wirklich los und eine Ermittlung leiten? Ach wäre es schön, einfach hier sitzen bleiben zu können und dem Schnurren von Walters Katze weiter zuzuhören! Oder war es Lauras Katze? Manchmal hatte Judith den Eindruck, Wilhelmina traute inzwischen sogar ihr eine gewisse Rolle bei der Gestaltung eines behaglichen Alltags zu – jedenfalls ließ sie sich gern und oft von ihr füttern.

Walter schenkte sich gerade Kaffee nach, als Laura ganz nebenbei den Unfall im Gewächshaus erwähnte.

Er war sofort hellwach. »Geht es dir gut?« Walter sprang auf und sah vorsichtig nach Lauras Beule.

»Es ist alles in Ordnung mit mir«, versicherte sie gelassen. »Leon hat es erheblich schlimmer erwischt. Er wollte aber partout nicht zum Arzt. Ich habe ihn dann eigenhändig verpflastert und hinterher schaute alles nur halb so schlimm aus. Es gibt keinen Grund zur Sorge.«

»Hoffen wir das«, meinte Judith. »Zwischenfälle mit Leuten aus

der Familie Ahlsens nehme ich ab sofort wieder ernster. Ich werde nachher jemanden von der Spurensicherung losschicken, der sich die Anlage im Gewächshaus ansieht. Ich muss sicher sein, dass da nicht manipuliert wurde.«
Laura wunderte sich zwar etwas über das Gewicht, dass diesem Zwischenfall beigemessen wurde, doch Walter nickte so zustimmend bei Judiths Ankündigung einer kriminaltechnischen Materialuntersuchung, dass sie augenblicklich von der Richtigkeit des Handelns überzeugt war.
»Apropos«, nutzte sie dann die quasi dienstliche Wendung ihres Frühstücksgespräches und sah Judith neugierig an, »wobei darf ich dir eigentlich helfen? Ich bin schon ganz gespannt.«
Judith warf Walter daraufhin einen Blick zu, als bräuchte sie seine Ermutigung, um zu antworten.
Das hatte Laura bei den beiden noch nicht gesehen und war verunsichert. »Was ist? Was habt ihr?«
»Es ist alles in Ordnung, Laura«, beruhigte Walter sie. »Wir waren uns einig, dir davon zu erzählen.«
»Wirklich«, bestätigte Judith, »ich möchte nur sagen, dass du meine Bitte ruhig ablehnen kannst, ich hätte dafür volles Verständnis.«
Laura verspürte eine wachsende Unruhe. Welche Bitte braucht solche Vorbemerkungen? Ging es um was Persönliches? »Jetzt wird mir aber langsam anders. Raus mit der Sprache!«, forderte sie.
Judith antwortete geradezu: »Nun, ich denke, wir hatten hier einen Serienmörder. Und ich möchte das beweisen.«
»Ah! Nur Recherchen in einem alten Fall«, war Laura erleichtert, »ich hatte schon befürchtet, es wäre etwas Schlimmeres, das direkt euch betrifft. Oh, nicht, dass ein Serienmörder nichts Schlimmes wäre, aber ...«
»Ich verstehe schon«, unterbrach Judith. Der Versuch sich einen Kaffee nachzuschenken, scheiterte; die Kanne war schon leer.
»Ich mach das«, bot Walter an und ging zum Herd. Heißes Wasser war reichlich vorhanden.

Judith begann, Laura zu erklären: »Du weißt doch noch, die Vorfälle im letzten Jahr, als wir den Lemke dingfest machen konnten. Während der Verhöre hatte mich ein gewisses Unbehagen nie losgelassen.«
Laura reichte Walter die Kaffeebüchse. »Du sagtest damals, dass es einfach zu leicht gewesen war, ihn zu einem Geständnis zu bringen.«
»Richtig«, bestätigte Judith. »All das, was ohnehin nicht zu leugnen war, gab Lemke schon nach kurzem Widerstand zu und auch bei den weniger klaren Vorhaltungen machte er kaum Probleme.«
»Und du bist dir inzwischen sicher, dass er gelogen hat?« Laura ahnte schon, worauf Judith mit ihren Bemerkungen eigentlich hinaus wollte.
»Oh nein, er hat zwar viel Mist von sich gegeben, aber zur Sache hat er keine Falschaussage gemacht. Zumindest nicht, was die Ereignisse in jenem Winter anbelangt. Höchstwahrscheinlich ist Lemke ein sehr geschickter Lügner. Doch das sind viele Verbrecher. Mit seiner Kooperation wollte er die Verhöre schnell hinter sich bringen und keine weiteren Untersuchungen provozieren. Meine Überzeugung war und ist bis heute, dass er nur gestanden hat, damit wir nicht tiefer in seiner Vergangenheit graben. Seine Opfer hatten das Pech, seinen unmittelbaren Wünschen im Wege zu stehen. Einer wie Lemke plant nicht. Er löst mit Mord einfach seine Probleme und hat keinerlei Gewissensbisse.« Konzentriert sah sie Laura an: »Der springende Punkt ist: Hat er wirklich erst mit zweiunddreißig Jahren wie aus heiterem Himmel damit angefangen, Leute dermaßen skrupellos umzubringen?«
»Noch mehr Opfer?«, fragte Laura, nur um zu signalisieren, dass sie die Schlussfolgerung auch gezogen hatte.
Judith nickte. »Allerdings sind größere Pausen zwischen den Taten für Mörder wie Lemke nicht ungewöhnlich. Ich möchte herausfinden, was in den Jahren zuvor geschehen ist. Das kann alles schon in seiner Jugend begonnen haben ... Die Sache vom

letzten Jahr ist für die Staatsanwaltschaft abgeschlossen. Lemke sitzt mit Höchststrafe ein. Ich habe aber mit Walter den Fall immer wieder diskutiert und wir wollen weitermachen. Und es wäre schön, wenn du uns helfen würdest. Inoffiziell natürlich.«
Laura musste nicht zweimal gebeten werden. »Ich bin dabei.« Recherchieren war ihre Profession, und was gab es Spannenderes, als der Blutspur eines Serienmörders zu folgen. Zeit hatte sie auch. Aus ihrer Sicht sprach nichts dagegen.
»Wir haben es dabei nicht eilig. Der Mann ist im Gefängnis und kann keinen größeren Schaden mehr anrichten. Doch falls es weitere Opfer gab, und davon bin ich überzeugt, haben die ein Recht darauf, gefunden zu werden. Und ihre Angehörigen würden sicher auch gern die Gewissheit haben, dass die Verbrechen nicht ungesühnt bleiben.«
Laura nickte.
Walter schenkte allen vom frisch gebrühten Kaffee nach und nickte Judith aufmunternd zu.
Sie erklärte Laura weiter: »Das ganze vergangene Jahr über habe ich mich, wenn es in der Dienststelle mal etwas ruhiger zuging, damit beschäftigt. Da Berthold Lemke mein Fall war, konnte ich bei anderen Dienststellen immer gut begründet um Unterlagen bitten, einfach, um noch etwas zu überprüfen. Niemand hat da Schwierigkeiten gemacht. Also habe ich allerhand Material über ihn zusammenbekommen.« Judith stand auf und ging in ihr Schlafzimmer. Als sie wieder in die Küche kam, trug sie einen großen Pappkarton und stellte ihn neben Laura auf dem Boden ab. »Ich habe mir von allen Unterlagen Kopien gemacht. Von den Personalakten der diversen Arbeitsstellen, seinen Haftakten, den Akten von der Wiedereingliederungsstelle, den Ermittlungen der Staatsanwaltschaft bei seinen vorherigen Straftaten, Meldeunterlagen, sogar aus seiner Schulzeit gab es noch etwas.«
Laura staunte: »Das ist wirklich allerhand.«
»Richtig. Und dann habe ich angefangen, ein Bewegungsprofil zu erarbeiten. Also, ich habe genau aufgeschrieben, wo Lemke wann war und wie lange er dort jeweils geblieben ist.«

»Oh, je. Das war sicher eine Sisyphusarbeit.«
»Schon. Aber es war nicht allzu kompliziert.«
»Und?« Laura wusste, dass jetzt erst die Aufgabe kam, die sie erledigen sollte.
»So weit bin ich bis jetzt gekommen. Laura, dich wollte ich nun bitten, die alten Akten im Archiv der Gardelegener Dienststelle zu überprüfen, nachzusehen, ob irgendwelche Vorkommnisse oder Straftaten zu diesen Orten und Zeitabschnitten passen.«
»Alle Akten?« Laura wollte bloß den Arbeitsaufwand einschätzen können; eine größere Menge schreckte sie nicht.
Judith blickte sich kurz um. »Im Keller gibt es einen Raum etwa von der doppelten Größe dieser Küche. Er ist bis unter die Decke mit Akten gefüllt.«
Laura blieb gelassen. Das war kaum eine Herausforderung für sie. »Na, so viele Akten sind es zum Glück ja nicht ... Hat Lemke sich denn nur hier im Kreis Gardelegen aufgehalten?«
»Nein. Aber sein Radius war nicht groß, soweit ich es bis jetzt ermitteln konnte. Ein halbes Jahr wohnte er in Kalbe; dann noch mal fast ein Jahr bei Salzwedel.«
»Also müsste man auch dort in den Polizei-Archiven suchen.«
Judith nickte. »Das kann ich aber leicht veranlassen, wenn wir im eigenen Archiv fündig geworden sind. Und irgendwo müssen wir ja anfangen.«
»Und meine Legende?«
»Sie ist uns quasi in den Schoß gefallen: Unser toter Unbekannter in der Pathologie wurde vor langer Zeit schwer verletzt. Dr. Renz fand alte Schusswunden auf der Brust und verheilte Brüche, interessanterweise auch an den Fingern der rechten Hand. Und seiner Meinung nach geschah das irgendwann in den fünfziger Jahren.«
»Aha. Dann suche ich jetzt also die passende alte, verstaubte Akte zu diesen Schussverletzungen«, ahnte Laura lächelnd.
»Genau. Meine Leute waren erleichtert, als ich ihnen andeutete, dass du dich um den Archivkram kümmern würdest, das ist nämlich unter Polizisten keine beliebte Tätigkeit«, fügte Judith

augenzwinkernd hinzu. »Lisa Lenz wird dir alles zeigen und dann kannst du sofort loslegen.«
»Gleich heute könnte ich anfangen? Am Sonntag?!« Laura war voller Tatendrang.
Und Judith ließ sich von ihrem Enthusiasmus anstecken. »Sicher. Ich muss auch gleich los. Wenn du also mitfahren willst?«

~ 24 ~

Der plötzliche Aufbruch der beiden Frauen wurde von Walter ein wenig bedauert. Er hätte gerne noch mit ihnen gesessen und ein Stündchen verplauscht. Etwas wehmütig sah er sich in der Küche um und sein Blick fiel auf Lauras Bücher zur Symbolik. Auch ihn interessierten diese Bedeutungen und Zeichen, die mehr oder weniger verborgenen oder deutlichen Botschaften. Er bediente sich am restlichen Kaffee, setzte sich in den bequemen Sessel am Küchenfenster, besah sich den Bücherstapel im Fensterbrett genauer und nahm dann einfach das oberste Buch in die Hand. Er wollte das Nichtstun an diesem späten Morgen noch etwas auskosten. Seine Sonntagsarbeiten konnten gewiss ein paar Minuten warten. Wilhelmina war an seine Seite gehüpft und lauschte wieder dem Umblättern der dicken Papierseiten.
Walter las sich fest. Das Buch war spannend geschrieben und reich illustriert. Er hatte nicht einmal geahnt, in welchem Umfang die Menschen bereit waren, den alltäglichsten Dingen eine höhere Bedeutung zu geben. »Hör mal«, las er Wilhelmina vor, »du kommst in der Symbolik nicht besonders gut weg, da kannst du so laut schnurren, wie du willst. Hier steht, Katzen sind Hilfsgeister von Hexen, schwarze Katzen bringen Unglück oder sind zauberkräftig. Hm. Schwarz bist du ja nicht. Gott sei Dank.« Im nächsten Buch fand Walter freundlichere Deutungen; es beschrieb die Katzen als Wappentier. Heraldisch standen sie für Freiheit. Er erzählte Wilhelmina auch davon, doch die

hatte desinteressiert ihre Augen geschlossen. Menschliche Katzensymbolik schien ihr einerlei zu sein.
Walter griff nun zu einem recht neuen Buch, das die baugeschichtliche Entwicklung von historischen Dorfkernen und ihren typischen Häusern behandelte. Was hatte Laura hierin zu finden gehofft? Die Farbe am Schnitt des Buchblocks klebte die Seiten noch etwas zusammen und Walter merkte am Widerstand des Papiers beim Blättern, das in diesem Buch nicht oft gelesen worden war. Insofern überraschte ihn der akkurat gefaltete Bogen aus schwerem Büttenpapier, der ihm aus der Klappe des Schutzumschlages entgegenrutschte. Schnell griff er zu, noch ehe das Blatt auf den Boden fallen konnte. Ohne sich dabei etwas zu denken, schlug er den cremefarbenen Papierbogen auf und las die mit dunkelblauer Tinte schwungvoll geschriebenen Worte. Walter wurde ordentlich überrascht. Denn hier war kein Kommentar zu einer Textstelle im Buch zu lesen, sondern etwas, womit er nicht gerechnet hatte und das ganz sicher nicht für seine Augen bestimmt war: »*Liebste, im Leben kann alles passieren, sogar, was man sich wünscht. M.*«
M.? M wie Martin? Walter wurde wütend. Martin Bach? Sollte er sich so in Laura und ihrer Beziehung zu diesem Mann getäuscht haben? War Laura noch zu retten! Waren die beiden immer noch heimlich zusammen? Und was war mit Astrids Kind? Einen Moment später tadelte er sich für diese Gedanken. Er wollte Laura nichts unterstellen. Bei emotionsloser Betrachtung war es sogar unwahrscheinlich, dass Martin Bach diesen Liebesbrief geschrieben hatte, sonst hätte sie ihn nicht, so arglos versteckt, aufbewahrt. Sicher hätte Laura ihn ins Vertrauen gezogen, wenn immer noch was zwischen ihnen liefe. Doch warum wusste er nichts von einem M, der sie mit »Liebste« anredete? Nachdenklich schob Walter den Brief wieder in das Buch zurück und legte es behutsam an seinen alten Platz.
Er trank den letzten Schluck Kaffee, der inzwischen kalt und bitter geworden war. Jetzt plagte ihn das schlechte Gewissen. Man kramte nicht einfach in fremder Leute Sachen. Doch er

konnte es nicht ungeschehen machen. Seine Sonntagsstimmung war verflogen. Er räumte noch ein wenig auf, ging in sein Haus zurück und erledigte den anstehenden Papierkram. Das Ablenkungsmanöver half aber nicht. Dann sah er auf die Uhr. Es war Zeit für seinen Wochenendbesuch. Laura und ihre Geheimnisse! Sie ließen ihn einfach nicht los.

Walter Dreyer traf Johannes Meiring schon bei den Vorbereitungen für das Mittagessen an. Seit geraumer Zeit hatte er es sich angewöhnt, regelmäßig bei seinem alten Lehrer vorbeizusehen, der, nun hoch in den Achtzigern, Mühe hatte, den Alltag würdevoll zu meistern. Das Alter ärgerte Meiring mit körperlichen Gebrechen, doch seiner Lust auf Bücher, seinem Gesprächstalent und seinem Gedächtnis hatte es noch nichts anhaben können.

Walter Dreyer erledigte ab und zu nötige Besorgungen in der Stadt oder begleitete Meiring zu geplanten Arztterminen, und er hatte mit etwas Geld dafür gesorgt, dass Alfi Schuler, ein geselliger, trinkfester Zeitgenosse und im Dorf stets willkommene Hilfskraft, sich regelmäßig im Haushalt des alten Herrn nützlich machte.

Johannes Meiring hatte Walter vor Monaten gebeten, ihn zum Dank für die Unterstützung zum Mittagessen einladen zu dürfen, und daraus war eine lose Verabredung geworden – sonntags erschien Walter nun öfter bei Meiring zu Tisch.

Heute sollte es Kartoffelbrei mit Stippe geben.

Die Männer begrüßten sich.

»Bin gleich fertig. Du hast doch sicher großen Appetit mitgebracht.«

Das war von Meiring nicht als Frage gedacht und bei dem Duft, den die in der Pfanne brutzelnde Mischung aus Schinkenspeck und Zwiebeln verbreitete, wäre Walter eine Verneinung sowieso unmöglich gewesen.

Meiring bedeutete ihm, Platz zu nehmen, und begann, den Küchentisch zu decken. Aus seiner Speisekammer brachte er zwei

Flaschen Bier und wollte nun Gläser aus dem Schrank holen. Er humpelte und jeder Schritt fiel ihm schwer, denn das Rheuma wurde von Jahr zu Jahr schlimmer.
»Ich mach das schon«, bot sich Walter an, geleitete Meiring zu seinem Stuhl, öffnete die Biere, schenkte ein und prostete seinem Gastgeber zu. Ein vertrautes Schweigen umgab die zwei. Dann stand Walter auf und goss die weich gekochten Salzkartoffeln ab, tat einen Klecks Butter und warme Milch dazu, rieb etwas von einer Muskatnuss darüber und stampfte die Mischung zu Brei. Er tat Meiring und sich eine große Portion davon auf, in die er mit der Gabel mittig eine Vertiefung drückte. Da hinein wurde der ausgelassene Speck mit den Zwiebeln gefüllt und nun konnte die einfache Mahlzeit beginnen. Das Essen war sehr heiß; es blieb also genug Zeit für einen weiteren Schluck Bier.
»Danke für die Einladung. Das hatte ich lange nicht auf dem Teller und es schmeckt immer wieder hervorragend!«
»Freut mich. Lang kräftig zu«, forderte Meiring auf, froh, den Geschmack seines Gastes getroffen zu haben.
Nach ein paar Happen sagte Walter: »Es gibt etwas, worüber ich gern mit Ihnen reden möchte.«
»Na, dann fang an.«
»Es geht eigentlich um einen Mann aus Breitenfeld, Eduard Singer. Kennen Sie den?«
Meiring überlegte. »Ja schon, ich weiß, wer das ist. Aber kennen? Wenn du über den etwas wissen willst, musst du mit Botho Ahlsens reden.«
»Ahlsens?« Hatte der nicht behauptet, Singer nicht zu kennen? Oder hatte er Judith missverstanden?, wunderte sich Walter.
»Klar, die haben doch an der gleichen Universität studiert«, wusste Meiring.
»Was? Wo?«
»Ach Walter, so genau weiß ich das nun auch nicht mehr.« Doch Meiring begann, nachzudenken.
Inzwischen nahm Walter sich einen reichlichen Nachschlag. Warum sollte Ahlsens seine Bekanntschaft mit Singer verschwie-

gen haben? Gemeinsam studiert? Wenn die Hochschule groß genug war, musste man sich nicht zwangsläufig kennen. Schon gar nicht, wenn man nicht im selben Studienjahr war. Trotzdem! Er musste Judith irgendwie erreichen. Walter erinnerte sich an das, was er über Botho Ahlsens wusste und fragte intuitiv: »Erinnern Sie sich an den Pflanzenschutz, in der Zeit nach dem Krieg?«
»Nanu?!« Meiring sah seinen Tischgast überrascht an. »Du hast ja heute Themen parat! ... Iss erst mal auf und dann lass uns noch in Ruhe ein Bier trinken.«
Walter amüsierte sich im Stillen. Das altbekannte Motto »Erst de Piep in Brand, dann de Koh ut'n Graben« war nach wie vor beliebte Handlungsmaxime.
Meiring nahm einen kräftigen Schluck und lächelte Walter dann verschmitzt an. »Selbst du müsstest noch eine Menge darüber wissen. Über den sogenannten Pflanzenschutz. Du wirst dich bestimmt daran erinnern, als die ganze Schule zum Sammeln der Käfer auf den Kartoffelfeldern eingesetzt wurde. Es gab Prämien je nach Menge der gefundenen Käfer oder Larven: Für die Kinder gab es Süßkram. Für mich hat es damals, 1948, zu meinem ersten Anzugstoff nach dem Krieg gereicht. Und die Namen guter Sammler hat man sogar in den Zeitungen veröffentlicht.«
Jetzt fiel es Walter tatsächlich wieder ein: Männer vom »Kartoffelkäfer-Suchdienst« waren in alle Schulen gekommen, hatten Fotos und Plakate gezeigt und ihnen erklärt, was zu tun sei.
»Die kleineren Kinder sind wie die Wilden los auf die Felder, das war wohl interessanter als Unterricht«, vermutete Meiring sicher nicht zu Unrecht. Er erinnerte sich weiter: »Das waren damals Kampagnen! Alle Schulhefte wurden mit Sammelaufrufen versehen. Selbst der Schulstundenplan zeigte, wie die Kartoffelkäfer zu finden waren. Es gab sogar Stempel für den Briefverkehr. Jahrelang wurde fast jede Postkarte damit bedruckt.«

Dann wollte Meiring aufstehen, schaffte es aber nicht hochzukommen, obwohl er ein paar Mal Schwung holte. Die alten Beine wollten sich nicht strecken. Er bat: »Gehst du mal in meine Stube? Im Büfettschrank, unten links, sind ein paar alte Ordner, wenn du die mal herbringen könntest?«

»Sicher. Ich räum nur rasch den Tisch ab.« Es tat Walter Dreyer stets aufs Neue weh, den alten Mann so hilflos zu sehen. Doch meistens schaffte er es abzuwarten, ob es Meiring doch noch gelang, seine Vorhaben selbstständig zu erledigen. Diese Befriedigung wollte Walter ihm nicht nehmen. Er half natürlich umgehend, wenn es nötig war. An der angegebenen Stelle fand er die Aktenordner und stellte sie vor Meiring auf den Küchentisch.

Die Rückenaufschriften waren auf dem vergilbten Papier kaum noch zu lesen, nichtsdestotrotz griff Meiring zielgerichtet einen Ordner heraus. »Sieh mal«, forderte er Walter auf, sich neben ihn zu setzten. »Ich wurde damals als Gemeinde-Pflanzenschutzwart eingesetzt. Meine Aufgabe war es, die Kartoffelkäferakte des ganzen Dorfes zu führen und die täglichen Suchergebnisse und Bekämpfungsmaßnahmen an den Landrat des Kreises wei-

terzumelden. Vielleicht finden sich ja meine alten Meldungen noch im Gardelegener Stadtarchiv? Frag doch deine Laura mal! Ich habe hier sogar noch einige Blaupausen.« Meiring blätterte vorsichtig in den alten Unterlagen und wurde immer lebhafter, je mehr seine Erinnerungen wiederkehrten. »Hier! Sonnabends waren außerdem Wochenberichte abzugeben über die Bearbeitung der Befallstellen. Was war das für ein langweiliger Papierkram! Das hatte ich völlig vergessen.« Zielgerichtet blätterte er weiter: »Nicht jeder, der sich Schädlingsbekämpfer nannte, durfte die Arbeit auch machen. Eigentlich war dazu eine Gewerbegenehmigung nötig. Wohl wegen der Gifte. Da war ganz schön gefährliches Zeug im Umlauf! Die Leute mussten sich uns gegenüber sogar ausweisen. Hier – wir bekamen ein Muster des Ausweises, damit wir alles auf seine Richtigkeit überprüfen konnten. Na bitte!«, rief Meiring dann triumphierend. »Hatte ich mich doch nicht geirrt!«
Neugierig sah Walter auf das Dokument, das Meiring extra ausheftete und ihm hinhielt: »Liste der Sachverständigen«. Sie war nicht lang. Ahlsens, Botho; Ahlsens, Paul; zwei weitere Namen und dann: Singer, Eduard.

~ 25 ~

Dr. Grede war nicht in seinem Büro. Judith Brunner hinterließ eine Notiz zu dem Unfall im Waldauer Gewächshaus und bat um die nötige Untersuchung durch die Kriminaltechnik.
Auf ihrem Schreibtisch lag eine Mappe mit der Aufschrift »Krankenhaus Gardelegen«. Dr. Frederich hatte wie vereinbart eine Liste vorbeibringen lassen, auf der alle Handwerker- und Liefertermine der letzten Tage, einschließlich des Freitags, notiert waren. Dazu die Notfälle, getrennt nach Einlieferungen mit den Wagen der Schnellen Medizinischen Hilfe und den sons-

tigen Fällen in der Notaufnahme, den Knochenbrüchen, den Bauchschmerzen und den Betrunkenen. Auch die Dienstpläne der betreffenden Tage hatte er kopieren lassen und hinzugefügt. Bei den Patienten hatte der Ärztliche Direktor allerdings keine Namen, sondern lediglich die Anfangsbuchstaben der Vor- und Zunamen, die Diagnosen und das Alter notiert und im Nachsatz handschriftlich hinzugefügt, dass er selbstverständlich bereit sei – in sicher gut begründbaren Fällen – der Polizei den jeweiligen Namen preiszugeben.

Mit dieser detaillierten Liste hatte Dr. Grede die Befragungen beim Krankenhauspersonal und bei den verschiedenen Dienstleistern tatsächlich schon am gestrigen Nachmittag beginnen können; allerdings waren jetzt am Wochenende nur wenige Leute erreichbar gewesen.

Immerhin – erste aufschlussreiche Ergebnisse dieser Befragungen fand Judith Brunner nun säuberlich getippt vor.

Sie las mit wachsendem Erstaunen, was in einem vergleichsweise kleinen Kreiskrankenhaus so los war. Hinter den Kulissen gab es offenbar kaum eine Stunde, in der nicht irgendetwas weggeschafft oder angeliefert wurde: Bereits kurz nach Mitternacht erschien ein erster Lkw, der die schmutzige Wäsche des vergangenen Tages abholte. Neben Bettwäsche und Handtüchern aus den Patientenzimmern waren Ärztekittel, die Kleidung der Schwestern, OP- und Labor-Bekleidung zu waschen. Hinzu kamen noch die Textilien aus dem Bereich der Krankenhausküche. Der Fahrer der Dreckwäsche hatte bei seiner Befragung erklärt, dass kurz nach ihm ein anderer Kollege neue, frisch gewaschene Wäsche ins Krankenhaus bringe. Das passierte jeden Tag. Aus hygienischen Gründen trennte die Wäscherei hier sogar die Fahrzeuge, und seit Jahren hätte es deswegen mit der Wäsche keine Probleme gegeben.

Ebenfalls sehr früh, fast noch in der Nacht, erschien das Auto mit den Backwaren, die für die Patientenversorgung und die Kantine des Krankenhauses benötigt wurden. Auch hier gab es tägliche Lieferungen, außer sonntags, da ruhte die Arbeit in der

Großbäckerei.
Und dann kam, jeden Werktag gegen acht, ein Lieferauto voll mit den übrigen Lebensmitteln, die für die Versorgung im Krankenhaus gebraucht wurden.
Das waren die aufgeführten täglichen Termine. Zudem wurden jede Woche dienstags Arzneimittel, medizinische Hilfsmittel und ärztliche Instrumente geliefert, die dann über die Krankenhausapotheke an das medizinische Personal der Stationen ausgegeben wurden.
Havarie- oder Reparatureinsätze durch fremde Handwerker waren im vakanten Zeitraum nicht zu erledigen gewesen.
Die Wartung der Großgeräte übernahmen Fachleute in turnusmäßigen Abständen, wobei zur fraglichen Zeit, wie Judith Brunner beim Vergleich der Daten feststellte, keiner dieser Spezialisten im Krankenhaus war.
Von den Leistungen in der Notaufnahme war Judith beeindruckt: jeden Tag mehr als zehn Fälle! Sie vergewisserte sich – richtig, am Donnerstag war auch Eduard Singer als Notfall von seiner Frau gebracht worden. Diesen einen Namen hatte Dr. Frederich ausgeschrieben. Es war üblich, dass Kranke oder Verletzte von einem der zwei Krankenwagen eingeliefert wurden. Offenbar war es aber ebenso normal, dass das durch Familienmitglieder, Kollegen oder bei Schulkindern auch durch Lehrer geschah. Letzten Donnerstag, an dem Tag, an dem Singer verstarb, waren außer ihm zunächst zwei schwangere Frauen und ein junger Mann mit Verbrennungen über die Rettungsstelle stationär aufgenommen worden; alle mit den Rettungswagen gebracht. Der letzte Patient an diesem Abend war dann ein Bauer aus Berge gewesen, einem kleinen Nachbardorf von Gardelegen, der sich beim Holzhacken am Bein verletzt hatte und spät noch operiert worden war. Der Krankenwagen hatte den Mann, wie genauestens festgehalten worden war, 18:20 Uhr eingeliefert. Dann war es ruhig geblieben. Konnte danach, gleich am Abend, oder dann später in der Nacht, Singers Leichnam gestohlen worden sein? Oder war es tatsächlich erst am Freitag in

den frühen Morgenstunden geschehen?
Judith Brunner beschloss, die offenbar recht allgemeinen Befragungen der verschiedenen Fahrer und des medizinischen Personals, von denen niemandem etwas Besonderes aufgefallen war, gezielter zu wiederholen: Bei den Wäschefahrern, denn deren Autos boten gute Versteckmöglichkeiten für Leichen, und bei den Leuten aus dem Krankenwagen, die den Holzhacker gebracht hatten. Während ihres Aufenthalts im Krankenhaus könnte das unbefugte Eindringen in die Pathologie erfolgt sein.
Judith Brunner vermisste außerdem eine Berufsgruppe auf Dr. Frederichs Liste, die sie für außerordentlich wichtig in diesem seltsamen Fall hielt: die Bestatter.

~ 26 ~

Laura Perch hatte bei ihren diversen beruflichen Außenterminen schon eine bemerkenswerte Anzahl von Räumen gesehen, die als »Archiv« herhalten mussten, dieser Bezeichnung aber keinesfalls gerecht wurden. Überheizte oder zu kalte, wahlweise nasse oder schimmelige Dach- oder Kellerräume mit Mäuse- oder Rattenkot, Katzenflöhen, verhungerten Tauben – alles war schon dabei gewesen.
Hier nun schloss Lisa Lenz ihr einen Raum im Keller auf, der mit graugrünen Stahlregalen vollgestellt war. »Gehörte bis vor einigen Jahren mal alles zum Großreich der Zivilverteidigung«, erklärte Judiths Mitarbeiterin locker. »Die hatten hier wohl ihre sämtlichen Gasmasken, Schutzanzüge, Leuchtmunition, Decken und sonst noch alles Mögliche eingelagert. Was man bei einem Atomschlag eben so gebrauchen kann ... Der Hausmeister schwärmt mir immer noch davon vor und trauert dem ganzen unnützen Zeug tatsächlich hinterher«, zwinkerte sie Laura zu und überließ der Archivarin den Raum.
Gasmasken gegen Akten. Eigentlich ein ganz netter Tausch,

fand Laura. »Nun, ein Archiv mit verstaubten Akten ist für einen Hausmeister selbstverständlich nicht ganz so prestigeträchtig wie ein Lager voller Leuchtmunition«, murmelte sie still vor sich hin und erinnerte sich an ihre Zeit im Lager für Zivilverteidigung: Die fragwürdige Ausbildung im vierten Semester des Studiums hatte jeder zu überstehen. Spätnachmittags lauschte sie den regelmäßigen Orchesterproben der ebenfalls kasernierten Musikstudenten und während ihrer Nachtwachen hatte sie so viel Schach gespielt, wie nie wieder in ihrem Leben. Und beides hatte ihr geholfen, diesen Monat zu überstehen, ohne an Langeweile und Unterforderung einzugehen. Als nützlich hatte sich erwiesen, dass man ein Zertifikat über den absolvierten Erste-Hilfe-Kurs und einen Nothilfe-Pass mit Blutgruppenbestimmung bekam. Hinsichtlich der vermittelten Gegenmaßnahmen bei einem Angriff mit ABC-Waffen teilte sie uneingeschränkt Lisas Zweifel an deren Sinnhaftigkeit.
Laura sah sich um. Das Archiv der Kreisdienststelle war in akzeptablem Zustand. Es roch weder muffig, noch waren Tierchen beim Lichteinschalten weggehuscht. Ausreichend helle Beleuchtung aus summenden Neonröhren, drei ausrangierte Schreibtische und einige leere Holzregale an der Türwand würden ein zügiges Arbeiten ermöglichen. Gutes Licht und viel Platz zum Sortieren waren wichtig. Augenscheinlich lagerten die Akten in chronologischer Reihenfolge – zumindest legte eine erste Sichtung der oberen Hefter in verschiedenen Regalfächern das nahe. Laura hoffte, dass wenigstens dieses simple Ordnungsprinzip über die Jahre beibehalten worden war.
Die ewigen Witzbolde einer jeden Dienststelle hatten mit Reißzwecken diverse Zettelchen mit den üblichen Bürosprüchen an die Stirnseite des ersten Holzregals gleich neben der Tür gepinnt. Von »*Bin auf der Arbeit, nicht auf der Flucht*« bis »*Ist der Chef nicht da, entscheidet sein Vertreter. Ist der auch nicht da, entscheidet der gesunde Menschenverstand*« war wieder einmal alles vertreten. Wie originell! Laura hatte das einfach schon zu oft gesehen. Ah, da war wenigstens mal ein polizeiaffiner Spruch: »*Achtung! Schon ein*

kleiner Abstecher kann lebenslang ins Gefängnis führen«. Na ja, doll war der auch nicht.
Laura bedauerte seufzend die Einfallslosigkeit dieser Sprücheklopfer, da fiel ihr Blick auf einen schlichten, verstaubten Rahmen, der rechts neben einem Regal an der Wand hing. Hinter Glas war eine einzelne Seite aus einem alten Buch zu sehen, durchscheinende Klebestellen am oberen Rand zeugten von der Fixierung auf einem ehemals weißen, nun vergilbten Blatt Papier. Sowohl Struktur und Farbe der Buchseite als auch die Druckschrift deuteten auf das 19. Jahrhundert. Auf dem Blatt, welches oben links mit einer IV bedruckt worden war, stand mit alten Lettern geschrieben: »*Soviel ist gewiß, man erkennt einen Altmärker, besonders einen Altmärker vom Lande, leicht und auf den ersten Blick. Alle Generalisirung und Uniformirung der neueren Civilisation, alle politische Verschmelzung mit anderen Stämmen und Regierungen hat seine Besonderheiten, seinen specifischen Nationaltypus nicht zu verwischen vermocht. Ist er auch ein Preuße, ist er auch ein Märker, so ist er doch ein Altmärker, und von der Altmark geht der erste Ruhm und Glanz der Brandenburgischen Marken und des Preußischen Thrones aus.*« Da war aber jemand stolz auf sich und seine Landsleute! Schön! Doch aus welchem Buch mochte diese Seite wohl stammen? Und welcher stolze altmärkische Banause hatte sie einstmals aus dem Buch herausgeschnitten? Die Rahmung zeugte immerhin von einer gewissen Wertschätzung des Textes, das Zurschaustellen allerdings nicht von einer Achtung für Bücher.
Laura nahm den silbrig schimmernden Rahmen vorsichtig von der Wand und besah sich die Rückseite. »Temme. 1839. Die Volkssagen der Altmark« hatte jemand mit einem weichen Bleistift akkurat in schönster Sütterlinschrift auf der Verklebung vermerkt. Vorsichtig hängte Laura die Lobpreisung zurück. Neugierig auf das Buch geworden, plante sie in Gedanken einen baldigen Besuch in der Gardelegener Stadtbibliothek ein. Sicher würde Peter Kreuzer dort ein Exemplar des Werkes von Temme haben – hoffentlich eines mit der Seite IV.
Nun, an die Arbeit! Laura überlegte. Judith und sie hatten den

Fall auf der Herfahrt weiter diskutiert und dann letztlich beschlossen, die Akten der letzten zwanzig Jahre auszuwerten. Lemke war Jahrgang 1954 und Judith wusste, dass sich bei seinem Täterprofil oft schon im jugendlichen Alter bestimmte Verhaltensweisen zeigten, die Hinweise auf spätere gestörte Entwicklungen geben konnten. »Ich habe mal vor einem halben Jahr versucht, mit seinen Eltern Kontakt aufzunehmen, was mir aber nicht gelungen ist«, hatte Judith ihr anvertraut. »Ich hoffte, sie würden mir etwas über Lemkes Kindheit und Jugend mitteilen können. Aber es gibt wohl nur noch die Mutter, und die hatte sich schon bei seinen früheren Delikten geweigert, etwas über ihren Sohn preiszugeben.«
»Gibt es irgendeinen Anhaltspunkt, wie ich nach Aktenlage erkenne, ob es sich um eine Tat Lemkes handeln könnte?« Laura hoffte, die Suche etwas eingrenzen zu können.
»Das wird kaum möglich sein. Bei Lemke gibt es zunächst einmal keinen offensichtlichen Bezug zu den Opfern, zumindest war das im vergangenen Jahr so. Deswegen ist auch ein Motiv nicht leicht zu finden«, gab Judith unumwunden zu. »Er handelte spontan, war dabei rücksichtslos und unnötig brutal. Außerdem war er bei seinen Taten stets allein.« Sie sollte deswegen auf Dinge achten wie unmotivierte Gewalt, Brutalität bei der Tatausführung und erkennbare Alleintäterschaft.
Laura besah sich die fast fünfundzwanzig Regalmeter voller Papierhefter und Ordner. Nach ihrer Schätzung rechnete sie damit, dass sie etwas mehr als zweitausend Akten sichten musste. Dazu zählte sie einfach ein Regalfach voller Akten genau aus und rechnete das Ergebnis dann hoch. Konnte das stimmen? Über hundert Ermittlungen pro Jahr? So viele Straftaten allein im Kreis Gardelegen? Du meine Güte!
Laura staunte über die kriminelle Energie ihrer Mitmenschen, zumal ihr die Altmärker bisher als recht friedliches Völkchen begegnet waren. Nun ja, sicher tranken einige gern und öfter auch zu viel, was nicht immer mit einem versöhnlichen Auseinandergehen endete.

Nach der Durchsicht der Akten aus dem ersten Regalfach war Laura einigermaßen erleichtert: Bis auf kleinere Einbrüche, einen Fall von Viehdiebstahl und einigen Kneipenprügeleien waren es ausschließlich Verkehrsdelikte, die die Hefter füllten. Im Jahr danach machten Körperverletzungen einen erheblicheren Teil der nicht verkehrsbedingten Straftaten aus, und Laura war zuweilen fassungslos, wie oft aus nichtigstem Anlass aufeinander eingestochen oder eingehauen wurde.

So interessant es auch war, die kriminellen Aspekte der jüngeren altmärkischen Geschichte zu betrachten, durfte Laura sich nicht festlesen, wollte sie die Recherche halbwegs zügig zu einem Ergebnis bringen. Ihre Methode war im Grunde simpel: Sie nahm systematisch Akte für Akte in die Hand und sah sie sich kurz an. Den Aktenvorblättern war zu entnehmen, ob der Fall ausermittelt und dann zur Staatsanwaltschaft übergeben worden war. Diese Akten konnte sie, wenn in ihnen auch keine Hinweise auf Schussverletzungen zu finden waren, zurück ins Regal räumen. Denn ihre offizielle Aufgabe durfte sie natürlich nicht vernachlässigen – die Suche nach Anhaltspunkten zur Identifizierung des unbekannten Toten bei Dr. Renz.

Bei möglichen Verbrechen von Berthold Lemke kam es auf einen anderen Vermerk an: Immer dann, wenn ein Fall am Ende als ungelöst eingestuft oder – wie bei Kapitalverbrechen – ein Ermittlungsverfahren vorläufig eingestellt wurde, war das deutlich gekennzeichnet worden! Sie konnte nach Judiths Schätzungen mit zwei, drei Fällen pro Jahr rechnen. Diese Akten sortierte Laura aus und legte sie auf einen der großen Tische, unabhängig von der Straftat und dem Grund der Einstellung der Ermittlungen.

Nur in diesen Akten würde sich die Spur des Serienmörders finden lassen.

~ 27 ~

Walter Dreyer fuhr mit seinem Rad bei herrlichstem Wetter nach Schwiesau zum nächsten Friedhof. Gut, dass er dem Platten noch am gestrigen Abend zu Leibe gerückt war. Nach dem deftigen Mittagessen bei Meiring fühlte er sich träge und hoffte, die Bewegung würde ihm gut tun. Durch das Dorf ging es auf der Hauptstraße stetig leicht bergan und er musste ziemlich in die Pedale treten.

Jetzt, am frühen Nachmittag, war kaum jemand draußen zu sehen. Eine erholsame Mittagsruhe nach dem Sonntagsessen war beliebt und wurde von vielen gepflegt. So grüßten ihn nur Thekla Müller, die in ihrem kleinen Vorgarten werkelte, und Wolfgang Merker, der Wirt der »Altmärkischen Schweiz«, der mit nur zwei, drei besetzten Tischen in seinem Kastaniengarten nicht eben überlastet wirkte.

Ihm entgegen kam, pfeifend und lässig nur mit einer Hand den Lenker des klappernden Fahrrades haltend, Leon Ahlsens die Straße heruntergefahren. Der junge Mann bremste und hielt an. Walter nutzte die Pause auf seiner anstrengenden Bergauffahrt gern. »Grüß dich! Du hast aber gute Laune!«, stellte er fest.

Leon stieg mit strahlender Miene vom Fahrrad. »Stimmt. Ist es nicht schön heute!«

»Wie ich sehe, hat dir dein gestriger Unfall nicht dauerhaft geschadet. Laura hat mir davon erzählt. Ist wirklich alles in Ordnung?«

Leon winkte nur ab. »Bloß ein Kratzer.«

»Was begeistert dich denn so?«, wollte Walter wissen.

»Hast du mal einen Moment Zeit für mich?«

Gute Nachrichten vernahm Walter immer gern. »Sicher. Komm doch mit, fahren wir ein Stück zusammen«, schlug er vor. »Ich wollte allerdings nach Schwiesau«, wies er auf sein Ziel hin, denn schließlich war Leon ihm aus dieser Richtung entgegen gekommen.

Aber dem lag offenbar viel an einem Gespräch, denn er drehte sein Fahrrad augenblicklich um und sie fuhren gemeinsam los. Hinter dem Waldauer Ortsausgang wurde das Fahren auf dem glatt asphaltierten Untergrund leichter. Außer ihnen benutzte niemand die Straße. Sie fuhren gemächlich nebeneinander her und Leon begann: »Also.« Dann schwieg er wieder.
Walter wartete, leicht neugierig.
»Onkel Botho und du, ihr seid anständige Männer. Mit euch muss ich was bereden.«
Nun wurde Walter stutzig. Worauf sollte das denn hinauslaufen! Außerdem war nur er hier, von Botho Ahlsens keine Spur.
Leon redete weiter: »Und du bist ehrlich zu mir. Auch wenn mir das nicht immer gefallen hat.«
Das glaubte Walter dem jungen Mann aufs Wort. Er erinnerte sich an ein paar sehr ernste Gespräche, die er mit Leon führen musste. Nicht nur einmal hatte er mit Botho Ahlsens über den jungen Mann gesprochen, doch mittlerweile waren sie beide froh, dass Leon in Waldau heimisch wurde. Waren Botho Ahlsens Sympathien vor allem auf die verwandtschaftlichen Wurzeln und Leons erwachte Arbeitsfreude zurückzuführen, so war Walters und Leons Beziehung gewachsen, als sie aus unterschiedlichen, doch nicht minder aufrichtigen Gründen nach Elvira Bauer und ihren beiden kleinen Kindern gesehen hatten: Walter sah sich als väterlicher Beschützer der Kleinfamilie. Leon aber, Leon liebte Elvira Bauer mit der ganzen Unbefangenheit und Stärke seiner Jugend. Bei einem unbeschwerten Feierabendbier hatte es sich dann ergeben, dass Walter Leon das Du anbot, und inzwischen vertrauten sie einander längst als Verbündete.
Walter ahnte, dass Leons Gesprächsbedarf etwas mit dessen ungewöhnlicher Liebesgeschichte zu tun haben würde. »Wollen wir eine kleine Pause machen?«, schlug er vor, denn er hatte einen geeigneten Platz an der Einmündung eines Feldweges entdeckt. »Wir könnten uns auf die Feldsteine unter den Bäumen da setzen.«
Als sie dann einträchtig im Halbschatten der warmen Nachmit-

tagssonne saßen, begann Leon, ohne Walter dabei anzusehen: »Ich überlege, ob ich Elvira vorschlagen soll, dass wir zusammenziehen. Ich meine, dass ich mit in ihr Haus ziehe und wir zusammenleben wie eine richtige Familie. Fritzi hat mich schon ein paar Mal gefragt, ob ich sein Papa werden will.«
Das war es also! Der Junge, der Walter diese Frage auch schon mehrmals gestellt hatte, war sechs Jahre alt und fragte eben nach einem Vater, ein verständlicher Wunsch eines kleinen Kerls. Leon sollte das nicht überbewerten. »Was hast du denn dazu gesagt?«, wollte Walter wissen.
»Na, dass seine Mama das entscheiden müsse.«
»Gut. Und? War Fritzi zufrieden mit dieser Antwort?«
Leon griente. »Nicht ganz. Er meinte, die habe mich doch lieb, und er und Dany auch. Für ihn genügt das.« Nach einer kleinen Pause bat er: »Sag mal, ganz ehrlich: Bin ich noch zu jung für eine Familie?«
Walter musste laut lachen. »Wie kommst du denn darauf! Du bist jetzt – wie alt? Sechsundzwanzig? Worauf willst du warten? Du kannst selbstverständlich mit einer Frau zusammenleben. Und mit zwei Kindern auch. Ihr liebt euch, das ist entscheidend, nicht, wie alt ihr seid.«
»Du traust mir das wirklich zu?« Leon war die Erleichterung deutlich anzuhören, ein bisschen Stolz auch. Fast schien es, als glitzerten Tränen in seinen Augen.
»Aber sicher. Du hast doch bewiesen, dass du gut für die drei bist.« Doch dann wurde Walter stutzig. Wieso blieb Leon plötzlich stumm? »Leon, warum führen wir dieses Gespräch eigentlich?«
Nach kurzem Zögern rückte der junge Mann verlegen mit der Sprache raus: »Wir bekommen ein Baby! Stell dir das mal vor! Elvira hat es mir vorhin erst gesagt.«
»Was?!« Damit hatte Walter nicht gerechnet. »Mensch, sind das tolle Nachrichten! Ich gratuliere euch!« Er zog Leon an sich und umarmte ihn heftig, was bis dahin noch nie vorgekommen war. Jetzt strahlte auch Leon. »Ich kann es immer noch nicht glau-

ben! Ich werde Vater!«, rief er begeistert aus.
Walter jubelte mit: »Ich hab es gehört, Leon, ich habe es genau gehört – und mich selten so gefreut. Da kannst du dir sicher sein.«
Die Männer schauten glücklich in die Landschaft und schwiegen, noch ganz überwältigt von ihrer Freude.
»Wenn ich überlege, wie schnell die Zeit vergeht. Meine Kumpel und ich, gerade noch beim Studium ...«, sinnierte Leon leise vor sich hin. »Feten, Mädchen, Unabhängigkeit. Was waren wir bloß für ein Haufen verdammter Aufschneider und Schwerenöter!«
Leon hatte Architektur studiert. Das war Walter nicht neu. Und dass junge Kerle ständig voreinander angaben, auch nicht. Walter erinnerte sich an seine Zeit in diesem Alter und wurde für einen Moment nachdenklich. Zum Ende der Ausbildung oder kurz vor dem Wehrdienst hatten seine Kumpel, einer nach dem anderen, angefangen zu heiraten und bekamen Kinder, und er war jedes Mal aufs Neue erstaunt, ja fast bestürzt gewesen, wenn ihm wieder einer davon erzählte. Diese Jungs machten nun auf Familie? Wieso? Er verstand es nicht. Bei manchen wusste er einfach, dass die Ehen nicht lange halten konnten. Er kannte sie zu gut. Ihm taten deren Kinder schon leid, als es die noch gar nicht gab, denn es konnte kein harmonisches Familienleben geben, nicht bei diesen Eltern. Was ihm allerdings am meisten auf die Nerven ging, war die penetrante Mission dieser tollen Paare: Ständig boten sie ihm ihr Lebensmodell als erstrebenswert an und schienen beleidigt zu sein, dass er nicht begeistert war. Jede Einladung in das junge Familienglück schien von dem unterschwelligen Vorwurf flankiert: Wieso lebst du nicht wie wir!? Walter fielen dann stets Dutzende Gründe ein.
Das gab sich erst, als ihn sein Beruf als Polizist hierher nach Waldau führte und er, unbelastet von alten Bekanntschaften, ein Leben nach seinen Vorstellungen gestalten konnte. Natürlich war er in seiner Jugend auch mehrfach verliebt. Heftig sogar. Doch nie hatte er so empfunden, dass er mit einem dieser Mädchen eine Familie hätte gründen wollen. Er genoss seine

Unabhängigkeit – bis sich mit Judith alles geändert hatte, ausnahmslos. Mit ihr wollte er sein Leben teilen und es gefiel ihm überhaupt nicht, dass sie nicht offen zusammenwohnen und leben konnten.

»Walter?«, holte Leon ihn aus seinen Überlegungen zurück. »Ich weiß gar nicht, was mit mir los ist. Mein Leben ist so ... unerwartet. Mir geht es jetzt richtig gut, hier in Waldau, mit Elvira und den Kleinen, und ich bekomme ein Kind. Ist das nicht verrückt?« Er klang wie ein verliebter Kater.

Walter freute sich, dass Leon die Vaterschaft so unbeschwert sah. »Frag sie behutsam, ob du bei ihr einziehen darfst. Das ist jetzt der geeignete Zeitpunkt, denke ich«, kam er auf den Grund ihres Gespräches zurück.

Leon war beruhigt, dass Walter ihn verstand und ihm zuredete. Und dann bekam er doch wieder Zweifel: »Was ist, wenn Elvira Nein sagt?«

Walter blieb gelassen. »Warum sollte sie? Lass ihr einfach Zeit, Leon. Sie hat schon so viel durchgemacht in ihrem Leben und sie muss jetzt einen Weg finden, bei dem sie trotz neuer Bindung frei leben kann. Das ist nicht leicht und kann dauern ... Deswegen darfst du aber nie an ihren aufrichtigen Gefühlen dir gegenüber zweifeln. Konzentrier dich am besten auf das, was du beeinflussen kannst.«

»Und wenn ihr altes Leben sie nicht loslässt?«, fürchtete Leon die Schatten der Vergangenheit.

»Nimm das Heute als Beginn von etwas Gutem.«

Leon atmete hörbar aus und konnte fast wieder lächeln. Er fuhr sich verlegen mit der Hand durch die Haare und sah Walter an. »Danke, Mann. Das fühlt sich an, als hättest du mich eben gerettet.«

Sie standen auf und Walter umarmte Leon erneut. »Ich freue mich wahnsinnig. Und wenn es irgendetwas geben sollte, wobei ich helfen kann, meldet ihr euch. Darauf muss ich bestehen! Und nun hör auf zu grübeln und scher dich endlich zu deinem Onkel! Der kann solche fantastischen Neuigkeiten wirklich gut gebrauchen.«

~ 28 ~

»Na, weil heute Sonntag ist! Bei uns zu Hause gibt es da nachmittags immer selbst gebackenen Kuchen. Und heute früh habe ich eben gleich zwei gemacht und uns einen mitgebracht.« Lisa hatte den Tisch im Besprechungsraum eingedeckt und erklärte ihren Kollegen mit einladender Geste, wie sie zu der Überraschung kamen.

Niemand musste zweimal gebeten werden.

Zu Judith Brunners Erstaunen erbat sich Dr. Grede das Rezept.

»Was sehen Sie mich denn so merkwürdig an?«, fragte er. »Ich bin ab und an auch ein begeisterter Bäcker. Wirklich! Meine Tochter liebt meine Kuchen. Der hier würde ihr auch schmecken«, sagte er mit vollem Mund.

Dass Hans Grede eine Tochter hatte, war Judith Brunner bekannt, doch dass er etwas von ihr erzählte, kam selten vor. Über ihr Privatleben hatten sie sich bisher kaum unterhalten.

Lisa kannte das Rezept auswendig. Sie legte dem Hobbykonditor Papier und Bleistift hin und begann, zu diktieren: »Tassenkuchen.«

»Wie bitte?« Alle hielten beim Kauen inne.

»Tassenkuchen. So hat ihn meine Oma schon gebacken. Geht ganz einfach.« Aufmunternd nickte sie Dr. Grede zu, der nun folgsam mitschrieb:

1 Tasse Zucker
1 Tasse Mehl
1 Tasse Grieß
1 Tasse Milch
½ Tasse Butter
½ Tasse Stärkemehl
2 Eier
1 Päckchen Vanillezucker
1 Päckchen Backpulver

»Das war's auch schon. Ach, eine Prise Salz natürlich. Das ist ganz wichtig«, schloss Lisa ihr Diktat, deutete aber noch Variationsmöglichkeiten an: »Man kann statt Grieß auch Haferflocken nehmen. Und es schadet nichts, Rosinen oder Mandeln reinzutun, oder geriebene Zitronenschale. Das habe ich mit dem hier gemacht«, zeigte sie auf die ziemlich geleerte Servierplatte. »Eine knappe Stunde in den Ofen – der Kuchen gelingt eigentlich immer. Und schmeckt.«
»Das kann man wohl sagen«, lobte Thomas Ritter, letzte Krümel auf seinem Teller zusammenschiebend.
Während der zweiten Tasse Kaffee begannen sie, sich gegenseitig auf den neuesten Stand der Ermittlungen zu bringen.
Zu der unbekannten Leiche gebe es immer noch keine neuen Hinweise, bedauerte Lisa.
Dr. Grede konnte mitteilen, dass die Bewässerungsanlage im Waldauer Gewächshaus einfach durchgerostet war, da gab es also keinen Grund zur Beunruhigung, zumindest nicht für die Kriminalpolizei.
Die beiden Kollegen, die das Kommen und Gehen am Krankenhauseingang kontrollieren sollten, hatten sogar eine Sonderschicht eingelegt. »Ich habe gerade mit ihnen telefoniert, doch sie konnten mit keiner nützlichen Information aufwarten«, bedauerte Dr. Grede nüchtern und wollte gerade Weiteres berichten, als das Telefon in Judith Brunners Büro klingelte.

Sie eilte hinüber, meldete sich und grüßte dann den Rechtsmediziner: »Guten Tag, Dr. Renz. Tut mir wirklich leid, aber wir sind mit der Identifizierung des Toten noch nicht weiter.«
Beim Hinsetzen entdeckte sie auf ihrem Schreibtisch die Einladung zum diesjährigen Betriebsausflug, die ihr irgendwer hingelegt hatte. Es sollte nach Tangermünde gehen und einen Stadtrundgang geben. In dem wunderschönen Städtchen war sie zwar beruflich schon öfter gewesen, aber eine Führung hatte sie noch nicht mitgemacht. Das würde gewiss interessant werden. Hauptsache, das Wetter spielte mit. Und wenn nicht, so könne

man sich dort bei süffigem Kuhschwanzbier die Zeit vertreiben, pries der Organisator an.
Dr. Renz nahm die Entschuldigung zur fehlenden Identifizierung gelassen: »Das wird schon noch. Aber ich habe Ihnen etwas mitzuteilen, was in der Angelegenheit sicher hilfreich ist.«
»Na?«
»Der Mann starb an einer Vergiftung! Erst heute Mittag hatte ich die nötigen Untersuchungsergebnisse beisammen.«
Ein unnatürlicher Tod? »Auch das noch! Und was für ein Gift war es?«
»Das habe ich noch nicht identifizieren können, es kann auch noch ein Weilchen dauern. Wir testen alles Mögliche. Zunächst habe ich mit dem Wahrscheinlichsten angefangen, also Medikamenten oder Schädlingsbekämpfungsmitteln. Hier auf dem Lande gibt es allerhand Gifte; Landwirtschaft geht ja kaum noch ohne heutzutage. Ich melde mich bei Ihnen, sobald ich etwas Genaueres weiß.«
»Danke«, schloss Judith Brunner das Telefonat und eilte in den Besprechungsraum zurück.

»Hören Sie: Es liegt womöglich ein Mordopfer im Krankenhaus! Unser Unbekannter wurde vergiftet«, teilte sie ihren Mitarbeitern gleich die Neuigkeit mit. »Das verleiht dem Fall eine völlig neue Dimension.«
»Vergiftung! Vielleicht war es ja auch ein Selbstmord?«, gab Grede – wohl eher der Vollständigkeit halber – zu bedenken.
Er erntete umgehend Ritters Widerspruch: »Nee, nee. Der wird sich wohl kaum vergiftet und dann dafür gesorgt haben, dass er beim Renz auf dem Tisch landet. Das war Mord – nix anderes! Gab's auch was Neues zu den abgetrennten Händen?«
Judith Brunner schüttelte den Kopf; sie ließ sich nicht ablenken.
Lisa wirkte etwas ratlos: »Wo kam der nur her? Keiner hat einen Vermissten gemeldet!«, und ergänzte mehr für sich selbst: »Warum fehlt der Mann bloß niemandem?«
Die Hauptkommissarin nahm die Frage dankbar auf: »Wir hat-

ten doch schon vermutet, dass der Unbekannte absichtlich ins Krankenhaus gebracht wurde, er sollte genau dort untersucht werden. Jetzt wissen wir auch, warum. Die Vergiftung sollte entdeckt werden! Und derjenige, der ihn dahin gebracht hat, vermisst ihn nicht. Er weiß ja, wo er liegt.«
»Frisch gewaschen«, erinnerte Grede an Dr. Renz' Worte. »Und das war gewiss nicht sein Mörder!«
Judith Brunner nickte. »Richtig. Und warum sollten Verwandte oder Bekannte, die ihn gefunden und einen Suizid vermutet haben, dem Krankenhaus den Mann unterschieben wollen? Eine rechtsmedizinische Untersuchung hätte der Arzt, der den Totenschein ausstellen würde, nach einem entsprechenden Hinweis ohnehin veranlasst. Also, wenn wir alles bedenken – die Schusswunden, die Fundsituation, den verschwundenen Leichnam Eduard Singers und das Wiederauftauchen seiner Hände – sollten wir von einem Verbrechen ausgehen.«
»Und von einem Mörder könnten wir auch nicht verlangen, dass er sein Opfer als vermisst meldet«, schloss Ritter, sich zu Lisa wendend, an.
Dr. Grede stimmte den Argumenten, die für einen Mord sprachen, bereitwillig zu und meinte nachdenklich: »Vergiftung, hm. Interessant. Aber nicht jeder kommt an Gift so einfach ran, oder?«
»Pflanzen!«, hatte Lisa Lenz gleich einen Vorschlag parat. »Meine Oma hat mich immer vor den Eiben gewarnt, ich dürfte die Kerne der Beeren auf keinen Fall essen. Oder Eisenhut, ganz lebensgefährlich! Haben viele Leute aber im Garten. Oder Pfaffenhütchen. Ein wunderhübscher Strauch! Da reichen zwanzig Samen, und man stirbt.«
Ihre Kollegen sahen Lisa verblüfft an, welch reiche Auswahl an Giften sie ihnen hier offerierte.
Doch die schien das Staunen nicht zu bemerken und zählte weiter auf: »Und Pilze natürlich, da gibt es etliche. Oder Schierling. Die jungen Blätter kann man leicht mit Petersilie oder Möhrenkraut verwechseln, gerade jetzt im Frühling. Alles kann tödlich

sein.«
Mit der Andeutung eines Lächelns zwinkerte Judith Brunner ihrer jungen Mitarbeiterin zu. »Ein Hobby von Ihnen?«
»Nein, nur normales Familienwissen. Meine Oma, meine Mutter, die Tanten, na, Sie wissen schon.«
Offenbar hatte niemand sonst am Tisch eine derart giftkundige Verwandtschaft.
Für Lisa schien es allerdings selbstverständlich, Kenntnisse von Pflanzengiften zu haben, sie amüsierte sich eher über das Nichtwissen der anderen: »Was machen Sie denn für Gesichter? Der Kuchen hat doch geschmeckt, oder? Und meinen Kräutertee haben Sie bis jetzt immer überlebt. Ist nämlich die bewährte Hausmischung meiner Mutter«, sah sie Dr. Grede arglos an.
Der blickte so erschrocken in seinen Becher, dass alle laut lachen mussten. Dann stimmte er ein, prostete Lisa zu und nahm demonstrativ einen Schluck.
»Die Leute haben hier doch alle irgendwelchen Giftkram rumstehen«, meinte Ritter. »Ich brauch mich bloß bei uns zu Hause auf dem Hof umsehen. Im Schuppen steht sogar noch lauter altes Zeug aus der Kriegszeit, mit großen Totenköpfen auf den Etiketten, alles zur Schädlingsbekämpfung oder gegen Pflanzenkrankheiten.«
Dr. Grede sah Judith Brunner an und sagte nur: »Ahlsens.«
Auch sie hatte den gleichen Gedanken. »Gut. Ich werde ihn fragen.« Sie sah auf die Uhr. »Ich mache mich unverzüglich auf den Weg.«
Waren tödliche Gifte nicht genau die Dinge, mit denen Botho Ahlsens sich bestens auskannte?

~ 29 ~

Ahlsens wirkte nicht sonderlich erstaunt, als Judith Brunner ihn erneut zu sprechen wünschte.

»Wie Sie sich sicher denken können, hat unser Gespräch von gestern mich noch weiter beschäftigt«, erklärte sie ihm, als er ihr erneut einen Platz in der Bibliothek anbot. Im Haus duftete es nach frisch gebackenem Brot.
»Astrid sorgt für die nächsten Tage vor«, erklärte Ahlsens, liebevoll in Richtung Küche blickend. »Ich kann Ihnen leider noch nichts davon anbieten, das Brot ist noch im Ofen. Mit einem Kaffee könnte ich aber dienen, oder ein Glas Wasser?«
»Danke, nein«, lehnte Judith Brunner höflich aber bestimmt ab. Sie wollte nicht länger als nötig verweilen. Eigentlich hatte sie Ahlsens außer nach den Giften auch nach seiner geleugneten Bekanntschaft mit Eduard Singer fragen wollen, doch dann war ihr auf dem Weg nach Waldau ein eher vager Gedanke gekommen, den sie dennoch verfolgen wollte. »Ich möchte Sie um etwas Ungewöhnliches bitten.«
Ahlsens blieb stehen. »Da bin ich aber gespannt. Was ist es denn?«
Judith Brunner fragte ganz direkt und ohne eine Erklärung dafür abzugeben: »Herr Ahlsens, wären Sie bereit, sich heute noch einen Leichnam anzusehen? In Gardelegen?«
Einen Moment lehnte Ahlsens sich an eines der großen Bücherregale, gleich links neben der Tür.
Judith Brunner merkte, dass er Mühe hatte, ihr Ansinnen zu realisieren.
Ahlsens ließ sich schwer in einen Sessel fallen: »Meine Güte! Damit habe ich nun wirklich nicht gerechnet. Haben Sie den Mann tatsächlich gefunden? Fehlt ihm sonst noch etwas?«
Offenbar redete er von dem Eigentümer der Hände, die er vorgestern gefunden hatte, vermutete Judith und korrigierte den Irrtum: »Nein. Darum geht es hierbei nicht. Es handelt sich um einen anderen, kompletten Leichnam. Wir wissen nicht, wer es ist.«
»Und Sie denken, ich kann Ihnen da helfen?« Ahlsens klang eher verblüfft als skeptisch und wollte wissen: »Warum ich?«
»Nun, Sie sind ein ähnlicher Jahrgang, da wäre es doch möglich,

dass man sich kennt.« Dass das als Begründung nicht reichte, wusste Judith Brunner natürlich.
Ahlsens war nicht dumm. »Ich bitte Sie! Wie viele Männer Mitte sechzig, Anfang siebzig wohnen wohl hier in der Gegend!«
Judith Brunner hob entschuldigend die Hände: »Ich denke, wir brauchen Ihre Hilfe als Chemiker«, versuchte sie, den Wissenschaftler in ihm zu interessieren.
»Mehr wollen Sie mir nicht verraten?«
»Muss ich?«
»Ist schon gut«, gab Ahlsens nach. »Sie haben eine unbekannte Leiche und ich weiß über allerhand Gifte Bescheid.« Ahlsens versuchte, die Untertöne des Gesagten zu analysieren. Ob ihn die Polizei in Verdacht hatte?
»Ich wäre nicht alleine hier, wenn es so wäre«, las diesmal Judith Brunner seine Gedanken.
Ahlsens stand auf und wies höflich zur Tür: »Egal. Na los, schauen wir, wie das zusammenpasst.«

Judith Brunner hatte Dr. Renz vom Gutshaus aus angerufen und ihn glücklicherweise noch im Krankenhaus erreicht.
Kaum war sie auf die Dorfstraße hinausgefahren, da hatte sie Walter entdeckt, der ihr gestikulierend bedeutete, anzuhalten. Judith stoppte, stellte den Motor ab und stieg aus.
Als Walter Botho Ahlsens im Auto sitzen sah und der auch noch Anstalten machte, ebenfalls auszusteigen, schlug er schnell einen offiziellen Ton an und informierte Judith, dass ihr Büro angerufen hätte – die Liste mit den braunen Skodas sei gekommen. »Frau Lenz sagte mir, es sei vielleicht wichtig, und dass ich Sie bei Botho Ahlsens finden würde.« Dann flüsterte er ihr leise zu: »Eigentlich will ich dich nur abholen.«
Judith lächelte verstehend, führte aber das dienstliche Spielchen fort: »Das passt ja! Könnten Sie uns nach Gardelegen begleiten und sich dort diese Liste gleich mal ansehen? Vielleicht erkennen Sie ja sofort den einen oder anderen Namen. Vorher müssen wir noch kurz am Krankenhaus vorbei. Ich nehme Sie und

Herrn Ahlsens dann wieder nach Waldau mit zurück.«
Walter folgte bereitwillig der Aufforderung und setzte sich auf die Rückbank. Während der Fahrt berichtete er Judith von seinen Friedhofsinspektionen. Da er bis jetzt auf allen Friedhöfen der Umgebung nur unbeschädigte Gräber gefunden hatte, deutete er an, dass er nicht mehr an einen Erfolg seiner Suche glaubte.

Wenig später waren sie angekommen. Dr. Renz erwartete sie im Foyer und führte sie nach einer kurzen Begrüßung zügig in den Keller. Stumm wies er den Weg zu einem der Stahltische.
Botho Ahlsens trat ehrfürchtig heran und bedeutete Dr. Renz mit einem flüchtigen Nicken, das Tuch über dem Körper zurückzuschlagen.
Dr. Renz deckte zunächst nur den Kopf ab. Judith Brunner beobachtete Ahlsens Mienenspiel genau. Er sah der Leiche ins Gesicht. Nichts. Kein Erkennen.
Dann zog Dr. Renz das Tuch vom Rumpf des Toten und nun wanderte Ahlsens Blick den Körper hinab. Plötzlich stieß er ächzend hervor: »Oh nein!« Geschockt sah er sich nach einer Gelegenheit zum Festhalten um. Er griff nach dem benachbarten Stahltisch und versuchte die Balance zu halten.
»Möchten Sie ein Glas Wasser?«, bot Dr. Renz unverzüglich an.
Ahlsens blickte immer noch starr auf den Leichnam. »Nein, nein!«, wiederholte er. Diesmal klang es, als hätte ihn ein böser Fluch ereilt, der ihm vor so langer Zeit vorausgesagt worden war, dass er nicht mehr damit gerechnet hatte, von ihm eingeholt zu werden.
Betroffen trat Walter Dreyer in Ahlsens Nähe, um ihn notfalls stützen zu können.
Mehrere Sekunden lang sprach niemand. Aber sie würden sich unterhalten müssen. Stumm bat Walter um den Mantel von Botho Ahlsens.
Auch Judith legte ab.
Dr. Renz bedeckte den Leichnam wieder vollständig und brach-

te ihn in den Kühlraum zurück. Dann wusch er sich gründlich die Hände und zog seinen Arztkittel aus. Er setzte Wasser auf, um einen Kaffee anbieten zu können.
Judith Brunner stellte Tassen bereit und trug zuletzt ein Kännchen Sahne zum Tisch, nahm Platz und wartete mit Dr. Renz geduldig, bis die anderen beiden langsam zu ihnen kamen.
»Verzeihen Sie bitte, dass ich die Fassung verloren habe. Ich habe einfach nicht ... erwartet …« Botho Ahlsens schnaubte kräftig in sein Taschentuch.
Als alle saßen, schenkte Dr. Renz den Kaffee ein; das gewährte Ahlsens einen weiteren kurzen Moment, sich zu sammeln.
»Es tut mir leid, dass Sie diese Begegnung so mitgenommen hat«, begann Judith Brunner das Gespräch. »Sie haben den Mann offenbar erkannt.«
Ahlsens starrte auf seine Tasse. Dann hob er langsam den Kopf. »Nein. Den Mann habe ich nicht erkannt. Aber die Narben, die vielen feinen und die gröberen Narben; von dazu passenden Wunden habe ich schon gehört. Vor langer, langer Zeit. Und trotzdem«, er zögerte, »kann er es eigentlich nicht sein.«
»Wer, vermuten Sie, ist der Mann?«, kam Judith Brunner Ahlsens Zweifeln entgegen.
»Nun, er könnte jemand sein, den ich schon seit Jahrzehnten aus meinem Gedächtnis gestrichen hatte.« Bitter lachte er auf: »Haben sie ihn damals doch nicht erschossen?!« Er drehte sich in Richtung der leeren Obduktionstische um und schüttelte den Kopf.
Judith Brunner wartete auf eine Erklärung.
»Ich wähnte ihn längst unter der Erde. Auf jeden Fall, als ich das letzte Mal von ihm hörte, hoffte ich, er sei tot und jemand hätte ihn verscharrt!«, informierte Ahlsens die anderen, ohne dass sich dadurch irgendetwas klärte.
Walter Dreyer fragte nach: »Wer hatte Ihrer Meinung nach diesen Mann umgebracht? Und wann?« Er staunte wieder einmal, welche Wendungen die Dinge in den Räumen von Dr. Renz nehmen konnten.

Doch Ahlsens ging auf Dreyers Fragen nicht ein.
Alle warteten, aber er fügte seinen Bemerkungen nichts hinzu. Überlegte er, was genau passiert sein könnte? Oder versuchte er, die Erinnerungen zu bändigen, die ihn eben beim Anblick der Leiche bedrängt hatten?
Gerade als Judith Brunner ihn auffordern wollte, seine dunklen Andeutungen zu erklären, fing Ahlsens an zu sprechen: »Es ging um ein Mädchen – worum sonst?«
Liebe – ein Klassiker unter den Motiven, dachte Judith und fragte: »Von wem reden wir hier, Herr Ahlsens?«
»Na ja, jetzt kann ich es ja ruhig erzählen. Paul ist tot und Singer nun auch. Mittlerweile hat das alles wohl kaum noch Konsequenzen für die beiden ...« Ahlsens holte tief Luft, bevor er fortfuhr: »Also – hören Sie: Mein Bruder Paul und Eduard Singer waren gleich alt, sie gingen auf dasselbe Gymnasium in Gardelegen und studierten vor dem Krieg sogar zusammen Chemie in Berlin. Eduard Singer war Pauls bester Freund. Damals. Singer liebte das Mädchen.«
Judith sah kurz zu Walter hinüber. Auf einmal gab Botho Ahlsens seine Bekanntschaft ohne Umschweife zu! Als sie gestern ihm gegenüber den Namen Eduard Singers erwähnte, hatte er nicht erkennen lassen, dass er den Mann irgendwie kannte. Sicher, sie waren durch den Anruf von Dr. Renz unterbrochen worden, doch hätte sie es zu schätzen gewusst, wenn Ahlsens ihr von ihm erzählt hätte. Allerdings konnte sie es ihm kaum verübeln, dass er die Beteiligung seines Bruders an einer Gewalttat nicht zu Sprache brachte.
»Und wie hieß nun der Mann, den die beiden erschossen zu haben glaubten?«, fragte Judith Brunner ungeduldig nach.
Ahlsens antwortete ohne Zögern: »Nun, er hieß Otto Holl.« Und als er in Walter Dreyers zunächst ungläubigem Blick die Erinnerung sah, ergänzte er: »Richtig, der Sohn von unserem alten Förster Holl aus Waldau.«

~ 30 ~

Nach dieser ungewöhnlichen Identifizierung hatten Judith Brunner und Dr. Renz rasch das nun im Rahmen einer polizeilichen Ermittlung unvermeidlich Folgende besprochen.
Sie verabschiedeten sich vom Gerichtsmediziner und fuhren zur Kreisdienststelle.
Die Kommissarin fand auf ihrem Schreibtisch die Liste der Fahrzeughalter und übergab sie Walter zur ersten Sichtung.
Dann fuhren sie zurück nach Waldau.
Judith Brunners Arbeitseifer war noch lange nicht erloschen. Sie hatte erheblichen Gesprächsbedarf zur von Ahlsens angedeuteten Tragödie. Kurz hatte sie überlegt, ihn sofort – offiziell – noch in der Dienststelle oder wenigstens in Walters Waldauer Büro zu vernehmen. Doch irgendwie gefiel ihr dieser Gedanke nicht. Ahlsens hatte bereitwillig mitgemacht, warum sollte sie also derartige Saiten aufziehen? Außerdem war es dem Mann anzumerken, dass er vielleicht etwas Zeit brauchte, um sich an alles zu erinnern; nicht zuletzt war er von dem Ereignis sichtlich erschöpft. Doch das eine Gespräch musste heute noch sein.
Nun saßen sie erneut in dem schönen Zimmer der Ahlsens, in dem ein behagliches Kaminfeuer brannte. Darauf hatte Botho Ahlsens bestanden. Er hatte gemeint, es gäbe keinen Grund, die Gastlichkeit zu vernachlässigen.
»Wo stecken Astrid und Leon?«, wollte Walter Dreyer wissen. Hatte der junge Mann schon mit seinem Onkel reden können?
»Ich habe Leon seit heute Morgen nicht gesehen. Er wollte am Abend mit Astrid und Ella rüber zu Elvira Bauer. Den Kindern macht ein gemeinsames Abendbrot in großer Runde immer riesigen Spaß und heute gibt es wieder frisches Brot. Möchten Sie auch ...?«
»Nein, nein«, beeilten sich Walter und Judith abzulehnen. Noch mehr Umstände wollten sie nun wirklich nicht machen. Den angebotenen Tee nahmen die Polizisten hingegen dankend an.

Walter Dreyer gab ein paar Stücke Kandiszucker in sein Glas und kam auf die Ereignisse in der Pathologie zurück: »Sie sagten immerzu ›damals‹. Wann ist das alles denn passiert?« Es musste vor seiner Zeit als Waldauer Ortspolizist geschehen sein.
»Ist schon dreißig Jahre her. 1957. Das hat sich mir eingeprägt. Wir waren noch junge Männer.«
Judith Brunner rechnete rasch nach. »Na, ganz so jung waren Sie eigentlich nicht mehr. Ihr Bruder und Singer waren Anfang vierzig ...«
»Zweiundvierzig«, gab Ahlsens zu, »ich war siebenunddreißig.« Aus seiner jetzigen Perspektive waren sie damals noch junge Männer. Wieder einmal verspürte er wehmütig die Erkenntnis, wie schnell die Jahre verflogen und dass man für die wichtigen Dinge im Leben nicht unendlich viel Zeit hat.
»Die beiden wussten also sehr genau, was sie taten«, war Judith Brunner überzeugt.
»Stimmt. Sie wollten den Holl nicht unbedingt töten, sie wollten ihn aber für immer los werden. Es war einerseits eine Art Vergeltung – der Widerling sollte wissen, wofür er leiden musste. Andererseits diente der Schmerz als Vorgeschmack auf das, was ihm noch drohte, wenn er es wagen sollte, je wieder aufzutauchen.« Ahlsens zuckte mit den Schultern. »Wie es aussieht, hat es mit der Vertreibung nicht dauerhaft geklappt.«
Noch entstand bei Judith Brunner nur ein bruchstückhaftes Bild der Geschichte, deshalb versuchte sie behutsam, Ahlsens zum Beginn der Auseinandersetzung zu führen. »Warum haben die beiden Otto Holl so gehasst?«
»Er war ein brutales Schwein, ohne Moral, schlug erbarmungslos auf Schwächere ein. Ihre alten Akten müssten voll sein mit seinen Prügelorgien. Viele seiner Opfer landeten im Krankenhaus, oft mit schwersten Verletzungen. Holl war gefürchtet und berüchtigt, soll sogar der Chef einer Bande gewesen sein ... Also. Dieser Mann hatte eine erheblich jüngere Schwester, Jenny, die ging mit Singer, wie man damals so schön sagte, fest.

Und Paul war auch ein bisschen in das Mädchen verschossen. Die drei verbrachten damals viel Zeit miteinander.«
Ahlsens trank nachdenklich einen Schluck Tee. »Eines Abends kam Jenny nicht zur Verabredung mit Eduard und ließ sich auch am nächsten Tag nicht sehen. Paul und Eduard gingen der Sache auf den Grund und fanden das Mädchen dann auch. Sie hatte sich in ihrem Zimmer eingeschlossen und öffnete erst nach langem Zureden die Tür. Grün und blau hatte ihr Bruder sie geschlagen, das Gesicht war völlig zugequollen, sie konnte sich kaum bewegen. Jenny flehte die beiden an, nichts zu sagen, ihre Eltern würden sonst todunglücklich werden.«
»Und das haben die Männer akzeptiert? Scheint mir wenig überzeugend zu sein.«
Walter stimmte Judith im Stillen völlig zu.
Botho Ahlsens nahm sich etwas Zeit für die Antwort. Dann blickte er Judith Brunner in die Augen. »Sie vermuten richtig; hören Sie: Der Grund für die Schläge war die Weigerung Jennys, einem Kumpan ihres Bruders zu Willen zu sein. Er hatte sie beim Putzen in Holls Bude angetroffen. Als Holl und er früher als gewöhnlich aus der Kneipe kamen, haben die besoffenen Schweine sie erst geschubst, geprügelt und dann brutal vergewaltigt. Beide!« Im letzten Wort war immer noch echtes Entsetzen zu spüren. »Holl brachte sie anschließend ins Elternhaus zurück und drohte ihr, das zu wiederholen oder sie gar totzuschlagen, sollte sie reden.« Ahlsens umgriff sein heißes Teeglas, als müsse er sich daran festhalten. Er spürte die brennende Hitze nicht.
»Was ist aus ihr geworden?«, wollte Judith Brunner nach bedrückenden Augenblicken wissen.
»Keine Ahnung. Jenny verschwand, sobald sie wieder laufen konnte. Niemand hat sie je wieder gesehen. Eduard und meinem Bruder hatte sie damals erzählt, sie wolle weggehen, irgendwohin, wo sie an all das nicht erinnert werden würde. Ihre Liebe war wohl nicht stark genug, um sie hier zu halten.«
Und die der beiden Männer auch nicht, um dem Mädchen zu

folgen, dachte Judith. Eine traurige Geschichte.
Walter Dreyer fragte: »Welche Waffe haben die denn für ihre Tat benutzt? Ich meine, dass es eine Jagdflinte war, ist nicht zu übersehen gewesen. Doch wem gehörte sie?«
»Eduard! Das ließ er sich nicht nehmen. Er wollte den Kerl umbringen! Paul hat es dann mit viel Überzeugungsarbeit geschafft, ihn davon abzubringen. Er hatte im Krieg genug Menschen sterben gesehen und wollte nicht die Verantwortung für einen weiteren Tod auf sich laden. Ein Denkzettel sollte reichen. Vielleicht war diese Zurückhaltung meines Bruders auch der Grund, warum er und Eduard sich danach entfremdeten. Wir haben ihn jedenfalls seit damals kaum noch zu Gesicht bekommen.« Botho Ahlsens stand auf und legte ein Holzscheit nach. Das Feuer loderte auf und das Holz im Kamin knackste laut. Dann fuhr er beim Hinsetzen fort: »Schrotgewehre gab es in allen Haushalten, und die beiden hofften, im Ernstfall würde die Schusswunde nicht auf sie zurückzuführen sein. Viele Bauern nahmen die Dinger für die Jagd. Man benutzte sie ja gerade wegen der Streuung. Da musste man nicht unbedingt ein guter Schütze sein. Jeder Junge hier im Dorf wusste, wie die Wunden nach so einem Schuss aussahen. Das Fleisch war mit Blei durchsiebt. Die Leute haben deswegen ihre Patronen oft selbst hergestellt, je nachdem, was man vorhatte. Wollte man seine Jagdbeute noch verspeisen, war grobes Steinsalz beliebt, das ließ sich dann in Wasser teilweise wieder rauslösen. Es konnten auch andere Körner verwendet werden, zerstoßener Wacholder ist recht hart, oder Pfefferkörner. Obwohl das schon Luxus war. Gegen die Ernteschädlinge, Raubvögel oder kleinere Tiere, nahm man eher ein Luftgewehr und goss sich die kleinen Bleikügelchen meist selbst.«
»Schön. Aber was hat Eduard Singer benutzt?«
»Er lud seine Patronen mit Steinsalz. Das bekam er von Paul; wir hatten auf dem Gut einen ausreichenden Vorrat. Diese Ladungen streuten wegen der unregelmäßigen Form und Größe der Salzkörner besonders stark und konnten trotzdem noch zu

den beabsichtigten Verletzungen führen. Das passte den beiden gut ins Konzept! Es sollte schmerzhaft, aber nicht tödlich sein ... Sie schnappten sich den Holl eines Abends. Erst prügelten sie auf ihn ein. Aber der Mann war hart im Nehmen; stand sogar immer wieder auf. Das war aber nur von Vorteil, denn er sollte ja noch mitbekommen, warum das alles mit ihm geschah – und dass es schlimmer kommen würde, wenn er sich nicht für alle Zeiten aus dem Staub machte. Letztlich haben beide geschossen, jeder ein Mal – erst der Eduard, dann mein Bruder. Holl fiel um und rührte sich nicht mehr. Die beiden saßen lange im Wald und warteten.

Der Holl wachte nicht mehr auf. Da haben sie den Kerl in den extra dafür mitgenommenen Dogcart gelegt und runter zur Straße gefahren, ihn einfach an den Wegrand gekippt. Es sollte nach einem Jagdunfall aussehen, falls ihn jemand fände.«

Ahlsens machte eine Pause.

Seine Zuhörer schwiegen betroffen.

»Was weiter mit Holl geschah, war Eduard und meinem Bruder egal ... Da man im Dorf von keinem Toten sprach, musste ihr Plan irgendwie aufgegangen sein. Wir haben nie wieder etwas von Holl gehört. Und das war die Hauptsache. Trotzdem zerstörten die Ereignisse eine innige Liebe und eine große Freundschaft.« Resigniert und mit Tränen in den Augen in die Richtung der Tür blickend, winkte Botho Ahlsens ab.

Walter Dreyer ahnte schon, welche Antwort er bekommen würde, fragte aber trotzdem, nachdem Ahlsens sich wieder gefasst hatte: »Wo genau im Wald haben die beiden denn damals die Sache durchgezogen?«

»Irgendwo am Ferchel, präziser hat es Paul mir nicht beschrieben ... Natürlich ist mir einiges klar geworden, als ich vorhin die Leiche sah ... Die abgetrennten Hände vom Singer. Der hatte damit geschossen. Und ich sollte sie finden, schließlich war ich von Anfang an in die Sache eingeweiht. Was soll das Ganze? Bin ich in Gefahr? Ich dachte, die alte Geschichte wäre längst vergessen.«

»Deshalb brachte jemand den Otto Holl in die Pathologie, damit alles ans Licht kommt«, schlussfolgerte Walter Dreyer kühn und antworte Ahlsens: »Es gibt Dinge im Leben, die holen einen immer wieder ein!«
»Leider«, stimmte ihm Judith Brunner milde zu. »Nur finde ich es erstaunlich, nach allem, was Sie uns über den Holl erzählt haben, dass er erst jetzt, nach über dreißig Jahren, vergiftet wurde. Und die Frage, bei der Sie, Herr Ahlsens, uns helfen könnten, ist: womit?« Sie sah keinen Grund, ihm gegenüber weiter vorsichtig zu sein. Seine Bestürzung angesichts des toten Holls war absolut glaubhaft.
»Aha«, meinte Botho Ahlsens hellhörig, »ich gehöre also nicht mehr in den Kreis der Verdächtigen?«
»Richtig. Aber Dr. Renz hatte herausgefunden, dass der von Ihnen identifizierte Mann vergiftet wurde. Und Sie sind immerhin jemand, der sich mit solchen Dingen auskennt. So häufig ist derartiges Fachwissen nun auch wieder nicht anzutreffen. Das musste ich doch bedenken, oder nicht?«
Botho Ahlsens lächelte sogar ein wenig: »Schon verziehen. Ich bilde mir halt weiterhin ein, Sie wollten nur meine Kenntnisse als Giftexperte nutzen. Und um auf Ihre Frage, wodurch Holl zu Tode gekommen sein könnte, zurückzukommen«, er machte eine kurze Pause, um seinen Ausführungen mehr Gewicht zu geben, »Nikotin, hochgiftige Lösungsmittel, ein Medikamentencocktail – vieles ist denkbar. E 450 ist ja sicher schon untersucht worden«, war sich Ahlsens hinsichtlich des geläufigsten Giftes sicher. »Dann wäre da noch Strychnin, das haben wir die ganzen fünfziger Jahre hindurch benutzt. Obwohl ...«
»Strychnin?« Judith Brunner unterbrach ihn erstaunt.
Ahlsens stand wieder auf und ging zu einem der großen Schränke an der Wand. Um zu finden, was er suchte, musste er in die Hocke gehen. Dann kam er mit einer Art breitem Schuhkarton zurück. An der Längsseite klebte tatsächlich ein großes Etikett mit der gedruckten Aufschrift »Strychnin«.
»Keine Bange«, kommentierte Ahlsens den Blick, den sich Wal-

ter und Judith zuwarfen, »ist kein Gift drin.« Er hob den Deckel und nahm einige Papiere heraus. Dabei erzählte er: »Jeder hier hatte wegen der Spatzen ein Luftgewehr und schoss damit herum. Heutzutage geht das natürlich nicht mehr, doch damals scherte das keinen. Die Erfolge der Amateurjäger waren allerdings begrenzt und die Vögel haben weiter das wertvolle Saatgut vertilgt. Also kam man auf Giftweizen.«
Botho Ahlsens hatte die volle Aufmerksamkeit seiner Zuhörer, als er ausführte: »Ich hab sogar mal entsprechende Tageslehrgänge organisiert: Die Sperlingsbekämpfung im Köderverfahren mit Strychnin-Giftweizen.« Zur Untermauerung seiner Aussage griff er zu einem Blatt und las ihnen einen Beitrag aus der Treptower Rundschau von 31. Januar 1958 vor:

» – *Was gehen uns die Spatzen an –*
Muntere, zutrauliche Gesellen sind unsere Spatzen, dreist, frech, rauflustig und spitzbübisch. Gerade das Spitzbübische ist es, warum wir uns mit ihnen beschäftigen. In den Innenbezirken der Großstädte haben wir an diesen Tieren viel Freude. Hier werden von Sperlingen auch kaum Schäden verursacht. Außerhalb der Stadt in Gärten und auf den Feldern sieht es anders aus. Unseren Gärtnern und Siedlern wird der Samen aus der Erde gestohlen. Erbsen, Spinat und andere Gemüsearten sind Leckerbissen für Spatzen.
Den größten Schaden aber haben die Landwirte. Wenn die Getreidefelder erntereif sind, finden wir hier die Spatzen in großen Scharen. Oftmals auf einem Feld mehrere hundert, sitzen sie auf den Ähren und fressen, knicken dabei die Ähren, und die nicht gefressenen Körner fallen aus. Ein beachtlicher Teil der Ernte ist verloren. Gerste und Weizen werden bevorzugt. Nach Beobachtungen der Vogelschutzwarte Seebach verbraucht ein Sperling 2,5 kg Getreide im Jahr. Ein Pärchen hat mindestens 10 Junge; alle fressen unser Brot.
Da nun der Schaden durch die Vielzahl der Sperlinge weit größer ist als der Nutzen, wird diese Vogelart durch das Naturschutzgesetz nicht geschützt und darf dort bekämpft werden, wo sie zum Schädling wird, allerdings ohne Quälerei. Die Bekämpfung soll in nächster Nähe von landwirtschaft-

lichen Nutzflächen durchgeführt werden ... Den größten Erfolg bringt die Sperlingsbekämpfung im Winter bei Frost und Schnee durch Auslegen von Giftweizen. Nun darf aber nicht jeder Bürger nach Gutdünken mit vergiftetem Weizen umgehen. Besonders geschulte Leute erhalten von unserer Volkspolizei die Erlaubnis.
In den Siedlungen oder Ortsteilen weisen Warnplakate die Bevölkerung darauf hin. Die Gifttage sind genau angegeben. An genau bestimmten Stellen, am besten dort, wo Hühner sind, werden nach vorheriger Absprache mit dem Grundstückseigentümer drei Tage lang die Sperlinge mit gefärbtem Köderweizen gefüttert. Dieses Abfüttern erfolgt möglichst vor dem Morgengrauen. Am vierten und fünften Tage wird von dem Leiter der Aktion an den selben Stellen der Giftweizen ausgelegt, auch wieder vor Tagesanbruch. Sperlinge, die den Giftweizen fressen, haben einen schnellen Tod. Für die hiergebliebenen Singvögel, die Insekten- und Samenfresser sind, werden an Hecken und Sträuchern besondere Futterstellen angelegt, um sie von den Giftstellen abzulenken. Dieses Futter enthält selbstverständlich kein Gift. An den Gifttagen muss natürlich alles Nutzvieh, besonders Geflügel, im Stall bleiben, auch Hunde und Katzen sollen eingesperrt sein.
Der staatliche Pflanzenschutzdienst beabsichtigt nicht die völlige Vernichtung unserer kessen Spatzen, das gelingt auch niemals, sondern wir wollen der starken Vermehrung entgegenwirken und die vorhandene Sperlingsplage mindern; zum Nutzen für unsere Landwirte, Gärtner, Siedler, Geflügelzüchter und damit für uns alle.«

Ahlsens lächelte etwas schief, als wären ihm seine nächsten Sätze peinlich: »Vielleicht gab es sogar eine wirtschaftliche Relevanz für diese Methode, doch das möchte ich bezweifeln. Und glauben Sie nicht, dass das alles so widerspruchslos ablief! Nicht für alle Leute waren die Spatzen Schädlinge. Was meinen Sie, was wir uns alles anhören durften: ›Spatzenschreck‹ war da noch harmlos; ›Spatzentöter‹, ›Spatzenmörder‹ hieß es öfter. Trotz aller Aufklärung gab es immer wieder Auseinandersetzungen.«
»Recht hatten diese Leute«, empörte sich Judith Brunner nachträglich.
Ungerührt fuhr Ahlsens fort: »Es stimmte schon, was die in

dem Artikel schrieben. Der Erfolg hing in der Tat wesentlich vom Wetter ab. Voraussetzung waren Schnee und Frost, damit die Vögel auch in Schwärmen zu den Futterplätzen kamen. Für einzelne Tiere war der Aufwand viel zu groß.«
»Sie haben das aber noch gut drauf«, neckte Walter Dreyer den Dozenten.
»Es kommt noch besser«, ertrug Ahlsens die Spöttelei, »ich war nämlich auch verantwortlich für die Lagerung der Gifte und das Führen der Giftkartei hier im Kreis.«
»Giftkartei?« Judith Brunner reagierte sofort auf das Stichwort. Ahlsens nahm einen kleinen Stapel Karteikarten aus dem Pappkarton und legte sie vor der Hauptkommissarin auf den Tisch. »Da musste bis aufs Milligramm genau verzeichnet werden, wo, wann und von wem das Strychnin ausgelegt wurde. Den Giftweizen habe ich selbst in Gardelegen abgeholt und dafür quittiert. Wurde eine Futterstelle nicht besucht, war alles wieder einzusammeln, bis aufs letzte Korn.«
Walter Dreyer grübelte, wie wahrscheinlich es wohl war, dass jemand aus dieser Zeit Altbestände rumliegen hatte, die aus Nachlässigkeit heute noch für den Mörder – oder die Mörderin – zugänglich gewesen sein konnten.
Judith Brunner blätterte in der kleinen Kartei, die mehrere Dutzend Einsätze im ganzen Kreis Gardelegen belegte. »Jeder hätte also das Gift auch aufsammeln können«, meinte sie. »Wie lange ist das wohl haltbar?«
Ahlsens stutzte einen Moment und meinte dann: »Das brauchen Sie nicht zu vermuten, Frau Brunner. Mit Giftweizen oder gar dem Strychnin ist Otto Holl nicht umgebracht worden. Da hätte er nicht so friedlich ausgesehen. Strychnin ist so bitter und widerlich, das könnten Sie normalerweise niemandem unbemerkt beibringen.«

Montag

~ 31 ~

Erleichtert hatte Dr. Renz am Morgen festgestellt, dass keine neue Leiche auf ihn wartete. Die Untersuchungen des verunglückten Motorradfahrers und der alten Dame mit dem Herzschrittmacher hatte er gestern noch abschließen können. Wegen des wahrscheinlichen Mordopfers musste er sich in Geduld üben; die Giftanalysen aus dem Labor benötigten ihre Zeit. Dr. Renz hoffte, in den nächsten Tagen nicht allzu viele Neuzugänge hereinzubekommen, zumindest nicht, bis sich sein Aushilfsdienst dem Ende näherte. Für das kommende Wochenende hatte er eine Reise nach Berlin geplant, um sich mit dem Besuch der Ausstellung des jüngst renovierten Bode-Museums eine Freude zu bereiten.

Wenn alles gut ging, konnte Friedrich Renz sogar einiges von dem Papierberg abarbeiten, der seit Tagen liegen geblieben war. Die Patientenakten waren mit den Berichten und diversen Laborergebnissen zu vervollständigen und mussten zurück in die Registratur.

Doch zunächst wollte er den ausstehenden Bestellungen von neuen Einmalhandschuhen, Desinfektionsmitteln und anderen Kleinigkeiten nachgehen. Vielleicht waren sogar die in der vergangenen Woche bestellten Skalpelle eingetroffen? Er benutzte zwar immer sein eigenes »Werkzeug«, doch andere waren da weniger wählerisch.

Nahezu beschwingt machte er sich auf den Weg zur Krankenhausapotheke und begegnete nur wenigen Leuten, was für einen Montag recht ungewöhnlich war, denn eigentlich begann heute, nach dem Wochenende, für die meisten Patienten ihr Krankenhausaufenthalt. Vielleicht schaffte es das grandiose Wetter, die

Leute gesünder zu machen!
»Hallo, Dr. Renz«, begrüßte ihn Dr. Franz Carow, der Chefarzt der Inneren Medizin, als er in elegantem Bogen aus dem Fahrstuhl stieg. »Wie geht es Ihnen? Man hört ja so das eine oder andere interessante Detail«, spielte er auf den Flurfunk an.
Herzlich schüttelten die Männer sich die Hände und Dr. Renz antwortete aufgeräumt: »Mir geht es bestens. Dank Ihrer ›guten Auftragslage‹ habe ich wenig Gelegenheit, eine ruhestandsbedingte Langeweile zu pflegen.« Um nicht zu beschäftigungshungrig zu wirken, fügte er rasch hinzu: »Am nächsten Wochenende habe ich aber schon was vor. Ich möchte keinen erneuten Anruf von Ihnen bekommen.«
Dr. Carow lächelte zwar weiter, doch seine Augen verrieten eine Unsicherheit. »Anruf? Was meinen Sie?«
Was konnte man mit »Anruf« wohl meinen? Dr. Renz erinnerte ihn höflich: »Herr Kollege, Sie baten mich doch letzten Donnerstag telefonisch, mir Ihre drei Fälle anzusehen, was in der Konsequenz nicht ganz ohne Komplikationen abging, wie Sie ja wissen.«
»Ja, ja. Von den, hm« – Carow senkte, sich diskret umblickend, die Stimme – »Problemen da unten in der Pathologie habe ich natürlich erfahren, das konnte mir nicht verborgen bleiben. Aber ich habe Sie nicht angerufen, und schon gar nicht, um mit Ihnen am Telefon Patientenfälle zu besprechen.«
Nun war Dr. Renz perplex. »Aber Sie haben mir doch von den drei Leichen ...« Er sah Dr. Carows irritierte Miene und fragte nun seinerseits überrascht: »Haben Sie nicht?«
»Ganz sicher – nein«, bekräftigte der. »Wir beide haben kürzlich definitiv nicht miteinander telefoniert. Am letzten Donnerstag war ich gar nicht im Hause.«
Dr. Renz konnte es nicht fassen. »Das kann ja gar nicht sein! Von wem habe ich denn dann den Auftrag bekommen?« Er versuchte angestrengt, sich an das Telefonat zu erinnern. Es war am späteren Nachmittag gewesen, das fiel ihm sofort wieder ein. Hatte sich der Anrufer vorgestellt?

Dr. Franz Carow wurde klar, dass etwas Merkwürdiges geschehen sein musste, denn er kannte Friedrich Renz nicht als zerstreuten Kollegen, der schnell aus der Fassung geriet. Besorgt bot er an: »Wollen Sie mir nicht erzählen, was passiert ist? Gehen wir doch auf einen Kaffee in die Kantine.«
Dieser aus kulinarischer Sicht völlig abwegige Vorschlag half Friedrich Renz augenblicklich zurück in die Gegenwart. »Ha! In die Kantine!? Der Kaffee dort ist ungenießbar«, beschied er vehement und lief ohne Erklärung los, darauf vertrauend, dass Dr. Carow ihm folgte.
Der aber war zu überrascht vom jähen Davonstürzen des Gerichtsmediziners; er stand immer noch vor dem Fahrstuhl und überlegte, was seinen normalerweise sehr umgänglichen Kollegen dermaßen empörte, dass er ihn ohne ein Wort einfach stehen ließ.
Als Dr. Renz nach einigen Metern auffiel, dass Dr. Carow ihn nicht begleitete, forderte er ihn mit einer einladenden Armbewegung auf. »Nun kommen Sie schon, ich koche uns bei mir unten einen richtigen Kaffee. Frische Butterkekse aus der Konditorei am Wall kann ich auch anbieten. Und erzählen muss ich Ihnen einiges. Sie werden staunen!«

Das tat Dr. Carow allerdings. »So eine Unverfrorenheit!«, schimpfte er. »Wer gibt sich da als meine Person aus?«, verärgert schob er sich einen der Kekse in den Mund. Ihm behagte es ganz und gar nicht, dass jemand seine Identität gestohlen hatte. »Verdammt unangenehm!«
Dr. Renz setzte seine Tasse deutlich hörbar ab. »Was soll ich da erst sagen! Ich bin auf einen Betrüger reingefallen. Damit war wirklich nicht zu rechnen! Das ist mir richtig peinlich.« Nur wenig Trost fand Friedrich Renz in dem Gedanken, dass offenbar auch der Kreisarzt auf den Schwindel hereingefallen war. Oder? Möglicherweise war der erste, kurze Anruf auch fingiert gewesen und kam gar nicht aus dessen Büro. Ja, da gab es nur einen Schluss: Er war kräftig von jemandem hinters Licht ge-

führt worden!
»Und mein Name wurde dafür benutzt!« Dr. Franz Carow klang, als würde das der eigentliche Gipfel der Frechheit sein.
Nach der kurzen Phase der Verstimmung verhalfen die gemeinsame Empörung und der heiße, starke Kaffee den beiden Männern zu ausreichend Entschlossenheit und Fantasie, um das Problem konstruktiver zu diskutieren. Ihre Laune wurde zunehmend besser.
»Versuchen wir doch mal, den Schurken einzukreisen«, schlug Dr. Carow vor.
Dr. Renz fand die Idee hervorragend und begann, sich Notizen zu machen. Er nahm blütenweißes Papier und einen eleganten, versilberten Kugelschreiber zur Hand.
Dr. Carow begann munter: »Na, es muss augenscheinlich jemand gewesen sein, der sich hier im Krankenhaus richtig gut auskennt. Sogar unsere Gepflogenheit, Sie gelegentlich um Unterstützung zu bitten!«
Dr. Renz schrieb kurz und führte dann an: »Ich erinnere mich, dass Sie in dem Telefonat, das wir nicht geführt haben, meinten, Sie seien am Freitag im Hause, wenn etwas wäre. Also musste der Anrufer auch Ihren Dienstplan gekannt haben.« Der Gedanke wurde notiert.
»Das ist nicht weiter schwierig, der Dienstplan hängt im Schwesternzimmer der Abteilung, groß und deutlich.«
»Und wer kommt da rein?«
Dr. Carow seufzte: »Na Sie wissen doch, alle Schwestern, die Ärzte, die Studenten, die Putzfrauen, gelegentlich ein Patient – das sind schon eine Menge Leute.«
»Na, so viele bleiben ja nun auch wieder nicht übrig, wenn ich Sie erinnern darf, dass ich mit einem Mann telefoniert habe. Am Donnerstagnachmittag.«
Dr. Carow dämpfte den Optimismus seines Kollegen: »Der Anruf muss ja nicht mal aus dem Krankenhaus gekommen sein … Klang seine Stimme denn wie meine?« Er war der Überzeugung, ein unverwechselbares Timbre zu haben.

»Die Stimme? Sie passte jedenfalls zu Ihnen. Woher soll ich denn genau wissen, wie Ihre Stimme am Telefon klingt«, bemerkte Dr. Renz einschränkend und unterbrach seine Notizen, »wir telefonieren doch kaum miteinander. Überlegen Sie mal, wie oft in den letzten paar Jahren: zwei-, dreimal?«
Zustimmend wiegte Dr. Carow den Kopf. Ihn plagten aber immer noch Zweifel. »Und alles hat normal ausgesehen, routinemäßig? Die Leichen? Die Akten?«
»Ja. Alles war gut vorbereitet, bis in die letzte Kleinigkeit«, war sich Dr. Renz sicher.
»Der Anrufer musste also wissen, welche Leichen Sie im Keller hatten, Herr Kollege.« Dr. Carow stutzte etwas, als ihm die unbeabsichtigt genutzte Redewendung auffiel. »Möglicherweise könnte sich der Kerl die Akten auch in der Pathologie angesehen haben. Wir würden bestimmt herausbekommen, seit wann die Unterlagen in Ihrem Büro lagen.«
»Guter Ansatz, denn schon beim Vergleich der Leiche mit den Angaben, die mir, wer auch immer, telefonisch gemacht hatte, wurde ich stutzig.« Dass mit dem Leichnam immerhin auch ein Mordopfer ins Krankenhaus gebracht worden war, behielt Dr. Renz für sich. Er hatte nicht den Eindruck, dass dieser Fakt im Moment hilfreich gewesen wäre.
»Und was machen wir nun?«, wollte Dr. Carow tatendurstig wissen.
»Ich rufe bei der Polizei an. Die werden sich freuen, von Ihrem Doppelgänger zu hören«, war Dr. Renz überzeugt, blickte aber daraufhin wieder unzufrieden auf seinen Zettel, der immer noch keinen möglichen Kandidaten enthielt. »Sicher könnten die Kriminalisten die namentliche Aufstellung aller Männer des Krankenhauses, die zeitlich für den Anruf und den Leichentausch infrage kommen, gut gebrauchen.«
Dr. Carow hielt es nicht mehr in seinem Sessel. »Geben Sie mal den Stift und das Blatt Papier her. Die Ärzte und Studenten kann ich Ihnen sofort aufschreiben, die kriege ich aus dem Kopf zusammen. Die Schwestern und Reinigungskräfte sind alles Frau-

en, entfallen also automatisch. Wobei ...« Dr. Carow hielt inne.
»Ja?«
»Eine der Frauen könnte dem Anrufer die Informationen auch völlig ahnungslos gegeben haben oder war Komplizin oder so?«
Nun musste Dr. Renz lachen. »Schon möglich. Doch lassen Sie ruhig der Polizei noch etwas für ihre Ermittlungen übrig.«

~ 32 ~

Judith Brunner und Lisa Lenz hatten gleich am Morgen begonnen, das Besprechungszimmer wieder zu einer Ermittlungszentrale umzubauen. Bei einer Mordermittlung war es sehr hilfreich, einen zentralen Raum zu haben, wo sämtliche Informationen zusammenliefen und für alle Beteiligten jederzeit zur Verfügung standen.
Jüngst hatte Judith weitere rollbare, magnetische Schreibtafeln angeschafft und nun konnten sie damit übersichtlich ihren aktuellen Arbeitsstand abbilden. Zwei Telefone, auf die sie Lisas und ihre Leitung schalten konnten, und ein Kopierer ergänzten die Ausstattung des Raumes.
In der Bezirksbehörde und bei der Staatsanwaltschaft gab es sogar schon einige Personalcomputer, doch bis in die Gardelegener Dienststelle der Volkspolizei war die neue Technik noch nicht vorgedrungen. Immerhin sollten im nächsten Jahr PC-Schulungen beginnen, allerdings vorerst nur für wenige Mitarbeiter. Judith Brunner wollte ein andermal intensiver darüber nachdenken, wen sie delegieren würde. Ob es wenigstens genügend Freiwillige gab? Die meisten Leute mokierten sich über die Computer, ohne je mit einem gearbeitet zu haben. Sie erinnerte sich an den Aufstand der Schreibkräfte, als vor einigen Jahren in der Bezirksbehörde die ersten elektronischen Schreibmaschinen zum Einsatz kamen, mit Textspeicher und Korrekturmöglichkeit. Erst wollte niemand eine haben, und dann konnte es den

Damen nicht schnell genug gehen, eine benutzen zu können. Es wurde für eine geraume Zeit sogar zum Statussymbol, eine elektronische Schreibmaschine im Vorzimmer zu haben! Würde sich dasselbe Theater bei den Computern wiederholen? Wie Judith Brunner die Verwaltung kannte, war davon auszugehen. Aber noch musste es auch ohne die neuen Hilfsmittel gehen.
Die Identifizierung des Leichnams als Otto Holl und die Tatsache, dass er ein Giftopfer war, hatten alles geändert.
Lisa Lenz heftete gerade die am Ferchel gemachten Fotos und Skizzen zum Fundort der Hände an die Tafel, eine Skizze von Botho Ahlsens Wanderweg und eine grobe Geländedarstellung des Weges, der Felder und der Müllkippe bis hinunter zur Straße nach Wiepke. Sie wollte dann aus den Zeugenaussagen einen Zeitstrahl entwickeln und als Grafik am oberen Rand hinzufügen.
Judith Brunner hatte es übernommen, die Personentafeln zu den Toten zu bestücken.
Zu Eduard Singer hatten sie die Porträtaufnahme, die sie von Hella Singer erbeten hatte, die Fotos seiner Hände, einiges aus den Patientenunterlagen. Judith schrieb mit Kreide eine kurze Biografie daneben: Jahrgang 1915, Chemiestudium, Lehrer, verheiratet mit Hella Singer, aus Breitenfeld, eingeliefert ins Krankenhaus am letzten Donnerstag, am selben Tag verstorben. Das war nicht viel.
Zu Otto Holl gab es nicht wesentlich mehr. Ein Foto seiner Leiche, Nahaufnahmen seines Leibes mit den vernarbten Schussverletzungen. Sie notierte: Schwerkrimineller, Vergewaltiger seiner Schwester. Ermordet vor etwas mehr als einer Woche.
In aller Frühe war Judith Brunner in der Meldestelle gewesen, doch dort hatte sie bisher nur die Meldekarte zum verstorbenen Vater Arno Holl, dem Förster aus Waldau, gefunden. Die Kopie der Karteikarte heftete sie ebenfalls an die Tafel. Immerhin waren die Kinder Otto und Jenny Holl mit ihren Geburtsdaten eingetragen, wie auch ihre recht früh verstorbene Mutter Luise, eine geborene Flemming.

Nun die Zeugen. Auf die nächste Tafel schrieb Judith Brunner die Namen aller bisher bekannten Zeugen untereinander und hakte diejenigen ab, deren Befragung bereits protokolliert war. Zumindest mit den Ergebnissen aus Waldau und Umgebung konnte sie zufrieden sein.
In die Spalte daneben wollte sie diejenigen Leute schreiben, mit denen sie persönlich im Rahmen der Ermittlung gesprochen hatte, Botho Ahlsens, Dr. Heiner Frederich, ...
Das Telefon klingelte und Lisa Lenz hob ab: »Büro Brunner. Hallo, Dr. Renz. Ja, die Hauptkommissarin ist hier. Einen Moment bitte«, und übergab Judith den Hörer.
Nach dem Telefonat mit Dr. Renz war Judith Brunner klar, dass die Ermittlungen ausgeweitet und intensiviert werden mussten. Sie klärte Lisa kurz auf und fügte hinzu: »Ich muss zugeben, dass ich von diesem Täter schon etwas beeindruckt bin. Sein Täuschungsmanöver ist lückenlos aufgegangen.« Sie bat Lisa, die Ermittlungsgruppe unverzüglich zusammenzuholen.

Die Geschichte um Otto Holl, die sich am vergangenen Abend in dem Gespräch mit Botho Ahlsens herausgestellt hatte, und die Mitteilung über die gefälschten Telefonate wurden mit Erstaunen aufgenommen. Sofort entspann sich eine lebhafte Diskussion.
»Der Anrufer muss Ahnung von Medizin haben und sich im Krankenhausbetrieb auskennen, denn schließlich hätte Renz das Gespräch ja auch noch ausführlicher halten oder gar auf Persönliches zu sprechen kommen können«, meinte Thomas Ritter.
»Ach, dann hätte der Mann einfach behauptet, er müsse zu einem Patienten oder sonst wohin«, verwarf Dr. Grede das Argument. »Wo haben wir denn die Befragungen aus dem Krankenhaus?«
Lisa holte einen Hefter, überflog die erste Seite und meinte: »Einige Leute haben die Kollegen noch gar nicht angetroffen: Die Fahrer der SMH-Wagen fehlen, auch die Brotfahrer hatten eine andere Schicht. Da wird erst heute was passieren.«

»Stimmt«, gab Judith Brunner ihr recht. »Dr. Renz hat uns außerdem eine Liste mit Personen aus dem Krankenhaus zugesagt, die der ›echte‹ Chefarzt der Inneren Medizin, ein Dr. Franz Carow, zusammengestellt hat. Alles Leute, die in der fraglichen Zeit den Anruf bei Dr. Renz hätten fingieren können. Da werden einige Befragungen hinzukommen. Lisa, Sie werten bitte die eingehenden Protokolle immer sofort aus und legen auch für das Krankenhaus eine Zeitleiste an.« Judith hatte gefallen, wie kreativ Lisa dies für die Ereignisse am Ferchel begonnen hatte. Nun erwähnte sie noch mal für alle: »Und wir haben seit gestern eine Aufstellung zu den Autos. Die überprüft Walter Dreyer. Vielleicht ergibt sich da ja was draus.« Dann deutete Judith Brunner auf die Wandtafeln: »Wir wissen viel zu wenig über den vergifteten Mann. Wo lebte Holl in den letzten Jahrzehnten? Nur über ihn kommen wir zum Täter.«
Dr. Grede wusste: »Der Mann war doch zu seiner Zeit ein schlimmer Finger, zumindest wenn wir Botho Ahlsens glauben. Danach müsste es massenweise Anzeigen und Ermittlungen geben. Wir brauchen doch nur bei der Staatsanwaltschaft nachzufragen.«
»Darum kümmere ich mich«, sagte Judith Brunner zu. »Und Frau Perch durchsucht ja im Moment unser Archiv, mal sehen, jetzt, wo wir einen Namen haben, sollte alles viel schneller gehen. Zudem könnten wir auch in der Stadtbibliothek in die alten Zeitungen schauen.« Sie machte sich eine Notiz und fuhr dann nachdenklich fort: »Wer hatte es auf einen Mann wie Otto Holl abgesehen? Einen Vergewaltiger und Bandenchef? Holt ihn aus seiner letzten Ruhestätte, wäscht ihn und bringt ihn ins Krankenhaus? Seine alten Kumpane sicher nicht!«
»Mir fällt da nur eines ein. Ein liebendes Mutterherz«, kam es, nicht ganz ernst gemeint, von Ritter.
Sein Chef widersprach: »Die ist lange tot. Das wüsstest du, wenn du mal einen Blick auf die Tafeln geworfen hättest. Und selbst wenn nicht, wäre sie in ihrem Alter wohl kaum in der Lage, das Ganze zu bewältigen.«

»Eine Ehefrau, eine Geliebte«, schlug Ritter weiter vor.
»Die Angetraute wäre ganz bestimmt auch nicht mehr kräftig genug. Überleg doch mal selbst!« Ritters Vorschläge gefielen Dr. Grede ganz und gar nicht. »Und warum sollten Angehörige das überhaupt machen? Die müssten irgendwie erfahren haben oder zumindest vermuten, dass Holl vergiftet wurde! Sonst gäbe es ja keine Veranlassung, ihn obduzieren zu lassen.«
Das war ein gutes Argument.
»Kann doch sein. Vielleicht kam ihnen irgendetwas spanisch vor«, ließ Ritter nicht locker und fragte nach: »Wissen wir schon mehr über das Gift?«
Judith Brunner verneinte.
Lisa Lenz griff Ritters Ansatz auf: »Vielleicht war der Mörder bei der Beerdigung von Otto Holl anwesend? Könnte er – oder sie – sich dort Genugtuung verschafft haben? Jemandem fiel er auf, der dann erst seine Schlüsse ziehen konnte?«
»Sobald wir wissen, wo sie stattfand, brauchen wir eine Liste mit den Gästen von Holls Beerdigung, wenn es denn eine gegeben hat«, stimmte Judith der Idee zu und riet Lisa, das unbedingt im Auge zu behalten.
Dr. Grede war nach wie vor unzufrieden mit den Argumenten. »Warum zeigt derjenige dann nicht einfach den Mörder an, wenn er vom Verbrechen weiß?«
Judith Brunner wurde die Diskussion schon viel zu spekulativ. Geschickt leitete sie über: »Ich danke Ihnen allen für Ihre Überlegungen. Wir sind uns, glaube ich, einig, dass wir in der engsten Umgebung von Otto Holl nach den Verantwortlichen für das Auftauchen der Leiche suchen müssen. Und nach seinem Mörder!«
Von ihrem Blick geführt, sahen alle zu der fast leeren Tafel, die mit »Verdächtige« überschrieben war. Judith Brunner hatte vorhin »Zaunarbeiter« drauf geschrieben, das Wort aber gleich mit einem Fragezeichen versehen.
Lisa ging hin und schrieb unter der Überschrift »Täter« – »männlich«, als nächsten Spiegelstrich »gebildet«. Auffordernd sah sie

ihre Kollegen an.
»Ortskenntnisse der Waldauer Umgebung inklusive Ferchel, sowie Gardelegener Krankenhaus«, ergänzte Judith Brunner.
»Kräftig – der Holl wiegt einiges!«, brachte Ritter ein, »und er hat eine Transportmöglichkeit – nicht jeder hat ein Auto, in dem man eine sperrige Leiche transportieren kann.«
Niemandem fiel noch etwas Substanzielles ein, bis Lisa hinzusetzte: »Gift? Gift! Das gibt es ja nicht nur in Pflanzen. Was ist mit Medikamenten? Den Apotheken? Immerhin hängt das Ganze auch mit dem Krankenhaus zusammen. Dort gibt es Unmengen an Schmerz- und Schlafmitteln – überdosiert ist alles Gift.«
Dr. Grede sah auffordernd zu Ritter rüber. »Wie wäre es mit unserem mürrischen, alten Apotheker? Den Griesgram könnten wir doch mal fragen, ob er was Neues zum Thema Betäubungsmittelhandel gehört hat. Da hat er uns doch schon mal geholfen!«
Grede wandte sich erklärend an Judith Brunner: »Den Mann hat noch niemand lächeln sehen. Wenn der ein Medikament ausgab, sah er immer so missmutig drein, als reiche er die Packung nur unter Zwang über den Ladentisch und natürlich nicht, ohne auf sämtliche Nebenwirkungen aufmerksam gemacht zu haben. Ich denke, viele seiner Kunden haben danach darauf verzichtet, die Medizin zu schlucken. Seine Apotheke belieferte bis vor ein paar Jahren unser Polizeilabor mit bestimmten Chemikalien für die Tests und was wir sonst noch so brauchen.«
»Und jetzt?«
»Zentraler Einkauf«, stöhnte Ritter, der offenbar keine guten Erfahrungen mit diesem System gemacht hatte. »Da wartet man ewig, bis mal was kommt. Außer der Reihe geht gar nichts. Nie haben die am Lager, was wir benötigen. Müssen immer erst selber bestellen«, frustriert sah er in die Runde.
»Nein, ich meine, was ist mit diesem Apotheker jetzt?«, präzisierte Judith Brunner.
»Nun, ich hab ihn schon ein Weilchen aus den Augen verloren, wir hatten nichts mehr mit ihm zu tun, und er war nicht mehr

der Jüngste – aber er hat immer noch seine Apotheke, glaube ich zumindest. Es ist die kleine Stadt-Apotheke hinterm alten Gymnasium.«
»Schön, dann gehen wir ihn besuchen.« Lisas Idee könnte zur Quelle des Giftes führen. Im Moment mussten sie nach allem greifen, was sich ihnen bot. Judith Brunner wollte Dr. Grede unbedingt dabeihaben, denn der konnte den chemischen – oder besser den pharmakologischen – Ausführungen des Apothekers in jedem Falle besser folgen als sie. Sie plante den Termin für den Nachmittag ein.

~ 33 ~

Gespannt, wie weit ihre Freundin mit ihren Recherchen gekommen war, ging Judith in den Keller.
Die Tür zum Archiv stand offen und es drang etwas Licht in den Gang. Judith klopfte und rief: »Laura, bist du da?«
»Ja, hier hinten.«
»Hallo, wie geht es denn so voran?«
»Bestens. So schlimm ist es gar nicht. Ab und zu scheint hier jemand ein wenig aufgeräumt zu haben. Man findet sich eigentlich gut zurecht. Mit dem groben Sichten bin ich fast fertig; das war schon ein Großteil der Arbeit. Dann will ich mich Akte für Akte hinsichtlich möglicher Lemke-Fälle durcharbeiten.«
Das hörte sich gut an, aber Judith drängte der aktuelle Mordfall und deshalb musste sie für Lauras Nachforschungen die Prioritäten ändern. »Schön. Hast du vielleicht etwas zu einem gewissen Otto Holl oder seiner Bande in den Händen gehabt?«
»Über den Holl? Na sicher. Der hatte zu seiner Zeit ja einen fast schon legendären Ruf.« Laura sagte das, als gehörte entsprechendes Wissen zu den geläufigsten Gesprächsthemen.
Judith war überrascht: »Wie bitte? Du kennst den?«
»Den Holl? Nein. Ich selber kenne den nicht. Doch meine

Großeltern und ihre Nachbarn haben immer wieder mal von dem erzählt. Ausschließlich üble Gangstergeschichten. Die Familie wohnte immerhin in Waldau, der alte Förster war sein Vater. Der Sohn galt als extrem gefährlicher Krimineller. Dann ist er irgendwann mit seiner Schwester aus der Gegend verschwunden. Seine Mutter soll sich später umgebracht haben. Tante Irmgard hat bei Verwandten in Salzwedel gehört, dass der Otto Holl woanders Leute erschlagen hatte. Dafür hat er dann lebenslänglich bekommen. Das war vielleicht eine Sensation! Meine Großmutter hat sie, ach, vor wenigstens zwanzig Jahren, Großvater mit einiger Genugtuung beim Abendbrot verkündet. Wieso fragst du?«
»Ach Laura!«, Judith konnte es kaum glauben. »Du hast eben mehr über Holl erzählt, als wir in den letzten Stunden mit dem ganzen Polizeiapparat herausbekommen haben. Wir wussten kaum etwas über diesen Verbrecher. Außerdem hast du damit die Geschichte, die uns Botho Ahlsens erzählte, noch glaubhafter gemacht. Wie würde ich wohl ohne dich dastehen!« Aufgeräumt erklärte sie die Hintergründe ihrer gehobenen Stimmung.
Laura freute sich und forderte Judith auf: »Komm mit! Die Akten der fünfziger Jahre liegen ganz vorn. Allerdings enthalten sie zum Teil nur schlecht lesbare Durchschläge oder Blaupausen. Der Fachbegriff für eine solche Ersatzakte ist Retent. Die Ermittlungsunterlagen selbst gingen damals im Original wahrscheinlich an die Staatsanwaltschaft ...«
»Das läuft noch immer so«, warf Judith ein.
» ... aber immerhin gibt es hier die Duplikate der Fotografien, Teile des Schriftverkehrs und viele Berichte zu den Spuren – da findet sich schon allerhand Nützliches für dich. Das Nachfragen bei der Staatsanwaltschaft nach deren Unterlagen kann sich trotzdem immer noch lohnen. Die Akten zu Kapitalverbrechen oder zur Bandenkriminalität werden dort meist mehrere Jahrzehnte aufgehoben und landen später größtenteils in einem Archiv, wo sie auf Dauer verwahrt werden.«
Laura zeigte Judith nun ein Regal mit vier breiten Fächern voller

hellolivfarbener Hefter. »Das sind die relevanten Akten – aus jedem Jahr ein paar Stapel. Die dickeren«, sie zog eine prall gefüllte Akte heraus, »könnten mit ziemlicher Wahrscheinlichkeit zu einem Hollschen Delikt geführt worden sein.«
Judith blätterte interessiert. Tatsächlich. Ein Überfall war angezeigt worden. 1954. Der Fahrer eines Mopeds war abends vor der Dorfkneipe niedergeschlagen worden und sein Fahrzeug wurde geklaut. Damals hatte man eine Menge Zeugen befragt – die Kneipe war voller Männer gewesen. Sogar ein scharfes Schwarz-Weiß-Foto vom Moped und seinem stolzen Besitzer war da. Judith blätterte zum Aktenvorblatt zurück. Richtig. Nach Abschluss der Ermittlungen – schon eine Woche nach dem Überfall – war jemand aus Holls Bande festgenommen und der Vorgang an die Staatsanwaltschaft abgegeben worden.
Judith sah auf ihre Uhr. Mit so einer schnellen Informationsbeschaffung zu Otto Holls Biografie hatte sie nicht gerechnet und nun stand ihr unerwartet etwas Zeit zur Verfügung.
Irgendwie war ihr die Sache mit den Diebstählen auf dem Gardelegener Friedhof nicht mehr aus dem Kopf gegangen. Auch diese vermeintlichen Bagatellen musste die Polizei ernst nehmen, denn die Plünderungen der Grabanlagen waren nicht nur ärgerlich, sondern für die Hinterbliebenen schmerzlich. Lisa hatte völlig recht mit ihrer Empörung.
Hatte sie nicht sogar versprochen, sich persönlich um die Probleme zu kümmern? Zudem könnte sie dort einiges über die Abläufe auf einem Friedhof erfahren, was womöglich bei der Auffindung von Otto Holls Grab helfen könnte. Sie sollte die Gelegenheit nutzen und sich sofort auf den Weg machen. Andererseits war eine zügige Auswertung der alten Akten zu Holl auch enorm wichtig.
Laura sah Judith das Dilemma an. »Kann ich irgendwie helfen? Das Sichten der Akten auf Spuren von Berthold Lemke kann ich auch ein andermal erledigen. Das eilt doch nicht.«
Dankbar nahm Judith den Vorschlag an. »Ich würde alle Akten zu Holl und seinem Umfeld benötigen.«

»Mach ich sofort. Außerdem, wenn Großmutters Gerücht von der lebenslänglichen Haftstrafe tatsächlich stimmte, dann könnte er gerade erst entlassen worden sein«, überschlug Laura flüchtig. »Das wird in der Gegend einigen Leuten, die ihn von früher noch kannten, nicht gefallen haben.«
»Offenbar. Er wurde nämlich vergiftet. Dr. Renz wusste nur noch nicht, womit, doch das findet er schon noch heraus.«
»Angesichts von Holls Taten könnte man seine Ermordung ja fast als natürliche Todesursache durchgehen lassen. Auf welche Weise, außer ermordet zu werden, sollten solche Leute denn sonst enden?«, beschied Laura lakonisch die Nachricht von der Todesart des Mannes und fing an, einige Akten aus den Regalfächern zu ziehen. »Das ist keine Mühe, Judith, überhaupt nicht. Ich suche schnellstens alles raus und mache dir dann eine Zusammenfassung zu diesem Widerling.«

~ 34 ~

Walter Dreyer war auf dem Weg zum nächsten Besitzer eines braunen Skodas. Sich für die weiteren Befragungen des heutigen Tages mit ein paar Flaschen Limonade zu versorgen, hielt er für eine gute Idee. Er bog gerade um die Ecke am Konsum, da passierte es: Ein ungestümer, sich wie aus dem Nichts materialisierender dunkler Schatten schoss, begleitet von einem furiosen Geschepper, auf ihn zu. Dreyer hoffte, der drohenden Karambolage durch einen gewagten Sprung auf die oberste Stufe der Ladeneingangstreppe entgehen zu können. Unglücklicherweise stolperte er, fiel und stieß sich schmerzhaft das Knie.
Schon beim ersten, flüchtigen Aufschauen bemerkte er, dass es seinem Angreifer nicht besser ergangen war. Der kauerte zusammengekrümmt vor der unteren Stufe und gab stöhnende Laute von sich. Das Fahrrad, mit dem die Attacke gegen ihn gefahren worden war, hatte eine schöne Acht im Vorderreifen.

»Ha!«, die Schadenfreude linderte kurz Walters Schmerz – bis er sah, wem der ramponierte Drahtesel gehörte: Hedwig Bieske.
»Oh je!«, entfuhr es Walter Dreyer laut. Dieser Tag würde nicht seiner werden!
Hedwig Bieske war eine in der ganzen Gegend gefürchtete Frau – die resolute Chorleiterin aus dem Nachbardorf Engersen, die unentwegt danach trachtete, die stets zu knappen Männerstimmen mit den Herren der umliegenden Dörfer aufzufüllen. Jede noch so kleine Begegnung nutzte sie erbarmungslos, um weitere Bässe oder Tenöre einzufangen.
Walter Dreyer machte deswegen schon immer einen großen Bogen um sie, wenn er ihrer ansichtig wurde. Doch im Moment war an Flucht nicht zu denken. Er fügte sich in sein Schicksal und half der korpulenten Frau mit einiger Anstrengung wieder auf die Beine. »Was ist denn los, Frau Bieske? Wieso pesen Sie denn hier um die Ecke wie ein geölter Blitz? Da hätte ja sonst was passieren können!«
»Ist es ja auch! Ist es ja auch!«, rief sie aufgeregt.
Walter Dreyer besah sie sich genauer. Er konnte nichts Besorgniserregendes entdecken. Hedwig Bieske stand aufrecht, hatte eine sehr gesunde Gesichtsfarbe und bewegte sich normal. Er trat wieder etwas näher an sie heran: »Zeigen Sie doch mal!«, bot er ihr eine Untersuchung etwaiger Wunden oder schmerzender Stellen an.
Vom Lärm angelockt, waren zwei Kundinnen aus dem Laden gekommen, die ihre gefüllten Einkaufstaschen sorgsam an der Hauswand abgestellt hatten. Neugierig und ohne Hemmungen verfolgten sie den Gang der Ereignisse, auf gute Unterhaltung hoffend.
»Mir fehlt doch nichts!«, wies Hedwig Bieske Dreyers Hilfe mit einem bösen Blick auf die Zuschauer energisch zurück. Erst jetzt schien sie zu erkennen, mit wem sie da zusammengestoßen war. »Ach, Sie sind das! Na, da hatte ich ja Glück!«
So hätte Walter Dreyer die Situation allerdings nicht beschrieben.

Die Frau fuhr flüsternd fort: »Ihnen muss ich nämlich was sagen! Gleich!« Wieder folgte ein vernichtender Seitenblick auf die Gafferinnen. »Aber allein!«, ergänzte sie lautstark.
Würde es langsam zur Normalität werden, dass es die Leute darauf absahen, ihn vor der Überbringung einer Nachricht über den Haufen zu fahren?, überlegte Walter im Stillen. Erst der Wenzel und nun diese Walküre!
Er riet den beiden Einkäuferinnen, nach Hause zu gehen, da sei ganz sicher mehr los, und lief mit Hedwig Bieske das kleine Stück Weg bis zu seinem Büro zurück. Dabei schob er hilfsbereit ihr laut klapperndes Fahrrad.
Die Haustür war wie immer unverschlossen, damit Wartende sich auf den Stuhl im Flur setzen oder ihm eine Nachricht hinterlassen konnten. Walter Dreyer öffnete sein Büro und bot Hedwig Bieske an, sich zu setzen. »Möchten Sie vielleicht ablegen?«
»Geht nicht. Wir müssen sofort wieder los!«
»Ach. Wohin denn? Wollen Sie nicht doch einen Moment Platz nehmen, schließlich sind Sie gerade gestürzt und ...«
Brüsk wurde er unterbrochen: »Wir haben eine Leiche gefunden!«
Walter Dreyer glaubte ihr sofort. Er kannte sie lange genug. Diese robuste Frau war nicht der hysterische Typ. »Eine Leiche? Wo denn?«, fragte er nach.
»Im Wald. Am Weg hinten bei den Elf Quellen.«
Dort? Das war nicht weit von der Fundstelle der Hände! Hatten sie endlich Eduard Singer gefunden? »Konnten Sie Genaueres erkennen?«, erkundigte Dreyer sich hoffnungsvoll.
»Ich hab gar nicht hingesehen. Auch keiner von den anderen hatte den Mut, dicht ranzugehen. Entdeckt hat sie der Jürgen Wichmann. Ist ganz grün und blass geworden, der Gute. Ist ja auch nicht mehr der Jüngste. Aber als Tenor noch ganz brauchbar.«
»Aha. Und wer sind die anderen?«, wollte Dreyer noch wissen, lief aber schon herum und suchte sein Zeug zusammen –

Schreibzeug, Fotoapparat, Absperrband, Folienbeutel.
»Mein Vorstand vom Chor, die Stimmführer«, erfuhr er, und Hedwig Bieske hörte sich an, als seien die Chormitglieder ihr Eigentum.
»Wie viele sind das denn?«
»Fünf. Mit mir. Wir waren auf unserem Radausflug, den machen wir jedes Frühjahr. Und anschließend gibt's bei mir Kaffee und Kuchen.«
Das klang in Walters Ohren wenig verlockend. »Um noch mal auf die Leiche zurückzukommen, Frau Bieske: Ist jemandem von Ihren Chorfreunden etwas an ihr aufgefallen?«
»Nun, sie ist wohl, äh, nicht mehr ganz frisch; sogar schon ein wenig auseinandergefallen. Zumindest nach Wichmanns Beschreibung. Sagte ich das noch nicht?«
Walter Dreyer griff zum Telefon und rief in Gardelegen an.

~ 35 ~

Auf dem Friedhof am nordöstlichen Rand der Stadt Gardelegen wurden erst seit dem 19. Jahrhundert Menschen bestattet. Trotzdem befanden sich hier schon die Grabstätten mehrerer Generationen.
Bei einem Rundgang konnte Judith Brunner sich einen Eindruck davon machen, wie vielfältig die Angehörigen ihrer Verstorbenen gedachten. Kreuze aus Stein oder Eisen, stehende oder liegende Grabsteine kündeten mit ihren Inschriften von der Vergänglichkeit des Lebens. In so manchen Fällen war es bereits im Kleinkindesalter wieder erloschen. Judith hoffte, dass die Kinder nicht Opfer von Vernachlässigung oder Misshandlung geworden waren.
Neben der großen Friedhofs-Kapelle waren die Gräber der Gefallenen des Ersten Weltkrieges nicht zu übersehen. Ein Stein wurde von einer Pickelhaube »geziert«, die meisten anderen Grä-

ber waren mit schlichteren Kreuzen oder Steinen geschmückt. Judith fragte sich, warum man bei vielen Soldaten zwar den Todestag vermerkt, aber auf die Angabe des Geburtsdatums verzichtet hatte. Am auffälligsten war der massive Granitstein für Otto Reutter Jun., der 1916 vor Verdun sein Leben lassen musste. Unweit davon hatte die Gemeinde für dessen 1931 verstorbenen Vater, den berühmten Sohn der Stadt und beliebten Volkskünstler Otto Reutter, ein würdiges Ehrengrab errichtet, das ihn für immer in das symbolische Rund seiner bekanntesten Wirkungsstätte, den Berliner Wintergarten, stellte. Judith kam sofort sein Lied vom Überzieher in den Sinn. Viel mehr hatte sie aber nicht in Erinnerung und spazierte weiter.
In den fünfziger und sechziger Jahren waren zahlreiche relativ junge Leute bestattet worden, möglicherweise waren sie an Krankheiten gestorben, die später hätten gut behandelt werden können. Andererseits empfand Judith es als tröstlich, dass die meisten der hier Begrabenen ein hohes Alter erreicht und über viele Jahrzehnte, oft an der Seite von Ehepartnern einen Großteil des Jahrhunderts durchlebt hatten.
Auf einer Bank zwischen den Urnenfeldern saßen unter einem knorrigen Wacholder zwei betagte Weiblein und plauderten nach getaner Grabpflege einträchtig miteinander. Neben ihnen stand eine Gießkanne am Boden und eine Harke lehnte am Stamm des Baumes. Die wohltuende Stille in der Anlage wurde durch das Tschilpen einer Spatzenfamilie nicht gestört.
Nichts deutete darauf hin, dass heute eine Trauerfeier oder eine Bestattung stattfinden würde. Judith Brunner ging, an den Kriegsgräbern vorbei, zum Gebäude der Friedhofsverwaltung in der Nähe des Eingangs zurück.

Sie war telefonisch angekündigt und so wurde die Tür zum »Friedhofs-Bureau« vorsichtig geöffnet, kaum dass Judith Brunner Gelegenheit fand, das gut erhaltene alte Emailleschild zu bewundern. Ob die auf dem Schild genannten Öffnungszeiten immer noch galten? Zumindest für heute würde das bedeuten,

dass eigentlich schon geschlossen war.
»Guten Tag. Kommen Sie von der Polizei?«, waren die Worte, die ein schüchternes Mädchen sich traute, leise zur Begrüßung zu äußern.
Lisa Lenz hatte Judith Brunner den Namen des Friedhofsverwalters genannt. Werner Uhlig. Das war er nicht. Das Kind konnte höchstens zwölf oder dreizehn Jahre alt sein. »Ja, ich bin von der Polizei. Darf ich hereinkommen?«
Das Mädchen trat zu Seite und erklärte: »Mein Papa kommt gleich wieder. Er muss nur was an einem Wasserhahn reparieren.« Sie deutete auf einen Stuhl, der vor einem vollgekramten Schreibtisch stand. »Sie sollen sich so lange hinsetzen.«
»Danke.« Judith Brunner nahm Platz und hoffte, dass sie nicht zu lange würde warten müssen. »Hast du denn keine Schule heute?«, fragte sie das Kind, um ein Gespräch anzufangen. Allerdings hatte sie damit wohl ein ungeeignetes Thema angeschnitten, denn nachdem eine Freistunde als knappe Erklärung herhalten musste, gab das Mädchen bekannt, ihren Vater holen zu gehen, und verschwand eilig.
Judith sah sich um. Das »Bureau« war nur ein paar Quadratmeter groß und die alten, dunklen Holzmöbel ließen kaum Platz zum Bewegen. Ein stabil wirkendes Regal fasste mehrere Dutzend verbogene Ordner, deren Inhalte sie zu sprengen drohten. Ein Karteischrank, der Schreibtisch und drei Stühle ergänzten die Ausstattung. Außerdem diente eine ausrangierte Spiegelkonsole eines völlig deplatziert wirkenden Schlafzimmermobiliars als Miniküche; eine elektrische Kochplatte, zwei Emailletöpfchen und einige Geschirrteile spiegelten sich in dem blind gewordenen dreiteiligen Aufsatz.
Gerade als Judith aufstehen und sich die Kartei näher ansehen wollte, betrat ein Mann schimpfend den Raum: »Jedes Jahr dasselbe. Kaum ist der Frost aus dem Boden, gibt es Probleme mit der Wasserleitung. Irgendwas ist immer undicht ... Und dann noch die Klauereien ... Ist ja fast zu schön, dass sich endlich mal jemand herbemüht.«

Eine Begrüßung hielt er offenbar für überflüssig.
Uhlig suchte eine Ablagemöglichkeit für sein Werkzeug. Er schob sich durch die Enge an Judiths Stuhl vorbei. Ein beeindruckendes Stück Rohr landete krachend auf dem Karteischrank und der Eimer mit diversen Kleinteilen wurde scheppernd neben dem kalten Kohleofen abgestellt. Nachdem er genug gepoltert und damit seinen Ärger verdeutlicht hatte, setzte Uhlig sich friedlich hinter seinen Schreibtisch.
Judith konnte nun feststellen, dass er ein sehr ansehnlicher Mann war, um die vierzig, der seine groben Arbeitsklamotten so salopp trug, dass er verwegen und gleichzeitig zuverlässig wirkte. So sahen Friedhofswärter aus? Alle Achtung! Seine grünen Augen taxierten sie – aber nicht auf unangenehme Weise.
»Sie sind also Judith Brunner. Eine Hauptkommissarin. Hm? Das ist doch schon was ganz schön Hohes, stimmt's? Und Sie schickt man wegen meiner kleinen Diebe? Erstaunlich!«
Er schien versöhnt, lächelte sogar.
Judith Brunner gönnte ihm seinen Sarkasmus. Sie konnte seinen Groll im Grunde genommen sogar verstehen und beschloss, ihm sein Benehmen nachzusehen. Doch vorerst erwähnte sie wohl besser nicht den wahren Anlass ihres Besuchs. Ein Friedhofsverwalter in Erzähllaune war sicher hilfreicher als ein vergnatzter Mann. Deswegen gab sie der Ehrlichkeit halber zu: »Es tut mir leid, dass wir bisher keine Zeit gefunden haben, uns um die Diebstähle zu kümmern. Doch wir nehmen Ihr Problem ernst. Es wäre schön, wenn Sie mir etwas konkreter davon berichten könnten.«
Werner Uhlig sah sie an und überlegte. Dann begann er, fast, als hätte er das alles schon zigmal geschildert: »In letzter Zeit höre ich immer öfter Beschwerden von den Besuchern, dass von den Gräbern Schnittblumen, Pflanzen, Schalen und sogar Koniferen gestohlen werden. So eine Grabbepflanzung oder auch der Grabschmuck sind erstens nicht ganz billig, und außerdem verletzt es die Trauernden, wenn ihre Zeichen der Zuneigung

einfach verschwinden. Die Menschen reagieren betroffen und manche sind auch richtig wütend.«
»Das kann ich gut nachvollziehen«, warf Judith Brunner ein.
»Die Anzahl der Diebstähle ist allerdings so hoch, dass ich nicht davon ausgehe, dass es sich um Leute handelt, die nicht in der Lage sind, ihre Gräber mit eigenen Mitteln zu bepflanzen, oder die mal zum Wochenende einen Blumenstrauß auf dem Tisch stehen haben wollen.« Die Verachtung Uhligs für die Täter war nicht zu überhören. Er holte tief Luft, bevor er fortfuhr: »Mir selber wurden dieses Jahr schon zweimal Pflanzen und eine Vase vom Grab meiner Frau gestohlen. Das tut sehr weh«, schloss er mit belegter Stimme.
Das Schicksal des Mannes machte seine ohnehin berechtigte Empörung noch verständlicher. Judith Brunner ließ ihm Zeit, sich wieder zu fassen.
»Deshalb habe ich schon vor einiger Zeit offiziell Anzeige bei der Polizei erstattet und werde jedem anderen Geschädigten raten, das Gleiche zu tun. Vielleicht finden Sie ja bei entsprechend vielen Anzeigen eine Möglichkeit, sich des Problems anzunehmen.«
Uhligs Unmut war doch noch nicht besänftigt.
»Das werden wir«, versprach Judith Brunner aufrichtig. »Konnten Sie ein Muster bei den Diebstählen erkennen? Sind sie an einem bestimmten Wochentag oder zu einer bestimmten Tageszeit passiert?«
»Bemerkt haben das fast immer die Besucher, die gleich früh am Morgen kommen. Wir schließen um acht auf. Da warten einige Leute schon vor dem Tor, die meisten von ihnen sind schon im Rentenalter. Sie kommen zu Fuß oder mit dem Fahrrad und haben ihre Sachen dabei. Kleine Gartengeräte, eine Gießkanne, Dünger, sogar Heckenscheren. Der Tag beginnt für diese Menschen mit einer Pflicht, die doch zugleich ein Liebesdienst ist. Tagsüber passe ich schon auf und es sind auch meistens Leute auf dem Friedhof unterwegs. Manche haben nicht einmal jemanden auf dem Friedhof liegen; die spazieren hier nur gern

rum. Während dieser Zeit ist noch niemandem etwas aufgefallen; mir ist zumindest nichts davon zu Ohren gekommen.«
»Spaziergänger!?«
»Ja. Sicher Leute, die keinen Garten haben oder die die Natur hier genießen wollen. Jetzt sind die Singvögel in Hochform, die Eichhörnchen sind aktiv, Katzen strolchen umher, alles beginnt zu blühen. Wer so etwas mag ...«, ließ Werner Uhlig im Raum stehen.
Es klang aber, als würde er selbst diese Stimmung auf seinem Friedhof auch sehr mögen, fand Judith und fragte nach: »Kennen Sie diese Besucher?«
Uhlig schüttelte den Kopf. »Manche sind zwar so etwas wie Stammgäste, doch viele würde ich wahrscheinlich nicht einmal wiedererkennen.« Da fiel ihm etwas ein: »Allerdings gibt es jemanden, der zurzeit jeden Morgen herkommt. Ein Vogelfreund mit Fernglas. Ihn lasse ich sogar früher rein. Der führt Buch über seine Sichtungen, hat er mir mal erklärt. Aber wie der heißt? Da muss ich passen.«
»Das ist doch schon ein Hinweis. Wenn Sie uns den Mann morgen früh vorstellen könnten? Wir würden ihn gern befragen. Er ist bestimmt ein guter Beobachter.«
Uhlig nickte. »Gut. Und noch etwas könnte wichtig sein. Die Diebe nehmen mit Vorliebe frische, kräftige, vor allem aber wertvollere Pflanzen mit. Die Schnittblumen sind wohl nur zufällige Beute. Letzte Woche zum Beispiel gruben sie zwei Freilandazaleen aus und einen Zwergahorn. Von dem gibt es sogar ein Foto aus dem letzten Herbst, als das Laub noch herrlich leuchtete. Also gäbe es eine Chance diese Pflanze wiederzuerkennen.«
Judith Brunner staunte, wie sachkundig und umfangreich sie hier informiert wurde. Wieso nur hatte ihre Dienststelle solche Probleme mit dieser simplen Angelegenheit? »Was machen die Diebe dann wohl mit ihrer Beute?«
Uhlig hatte einen naheliegenden Verdacht. »Verscherbeln, denke ich. Vielleicht auf einem Wochenmarkt. Da die auch schon

meine große Baumschere und zwei Kettensägen geklaut haben, denke ich, sollten Sie auch mal die Gärtnereien oder Baumschulen der Umgebung unter die Lupe nehmen. Sind ja nur drei.«

»Bringen die geklauten Pflanzen denn so viel ein?«, erkundigte sich Judith Brunner skeptisch.

»Kleinvieh macht auch Mist. Und bei den wertvolleren Gehölzen? Na ja, ein paar Zehner pro Stück kommen schon zusammen. Manch einem Dieb genügen diese Summen. Sie brauchen doch bloß mal die Inserate in der »Volksstimme« zu lesen, was die Leute bereit sind, für exotische Zimmerpflanzen zu bezahlen. Da gehen große Palmen oder Drachenbäume für einige Hundert Mark weg. Warum nicht auch schöne Gewächse fürs Freiland? Für seinen geliebten Kleingarten gibt so mancher Städter viel Geld aus«, schloss Uhlig und lehnte sich in seinem Sessel weit zurück.

Judith Brunner merkte, dass er alles, was er zur Angelegenheit los werden wollte, gesagt hatte. »Also, fasse ich mal zusammen: Die Diebe werden erst nach Ihrem Feierabend tätig. Sie suchen gezielt Pflanzen aus, die sie wieder verkaufen können. Sie haben entsprechende Kenntnisse, und da sie bisher nicht aufgeflogen sind, ganz bestimmt auch eine diskrete Wiederverkaufsmöglichkeit. Es spricht in der Tat einiges für Ihren Verdacht hinsichtlich der Gärtnereien. Bleibt noch ein Aspekt – wie transportieren die ihre Beute?«

»Ach, das meiste passt doch in eine Reisetasche oder einen Rucksack. Das bekommt man ohne Probleme über die Friedhofsmauer bugsiert und klettert hinterher. Und größere Pflanzen werden wohl in einem Korb getragen und jenseits der Mauer wartet dann ein Auto. Das ist nicht sonderlich schwierig.«

Dem musste Judith Brunner zustimmen. Es dürfte auch keine Herausforderung sein, die Diebe zu fassen. Da waren nur Streifenpersonal und ein wenig Geduld nötig. Sie sicherte Werner Uhlig den sofortigen Beginn von Ermittlungen zu und kam dann direkt auf ihr vorrangiges Anliegen, die Erkundigungen im Zusammenhang mit dem Mordfall Holl, zu sprechen: »Darf

ich Sie bei dieser Gelegenheit bitten, mir den Ablauf einer Beisetzung zu schildern?«
Falls Uhlig der abrupte Themenwechsel überrascht haben sollte, ließ er sich das nicht anmerken. Er zog ein Schubfach seines Schreibtisches auf und gab Judith ein leeres Formular in die Hand. »Sehen Sie. Die Angehörigen oder ein Bestatter kommen her und wir besprechen den möglichen Liegeplatz. Ich zeige den Leuten die jeweiligen Stellen und wir bereden noch das Datum und die Uhrzeit für die Trauerfeier. Das wird alles hier im Formular vermerkt. Den detaillierten Ablauf organisieren dann die Bestatter und sprechen sich nur noch mit mir ab. Die meisten Hinterbliebenen haben genaue Vorstellungen, wie der Grabstein aussehen soll und wie groß der sein wird. Das ist aber Sache vom Steinmetz. Wir müssen noch über die Kosten der Grabstellen mit den Leuten reden. Viele wollen einen Einmalbetrag für zwanzig Jahre zahlen, manche jährlich eine Rechnung. Das war es dann auch schon. Hier unten wird unterschrieben«, Werner Uhlig zeigte auf die Stelle, »und die Sache geht ihren Gang. Wenn alles getan ist, also Beisetzung, Bezahlung und Grabgestaltung, übertrage ich die Angaben zur Grabstelle in diese Kartei, und damit ist die Angelegenheit erledigt.«
Judith Brunner überlegte. Die Abläufe waren schlüssig. Wann konnte da eine Leiche verschwinden? Sie fragte nach: »Wie viel Zeit vergeht denn so zwischen Trauerfeier und Beisetzung?«
»In der Regel folgt die Beisetzung unmittelbar danach. Gewöhnlich gehört auch beides zusammen. Manchmal aber liegen auch ein paar Tage dazwischen. Das passiert zum Beispiel, wenn eine Trauerfeier mit vielen Gästen stattfindet, die Beisetzung jedoch in aller Stille erfolgen soll. Oder die Leute warten, ob der Grabstein noch fertig wird und zeitgleich gesetzt werden kann. Dann liegen die Toten ein paar Tage und warten.«
»Und wo liegen sie währenddessen?«
Uhlig lehnte sich wieder zurück. »Nicht hier. In den Instituten, gekühlt. Die Leichen kommen immer erst am Tag der Beisetzung her. Sollten sie aus eben schon erwähnten Gründen nicht

sofort beigesetzt werden, nehmen die Bestatter den Toten bis zum vereinbarten Termin wieder mit.«
»Hatten Sie in den letzten ein, zwei Wochen solche Fälle?«
»Nein, das hätte ich auf die Anfrage hin schon gemeldet. Die hiesigen sieben Beisetzungen gaben nichts für Ihren Fall her.«

Den Weg zurück zur Dienststelle überlegte Judith, wie ein Mann von der Art Werner Uhligs, gebildet, beredt und hellwach, auf dem Posten des Verwalters vom Gardelegener Friedhof hatte landen können. Auch das Gespräch selbst gab ihr zu denken, denn keine ihrer Fragen hatte den Mann überrascht. Und dann, als sie die breiten Stufen zum Eingang des Polizeigebäudes hinaufstieg, ging ihr auf, dass Uhlig zum Schluss ihren Fall erwähnt hatte. Was wusste dieser Mann davon?

~ 36 ~

Judith Brunner wollte die Sache vom Tisch haben und klopfte an die offen stehende Tür von Dr. Gredes Büro.
Er war, wie üblich mit einem Glas Tee in der Hand, in das Studium einiger Akten vertieft. Der Inhalt vermochte ihn offenbar nicht sonderlich zu fesseln, denn er wirkte ob der Unterbrechung fast erleichtert. »Frau Brunner, setzen Sie sich doch«, wies er auf den einzigen freien Stuhl in seinem Büro. Auf den anderen stapelten sich neben diversen Unterlagen auch verschiedenste Präparate aus seinem Labor.
Judith Brunner nahm Platz und kam gleich zur Sache: »Ich komme gerade vom Friedhof. Der Verwalter, ein Herr Uhlig, war ziemlich ungehalten über unser Nichtstun. Was ist eigentlich los? Warum ist das nicht längst erledigt? So schwierig kann es wohl nicht sein, ein paar Strauchdiebe zu erwischen!«
Dr. Grede nahm in Ruhe einen Schluck, seufzte und sah seine Vorgesetzte an. »Sie wissen, dass ich viel von Lisa Lenz halte,

doch hier hat sie meines Erachtens mit ihrem Einsatz für Herrn Uhlig etwas übertrieben.« Den Namen betonte Grede irgendwie missbilligend.
»Sie kennen den Mann? Welchen Einsatz?« Judith überlegte, ob das Gespräch noch in die von ihr beabsichtigte Richtung lief.
»Mir gefällt nicht, dass ich derjenige bin, der Ihnen das erzählen muss. Ich wollte es eigentlich für mich behalten.«
Judith Brunner ging auf Hans Gredes Zurückhaltung nicht ein. »Was müssen Sie mir erzählen?«
»Na, die beiden haben ein Verhältnis, wie man so schön sagt.«
»Welche beiden?«, fragte Judith Brunner, doch im selben Moment erkannte sie, wen Grede gemeint hatte. »Oh!« Was sollte sie dazu auch sagen? Nun wurde ihr klar, warum das Gespräch mit Werner Uhlig so eigenartig verlaufen war. Der Mann hatte ganz genau gewusst, wer sie war, und in ihre aktuelle Ermittlung eingeweiht schien er auch! Da war Lisa ihr auf jeden Fall eine Erklärung schuldig.
Ungeachtet dessen forderte Judith Brunner mehr polizeilichen Einsatz: »Wie es aussieht, ist an der Sache genug dran, um schleunigst etwas zu unternehmen.« Sie berichtete von dem Gespräch mit Uhlig und dessen Verdacht.
Dr. Grede stimmte ihr zu, dass diese Hinweise vielversprechend seien, und gemeinsam kamen sie überein, in den kommenden Tagen die Straßen um den Friedhof herum unauffällig rund um die Uhr beobachten zu lassen. Außerdem sollten die Gartenbaubetriebe aufgesucht werden. »Nur, wer würde die Pflanzen erkennen können?«, fragte Judith Brunner.
»Ich kümmere mich persönlich darum«, bot Dr. Grede an, »hätte die Sache wohl ernster nehmen müssen.«
»Danke. Mir hätte das auch nicht wegrutschen dürfen, schließlich wurden die Anzeigen schon in einigen Wochenberichten erwähnt«, bekannte sie. Dann fiel ihr ein: »Uhlig hat mir übrigens die Abläufe bis zur eigentlichen Beisetzung auf einem Friedhof etwas detaillierter beschrieben. Ich denke, wir können davon ausgehen, dass Holls Leiche aus einem der Bestattungsinstitu-

te entwendet wurde und nicht, wie wir bisher annahmen, von einem Friedhof.«
»Dann müssen wir dort noch mal nachhaken. Am Telefon gaben die Bestatter jedenfalls an, es sei alles in bester Ordnung«, erinnerte sich Dr. Grede.
Judith dachte nicht lange nach. »Ich hatte ohnehin vor, mir deren Einsätze im Krankenhaus genauestens anzusehen.«
Mitten in ihre Planungen hinein klingelte das Telefon. Dr. Grede hob ab und hörte aufmerksam zu. Als er dann den Hörer aufgelegt hatte, stand er auf, sah seine Chefin an und sagte knapp: »Kommen Sie, Frau Brunner. Es gibt mal wieder Arbeit in Waldau.«

~ 37 ~

Der Fundort war äußerst idyllisch gelegen. Die Elf Quellen waren ein kleines Quellmoor, aus dem der Wiepker Bach entsprang. Herrliche alte Buchen wuchsen hier, stark und gesund, mit mächtigen Kronen.
Walter Dreyer ließ sich von Hedwig Bieske führen. Bei seiner Ankunft fand er drei ältere Herren und eine Dame vor, die dicht beieinander inmitten einer Lichtung standen. Ihre Fahrräder konnte Walter ein Stück abseits an einem Stapel dünner, auf eine einheitliche Länge zugeschnittener, entasteter Baumstämme entdecken. Er stellte sich den Chormitgliedern vor. »Wenn Sie sich setzten möchten, gehen Sie doch bitte zu Ihren Rädern zurück. Ich komme gleich zu Ihnen«, versprach er.
»Dahinten liegt er«, wies der Älteste unter den Wartenden ungefragt in Richtung eines großen, mit dunklem Laub bedeckten Wurzelstocks.
»Wie haben Sie ihn denn entdeckt?«, wollte Walter Dreyer, obwohl er es bereits ahnte, der Genauigkeit halber noch wissen.
Der Mann druckste auch nicht herum: »Ich musste mal.«

»Sicher. Danke. Wenn Sie dann bitte zu dem Holzstapel gehen?«, schickte er die Leute, nun deutlicher werdend, weg. »Ich sehe mir den Leichnam erst einmal alleine an.«
Der Anblick war grausig. Auf die Verwesung hatte Walter Dreyer versucht, sich innerlich vorzubereiten, doch Tierfraß, Maden und diverse Insekten hatten dem Körper erheblich zugesetzt. Es schien tatsächlich ein Mann zu sein. Die Leiche lag irgendwie verdreht auf der Seite, mit einem in stumpfem Winkel abgespreizten Unterschenkel. Am Ende des freiliegenden linken Armes befand sich eindeutig nur ein Stumpf. Mehr brauchte Walter Dreyer nicht zu erkennen und blickte sich um. Bis zum Weg waren es vielleicht zwanzig Meter. Obwohl der Wurzelstock einen natürlichen Sichtschutz bot, war die Leiche nicht so versteckt worden, dass sie unauffindbar bleiben musste. Lediglich etwas altes Laub und herumliegende Äste konnten als Abdeckung über die Leiche gelegt worden sein. Der Wanderweg zu den Elf Quellen wurde zudem häufig frequentiert. Der Täter nahm die Entdeckung der Leiche also billigend in Kauf. Und bis zur Fercheler Eiche und dem Baumstamm mit Singers Händen waren es zu Fuß nur wenige Minuten.
Es dauerte nicht lange, bis die bekannten Fahrzeuge, wieder den Feldweg aus Richtung Wiepke nehmend, zu sehen waren. Walter Dreyer ging den Autos an den wartenden Chorsängern vorbei ein Stück entgegen und bedeutete ihnen abzubiegen, um damit noch ein Stück näher an den Fundort heranfahren zu können.
»Na, wir sehen uns ja fast täglich«, begrüßte ihn Thomas Ritter beim Aussteigen. Sie reichten sich die Hand.
Judith Brunner trat grüßend hinzu, wartete auf Dr. Renz, der aus dem hintersten Auto gestiegen war, und bat Walter Dreyer dann um einen Bericht.
Anschließend begannen die technischen Experten mit der Spurensicherung und Dr. Renz machte sich zunächst Notizen zur Fundsituation.
Bis die Arbeit von Ritters Leuten getan war, konnten Walter und Judith zu den Chorleuten gehen und mit ihnen reden. Jetzt

waren deren Erinnerungen noch frisch.
Den kurzen Weg nutzte Walter, um Judith von der fehlenden Hand zu erzählen.
»Na, endlich haben wir Singers Leichnam gefunden«, gestand sie ihre Erleichterung.
Walter war da weniger optimistisch: »Dann müsste ihm jemand, nachdem er ihn aus der Pathologie mitgenommen hat, etwas angezogen haben, denn ich habe Kleidung gesehen. Der Mann da hinten im Wald ist nicht nackt.«
»Nicht? Das ...« Judith unterbrach weitere Spekulationen, die ein bekleideter Leichnam weckte, denn sie hatten die wartende Gruppe der Ausflügler erreicht.
Walter stellte Judith als Hauptkommissarin aus Gardelegen vor und alle fünf Sänger redeten ungehemmt drauflos. Dabei spielte der schockierende Fund einer Leiche seltsamerweise nur eine untergeordnete Rolle.
»Jedes Frühjahr mache ich mit meinen Stimmführern einen besonders schönen Ausflug«, bemerkte Hedwig Bieske, als würde sie damit eine herrschaftliche Gunst gewähren.
»Bei dieser Gelegenheit hilfst du uns immer eine Menge Arbeit für die kommende Saison über!«, relativierte die andere Frau diese Aussage und wurde von einem der Sänger augenblicklich unterstützt: »Schließlich müssen wir dann im Vorfeld der Auftritte mit allen die Lieder einüben. Und nicht nur die Tenöse, wie du weißt, stellt sich dabei immer an, als sei ihre Stimme die einzig tonangebende.«
Judith Brunner überlegte einen Moment zu lange, ob »Tenöse« ein chorinternes Schimpfwort oder ein nur Eingeweihten erklärlicher Spaß war, was die Chorleiterin zur Fortsetzung der Plänkelei ausnutzte: »Einer muss ja schließlich sagen, was gemacht wird!«
Selbst der Finder des Leichnams zeigte sich mehr am Chorleben interessiert: »Fragen könntest du aber schon mal, wir sind ja alle keine Anfänger in dem Metier.«
Hedwig Bieske plusterte sich auf. »Und warum benehmt ihr

euch dann so? Muss ich euch wirklich an die unselige Diskussion über unsere Chorkleidung erinnern? Wir haben vier Mitgliederversammlungen benötigt, um festzustellen, dass jeder etwas Schwarzes zum Anziehen im Kleiderschrank hat, aber keiner von euch wollte eine kaisergelbe Krawatte oder ein in dieser Farbe gehaltenes Tuch dazu umbinden!« Diesem Argument konnten ihre Mitstreiter wohl nichts entgegenhalten, weswegen, bis auf ein protestierendes Schnaufen der für die Sopranstimmen zuständigen Dame, einige Sekunden nichts zu vernehmen war.
Judith und Walter hofften während der nun beginnenden Befragung vergebens auf Hinweise, die mehr als die Fundzeit und die Namen der Chormitglieder hergaben. Es würde nichts weiter übrig bleiben, als die fünf in Dreyers Büro nach Waldau zu bitten, mit der geringen Chance, sie hätten sich bis dahin etwas beruhigt und konnten darüber hinausgehende Angaben machen.

Wenig später winkte Dr. Renz ihnen vom Waldrand aus zu. Er hielt den beiden Ermittlern ein Glas mit einer klaren Flüssigkeit hin, in der ein paar Würmchen schwammen. »Diese sind schon ein paar Tage alt. Es müssen aber nicht die ältesten sein.«
Judith Brunner hatte schon öfter staunen dürfen, wie hilfreich die Natur sie bei ihrer Arbeit unterstützte. Allerdings konnte sie sich schwer an die gefräßigen Tiere gewöhnen, die die Leichen besiedelten und mit ihrer Metamorphose wertvolle Hinweise gaben.
Dr. Renz erläuterte weiter: »Ein älterer Mann. Keine offensichtliche Todesursache zu erkennen. Ich denke, diese Maden sprechen für vier bis fünf Tage. Die Eiablage erfolgte also am Mittwoch oder Donnerstag letzter Woche. Es geschieht immer kurz nach dem Eintritt des Todes oder, wie im vorliegenden Fall auch möglich, kurz nach Ablage der Leiche. Die Fliegen lassen sich nur wenig Zeit dafür und nutzen alle Körperöffnungen, die sie erreichen können. Hier vor allem die am Kopf, der Mann war ja ansonsten vollständig bekleidet.« Der Rechtsmediziner sah Judith Brunner an. »Es tut mir leid, denn außerdem konnte

ich deutliche Abriss- und Fraßspuren an sämtlichen Gliedmaßen entdecken. Hier wurde nichts sauber abgetrennt, sondern die Finger und auf der einen Seite sogar die ganze Hand wurden von Wildtieren verschleppt, um sie in Ruhe fressen zu können.«
»Dann handelt es sich also nicht um den fehlenden Leichnam von Eduard Singer.« Sie sah in Richtung der Fercheler Eiche, wo Botho Ahlsens seinen grauenvollen Fund gemacht hatte.
Dr. Renz hob bedauernd die Schultern und bestätigte: »Richtig. Wir haben einen weiteren Toten.«
»Das wird ja immer besser!«, bemerkte Walter Dreyer.
»Es ist unglaublich«, gab Dr. Renz ihm recht und begleitete sie zum Leichnam. »Passen Sie bitte auf, wo Sie hintreten«, bat er. »Ob ich die abgerissenen Knochen alle finden werde? Wohl eher nicht«, beantwortete er sich seine Frage gleich selbst.
Nach einigen vorsichtigen Schritten standen sie vor dem, was die Tiere übrig gelassen hatten.
»Sind noch Papiere vorhanden?«, fragte Judith Brunner, den toten Mann intensiv betrachtend, ohne größere Hoffnung.
Dr. Renz verneinte. »Da war nichts, womit ich ihn identifizieren konnte. Fingerabdrücke bekomme ich wahrscheinlich auch keine. Nach der Obduktion weiß ich wie immer mehr. Der Abtransport wird allerdings eine Herausforderung«, stellte Dr. Renz fest, »meines Erachtens hält nur noch die Kleidung alles irgendwie zusammen. Wir müssen ziemlich aufpassen, dass nicht noch mehr verloren geht. Wann kommt denn eigentlich der Leichenwagen?«

~ 38 ~

Am frühen Nachmittag war Judith Brunner in der Dienststelle zurück. Sie rief gleich in das Zimmer ihrer Assistentin: »Lisa, wir müssen reden. Kommen Sie bitte mit in mein Büro.«
Sie schloss die Tür, legte ab, bat Lisa, am Besprechungstisch

Platz zu nehmen, und setzte sich dazu. »Ich war heute Vormittag auf dem Friedhof, um mir wegen der Diebstahlserie ein besseres Bild machen zu können. Dabei habe ich Werner Uhlig kennengelernt. Er war recht entgegenkommend. Als ich dann wieder hier war und mit Dr. Grede die nächsten Schritte besprechen wollte, habe ich nebenbei erfahren, warum Ihnen so viel an der Sache liegt.«
Lisas Gesichtszüge veränderten sich schlagartig.
Sie sah plötzlich so elend und verletzlich aus, dass Judith sich beeilte, umgehend zu versichern: »Keine Sorge. Ihr Geheimnis ist bei mir gut aufgehoben. Und Dr. Grede ist auch kein Klatschmaul, wie wir beide wissen. Ich komme mir aber immer noch irgendwie blöd vor, wenn ich daran denke, dass Uhlig genau wusste, warum ich persönlich vor Ort war.«
Langsam kehrte Farbe in Lisas Gesicht zurück. Leise sagte sie: »Es tut mir leid. Wirklich. In dem Moment, als ich mitbekam, dass Sie zum Friedhof gehen würden, hatte ich überlegt, Ihnen davon zu erzählen. Doch ich habe es nicht geschafft ... Es ist auch so schon schwer genug.« Lisa schluchzte und war kurz davor zu weinen.
Judith Brunner war überrascht. Sie hatte die junge, lebensfrohe Frau noch nie in einer solchen verzweifelten Stimmung erlebt. »Lisa, es tut mir leid. Ich wollte Sie nicht derart in Verlegenheit bringen. Ich kann sogar verstehen, dass Sie so diskret mit Ihrer Liebe umgehen. Es hat mich aber in eine verdammt unangenehme Situation gebracht.«
»Darüber müssen Sie sich wirklich keine Gedanken machen«, wandte Lisa ein und klang schon wieder etwas selbstbewusster. »Er denkt sicher nur Gutes von Ihnen, das können Sie mir glauben. Was anderes würde er niemals von mir zu hören bekommen.«
Eine Loyalitätserklärung. Meine Güte! Wieso führte sie mit Lisa so ein Gespräch?
»Ich kann mit niemandem darüber reden«, sagte Lisa und dann tat die Unglückliche es doch: »Wir leben in einer Kleinstadt.

Werner ist fast zwanzig Jahre älter, Witwer, und hat eine Tochter. Ich bin bei der Polizei und er ist vorbestraft. Was denken Sie, wie sich die Leute das Maul zerreißen würden.«
»Was ist passiert?« Jetzt wollte Judith alles über die Vorstrafe erfahren.
Lisa verstand. »Eine Sache während seines Studiums. Jura. Werner wurde zusammen mit zwei weiteren Kommilitonen wenige Wochen vor dem Abschluss rausgeschmissen. Sie hatten die mangelhafte Ausbildung von einigen Dozenten öffentlich in einer Versammlung kritisiert und gefordert, die Herren aus der Lehre zu nehmen. Damit waren die drei wohl den falschen Leuten auf die Füße getreten. Prompt wurden sie relegiert. Am Abend ihres Rausschmisses haben sie in einer Kneipe ihren Frust ertränken wollen. Es wurde laut, sie kamen in Streit und dann haben sie jemanden, der sich einmischte, verprügelt. Es stellte sich später heraus, dass er von der Polizei war ... Sie saßen fast drei Jahre ab ... Danach hat Werner hier eine Wohnung in der Nähe vom Wall und die Stelle auf dem Friedhof zugewiesen bekommen. Die Arbeit dort gefällt ihm, sehr sogar; er macht das ja nun auch schon allerhand Jahre. Er sagt oft, dort habe er eine angenehm ruhige Gesellschaft.« Lisa erzählte weiter von Uhligs Ehe, dem Kind, dem Unfalltod seiner Frau und wie sie sich vor zwei Jahren kennengelernt hatten, als Uhligs Tochter mit dem Fahrrad gestürzt war und Lisa Erste Hilfe geleistet und sie nach Hause gebracht hatte. Uhlig war überaus dankbar gewesen und hatte Lisa kurzweg eingeladen, gemeinsam mit ihm und dem Mädchen zur nächsten Nachmittagsvorstellung ins Theater der Altmark nach Stendal zu fahren. So hatte alles angefangen und schnell war eine ernsthafte Beziehung daraus geworden. Als Lisa mit ihrem Bericht an dieser Stelle endete, hatten ihre Augen wieder Glanz.
»Lisa, Sie sind stark. Das weiß ich. Und den nötigen Mut zur Liebe haben Sie auch. Das sind optimale Voraussetzungen, die schwierigen Umstände zu meistern. Und dem Herrn Uhlig ist hoffentlich klar, welches Glück er hat, von Ihnen geliebt zu wer-

den.«
Auf Lisas Gesicht zeigte sich ein erstes, noch zaghaftes Lächeln. Einigermaßen beruhigt berichtete Judith Brunner ihrer Mitarbeiterin dann vom dem, was sie mit dem Besuch auf dem Friedhof in Erfahrung gebracht hatte, und vom Leichenfund bei den Elf Quellen.
»Na, das ist ja abartig! Erst haben wir Hände und die Leiche dazu fehlt; heute finden wir eine Leiche ohne Hände und trotzdem passt nichts zusammen? Gibt's denn das?!«, staunte Lisa.
»Wenn die Kollegen vom Fundort zurück sind, tauschen wir uns kurz aus und beschließen, wie wir weitermachen«, kündigte Judith Brunner an. »Um eines würde ich Sie aber jetzt schon bitten: Befragen Sie gleich morgen früh diesen Vogelfreund auf dem Friedhof. Sie können sich ja nochmals genau erkundigen, wann mit seinem Erscheinen zu rechnen ist«, sagte sie und zwinkerte ihr zu.

Nachdem Lisa Lenz das Büro verlassen hatte, atmete Judith Brunner tief durch. Hätte sie wissen können, wie kompliziert Lisas privates Verhältnis war? Und dabei dachte sie, Walter und sie hätten es schwer. Sie nahm sich vor, Lisa zu unterstützen, wann immer ihr dies möglich war. Judith kam ein amüsanter Gedanke: Lisa liebte einen Friedhofswärter, kannte sich, mehr als allgemein üblich, mit Giften aus, ihr Bruder arbeitete zeitweise in einer Geisterbahn als Gespenst, und als sie anfingen, auf den Friedhöfen nach fehlenden Leichen zu suchen, war sie von der Idee, an ein geplündertes Grab zu denken, ziemlich angetan gewesen. Lisa besaß offenbar eine größere Affinität zu schaurigen Umständen.

Die Kommissarin stand auf und setzte sich hinter ihren Schreibtisch. Ein Stapel alter Akten, der sich neu angefunden hatte, fiel ihr sofort ins Auge. Oben aufgelegt fand sie einen Brief von Laura:
»Liebe Judith, hier sind die gesuchten Akten. Otto Holl ist Jahrgang 1923,

geboren in Kalbe. Vater Förster, Mutter Hausfrau. Eine jüngere Schwester, Jenny. Diese Eckdaten haben alle Bearbeiter stets auf dem Deckblatt der Akten erfasst.
In einer der frühen Akten von 1951 (Nr. 3571/51) fand sich die Kopie einer Aussage von Otto Holls Vorarbeiter, der seinen Werdegang offensichtlich etwas genauer kannte. Nach einer Prügelei mit Zechkumpanen hatte Holl nicht selbst aussagen können, da er einen gebrochenen Kiefer hatte. Und da hat die Polizei versucht, über seine Arbeitsstelle an weitere Informationen zu kommen. Also: Nach dem Besuch der Schule in Schwiesau hielt Holl nichts von einer Lehre oder Ausbildung und wollte lieber schnell Geld verdienen. Er hat sich als Waldarbeiter dem Trupp dieses Vorarbeiters angeschlossen. Dann Krieg; Einzug zur Wehrmacht. Danach nahm sich Holl eine Wohnung in Hasselbusch, das ist gleich hinter Klötze. So weit die Aussage seines Vorarbeiters. Bei dieser Adresse bleibt es in allen Akten.
Gleich nach dem Krieg begann er seine kriminelle Karriere als Bandenchef. Die Anzeigen lauten auf Körperverletzung, Nötigung, Erpressung, Diebstahl. Allerdings ist ihm wohl selten etwas nachzuweisen gewesen, denn meistens haben irgendwelche Kumpane die Taten auf sich genommen und für ihn die Strafen abgesessen. Ich hänge eine entsprechende Namensliste an diesen Brief an. Deren Akten liegen übrigens auch hier im Keller. Wenn nötig, suche ich sie gern noch heraus.
Zwei Mal war Holl im Gefängnis: 1953 fast ein Jahr wegen sexueller Nötigung (in Stendal), 1956 acht Monate wegen Körperverletzung. Damit enden dann auch die hiesigen Aufzeichnungen. Zu der Vergewaltigung seiner Schwester Jenny findet sich nichts. Auch absolut nichts zu den Schüssen auf ihn. Tut mir leid! Niemand hat das seinerzeit angezeigt.
Ich frage Tante Irmgard noch mal, ob sie sich erinnert, von wem genau meine Großmutter damals die Information über Holls lebenslängliche Strafe hatte. Vielleicht fällt ihr ja noch mehr ein.
Viele Grüße, Laura
PS: Ein ›amtlicher‹ Rechercheberich folgt natürlich noch. Das erledige ich nachher auf Walters Schreibmaschine.«
Judith Brunner sah sich die Namensliste an. Keiner sagte ihr etwas. Laura hatte zudem die damaligen Adressen, Zeiträume und

die Delikte erfasst. Es waren zwölf Namen, die zusammen mit Holl in den Akten auftauchten. Daneben standen die Aktenzeichen. Ein paar Namen waren nur einmal erwähnt, die standen am Ende der Liste. Aber zwei hatten signifikant mehr Einträge. Laura hatte sie deshalb ganz oben aufgeführt und extra unterstrichen: Arnold Pfeiffer und Heino Wuttke. Dazu hatte sie vermerkt: »*Pfeiffer war der Vorarbeiter vom Forst, der Holl schon aus Vorkriegszeiten kannte und der dann für ihn ausgesagt hatte. Wie ich in den Akten gelesen habe, wurden diese beiden von den damaligen Ermittlern der Polizei als Holls Bandenstellvertreter angesehen. Möglich, dass einer von denen damals auch Jenny Holl mit vergewaltigt hat.*«
Und möglich, dass einer von ihnen der Tote ist, den dieser Chorknabe entdeckt hat, setzte Judith in Gedanken hinzu. Denn sie vermutete stark, dass der heutige Leichenfund im Zusammenhang mit den anderen Toten stand. Er könnte am selben Tag wie Singer gestorben sein und eine Beziehung der drei Toten zueinander schien mittlerweile mehr als wahrscheinlich. Ausgezeichnet. Die Namen waren ein guter Ansatzpunkt!
Dann legte sie den Kurzbericht zur Seite und dachte weiter. Verurteilungen zu einer lebenslangen Haftstrafe, also zu fünfundzwanzig Jahren Gefängnis, waren äußerst selten und erfolgten nur in wenigen Ausnahmefällen. Sie ging zu ihrer kleinen Handbibliothek und schlug kurz im Strafrecht nach: Lebenslang gab es etwa bei Landesverrat, bei Kindsmorden oder bei Mord mit besonderer Brutalität. Damit war eine gefährliche, unmenschliche Tatausführung gemeint, die auch im Hinblick auf die Täterpersönlichkeit des Angeklagten keine die Schuld mindernden Umstände erkennen ließ. Lebenslänglich, hm. Was hatte Otto Holl alles verbrochen? Wichen seine Taten von den sonst vorkommenden Mordfällen in erheblichem Maße ab? Hatte er mehrere Menschen ermordet? Gab es besonders verwerfliche Umstände bei der Tatausführung?
Judith überlegte weiter. Vorausgesetzt, Holl war bei seinen Straftaten einigermaßen ortstreu geblieben, konnte in seinem Fall nur das Bezirksgericht in Magdeburg diese hohe Strafe ausge-

sprochen haben. Da konnte sie ihre Beziehungen spielen lassen: Während des fünften Semesters ihres Jurastudiums hatte Judith einige Wochen bei der Staatsanwaltschaft in Magdeburg als Praktikantin gearbeitet. Sie erinnerte sich gern an ihre damalige Betreuerin Margit Leschke, mit der sie auch später noch öfter zu tun gehabt hatte und die jetzt kurz vor der Berentung stehen musste.
Judith Brunner griff zum Telefon und hatte Glück. Frau Leschke versprach, die alten Vorgänge umgehend, ohne erst den langen Dienstweg zu bemühen, in der Registratur zu suchen.

~ 39 ~

Bis zur Stadt-Apotheke war es nicht weit. Judith Brunner nutzte den Spaziergang und berichtete Dr. Grede von Laura Perchs Bericht zur Aktenlage Holls und seiner Komplizen. Dann informierte sie ihn von ihrer Entscheidung, Lisa in die Friedhofsermittlungen einzubeziehen. »Inzwischen bin ich mir aber nicht mehr sicher, ob das richtig war. Ich mache mir Sorgen, ob sie mit der Belastung zurechtkommen wird.«
»Welche Belastung? Früh am Morgen mit einem Amateurornithologen zu sprechen, ist doch nun wirklich keine große Herausforderung!«
»Oh, das meine ich nicht. Da habe ich vollstes Zutrauen zu ihr. Ich meine Lisas Beziehung zu Werner Uhlig, einem wesentlich reiferen Mann. Sie ist doch noch so jung!« Wie sich das anhörte! Was redete sie da eigentlich? War Walter nicht auch wesentlich älter als sie?
Dr. Grede meinte gelassen: »Das soll es alles schon mal gegeben haben. Und die Welt dreht sich immer noch.«
»Uhlig ist Witwer und ich hatte den Eindruck, dass er seine Frau sehr vermisst. Außerdem hat er eine Tochter in schwierigem Alter«, gab Judith zu bedenken, und als Hans Grede sie verwirrt

ansah, erläuterte sie: »Pubertät. Sie dürfte etwa zwölf Jahre alt sein. Der unvermeidliche Teenager-Weltschmerz kommt bestimmt noch mit erster großer Liebe, dann die Abnabelung vom – neu verliebten – Vater ... Das wird sicher recht anstrengend für alle Beteiligten.«
Doch Dr. Grede, selbst Vater einer Tochter, sah das nicht so problematisch: »Ach, Lisa ist stark, die schafft das schon.«
Judith musste lächeln, als sie die Worte hörte, die sie selbst vorhin zu Lisa gesagt hatte. Hoffentlich behielten sie recht.

Die Apotheke war in einem repräsentativen Stadthaus untergebracht, das im Erdgeschoss außerdem noch ein Sanitätsgeschäft beherbergte. Die zwei darüber liegenden Stockwerke waren mit Wohnungen ausgebaut.
Die Auslagen in den beiden rechts und links vom Hauseingang gelegenen Schaufenstern gehörten ohne Zweifel zu den eigenwilligsten Präsentationen im Gardelegener Handel. Auf der Seite des Sanitätshauses prangte eine schlappe braune Gummiwärmflasche zwischen einem Stützkorsett und einer rutschfesten Fußbank, beobachtet von einem bemalten Pappmaschee-Bernhardiner in realer Größe, der tatsächlich ein Fässchen mit einem roten Kreuz am Hals trug. Judith fragte sich jedes Mal, wenn sie ihn sah, welche Zeiten dieser Hund schon überlebt hatte und wie viele Lawinenopfer es in dieser Gegend zu retten gab? Auf der Seite der Apotheke konkurrierte ein Kreis Hustenbonbontüten mit wahllos verstreuten Schachteln verschiedener Hautsalben. Mahnende Appelle zur Gesundheitsvorsorge, die in diversen Bilderrahmen dazwischengestellt waren, ergänzten das Schaubild. Bis auf den Hund wechselten die ausgestellten Waren zwar gelegentlich, doch dem dekorativen Gesamtbild blieben die Gestalter stets treu.
Zwischen den Schaufenstern ging es über drei halbrunde Steinstufen zum Hauseingang. Eine schwere Holztür mit kleinen, schwarz hinterlegten Glasfenstern mit goldglänzenden, geschwungenen Ranken führte links in die Apotheke.

Dr. Grede ließ Judith Brunner den Vortritt; beide grüßten laut beim Eintreten. In dem hohen Verkaufsraum standen zwei Leute vor einem langen, blank polierten, hölzernen Verkaufstresen. Auf einer reich verzierten Bank an der Wand saß ein leidend aussehender, alter Mann, der mit trübem Blick auf ein bis unter die Decke reichendes, dunkel gebeiztes Apothekenregal starrte. Von einem grimmigen Apotheker war nichts zu sehen. Plötzlich erhob sich eine erleichtert aussehende Frau in weißem Kittel hinter der Theke und rief in den Raum: »Ich habe es doch noch gefunden, Herr Kunze. Stand ganz hinten! Wird ja so oft auch nicht verlangt.« Der Mann von der Bank erhob sich mühsam und ging zu ihr, nahm die dunkelgrüne Literflasche mit altmodischem Etikett in Empfang und verließ grußlos das Geschäft. Dann erschien schwungvoll aus einer schmalen Seitentür ein junger Mann, ebenfalls im weißen Kittel, aber im Gegensatz zur Apothekerin zwanglos wirkend. Er übergab mit einigen erklärenden Worten mehrere Schachteln mit Medikamenten an einen der am Verkaufstisch wartenden Herren. Der andere war schnell mit seinem Einkauf von Birkenhaarwasser fertig geworden.
Dr. Grede zeigte unauffällig seinen Ausweis, stellte sich und Judith Brunner als von der Polizei kommend vor und bat um ein kurzes Gespräch.
Die Apothekerin hob ein Stück der Thekenplatte hoch, sodass ein Durchgang entstand, und forderte die beiden Polizisten auf, ihr zu folgen. Sie führte sie durch die Seitentür in einen schmalen Flur, an dessen rechter Seite das Medikamentenlager zu sehen war und wo sich am Ende ihr Büro befand. Der Raum wirkte sehr aufgeräumt. »Bitte, setzen Sie sich!«, forderte sie die Besucher auf. »So schnell hatte ich Sie gar nicht erwartet. Ist wohl gerade nicht viel los bei Ihnen?«
Sie nahmen Platz und Judith Brunner fragte überrascht: »Sie haben uns erwartet, Frau ...?«
»Ja. Beate Wach ist mein Name. Ich habe erst vor einer guten Viertelstunde bei Ihnen angerufen. Ein sehr resolut klingender Polizist, Wachtmeister Stein, – das Telefonat werde ich mein

Lebtag nicht mehr vergessen –, hat meinen Anruf entgegen genommen.«

Judith Brunner ahnte nichts Gutes. »Was haben Sie denn Herrn Stein mitgeteilt, Frau Wach?«

»Na, das hier was fehlt. Ich vermisse Medikamente.«

»Wirklich?!« Dr. Grede stellte die Hauptkommissarin und sich nun nochmals, allerdings etwas ausführlicher vor und klärte das Missverständnis auf: »Wir sind eigentlich gekommen, um einige Auskünfte im Zusammenhang mit aktuellen Ermittlungen zu bekommen, und erwarteten, den alten Herrn zu sprechen, mit dem mein Labor früher zusammengearbeitet hat.«

»Es tut mir leid, aber der ist schon voriges Jahr ausgeschieden und in den Ruhestand gegangen. Ich bin seitdem hier die Nachfolgerin. Vielleicht kann ich Ihnen ja auch helfen?«, bot Beate Wach an.

»Sicher. Aber am besten Sie erzählen uns zunächst von den verschwundenen Medikamenten.«

»Kein Problem. Es läuft in der Regel so: Wenn eine Apotheke aufgegeben wird, können entweder die Kinder des Inhabers bei entsprechenden Voraussetzungen das Geschäft übernehmen, oder die staatliche Bezirksapothekeninspektion besetzt die Stelle. Der erste Fall tritt so gut wie nie ein, und auch hier bei der Stadt-Apotheke war es so, dass jemand Neues gesucht wurde. Ich hatte mich nach dem Studium zurück in die Altmark beworben, da meine Eltern in der Nähe wohnen. Dann wurde letztes Jahr die Stelle frei und seitdem bin ich hier die kommissarische Leiterin. Ob ich das Geschäft auch wirklich übernehmen kann, klärt sich noch über die Finanzierung. Na, jedenfalls ist bei so einer Übergabe eine Inventur der Bestände üblich. Mein Mitarbeiter, der Herr Winkler, war seinerzeit dabei, er kannte den alten Inhaber sogar schon länger. Er hat nämlich während seines Studiums einige Praktika hier absolviert.«

»Und damals stimmten alle Bestände noch?«, kam Judith Brunner auf ihre Frage zurück.

»Richtig. Wir haben nichts festgestellt. Die Inventurunterlagen

habe ich hier. Und ein weiteres Exemplar hat der Kreisapotheker.«
»Und jetzt machten Sie wieder eine Inventur?«
»Nein. Die hatten wir schon im letzten Quartal. Da hat auch alles noch gestimmt. Es ist mir gestern nur zufällig aufgefallen. Für einen Mann hatte ich sein Medikament nicht mehr in der benötigten Menge und wollte es aus einer größeren Packung ergänzen. Und beim Öffnen der anderen Schachtel stellte ich fest, dass bereits Tabletten fehlten.«
»Das konnten Sie bei einer Inventur nicht bemerken?«
»Wie denn? Da werden die Medikamente nur über ihre Verpackungen geprüft.«
»Dann können Sie also gar nicht wissen, ob bei der letzten Inventur tatsächlich alles noch in Ordnung war?«, gab Dr. Grede zu bedenken.
»Im Prinzip nicht, da haben Sie schon recht. Doch inzwischen hätten sich ganz sicher einige Patienten beschwert, wenn sie zu wenige Tabletten in ihren Schachteln vorgefunden hätten!«
Das leuchtete Dr. Grede ein. »Sie gehen also davon aus, dass die Fehlmengen erst vor ein paar Tagen entstanden sind.«
Die Apothekerin nickte. »Richtig. Herr Winkler und ich prüfen seit gestern Abend die letzten Lieferungen.«
»Wann kamen die denn an?«
»Wir bekommen unsere Lieferung vom Großhandel meistens dienstags alle vierzehn Tage. Wenn es einen Engpass gibt, was schon mal passieren kann, kommt es auch dazwischen zu einer Lieferung. Aber die letzte kam vorige Woche planmäßig am Dienstag. Bis jetzt musste ich nichts nachbestellen. Womöglich fällt aber der Fehlbestand größer aus, und ich muss es aufgrund dessen doch noch tun.«
»Und was für Medikamente fehlen nun?«, fragte Dr. Grede schon leicht ungeduldig.
»Schlaf- und Schmerzmittel. Nicht ganz ungefährlich, wenn sie falsch eingenommen werden.« Die Apothekerin reichte ihm ein Blatt Papier: »Hier. Ich habe die Medikamente aufgeschrieben.«

Judith Brunner sah, wie ihr Mitarbeiter die wenigen Zeilen überflog, leicht nickte und den Zettel zusammengefaltet in seine Jackentasche steckte.
Ein schrilles Klingeln war zu hören und Beate Wach wandte sich in Richtung des Verkaufsraumes. »Ich schicke Ihnen gleich Herrn Winkler her. Er ist gerade ein paar Monate mit dem Pharmaziestudium fertig. Er macht sich hervorragend, aber alle Wünsche der Kunden kann er doch noch nicht befriedigen.«
Der junge Mann erschien umgehend und war erkennbar gespannt, was die Polizei von ihm wollte. Vorsichtshalber blieb er in der Tür stehen, schließlich war es nicht sein Büro.
Judith Brunner schilderte noch einmal ihr Anliegen und den Wunsch, den alten Apotheker zu sprechen.
Winkler hob bedauernd die Schultern: »Er hatte hier in Gardelegen niemanden, soweit ich weiß. Er bekam nie privaten Besuch oder ging zu einem Termin außerhalb der Arbeit. Eine Frau gab es bestimmt nicht.«
»Warum sprechen Sie in der Vergangenheit von ihm? Ist er verstorben?«
»Nein. Aber er ist ins Feierabendheim nach Klötze gegangen, zumindest hatte er mir das damals so angekündigt.«
Klötze, überlegte Judith Brunner, das war nicht weit. Nötigenfalls könnte sie jemanden vorbeischicken, um sich mit dem alten Herrn zu unterhalten.
Inzwischen war die Apothekerin zurück in ihr Büro gekommen und Winkler ging wieder in den Verkaufsraum.
»Würden Sie uns jetzt bitte das Lager zeigen?«, bat Judith Brunner, und Beate Wach ging bereitwillig voran.
Judith Brunners Blick blieb an der spillrigen Brettertür hängen, die zwar neu und sauber lackiert war, aber eigentlich eher eine optische Barriere bot, als Unbefugten den Zutritt zu den Medikamenten zu verwehren.
Beate Wach war sich dieser Unzulänglichkeit sehr wohl bewusst. »Wir haben hier ein absolut modern ausgestattetes Lager, doch die Absicherung ist vorsintflutlich. Bisher haben meine Be-

schwerden da leider wenig ausrichten können. Vor den Fenstern, hinten raus zum Hof, sind zwar Gitter, doch in den Hausflur führt ebenfalls lediglich eine simple Tür aus Sperrholz.«
»Da nützen im Ernstfall auch die drei Vorhängeschlösser nichts«, deutete Dr. Grede auf die völlig unzureichenden Vorkehrungen. »Bringt es was, wenn ich mal bei der Apothekeninspektion anrufe?«
»Das kann auf keinen Fall schaden«, stimmte Beate Wach dem Hilfsangebot erfreut zu. »Kommen Sie, ich zeige Ihnen, wo der Fehlbestand aufgefallen ist.«
Interessiert sah Judith Brunner, dass linker Hand vom Lager ein weiterer kleiner Raum mit einem hell beleuchteten Arbeitsplatz abzweigte.
Die Apothekerin bemerkte den Blick und erklärte stolz: »Hier drin stelle ich die Defekturarzneimittel her, meistens Salben oder Tinkturen. Manche Kundinnen schwören auf meine Hautcremes, genieren sich dann aber, sie beim Winkler zu bestellen«, erklärte sie beiläufig ihre kurze Abwesenheit während des Gesprächs. »Manchmal produziere ich hier auch Ersatz für nicht lieferbare Fertigarzneimittel, aber nur in Notfällen.«
Dann führte Beate Wach die Polizisten zu einem hohen Regal mit geschlossenen Schüben und wies Dr. Grede auf drei der Laden hin: »Bis hier bin ich gestern Nacht noch gekommen. Heute mache ich gleich nach Geschäftsschluss weiter.«
Dr. Grede besah sich die Aufschriften an den Schüben und fachsimpelte mit der Apothekerin. Dann bedankte er sich bei der Frau, kündigte den Besuch der Spurensicherung an und wandte sich mit Judith Brunner zum Gehen.

~ 40 ~

»Hercule Poirot?! Du hast auf eine Leiche gepisst und mehr nicht! Lächerlich!«

Solche Sätze hörte Walter Dreyer nun schon seit einer kleinen Ewigkeit. Es hörte einfach nicht auf! Wo nahmen diese Leute nur die Ausdauer her? Offensichtlich bekam man durchs Singen eine gute Kondition. Der Ortspolizist hatte sich geduldig in sein Schicksal ergeben, etliche Male die immer gleichen Wortgefechte der Sänger ertragen und es schließlich sogar vermocht, aus ihren stets von der gesamten Gruppe kommentierten Aussagen brauchbare Protokolle zu tippen. Geschafft! Dies waren wahrlich mühsam errungene Arbeitsergebnisse. Kurzzeitig verbesserte sich sogar seine Laune. Aber wirklich nur kurz.
Seine Zeugen hatten eine Phase in ihrer Konversation erreicht, die seit mehreren Minuten drohte, Dreyers Toleranz gegenüber Künstlern aller Art überzustrapazieren.
Natürlich konnte es die Chorleiterin nicht ertragen, dass der Tenor mit seinem Wasserlassen die gesamte Aufmerksamkeit auf sich gezogen hatte. Ohne sie hätte es den Ausflug immerhin nicht gegeben.
»Wieso denn lächerlich? Dir kann das jedenfalls nicht gelingen! Und ohne Zweifel trage ich damit zur Aufklärung eines Verbrechens bei!«, gab der Mann selbstbewusst Kontra und bohrte dabei theatralisch einen Finger in die Luft.
»Pah!«, plusterte sich Hedwig Bieske auf und wollte gerade zu einer neuen Gifterei ansetzen, als Walter Dreyer endgültig genug von der Vorstellung hatte. Dieser Posse wollte er nicht weiter eine Bühne bieten! Es gab Wichtigeres. »Schluss damit! Sofort!«, forderte er energisch. »Meine Güte! Nun reicht's aber mit Ihnen! Verlassen Sie bitte augenblicklich mein Büro!«
Für einen winzigen Moment trat Ruhe ein, doch die Verblüffung währte nicht lange. Die fünf sahen sich in kurzem Einvernehmen an, zuckten mit den Achseln oder blickten einfach milde lächelnd und machten weiter. Dreyers Rausschmiss wurde ungeniert überhört!
»Er hat aber recht!«, setzte der ältliche Sopran das emotionsgeladene Gespräch nahtlos fort, als wäre Dreyer nicht im Raum. »Bis auf die toten Frischlinge in unserer Kirche hatten wir so

etwas noch nicht. Das ist die größte Sensation in unserem Chorleben!«
»Ach, halte du doch die Klappe!«, wurde die Frau von Hedwig Bieske aufgefordert, und Walter Dreyer wünschte inständig, alle würden sich dieser deutlichen Ansage fügen. Doch es sollte nicht sein.
Der solide Bass mischte sich wieder ein: »Wir sind hier nicht auf der Probe und du kannst nicht bestimmen, wer wann den Mund aufmachen soll.«
Sofort maßregelte ihn die Chorleiterin: »Sorge du lieber dafür, dass dein Notensatz wieder komplett ist. Wer weiß, bei welchem losen Flittchen du den wieder vergessen hast.«
Wie sollte es Walter nur gelingen, die fünf Sangesfreunde halbwegs zivilisiert aus seinem Büro zu befördern? Mittlerweile durchdachte er die verführerische Idee, zur Durchsetzung seines Rausschmisses seine Dienstwaffe zu benutzen und filmreif damit herumzufuchteln, doch er war sich nicht sicher, in welchem Schubfach seines Schreibtisches die Pistole lag. Oder sollte er sie sogar einmal vorschriftsmäßig weggeschlossen haben? Auf jeden Fall entfiele durch sein Gesuche das Überraschungsmoment. Walter sann auf andere Waffen. Sollte er beginnen, mit Hustenbonbons zu werfen? Da wusste er genau, in welchem Schubfach die seit Monaten lagerten. Oder, besser noch, er benutzte das dicke und völlig überflüssige »Handbuch für das Führen des polizeilichen Dienstfahrzeuges im Einsatz« als Wurfgeschoss!
In diesem Moment lugte Laura in das Büro und bestaunte die Szene. Ihr Anklopfen war durch den lauten Disput nicht zu hören gewesen. Sie sah Walter fragend an, erkannte seine Nöte und deutete demonstrativ auf ihre Uhr, während sie rief: »Wir haben einen dringenden Termin!«
Er war gerettet! »Richtig. Wie konnte ich das vergessen!« Walter Dreyer stand gebieterisch auf. »Die Herrschaften haben soeben ihre Unterschriften unter die Protokolle gesetzt und wollten gerade aufbrechen.«

Seine fünf Zeugen benötigten einen Augenblick, um zu erkennen, dass sie gemeint waren, fügten sich dann aber murrend der veränderten Situation. Laura Perchs beharrliches Stehenbleiben neben der weit geöffneten Tür leistete dazu sicher einen überzeugenden Beitrag.
Walter Dreyer nahm Hedwig Bieske den Kugelschreiber aus der Hand – und der Anfang war gemacht. Wenig später konnte er die Haustür hinter den Plagegeistern schließen, drehte zur Sicherheit den Schlüssel um und hörte deutlich, wie der Sopran anfing, ein bekleckertes Hemd des Tenors beim letzten Konzert ins Feld zu führen. Was für eine Truppe! Wie mochten da erst die Chorproben ablaufen?
Er kehrte zu Laura zurück, die ihn aus einem Sessel schelmisch beäugte. »Das wurde wohl höchste Zeit«, kommentierte sie Walters erlöste Miene. »Du sahst etwas mitgenommen aus.«
Walter gab offen zu: »Mitgenommen?! Ich war kurz davor, Warnschüsse abzugeben! Wie gelingt es diesen Leuten, auch nur ein Lied einzustudieren?! Die sollten einfach mit ihren Sticheleien auf Tournee gehen, da hätten sie sicher großen Erfolg!«
Weil er gerade daran dachte, begann er nach seiner Dienstwaffe zu suchen und fand sie tatsächlich in der Kassette, in der sie liegen sollte. Allerdings entdeckte er die gut, aber völlig vorschriftswidrig unter irgendwelchen Zeitschriften versteckt, im kleinen Regal unter dem Fenster. Nach der letzten Reinigung hatte er sie offenbar dort vergessen. Er nahm die Pistole kurz in die Hand, registrierte, dass das Magazin noch voll war, und legte sie schnell wieder in die Kassette, die er in seinem Stahlschrank verschloss.
»Ist alles in Ordnung?«, fragte Laura, leicht beunruhigt, als sie Walter ohne ersichtlichen Grund mit der Waffe sah.
»Was? Klar. Mach dir keine Sorgen. Diese Leute waren nur ... Ach, lassen wir das. Was führt dich her? Die Hoffnung auf ein Abendbrot in netter Gesellschaft?«
»Gute Idee! Ursprünglich wollte ich aber einen Bericht für Judith tippen.«

»Dann fang doch damit an, während ich schon mal den Tisch decke«, schlug Walter vor.

Er war als Erster fertig, holte sich ein Bier und wartete im Küchensessel, eine alte Wanderkarte der Hellberge studierend, bis Laura ihre Arbeit beendet hatte.
Ein deutliches Mauzen vor seiner Gartentür gemahnte ihn zum schleunigen Öffnen.
Wilhelmina schlüpfte geschwind in die warme Küche.
»Vorhin wolltest du nicht mit rein«, verwahrte sich Walter gegen den vorwurfsvollen Katzenblick, der ihn vom warmen, doch futterlosen Platz neben dem Herd traf. »Bei den Krawallmachern kann ich dich aber gut verstehen. Wie wäre es mit ein wenig Leberwurst?«, versuchte er eine Versöhnung, die schnurrend akzeptiert wurde.
Laura hatte den Dialog amüsiert vom Flur aus verfolgt und ging zu den beiden in die Küche. »Ich bin fertig!« Sie war mit dem Resultat ihrer Arbeit zufrieden.
Zum Abendbrot gab es frischen Fleischsalat, körnigen Quark mit roten Zwiebeln und grobes Roggenbrot; dazu süßsauer eingelegtes Gemüse. Sie aßen mit ordentlichem Appetit.
»Erzähl mal, was gibt's denn Neues«, horchte Laura Walter aus. Der wollte es unbedingt Leon Ahlsens und Elvira Bauer selbst überlassen, die freudige Botschaft von ihrem Baby zu verbreiten und behielt die Neuigkeit erst einmal für sich. Dafür berichtete er, ohne groß auf Details einzugehen, von dem erneuten Leichenfund bei den Elf Quellen.
Laura erzählte von ihren Recherchen zu Holl.
Da kamen allerhand Fakten zusammen und jeder versuchte für sich, Schlussfolgerungen zu ziehen.
»Ob die Fälle etwas miteinander zu tun haben?«, fragte Laura nach einer Weile.
»Ich halte das für ziemlich naheliegend«, meinte Walter. »Denk nur an die Fundorte. Und auch der Ablagezeitraum der heutigen Leiche passt zu den übrigen Ereignissen.«

»Dann hat also jemand Holl umgebracht, Singers Leiche verstümmelt und einen weiteren Mann ermordet. Suchen wir etwa noch einen Serienmörder?«
»Ob der Mann von heute ermordet wurde, steht gar nicht fest. Dr. Renz wird bestimmt erst morgen Vormittag Genaueres wissen«, bremste Walter.
»Na, wenn wir den Unbekannten in einen Zusammenhang mit dem Vergewaltigungsfall Holl stellen, ist ein Mord mehr als wahrscheinlich«, ließ Laura sich nicht beirren.
Walters Gedanken gingen in die gleiche Richtung: Paul Ahlsens, Eduard Singer und Otto Holl – drei Akteure der schicksalhaften Ereignisse waren bereits tot. Verbunden hatte sie die Beziehung zur selben Frau. An ihrer Vergewaltigung vor dreißig Jahren war ein weiterer Mann beteiligt gewesen. Es sprach einiges dafür, dass er der Tote war! Walter beschlich eine neue, finstere Ahnung. »Und was ist mit Jenny Holl geschehen?«, fragte er besorgt.

~ 41 ~

Dr. Grede hatte Judith Brunner gleich nach Verlassen der Stadt-Apotheke davon überzeugt, dass sie schnellstens zu Dr. Renz ins Krankenhaus müssten. Er machte ihr deutlich: »Die fehlenden Medikamente reichen locker, um mehrere Leute zu vergiften. Renz hat zwar auf die gängigen Wirkstoffe und Gifte sicher schon getestet, doch nun habe ich ja etwas ganz Konkretes in der Hand. Das lassen wir besser sofort überprüfen.«
Judith Brunner erklärte sich einverstanden und nach zwanzig Minuten straffen Gehens waren sie vor Ort.
Dr. Renz empfing sie, freundlich wie immer. Er bat sie, abzulegen und Platz zu nehmen. »Gut, dass Sie kommen. Ich habe Ihnen sogar etwas zu bieten. Doch zunächst – wollten Sie mir etwas zeigen?«

»Ja. Bitte«, zog Dr. Grede die in der Apotheke erhaltene, kurze Liste hervor. Judith Brunner erklärte Dr. Renz die Hintergründe zu der Aufstellung.
Der Rechtsmediziner glich bis ins letzte Detail die aufgelisteten Inhaltsstoffe der fehlenden Medikamente mit seinen Prüfergebnissen ab. Dann schüttelte er den Kopf. »Davon ist nichts nachweisbar gewesen. Darauf hatte ich zuerst begonnen zu prüfen. Das sind ja – leider – alles die üblichen Mittel.«
Dr. Grede und Judith Brunner wussten, was Dr. Renz meinte. Für verschreibungspflichtige Schmerzmittel oder Psychopharmaka gab es einen endlosen Bedarf, der mit legalen Rezepten für manche nicht zu befriedigen war. Tablettenabhängige Menschen zahlten ordentlich Geld an die dubiosesten Leute, um ihren Bedarf befriedigen oder möglicherweise sogar ihre Selbstmordabsichten umsetzen zu können. Erst letztes Jahr waren zwei Ärzte in Magdeburg wegen illegalen Handels mit Betäubungsmitteln verurteilt worden. Sollten sie nun hier in Gardelegen auf solche gewissenlosen Geschäftemacher gestoßen sein?
»Hm, schade, einen Versuch war es wert«, bedauerte Dr. Grede.
Dr. Renz regte an: »Haben Sie sich schon hier in der Krankenhausapotheke erkundigt?«
»Was meinen Sie?«
»Na, ob hier auch was fehlt. Die Apotheken werden doch alle zentral versorgt und haben dadurch denselben Lieferanten, soweit ich weiß.«
Dr. Renz hatte recht, überlegte Judith. Die Fehlbestände, die in der Stadt-Apotheke bemerkt wurden, könnten bereits im Zentrallager oder während der Auslieferung entstanden sein.
»Ich gehe nachher dort vorbei«, kündigte Dr. Grede an und nahm seine Liste wieder an sich.
»Ich hatte Ihnen doch gesagt, dass ich etwas für Sie habe!«, half Dr. Renz den beiden Besuchern über ihre Enttäuschung hinweg. »Ich konnte nämlich gerade eine gründliche Untersuchung der von mir bei den Elf Quellen eingesammelten Leichenteile abschließen und habe festgestellt, dass dieser unbekannte Tote

ebenfalls vergiftet wurde. Mit demselben Gift wie Otto Holl! Und er starb, insofern muss ich meine erste Angabe vom Fundort korrigieren, vor ungefähr zehn Tagen. Das erklärt dann auch die weit fortgeschrittene Verwesung.«
Grede staunte: »Da haben Sie aber in der kurzen Zeit ordentlich was geleistet!«
»Ich bin allerdings noch lange nicht fertig«, wehrte Dr. Renz bescheiden ab.
»Äußerst bemerkenswert! Sein Todeszeitpunkt fällt also mit dem von Otto Holl zusammen«, musste sich auch Judith Brunner in ihren Annahmen revidieren. »Und da auch der vergiftet wurde, mit derselben Substanz sogar, können wir sicher von einer direkten Verbindung der Taten ausgehen. Und folgerichtig vom selben Täter!«
»Das würde gut zur Rachehypothese passen«, bemerkte Dr. Grede.
Judith Brunner sah, dass Dr. Renz mit diesem Hinweis nichts anfangen konnte, und berichtete ihm von der Vergewaltigung Jenny Holls, von ihren Peinigern und von ihren Rächern. »Man könnte also annehmen, dass der heute gefundene Tote der üble Saufkumpan Holls war, der damals mit beteiligt war«, sprach sie ihre Vermutung aus und bekräftigte: »Bei solchen lange zurückliegenden Verbrechen ist fast immer Rache das Motiv. Ich habe übrigens zwei Namen aus Holls Umfeld, die wir sofort abgleichen könnten.«
Betrübt sah Dr. Renz in Richtung seiner Stahltische. »Eine Identifizierung wird aber nicht ganz einfach. Es fehlen ein paar Knochen, vor allem an den Extremitäten. Fingerabdrücke gibt es daher nicht und bisher konnte ich keinerlei körperliche Besonderheiten feststellen. Ich nehme an, dass die Leiche nicht groß bewegt wurde und wir kaum noch eine Chance haben werden, verschleppte Körperteile zu finden. Doch ganz sicher bin ich mir dabei natürlich nicht.« Er fragte deshalb: »Haben Sie vielleicht schon ein paar Tatortfotos? Mich interessiert die Vegetation. Dann würde ich das genauer mit den Pflanzenteilen

vergleichen können, die ich an der Leiche fand. So könnte ich wenigstens eine Umlagerung ausschließen.«

»Morgen früh haben wir entsprechende Vergrößerungen. Kommen Sie einfach in der Dienststelle vorbei«, bot Judith Brunner an.

Dr. Renz überdachte den Vorschlag und nickte. Ohne den Augenkontakt zu lösen, sprach er weiter: »Wenn ich Sie richtig verstanden habe, sind Ahlsens und Singer damals davon ausgegangen, das Problem Holl auf ihre Art gelöst zu haben. Nun, beide sind tot. Richtig?! Durch diesen Umstand kommen sie schwerlich als dessen Mörder in Betracht. Wer hat dann den Holl umgebracht? Sein mutmaßlicher Kumpan, der in Einzelteilen dort liegt, wohl eher nicht.«

Judith Brunner wich seinem Blick nicht aus. »Sie haben völlig recht. Das ist mir bereits klar geworden. Einer Person des ganzen Dramas haben wir bisher zu wenig Aufmerksamkeit geschenkt: Jenny Holl!«

Dienstag

~ 42 ~

Mit den Worten: »Wegen des gestrigen Leichenfundes sind wir ja nicht dazu gekommen, weiter nach dem Skoda zu suchen«, hatte Judith am Morgen, bevor sie sich auf den Weg nach Gardelegen machte, Walter nicht sonderlich subtil gebeten, sich vordringlich um diese Angelegenheit zu kümmern.
Der nahm die Liste zur Hand und überflog sie. Viel Arbeit war es nicht mehr; nur noch von drei Haltern waren die Namen, Geburtsdaten und Adressen nicht abgestrichen. Er kannte keinen der Männer wirklich. Nur von einem, Udo Drescher, hatte er vor einiger Zeit mal von einem Kollegen gehört, als Dreschers Frau ihren bezechten Mann nach einer Kneipenrunde hatte auslösen müssen. Durch die ziemlich hohe Summe war Dreyer der Vorfall im Gedächtnis geblieben. Der Wirt hatte damals vorsichtshalber den Ortspolizisten angerufen, falls es zu »Missverständnissen« kommen würde.
Walter Dreyer zog sich mit Cordhose und Hemd bequem an, steckte seinen Dienstausweis ein, griff etwas zum Schreiben und fuhr los. Sein Tourenplan stand fest: Einer der Skodafahrer wohnte in Estedt, mit dem wollte er anfangen. Der Mann war Rentner, wie er unschwer errechnen konnte, und er hoffte, ihn zu Hause anzutreffen.
Das Gehöft lag gleich rechts am Ortseingang neben der alten Bahnlinie und wirkte gut erhalten. Das zur Straße gelegene Wohnhaus war nach dem Einbau großer, moderner Fenster neu verputzt worden. Die Stufen zur ebenfalls neu eingebauten Haustür waren mit dunklem Granit ausgelegt und ein Briefkasten aus kupferfarbenem getriebenem Blech unter einer dazu passenden Hausnummer so aufgehängt worden, dass er mit

der protzigen Türklinke eine Linie bildete. Eine Klingel konnte Walter nicht entdecken, also klopfte er laut an die geriffelte Glasscheibe der Tür, die sich noch im selben Moment öffnete. Der schmale Mann, der ihm gegenüberstand, war offenbar gerade im Begriff gewesen, das Haus für Einkäufe zu verlassen, denn er trug einen Pappkarton mit leeren Pfandflaschen unter dem rechten Arm; in der linken Hand hielt er ein abgegriffenes Portemonnaie. »Oh, ham Sie jeklopft?«, fragte er.
Wer sonst, lag Walter Dreyer auf der Zunge. Er ignorierte die Frage, stellte sich vor und nannte sein Anliegen: »Ich suche den Halter eines braunen Skodas. Ist das Ihr Wagen?«
»Nee, der jehört meinem Alten.« Der Tonfall des Einkäufers wurde missmutig. »Wozu der 'n Auto hat, weeß keener, denn er fährt ja tagelang nich damit rum. Die Karre steht ewig nur inner Scheune und verjammelt. Und wenn ich mal fahrn will, jibt's immer Theater und Vorträge. Als wenn dat Ding aus Jold wär!«
Wird es je andere Diskussionen zwischen Söhnen und Vätern zum Thema Auto geben?, dachte Walter. »Ist Ihr Vater da? Ich müsste ihn dringend sprechen.«
»Wat hat er denn anjestellt? Isser nach 'm Frühschoppen wedder Schlangenlinien jefahren?«
Diese Bemerkung wollte Walter Dreyer jetzt lieber nicht hinterfragen; er hatte Wichtigeres zu klären. »Nein. Doch wenn Sie mich zu ihm bringen würden?«
»Er iss hinten bei de Hühner; die Stallklappe klemmt und er feilt dran rum. Ich hoffe, Se hams nich eilig.«
»Wieso?«
Der Sohn stellte endlich seinen Karton ab und ging mit ihm um das Haus auf den Hof. »Na ja«, erklärte er, »mein Alter iss 'n Anhänger des früher-war-allet-besser-Jedankens. Da werden Se erst mal allerhand Jeschichten zu hören bekommen, bis Se mit Ihren Fragen Jlück haben.«
Doch so schlimm wurde es nicht und Walter erfuhr rasch, was er wissen wollte. Der Mann war seit Tagen nicht mit dem Wagen

gefahren – das könnten seine Frau und seine Nachbarn bestätigen – und auch sein Junior nicht, wie er betonte: »Da passe ich jenau auf! Der kann man ruhig sein Rad nehmen, wenn der wo hin will. Dafür isses Auto nich jekauft«, lautete die diesbezügliche Aussage.

Nachdem dieser Besuch nur zu einem weiteren Häkchen geführt hatte, hoffte Walter Dreyer auf den Nächsten, diesen Udo Drescher.
Er fuhr die paar Kilometer nach Wernstedt, fand die Adresse problemlos und klingelte. Nichts tat sich. Aber Dreyer hörte Geräusche aus dem Haus. Er musste ungewöhnlich lange warten und noch mehrfach klingeln, ehe die Tür einen Spaltbreit geöffnet wurde. Eine üppig gebaute, junge Frau in strammen Jeans, die sich nur halbherzig mühte, eine Jacke über ihrem von einem Trägertop kaum verhüllten Busen zuzuknöpfen, wandte sich kichernd zurück und gab dem Mann, der hinter ihr stand, einen Kuss.
Mit einem deftigen Klaps auf den Po verabschiedete der sie: »Bis morjen, Süße.«
Die Frau drängte sich mit triumphierendem Blick und ohne Eile eng an Walter Dreyer vorbei, dem diese Szene peinlich war. Durch den Bericht seines Kollegen war ihm deutlich in Erinnerung geblieben, dass Udo Drescher eine Ehefrau hatte, und das eben war sie ganz sicher nicht.
Walter Dreyer stellte sich vor.
Augenzwinkernd bat Drescher ihn herein: »Ein bisschen Spaß muss sein, stimmt's?« Er führte seinen Besucher in das Wohnzimmer und bot ihm mit einer Handbewegung einen Platz in einem Sessel an. »Ich räum rasch ein wenig auf, wenn Sie nichts dagegen haben«, begann er ungeniert, ein Badetuch vom Sofa zu nehmen und ein Zierkissen an dessen Stelle zu platzieren, nicht, ohne mit der Handkante einen Knick in das Kissen zu schlagen. »Meine Frau muss es ja nicht gleich merken«, fügte

er erklärend hinzu. Dann öffnete er wohlüberlegt das Fenster. Als Drescher die zwei benutzten Gläser vom Tisch nahm, bot er Walter Dreyer an: »Möchten Sie auch 'ne Cola? Den Wodka lassen wir jetzt wohl lieber weg, Sie sind ja sicher im Dienst.«
Dreyer gelang es nicht, den unbeschwerten Ton zu erwidern. »Nein. Danke. Herr Drescher, ich möchte nichts. Würden Sie sich bitte hinsetzen, damit wir uns unterhalten können? Ich habe Ihnen einige Fragen zu stellen.«
»Gleich. Ich räum das hier nur schnell raus«, verschwand Udo Drescher, ohne die Aufforderung des Polizisten zu beachten.
Das Wohnzimmer wirkte steril. Dezent in braun gestreifter Plüschbezug auf Sesseln und Sofa, darauf je ein Zierkissen in die jeweils linke Ecke gestellt, natürlich mit Knick. Der flache Couchtisch, mit farblich zu den Sitzmöbeln passendem, gewebtem Läufer verziert, stand zu weit von der Couch entfernt. Eine Schrankwand, deren Furniertapete Eichenholz imitieren sollte, nahm die ganze der Sitzgruppe gegenüberliegende Wand ein, dominiert von einem Ungetüm von Farbfernseher. Vor dem breiten Fenster stand eine beeindruckende Grünpflanze, die das Fehlen weiterer Hinweise auf eine gewisse Behaglichkeit dieses Zimmers nicht ausgleichen konnte.
»Sie halten wohl nicht viel von ein wenig Spaß nebenbei? Sie sehen so verkniffen aus«, meinte Drescher zu Walter Dreyer, als er wiederkam und sich auf das Sofa setzte. Er zog den Tisch noch etwas heran. Kritisch und offenbar zufrieden besah er das Ergebnis seiner Bemühungen. Er lehnte sich entspannt zurück, legte seine Arme breit auf die Rückenlehne und schlug den linken Fuß leger über das rechte Bein. »Monogamie ist doch nicht natürlich. Das sage ich meiner Frau auch immer.«
Natürlich? Immer? Walter Dreyer war baff. Was für einem Neandertaler saß er denn hier gegenüber?! *Natürlich* war es in Teilen der Welt auch einmal gewesen, seine Gefangenen zu verspeisen. Oder Kranke auszusetzen. Für viele Raubtiere ist es natürlich, die Jungen ihres neu gewonnenen Weibchens zu töten, damit es schneller bereit ist, sich zu paaren. Walter Dreyer konnte es

kaum glauben, wie das vor ihm sitzende Exemplar Mann sich, noch dazu unter Berufung auf die *Natur*, mit einem derartigen Verhalten brüstete.
Doch er war nicht hier, um sich als Moralapostel aufzuspielen.
»Wir nehmen an, Sie können uns bei den Ermittlungen in einem Mordfall helfen«, überging er einfach das oberflächliche Wesen seines Gegenübers. Oder überspielte der Mann nur seine Nervosität?
Wach, fast lauernd, sah Udo Drescher den Polizisten an. »Wie denn?«
»Sie fahren einen braunen Skoda. Richtig?«
»Ja. Der ist aber in der Werkstatt.«
»Ach. Seit wann denn?«
»Letzte Woche schon.«
»Wann genau?«
»Dienstag. Hab erst selber noch dran jeschraubt, hat aber nichts jebracht. Fragen Sie doch einfach nach. Das Auto steht in Kakerbeck.«
»Das werde ich tun«, versicherte Dreyer. »Und wo waren Sie Freitag Vormittag?«
Ohne überlegen zu müssen, antwortete Drescher: »Hier. Zu Hause. Sie haben mein Schnuckelchen doch gesehen. Die war auch Freitagmorgen hier.«
Das breite Grinsen Dreschers ärgerte Walter Dreyer. »Ich brauche den Namen und die Adresse der Frau.« Er notierte sich die Angaben. Sie wohnte nur ein paar Häuser weiter. Da konnte er das Alibi gleich noch prüfen. Dann fragte er weiter, obwohl es keinen Zusammenhang mit dem Mordfall gab: »Wieso sind Sie eigentlich vormittags zu Hause, Herr Drescher? Arbeiten Sie Schicht?«
»Nee. Bin krankgeschrieben, die ganze Woche noch«, gab er zu, ohne dass ihm auffiel, wie untauglich diese Begründung angesichts seines offensichtlichen Wohlbefindens und seiner Vitalität war.
Walter Dreyer hatte den Mann satt und wollte weiter. Er stand

ohne Kommentar auf und verabschiedete sich.
Die Korrektheit seiner Angaben zu überprüfen, dauerte nur Minuten. Die junge Frau bestätigte, dass sie seit letzter Woche jeden Vormittag mit ihm verbracht hatte. Schließlich hatte er ihr erzählt, dass seine Frau ihn seit Monaten vernachlässige. »Und ein Mann hat nun mal gewisse Bedürfnisse, oder?«, sagte sie und lächelte auffordernd.
Ohne Bestätigung grüßte Walter Dreyer und ging.

Nun blieb nur noch eine Überprüfung in Gardelegen. Vielleicht hatte Walter Dreyer diesmal Glück. Sonst würden sie sich über den Kreis hinaus bewegen müssen, und das war langwierig und könnte sogar Monate dauern.
Genau vor dem Eingang zum Wohnhaus des Gesuchten stand der braune Skoda, mit geöffnetem Kofferraum! Dreyer sah neugierig hinein. Verdreckt und leer.
»Suchen Se wat Bestimmtes?«, wurde er in rüdem Ton angefahren und blickte auf. Ein korpulenter Mann in bekleckerter Malerkluft sah ihn misstrauisch an. Unter den rechten Arm hatte er mehrere Rollen Raufasertapete geklemmt und in der linken Hand hielt er eine Zigarette.
»Ja. Ich suche den Besitzer«, antwortete Walter Dreyer und zeigte auf das Fahrzeug.
»Wir sind voll, bis zum Herbst ist nischt mehr drin.«
»Hm.« Walter Dreyer schwieg und wartete, ob sich diese unerwartete Absage irgendwie auflösen würde. Sein beharrlicher Blick schaffte es, dass der Maler weiter redete: »Oder haben Se selber Tapeten?«
»Nein«, antwortete Walter wahrheitsgemäß. Tapeten?
»Dann haben Se keene Chance«, beschied ihn der knurrige Handwerker. »Ich muss los!«
Walter Dreyer stellte sich dem eiligen Vorhaben des Mannes in den Weg. »Ich bin von der Polizei und hätte ein paar Fragen an Sie, Herr ...?«
Dem Maler war sofort sein schlechtes Gewissen anzusehen.

»Erich Laude.« Er blickte ärgerlich auf das Fahrzeug. »Wassn los? War ich wieder mal zu schnell?«, versuchte er abzulenken.
Walter Dreyer antwortete ruhig: »Wieso glauben eigentlich immer alle, es ginge um ihr Fahrverhalten, wenn die Polizei Fragen zum Auto stellt? Ich bin hier, weil Sie letzten Freitag auf der illegalen Müllkippe zwischen Wiepke und Waldau gesehen wurden.«
»Scheiße! Das musste ja mal schief gehen!«, schimpfte Laude laut los und schmiss die dicken Tapetenrollen achtlos in den Kofferraum. »Ich hab's gewusst!«
»Was haben Sie gewusst?« Walter war hoch erfreut über das Gelingen seines Bluffs, ließ sich das aber nicht anmerken.
»Na, dass man uns mal erwischt.« Der Maler holte eine Schachtel Streichhölzer aus seiner Hosentasche und zündete sich die Zigarette an. Der Moment reichte ihm offensichtlich, sich eine Schutzbehauptung einfallen zu lassen: »Dabei wollten wir uns nächste Woche anmelden.«
Da Walter Dreyer immer noch nicht so recht wusste, worauf das eigentlich hinauslief, meinte er nur provokant: »Tatsächlich?«, bevor er den Mann aufforderte: »Ich höre!«
Laude nahm einen tiefen Zug, lehnte sich an sein Auto und stieß eine gewaltige Rauchwolke aus. Dann sagte er: »Wir arbeiten abends und am Wochenende. Renovieren Wohnungen.«
Aha. Nun konnte Walter Dreyer die Nervosität des Mannes deuten. Doch er musste es genau wissen und fragte: »Als genehmigte Feierabendarbeit?« Der ständige Mangel an Fachkräften vieler Gewerke hatte es notwendig gemacht, legale Nebentätigkeiten im Bau- und Renovierungsgewerbe zu ermöglichen. Viele mehr oder weniger begabte Leute nutzten diese offizielle Möglichkeit des Zuverdiensts. Aber eine erhebliche Anzahl erledigte derartige Dienstleistungen weiterhin illegal und verlangte oftmals mehr Geld als üblich oder nahm bevorzugt D-Mark oder Forum-Schecks für den Einkauf in den Intershops als Bezahlung an. Inzwischen war die Handwerkerfrage »Forum geht es?« zu einem geflügelten Wort geworden. Walter Dreyer wusste jetzt,

dass er mit dem neben ihm stehenden Maler einen Vertreter der schwarzarbeitenden Truppe vor sich hatte.
Erich Laude druckste auch nicht lange herum: »Offiziell sagen wir das schon, doch eigentlich, na ja, Sie wissen doch, wie das so läuft. Wenn man sich's genehmigen lässt, zahlt man Steuern und hat weniger auf der Hand. Da trickst man eben ein bisschen rum.«
»Wie denn?«
»Manche melden die Feierabendarbeit an und machen die meisten Aufträge dann doch, ohne die Gelder anzugeben.«
Walter Dreyer wollte sich in die Schwarzarbeit des Malers nicht weiter vertiefen. Die Kollegen von der Kreisdienststelle würden schon wissen, was in dieser Angelegenheit veranlasst werden musste. »Kommen wir auf den Freitagvormittag zurück. Sie entsorgten an diesem Tag was genau?«
Ärgerlich zertrat Laude seine Kippe. »Ich arbeite mit 'nem Kumpel. Wir sind nur zu zweit, schaffen aber eine Wohnung pro Woche. Weil wir nicht angemeldet sind, können wir die Malerabfälle ja nicht ständig einfach so in aller Öffentlichkeit entsorgen. Könnte jemandem auffallen. Also fahren wir, wenn's mal wieder mehr Tapetenreste geworden sind, zur alten Müllkuhle und schmeißen das Zeug dort rein.«
Das war zwar verwerflich, doch Walter Dreyer interessierte sich eigentlich nur für die Hände von Eduard Singer. Er fragte Laude deswegen: »Als Sie am Freitag dort waren, ist Ihnen da irgendetwas aufgefallen?«
Tatsächlich schien der Handwerker zu überlegen, schüttelte dann aber den Kopf. »Da war nichts. Wir haben nämlich genau aufgepasst, um nicht erwischt zu werden. Das können Sie schon glauben. Und bis eben hätte ich schwören können, dass uns niemand gesehen hat!«

~ 43 ~

»Eleusinisch?! Spinnst du? Kein Wunder, dass die nicht auf dich hören!« Lisa Lenz hatte offenbar wieder ihren Bruder am Telefon, über den sie sich aufregte. Sie lauschte in den Hörer und machte ihrer Chefin ein Zeichen, dass sie gleich zum Ende kommen würde. »Aber eleusinisch! Ich bitte dich! Denk mal an euer Publikum«, forderte sie vehement. »Kreischende Mädchen und knutschende Teenager. Vielleicht noch ein paar Besoffene.«
Die telefonische Entgegnung schien sie nicht zu überzeugen.
»Was das Wort bedeutet, weiß ich auch. Aber Lieschen Müller kennt es sicher nicht. Lass den Blödsinn einfach und hör auf, dich dort wie ein Streber zu benehmen. Pinsle drauf, was die Leute verstehen und was sie anlockt.«
Dann lachte sie ins Telefon: »Das wird ja immer schlimmer. Ich muss jetzt aber Schluss machen! Hör zu, mir brauchst du nicht mehr zu beweisen, dass du einen mächtigen Flitz hast. Ja, ja. Heute Abend«, verabschiedete sie sich in fürsorglich-erzieherischem Tonfall einer älteren Schwester.
Gespannt wartete Judith in der Tür auf die Aufklärung.
Lisa gab gern Auskunft: »Mein Bruder! Er soll bloß das neue Plakat für die nächste Geisterbahnsaison malen und ist offenbar der Meinung, dieser Auftrag war als intellektuelle Herausforderung gemeint. Aber eleusinisch? Das war bisher das Beste!«
Judith, die sich im Stillen eingestand, dieses Wort bis eben weder gehört noch es je verwendet zu haben, musste schmunzeln. Lisa und ihr Bruder waren immer für eine anregende Ablenkung gut.
»Ich komme gerade vom Friedhof«, berichtete Lisa. »Der alte Herr, Rupert Korte heißt er übrigens, ist dort tatsächlich morgens öfter unterwegs und hat sich ganz freundlich mit mir unterhalten. Es gibt Vögel in Gardelegen, von denen hatte ich keine Ahnung. Richtig seltene Vögel – stellen Sie sich das mal vor! Hier bei uns!« Lisa klang so begeistert, als hätte sie heute Morgen eine neue Tierart entdeckt.
»Konnte dieser Herr Korte denn etwas zu den Dieben sagen?«

»Ja. Er hat mit seinem Fernglas zwei Mal jemand über die Mauer vom Friedhof lugen sehen. Und jedes Mal ist der Mann dann schnell wieder abgetaucht, als er merkte, dass er entdeckt worden war.«
»Konnte der Vogelfreund denn etwas erkennen?«
»Wenig.« Lisa Lenz blickte auf ihre Notizen. »Er war jung, mit Schiebermütze und großer Brille.«
»Na, das sieht mir eher nach einer Verkleidung aus«, kommentierte Judith knapp.
»Kann sein. Doch etwas mehr haben wir schon: Der Zeuge konnte die beiden Tage noch genau benennen, an denen er den Mann sah, weil er zur selben Zeit die sehr seltene Schwanzmeise gesichtet hatte, die durch den Lümmel – wie er sagte – verscheucht worden war. Die Schwanzmeise ist hier bei uns lange nicht beobachtet worden und die Exemplare auf dem Friedhof sind wohl eher für Nord- oder Nordosteuropa typisch, weil sie einen ganz weißen Kopf hatten, wie Herr Korte schilderte.«
Judith hoffte, Lisa würde bald zur Sache kommen.
»Der Vogelfreund war ziemlich ungehalten über die Störung. Er hörte hinter der Friedhofsmauer eine Autotür laut klappen und ist sich sicher, dass auch eine zweite Tür zugeschlagen wurde. Es könnten also zwei Personen gewesen sein. Und als er dem Geräusch des anfahrenden Autos folgte, sah er durch das Gitter der kleinen Nebentür in der Mauer einen Pritschenwagen wegfahren.«
Judith Brunner war mit Lisas erster eigenständiger Befragung zufrieden.
»Sind die Fotos von den Elf Quellen schon da?«, fragte sie dann, und Lisa reichte ihr einen braunen Papierumschlag.
Beide gingen zum Besprechungsraum, um die Fotografien auszuwerten und die aussagekräftigsten aufzuhängen.
Wenig später klopfte Thomas Ritter an die weit offen stehende Tür. »Guten Morgen! Meine Fotos müssten hier sein. Dr. Renz möchte einen Blick drauf werfen.«
Der Gerichtsmediziner folgte ihm unmittelbar und dann kam

Dr. Grede auch noch hinzu.
Sie gaben sich alle die Hand.
Interessiert überflog Renz die Aufnahmen vom Fundort der ramponierten Leiche. »Ein gutes Format«, lobte er die großen Abzüge. Seine Aufmerksamkeit galt jedoch nicht den gestochen scharfen Abbildungen der Leichenteile. Er griff zu einer riesigen Lupe. Schweigend prüfte er eine Fotografie besonders; jeden Quadratzentimeter. »Das hier ist bemerkenswert«, meinte er dann, »zumindest in unserem Zusammenhang mit zwei Giftmorden. Sehen Sie hier diese Gruppe von Pflanzen, die mit den zart gefiederten Blättern? Das könnte Gefleckter Schierling sein. Ja, ich bin mir fast sicher.«
»Die Männer wurden mit Schierling vergiftet?«, fragte Judith Brunner sicherheitshalber nach.
Dr. Renz wollte sich noch nicht hundertprozentig festlegen. »Vielleicht. Ein Test wird da Klarheit bringen.« Doch dann fügte er hinzu: »Ich halte das aber durchaus für möglich, denn bisher hat der Täter es an Hinweisen beileibe nicht fehlen lassen: Er trennt Eduard Singer die Hände ab, was an sich schon ziemlich symbolträchtig ist, und drapiert sie so, dass sie ausgerechnet vom einzigen Mitwisser der Singerschen Vergeltung an Holl gefunden werden. Gleichzeitig taucht dieser Verbrecher, wie wir ja nun wissen, – vergiftet! – in der Pathologie des Krankenhauses auf. Alles nur zufällig? Niemals! Warum sollte er also den Leichnam des neuerlichen Unbekannten nicht neben der Mordwaffe, dem Schierling, ablegen? Ich finde, der Täter hinterlässt ziemlich deutliche Spuren.«
»Etwas vage, doch möglich ist alles«, räumte Hans Grede ein.
»Genau, und es kommt noch besser: Eine Schierlingsvergiftung würde exakt zum beschriebenen Krankheitsbild von Eduard Singer passen!«, gab Dr. Renz weiter zu bedenken. »Als er eingeliefert wurde, war sein Unwohlsein unerklärlich. Er hatte Gleichgewichtsstörungen, fühlte sich zu schwach zum Reden und wollte nur liegen. Und dann ist er recht plötzlich gestorben.«

Dr. Grede fragte konsterniert: »Sie meinen, der Singer könnte auch vergiftet worden sein?«
»Aus heutiger Sicht würde ich das nicht mehr ausschließen wollen. Allerdings habe ich das nicht überprüft. Außerdem weiß ich nicht, ob mir allein seine Hände hinreichend Untersuchungsmaterial bieten. Ich werde es auf alle Fälle probieren. Den Leichnam komplett vor mir zu haben, würde ich jedoch bevorzugen«, bekannte Dr. Renz.
Judith erinnerte sich an Botho Ahlsens' Bemerkung zum Strychnin im Giftweizen und fragte den Rechtsmediziner: »Schmeckt man das Gift vom Schierling nicht?«
»Ach wo! Die Blätter und die Wurzeln bekommen Sie in einem deftig gewürzten Salat gar nicht mit. Oder ein kräftiger Schluck, zum Beispiel ein Kräuterlikör, tut es auch. Und dann dauert es nur noch ein wenig, bis die Opfer die Wirkung voll spüren. Die Vergiftung durch Schierling führt, so heißt es zumindest übereinstimmend in der Literatur, zu einem leichten Tod. Die Gliedmaßen werden taub und dann hören Herz und Lunge auf zu arbeiten. Die Betroffenen bewegen sich unsicher, werden einfach schlapp und fühlen sich müde. Irgendwann sterben sie dann. Das ist von der allgemeinen Konstitution, vom Gewicht und natürlich von der Giftmenge abhängig. Ich werde unsere Leichen nochmals gezielt daraufhin untersuchen.«
»Spricht ein leichter, sanfter Tod durch dieses Gift nicht gegen unsere Rachetheorie?« In Ritters Stimme klang fast ein wenig Enttäuschung.
»Nein«, antworteten Judith Brunner und Dr. Renz nahezu unisono, und der Rechtsmediziner fuhr erklärend fort: »Er spricht vor allem dafür, dass jemand sich in dem Metier gut auskennt. Es gibt bei Gift keine auffälligen Spuren im Umfeld der Leiche, es ermöglicht eine räumliche Distanz zum Opfer, oder man kann einen Zeitverzug einkalkulieren. Gift kann einem Täter – über ein schmerzvolles Leiden des Opfers hinaus – viele Vorteile bieten.«
»Hm«, Judith Brunner blickte unbewusst zu Lisa. »Wissen viele

Menschen von der Giftigkeit dieser Pflanze?«
»Allerhand«, war Dr. Renz sich sicher. »Wer sich ein bisschen für Pflanzen, Gesundheit und – nicht zu vergessen – die antike Kultur mit Sokrates und seinem Schierlingsbecher interessiert, weiß das schon. Doch nicht jeder wird wissen, wie er das Gift gewinnen und am wirksamsten verabreichen kann.«
»Wir kennen eigentlich nur zwei Experten, die hierfür infrage kommen: Botho Ahlsens und Eduard Singer. Bei dem einen sehen wir kein Motiv und der andere ist tot«, ließ Dr. Grede nochmals die Fakten sprechen.
Thomas Ritter ergänzte: »Wenn wir eine Vergiftung Singers annehmen, wie passt der dann überhaupt zu den beiden Kriminellen?«
»Auch wieder wahr«, stimmte ihm Lisa zu. »Wer vergiftet zwei Täter und den Rächer des Opfers?«
»Das meine ich ja. Die Mordopfer passen einfach nicht zusammen!«, freute sich Ritter, dass sein Argument Gehör fand.
Lisa forderte auf: »Betrachten wir es doch mal aus Holls Sicht: An Paul Ahlsens kommt er nicht mehr ran, denn der ist seit fast zwei Jahren tot. Also blieb ihm jetzt nur noch der Singer für seinen Hass übrig. Und dem Ahlsens-Bruder präsentierte er noch dessen Hände. Ein wirklich bösartiger Mann!«
»Das würde ja bedeuten, dass der Holl es den beiden nach der langen Zeit hat heimzahlen wollen, und der ist bekanntlich ... Wartet mal!«, rief Ritter.
»Tot. Du hast schon recht!«, sagte Dr. Grede.
»Nein, nein«, ließ sich Ritter nicht aus dem Konzept bringen und wandte sich an Dr. Renz: »In welcher Reihenfolge sind die Männer noch mal gestorben? Wäre es nicht möglich, dass der Singer seinen Racheplan nach all den Jahren doch noch vollendet und den Holl und seinen Kumpan vergiftet hat?«
Friedrich Renz wiegte bedächtig mit dem Kopf. »Der Singer starb eindeutig nach den beiden, da haben Sie vollkommen recht. Singer hätte die Banditen zwar vergiften können, doch wer hat dann später ihn – und denken Sie daran, bisher haben

wir selbst dafür noch keinen Beweis – vergiftet?«
»Mann, wir drehen uns im Kreis!« Ritter gab es auf.
Auch Lisa kam mit ihren Überlegungen nicht viel weiter: »Jenny Holl hätte sicherlich ein gutes Motiv, ihre Peiniger umzubringen. Aber ihren alten Verehrer? Warum sollte sie Eduard Singer ermorden?«
»Richtig! Was ist mit Jenny Holl? Womit wir bei den heutigen Aufgaben wären«, nahm Judith Brunner wieder das Heft in die Hand.
Auf ihr freundliches Nicken hin verabschiedete sich Dr. Renz in sein Krankenhauslabor und versprach, sofort anzurufen, wenn er die toxikologischen Tests erledigt hätte.
Auch Thomas Ritter verschwand in sein Labor zu den zahlreichen Spuren, die er und seine Leute noch zu untersuchen hatten. Vor allem die Kleidung könnte zur Identifizierung des unbekannten Toten noch brauchbare Hinweise liefern.
Judith Brunner blieben Lisa und Dr. Grede. »Es gibt also drei Leute, deren Verbleib wir dringend klären müssen: Arnold Pfeiffer und Heino Wuttke, die beiden hat Laura Perch als führende Mitglieder in Holls Bande und mögliche Tatbeteiligte bei der Vergewaltigung benannt, und Jenny Holl.«
Beide nickten.
»Lisa, Sie setzten Jenny Holl bitte auf die offizielle Liste der vermissten Personen. Und telefonieren Sie ein wenig herum und versuchen, so viel wie möglich zu den drei Personen herauszufinden.«
Die Besprechung war noch nicht ganz zu Ende.
Dr. Grede setzte Judith Brunner kurz über seinen Besuch in der Krankenhausapotheke ins Bild. Dort war noch nichts aufgefallen, doch wollte man umgehend prüfen, ob ebenfalls Medikamente fehlten.
Zum Schluss hörte er aufmerksam Lisas Bericht vom Friedhof zu und kündigte versöhnlich an, die Ermittlungen in der Sache selbst zu übernehmen. Er plante, zunächst die beiden Gärtnereien und danach die Baumschule aufzusuchen. »Da weiß ich,

dass die Pritschenwagen haben. Ich glaube langsam auch, dass Werner Uhlig recht hatte, die Gartenbaubetriebe zu verdächtigen. Ich denke nicht, dass das Ganze viel Zeit beanspruchen wird. Nachmittags bin ich wieder hier.«
Judith Brunner sah, dass Lisa das Einlenken von Dr. Grede registriert hatte und sich darüber leise freute. »Gut. Ich bleibe erst mal im Büro«, verkündete sie. »Ich erwarte heute Vormittag noch wichtige Informationen zu Otto Holl aus dem Archiv der Staatsanwaltschaft in Magdeburg und ich will nicht riskieren, dass der Anruf bei Wachtmeister Stein landet.«

Auf ihrer Agenda stand noch ein weiterer Anruf. Sie wollte den Ärztlichen Direktor des Krankenhauses über die neuesten Entwicklungen informieren. Immerhin obduzierte Dr. Renz in dessen Haus nun das zweite Mordopfer! Judith Brunner wollte auch künftig auf diese Möglichkeit einer Kooperation zurückgreifen können und hielt es deshalb für angebracht, Dr. Frederich wenigstens in groben Zügen über die Hintergründe ins Bild zu setzen. Außerdem konnte es auf keinen Fall schaden, sich auch persönlich für die prompte Lieferung der Liste zu bedanken, auch wenn er die Bestatter in der Aufstellung vergessen hatte und sie das jetzt nachfordern musste.
Frederich nahm die Mitteilung, dass seiner Pathologie ein Opfer eines Kapitalverbrechens untergeschoben worden war, recht gelassen hin. »Ich sagte es Ihnen ja schon, ein Krankenhaus ist mehr oder weniger ein offenes Haus. Sie können es nicht völlig verschließen. Warum auch? Besucher kommen und gehen, Patienten wollen vor die Tür, um zu rauchen, oder auch Mitarbeiter, wie soll ich das verhindern? Liefereingänge, Nebentüren, Notausgänge, das ist unmöglich alles zu kontrollieren. Wer da mit krimineller Energie rein oder raus will, findet immer eine Möglichkeit.«

~ 44 ~

Kurz nach elf rief dann endlich Margit Leschke an. »Da haben Sie sich aber einen miesen Typ ausgesucht!«, teilte sie nach einer herzlichen Begrüßung mit. »Von dieser Sorte haben wir hier nicht viele.«

»Hoffen wir, dass es dabei bleibt«, meinte Judith.

»Also: Der Otto Holl hat im Zeitraum 1961 bis 1962 mindestens zwei Männer erschlagen und mehrere Menschen schwer verletzt. Er gehörte zu den Verbrechern, die den Leuten damals versprachen, sie auf geheimen Wegen im Wald über die Grenze in den Westen zu bringen. Stattdessen haben sie sie dann in einem vermeintlich sicheren Versteck überfallen und sich an deren Habseligkeiten bereichert. Da müssen sich schlimme Dinge abgespielt haben. Und wen sollten die Leute, wenn sie die Heimtücke überhaupt überlebt hatten, danach anzeigen? Sie selbst hatten ja eine Straftat geplant! Eine ganze Familie hat man – zumindest damals – nicht mehr finden können, Schicksal ungeklärt, steht in den Akten. Der Holl hat in der Verhandlung auch nicht ausgesagt, was aus der Familie geworden ist. Er hat kein einziges Wort gesprochen.«

»Mein Gott!« Judith war erschüttert. Sie hatte von vergleichbaren Fällen im Zusammenhang mit auf der Flucht befindlichen jüdischen Familien in der NS-Zeit gehört. Berüchtigt war das Handeln eines Arztes in Paris, der Juden, die eine Deportation befürchten mussten, versprach, sie heimlich ins Ausland zu bringen. Er ermordete in seinem Haus zahlreiche Menschen und eignete sich deren für die Flucht zusammengepackten Besitz an. Und einmal hatte ein tschechischer Fernsehkrimi in der Reihe »Die Kriminalfälle des Majors Zeman« eine ähnliche Geschichte aus der Zeit der Wirren nach dem Zweiten Weltkrieg gezeigt. Auch in diesem Fall hatte ein vermeintlicher Fluchthelfer in den Wäldern entlang der tschechischen Grenze die verzweifelten Menschen beraubt und ermordet ... Das Verhängnis geschlossener Grenzen trieb die Menschen zu jeder Zeit krimi-

nellen Teufeln wie Holl in die Hände. Eine ganze Familie blieb unauffindbar? Judith schluckte. »Wie abscheulich!«
»Schlimm, nicht wahr?«, meinte Margit Leschke einfühlsam, »ich war auch erschüttert, als ich das zum ersten Mal las.«
»Wo genau hat der Holl damals sein Unwesen getrieben?«
»Im Harz, genauer wohl im Südharz. Dort wohnte Holl zu der Zeit, in einem Dorf bei Nordhausen.«
Das könnte erklären, warum seit der letzten Haftstrafe, die Laura Perch mit den hiesigen Akten hatte belegen können, nichts Weiteres mehr erfasst war. Offenbar hatte Holl es nach der Warnung durch Eduard Singer und Paul Ahlsens vorgezogen, seine Aktivitäten tatsächlich in eine andere Gegend zu verlegen.
»Steht da was über seine Vorstrafen? Wir haben ihn hier nur bis 1956 in den Akten.« Durchs Telefon konnte Judith Brunner hören, wie in der Akte geblättert wurde.
»Richtig«, bestätigte ihre Gesprächspartnerin, »da hat er acht Monate wegen Körperverletzung bekommen. Zwei Jahre später wurde nochmals gegen ihn wegen eines Raubs ermittelt, aber da ist ihm nichts nachzuweisen gewesen.«
Judith musste Laura im Stillen zustimmen. Die Ermordung dieses Mannes erwies sich als natürliche Todesursache! Solche Leute starben nicht im Bett.
Sie wunderte sich, wieso Holl seinerzeit nicht die Todesstrafe bekommen hatte. Immerhin war das Anfang der sechziger Jahre noch eher möglich als heute. Judith hatte zwar von belastbaren Gerüchten gehört, dass die Todesstrafe selbst für schweren Landesverrat in Kürze abgeschafft werden sollte, doch zu den Zeiten von Holls Untaten hätte es der Gesetzeslage nach eigentlich kaum eine Alternative zur Hinrichtung gegeben.
»Hat er allein gearbeitet?«, fragte Judith Brunner interessiert weiter.
Margit Leschke verneinte. »Damals ist ein Arnold Pfeiffer mit ihm verurteilt worden, auch zu fünfundzwanzig Jahren Haft. Man konnte die Raubmorde keinem der beiden exakt zuordnen, und da beide während der Verhandlung den Mund hielten, war

es wohl unmöglich festzustellen, wer genau welches Verbrechen begangen hatte.«
Judith Brunner überlegte, dass hierin womöglich der Grund lag, dass keine Todesstrafe ausgesprochen worden war. Aber eigentlich konnte sie sich diese Anwandlung von Nachsicht bei den damaligen Richtern nicht recht vorstellen. Oder sollte die Tatsache, dass Holl und Pfeiffer »nur« Republikflüchtlinge überfallen hatten, Grund für das abgemilderte Strafmaß gewesen sein? Fand sich hier sogar ein völlig neues Mordmotiv? »Wann genau fiel das Urteil?«, wollte sie abschließend noch wissen.
Einem erneuten Blätterrascheln folgte die Auskunft: »17. April 1963. Nur drei Verhandlungstage. Über das Urteil war man sich offenbar rasch einig.«
Judith bedankte sich für die Hilfe und rechnete kurz nach. Die Untersuchungshaft mit eingerechnet, konnten – falls sie nicht aus irgendeinem Grund früher entlassen worden waren, und Judith konnte dafür angesichts ihrer Taten und ihrer Persönlichkeiten keinen plausiblen Grund erkennen – Otto Holl und Arnold Pfeiffer erst seit einigen Tagen in Freiheit gewesen sein.

~ 45 ~

Wachtmeister Stein nahm seinen Posten am Eingang heute besonders ernst. Walters Dienstausweis wurde von dem Mann geprüft, als müsse er ständig gefälschte Papiere aus dem Verkehr ziehen: Eine Lupe wurde gezückt, die Tischlampe herangerückt und Dreyer gebeten, sich besser ins Licht zu stellen. Der war so überrascht, dass er zunächst nicht daran dachte, Widerstand zu leisten. Dann gab er zu bedenken: »Ich bin nicht zum ersten Mal hier, das wissen Sie doch. Wir sind Kollegen. Sie kennen mich.«
Das focht Stein nicht an. »Ich habe hier die Verantwortung! Wenn's brennt, weiß ich wenigstens Bescheid.«
»Worüber? Wieso sollte es brennen?« Sollte er sich wirklich auf

eine Debatte mit Stein einlassen? Walter Dreyer wurde ungeduldig.
»Ich muss eine Liste führen, wer zu wem hinwill. Und wenn es brennt, können wir die dann suchen.«
Während Walter in Gedanken versuchte, sich einen Reim auf diese Informationen zu machen, hörte er ein erlösendes: »Besuch aus Waldau. Hallo!«
»Lisa! Sie schickt der Himmel! Ich hatte Erfolg mit den Skoda-Fahrern und dachte, ich gebe hier gleich einen Bericht ab. Und nun komme ich nicht an Ihrem Zerberus vorbei. Er will mich aus dem Feuer retten oder so.«
Lisa zwinkerte Walter zu und wandte sich dann über den Tresen lehnend, mit konspirativ leiser Stimme an Stein: »Ich verbürge mich für diesen Mann, Wachtmeister.« Dabei sah sie ihm unerschütterlich in die Augen. »Sie hatten eine Nachricht für die Hauptkommissarin?«, lenkte sie Stein dann auf seine Aufgaben zurück.
Die fragliche Mitteilung wurde zögerlich und mit skeptischer Miene übergeben, so, als müsste Stein überlegen, ob Lisa Lenz vertrauenswürdig genug war, sie zu überbringen.
Auf dem Weg zu Judiths Büro klärte sie Walter Dreyer auf: »Heute früh war Brandschutzbelehrung. Die war mal wieder fällig. Für den Fall eines Alarms und bei einer Gebäuderäumung muss natürlich bekannt sein, wer sich wo im Gebäude aufhält. Und Stein sollte einfach alle Besucher registrieren, wie immer.«
»Da hat er wohl etwas übertrieben!«, stellte Walter Dreyer erheitert fest.
»Die Chefin ist im Besprechungsraum. Ich bringe Sie hin«, bot Lisa an und klopfte nach wenigen Momenten an den Türrahmen. »Hier bringt jemand Neuigkeiten«, versprach sie.
Judith Brunner drehte sich um und lächelte ihren Besucher unverfänglich an; zumindest hoffte sie das.
»Und hier ist die Nachricht von Stein«, reichte Lisa ihr den sorgfältig auf wenige Quadratzentimeter Größe zusammengefalteten Zettel. Er war wie immer korrekt an »Hauptkommissarin

Br.« adressiert, doch der zweizeilige Inhalt wäre erneut rätselhaft, wüsste Judith Brunner nicht, dass die Apothekerin ihr hatte mitteilen wollen, dass bei einer Inventur das Fehlen von Arzneimitteln festgestellt wurde: »APO Gümnasum, Inwantur – Mittel weg.«
Judith seufzte leise und Walter nahm an, dass ihr seine Informationen besser gefielen: »Ich bin mit den Skoda-Fahrern durch. Einer von denen war tatsächlich an der Müllgrube. Der Mann hat eine glaubhafte Geschichte abgeliefert. Er war nämlich mit einem Kumpel da, um alte Tapeten, Scheuerleisten und Farbabfälle zu entsorgen. Sie renovieren schwarz Wohnungen und sparen sich mit dieser Art der Müllbeseitigung unnötiges Aufsehen. Um nicht ertappt zu werden, haben die Maler ihre Umgebung bei der Entsorgung genau beobachtet. Den beiden ist aber nichts aufgefallen. Den Trecker haben sie gehört, aber nicht gesehen. Sie wähnten sich unentdeckt ... Die anderen beiden Autos von heute standen bei den Leuten zu Hause oder in der Werkstatt in Kakerbeck. Hier, ich hab alles notiert.« Er gab Judith seine Unterlagen.
»Danke. Auf diesem Weg kommen wir also nicht weiter«, musste Judith enttäuscht feststellen. »Ich wollte gerade noch mal los und mit den Fahrern der Krankenhauswäsche und der Schnellen Medizinischen Hilfe sprechen. Und mit den Bestattern habe ich auch noch nicht persönlich geredet. Vielleicht ergibt sich da noch eine Spur.«
»Wenn ich helfen darf«, bot Walter lausbübisch grinsend an und musste Judith nicht lange überzeugen.
Sie schlug vor, mit den drei Bestattungshäusern zu beginnen, die es in Gardelegen gab. Das dürfte nicht allzu lange dauern. Die beiden auswärtigen würden sie danach aufsuchen, wenn sich bis dahin nichts ergab. Und da Walter fahren würde, könnte er außerhalb der Stadt schon mal aufs Gas drücken.

Aber so eilig war es doch nicht. Schließlich war noch Mittagszeit. Und wen würde man in Gardelegen zu dieser Zeit in sei-

nem Geschäft antreffen?
Im Ratskeller fanden sie einen gemütlichen Tisch. Das Lokal war übersichtlich besetzt. Die Speisekarte – hektografierte Blätter in einer Klarsichthülle – war mit großzügigem Zeilenabstand auf einer in die Jahre gekommenen mechanischen Schreibmaschine getippt worden und bestand aus einer schmucklosen Vorderseite mit den landesweit üblichen Gerichten: von Würzfleisch mit Toast bis Steak au four. Altmärker Gerichte hielt man hier wohl für zu profan. Auf der öfter handschriftlich korrigierten Rückseite stand das Getränkeangebot: mal gab es Radeberger oder tschechisches Bier – mal eben nicht. Das heimische Garley Bräu suchte man vergebens oder sollte sich die älteste Biermarke der Welt hinter dem Angebot »Bier vom Faß« verstecken?
Judith und Walter wollten nicht all zu viel Zeit beim Essen verbringen und entschlossen sich, den warmen Kartoffelsalat zu nehmen, zu dem eine geräucherte Bockwurst bestens passte. Ihr Mineralwasser wurde zügig an den Tisch gebracht, und als sie damit anstießen, fasste Walter sich ein Herz und erzählte Judith von dem Liebesbrief in Lauras Buch. Das hatte ihm nun lange genug auf der Seele gelegen. »Was soll ich machen? Mir sitzt der Schreck immer noch im Nacken.«
»Schreck?« Judith war verwirrt. »Freu dich doch!«
»Wieso soll ich mich freuen? Selbst wenn dieser M nicht Martin Bach ist, was ich sehr hoffe, hat Laura mir nichts davon erzählt! Oder weißt du etwas von diesem neuen Mann?«, zeigte er ganz offen seine Neugier.
Judith ging gar nicht erst auf seine Frage ein. »Na, du bist mir einer! Erst passt dir Lauras jahrelanges Verhältnis mit eurem Arzt nicht ... obwohl ich deiner Einschätzung zu ihm gut folgen kann«, ergänzte sie rasch, als sie bemerkte, dass Walter zu einer Erwiderung ansetzte. »Dann bist du froh, dass diese Liebesgeschichte endlich vorbei ist, und jetzt wunderst du dich, dass es einen neuen Mann in ihrem Leben gibt? Wieso?«
»Na, denk doch mal an die merkwürdige Geschichte mit diesem Orthopäden im letzten Jahr! Offensichtlich hat sie einen Hang

zu seltsamen Medizinmännern.« Walter benahm sich wie ein übervorsichtiger Onkel.
Judith musste laut lachen. »Du müsstest dich mal hören! Darf ich daran erinnern, dass Laura die dreißig schon vor ein paar Jahren überschritten hat und sicher weiß, was sie tut? Vertrau ihr einfach!«
»Bei diesen Männergeschichten!?« Walter blieb skeptisch. »Hm, sie ist ja wirklich eine Augenweide und dann die Großstadt; klar, dass Laura ein paar Verehrer hat.«
»Und klug genug ist sie außerdem«, ergänzte Judith. »Wenn dir so viel an einer Erklärung liegt, dann frag sie doch einfach. Erzähl ihr, wie du zu dem Liebesbrief gekommen bist.«
Walter druckste rum: »Das ist mir aber irgendwie peinlich. Ich sollte den bestimmt nicht lesen. Sie hätte mir schon was gesagt, wenn ...« Jetzt merkte er, dass er seinen Argumenten selbst widersprach. »Ich bin ein Idiot!«, gab er kleinlaut zu.
Judith sah sich unauffällig um, war sich aber nicht sicher, ob nur Touristen im Lokal waren, und hielt vorsichtshalber weiter Distanz zu Walter. Ihr geflüsterter Tonfall war jedoch so intim, dass er sich augenblicklich besser fühlte: »Du weißt selbst, dass es viele Gründe geben kann, eine Liebe zu verheimlichen ... Laura wird sich dir schon anvertrauen, wenn sie die Zeit für gekommen hält.«

~ 46 ~

Im Polizeiarchiv fühlte Laura sich wieder in ihrem Element. Stundenlang und vor allem ungestört in alten Kriminalakten lesen zu können, war einfach großartig! Dass sie sich damit auch noch nützlich machen konnte, gab ihr ein gutes Gefühl. Gestern waren die Akten zu Holls Verbrecherkarriere dran gewesen, heute wollte sie nun versuchen, Judiths Spur zum vermeintlichen Serienmörder Berthold Lemke wieder aufzunehmen! Lau-

ra hoffte inständig, dass ihre neuen Recherchen auch so lohnend wie im Fall Holl sein würden.
Erst am späten Vormittag war sie mit der Vorsortierung der Akten fertig geworden und konnte mit der detaillierten Sichtung der aussortierten ungeklärten Fälle beginnen.
Könnten davon einige auf Lemkes Konto gehen? Es lagen drei ansehnliche Aktenstapel auf dem Tisch. Ohne eine Pause zu machen, setzte Laura sich hin und begann mit der Auswertung. Zunächst ergaben die geprüften Akten der ersten Jahrgänge, also ab 1967, nichts direkt Auffallendes, von dem sie überzeugt war, auf eine Tat Berthold Lemkes gestoßen zu sein. Das schien ihr auch einleuchtend, denn wenn es so einfach gewesen wäre, ihm etwas zuzuordnen, dann hätte man es schon in der Vergangenheit getan. Kein Ermittler schloss gern eine Akte, bevor das Verbrechen geklärt war.
Lemke war jetzt dreiunddreißig Jahre alt, rief Laura sich ins Gedächtnis. Er hatte jedes Mal getötet, um ein für ihn akutes Problem zu lösen. Ihm erschien das als die unkomplizierteste Methode. Er machte es einfach! Die Frage war nun, wie lange er schon so wütete.
Laura las und las. Was es nicht alles gab! Einige Vermisstenfälle waren offen geblieben. Ein Raubüberfall auf den Konsum in Weteritz und einer auf die Filiale der Bäuerlichen Handelsgenossenschaft in Gardelegen wurden nicht aufgeklärt. Da waren Verkehrsunfälle mit Fahrerflucht und auch mehrere schwere Körperverletzungen, bei denen die Angreifer nicht identifiziert werden konnten. Einige äußerst widerliche Fälle von Tierverstümmelungen an Zuchtvieh, die Ende der siebziger Jahre über mehrere Monate die Bauern in der Altmark stark beunruhigten, nahmen Laura sehr mit. Es war kein Täter ermittelt worden.
Nach fast vier Stunden intensiven Lesens blieben eigentlich nur zwei Verbrechen übrig, über die Judith als mögliche Taten von Lemke nachdenken sollte: ein Raubmord an einer Postzustellerin in Ackendorf im Jahre 1969 und, zehn Jahre später, eine schwere Körperverletzung bei einem Mann in Laatzke.

Die Postfrau war offenbar einem geplanten Raubüberfall zum Opfer gefallen. Sie wurde am helllichten Tag niedergestochen und ganz sicher nicht zufällig, denn es war ausgerechnet der Tag im Monat, an dem sie als Geldbriefträgerin den Leuten ihre Rente bringen wollte. In den sechziger Jahren bekamen, gerade in den ländlichen Gegenden, viele Menschen ihre Rente noch mit der Post, als Bargeld in einfachen Briefumschlägen.
Laura erinnerte sich, dass auch in Waldau die Postfrau ihren Großeltern pünktlich an jedem Monatsersten das Geld brachte. Die Zustellerin führte eine Quittungsliste, die der Räuber nicht für wert erachtete, mitzunehmen; nach dem Überfall konnte man dadurch schnell feststellen, dass die Briefträgerin nur drei Auszahlungen hatte erledigen können. Es fehlten annähernd zweitausend Mark, für damalige Verhältnisse eine ansehnliche Summe, wenn auch kein Betrag, für den ein Mensch um sein Leben fürchten sollte. Erschreckend und für die Ermittler unerklärlich war vor allem die unnötige Brutalität der Tat. Die auf dem Bauch liegende Frau war mit zahlreichen Messerstichen in den Hals und Rücken umgebracht worden, obwohl ein Mord zur Verdeckung des Raubes womöglich gar nicht nötig gewesen war, denn nachdem der Täter sie vom Fahrrad gestoßen hatte, war die so schwer auf den Kopf gestürzt, dass sie zumindest benommen gewesen sein musste und ihn mit Sicherheit nicht hätte beschreiben können. Aber vielleicht kannte sie den Täter auch und der wollte kein Risiko eingehen.
Doch trotz umfassenden Einsatzes aller Ressourcen, die der Polizei damals zur Verfügung standen, einschließlich der personellen Verstärkung aus der Bezirksstadt Magdeburg, hatte man keinen Täter ermitteln können. Die Frau war verheiratet und hatte drei schulpflichtige Kinder hinterlassen. Der Ermittlungsakte waren eine Zeitungsnotiz mit der Bitte um Mithilfe der Bevölkerung bei der Aufklärung der schweren Straftat beigeheftet, ebenso verschiedene Todesanzeigen. Die Deutsche Post betrauerte ihre zuverlässige Mitarbeiterin, die Volkssolidarität ein engagiertes, langjähriges Mitglied und ihre Familie eine gute

Mutter und Ehefrau. Wie war es der Familie nach dieser Tragödie wohl ergangen?
Dem anderen Opfer in Laatzke, mit mehreren Prellungen, Brüchen und einer großen Kopfwunde aufgefunden, hatte man zwar das Leben retten können, der Mann konnte sich jedoch an nichts mehr erinnern, geschweige denn einen Täter benennen. Ungeklärt blieb auch, warum der Mann, der aus Letzlingen stammte, überhaupt in dieser Gegend unterwegs gewesen war. Man hatte ihn in der Nähe der Straße entdeckt und schnell vermutet, dass er sich nach einem Autounfall dorthin geschleppt hatte, konnte das aber nie belegen. Das Opfer war alleinstehend, hatte stark gerochen und war, wie mehrfach in der Akte zu lesen war, in seinem Heimatort als Säufer bekannt. Die, wie Laura fand, recht oberflächlichen Ermittlungen verliefen in diesem Fall bald im Sande.
Waren das Interesse der Öffentlichkeit und der Einsatz der Polizei im Fall der ermordeten Postfrau überaus intensiv und ausdauernd gewesen, schien sich bei dem geschädigten Mann niemand über das Nötigste hinaus engagiert zu haben.
Im ersten Moment war Laura fast ein wenig enttäuscht, nur zwei relevante Fälle herausgefunden zu haben, zumal der mit dem angeblichen Unfallopfer ihr bestenfalls erwähnenswert vorkam. Warum sollte Lemke einen alten, mittellosen Säufer umbringen wollen? Hatte der ihn möglicherweise bei etwas beobachtet? Bei der Postfrau lag das Motiv wesentlich deutlicher auf der Hand. Hatte der junge Lemke einen Wunsch, der mit zweitausend Mark zu erfüllen war? Dafür traute Laura dem damals Fünfzehnjährigen ohne Weiteres einen Mord zu.
Doch dann war sie erleichtert, nur zwei und nicht mehr derartige Verbrechen gefunden zu haben. Diese beiden waren schon zwei zu viel.
Gab es eigentlich eine Routine bei der Polizei, solche alten, ungeklärten Fälle noch mal aufzunehmen? Kümmerte sich jemand um diese Verbrechen? Interessierte das überhaupt irgendwen? Judith würde das sicher wissen.

~ 47 ~

Von Brigitte Möbius ging ein zeitloser Charme aus. Die zierliche, tatkräftig wirkende Frau, deren dunkelblonde Haare auf halbe Länge geschnitten waren, trug schon immer gerne schwarz, sodass ihre Kleidung optimal zu ihrer Arbeit und zu ihrer Umgebung passte. Heute unterstrichen ein schwarzer Hosenanzug, eine weiße Bluse, die Perlenkette ihrer Mutter und das schwarze elegante Brillengestell ihr apartes Wesen.
Die junge Inhaberin des gleichnamigen Bestattungshauses hatte die Besucher durch das Schaufenster ihres Ladens bereits von Weitem kommen sehen. Sie unterbrach ihre Arbeit an den erst kürzlich gelieferten Sargdecken und begrüßte die mutmaßlich Hinterbliebenen mit professionell pietätvoller Miene, kaum dass das Glöckchen an der Eingangstür dezent gebimmelt hatte.
Doch noch, bevor Brigitte Möbius beginnen konnte, ihre im Trauerfall üblichen Sätze aufzusagen, stellte Walter Dreyer sich und Judith Brunner vor. »Wir wissen, dass Sie schon mit unserer Dienststelle telefoniert haben, doch hätten wir gerne noch persönlich mit Ihnen gesprochen.«
Höflich lud die Bestatterin die Polizisten in ihr Büro ein. »Ich gebe hinten nur rasch Bescheid, damit mein Einsarger mich im Ladenraum vertritt.«
Brigitte Möbius verschwand durch eine Seitentür und Judith und Walter hatten Gelegenheit, sich im Schauraum des Bestattungshauses ein wenig umzusehen. Zwischen zwei Särgen und einigen Urnen waren auf einem Tisch diverse Stücke anrührender Totenwäsche ausgestellt, aus Atlasseide gefertigt und mit breiter Spitze verziert. Ob viele diese zarten Totenhemden für ihre Lieben auswählten? Auf einer Konsole lagen verschiedene Beispiele für Todesanzeigen in den Tageszeitungen und für diverse Kartengrüße, aber auch Adressen von Blumengeschäften oder Steinmetzfirmen zur Ansicht aus.
Brigitte Möbius erschien wieder, verfolgt von einem intensiven Schwall Farbgeruch. Die Quelle der Luftveränderung war ein

ziemlich genervt wirkender Mann, der die Besucher im Vorbeigehen wortlos grüßte und seinen Arbeitskittel besser schon draußen hätte ablegen sollen.
Die Besitzerin des Ladens erläuterte: »Gestern habe ich endlich wieder einige Särge geliefert bekommen, das wurde höchste Zeit. Ich habe bei meiner letzten Beschwerde schon gedroht, ein Schild rauszuhängen ›Wegen Sargmangel geschlossen‹. Ich musste sogar eines von meinen besten Ausstellungsstücken nehmen, um eine Beerdigung machen zu können. Wahrscheinlich hatte ich sogar noch Glück und bekam eine größere Lieferung, weil drüben bei Lindenlaub zu ist und dadurch einfach mal mehr Särge da waren. Na, jedenfalls machen wir es hier so, dass wir die Spanplatten selbst beizen oder lackieren, je nach Kundenwunsch. Und heute bereiten wir gleich zwei Särge in Nussbaum dunkel vor; das riecht leider ein bisschen.«
In ihrem Büro bat Brigitte Möbius die Polizisten, Platz zu nehmen. Sie selbst setzte sich hinter einen schwarzen Herrenschreibtisch, der Teil eines Ensembles aus der Gründerzeit war. »Den Laden hat schon mein Großvater geführt, genau von diesem Platz aus«, bemerkte die Inhaberin stolz. »Von ihm lernte ich schon als Kind alles über unseren Beruf. Meine Mutter und ich lebten in der Wohnung über diesem Geschäft, gemeinsam mit meinen Großeltern. Wenn sich am Wochenende ein plötzlicher Todesfall ereignete, kamen die Angehörigen noch spät abends zu uns und saßen dann in der Küche bei einem Trost spendenden Getränk. Kaffee, Tee, Schnaps – es gab alles. Manche der Hinterbliebenen schimpften über die Ungerechtigkeit der Welt, manche weinten sich den Schmerz von der Seele und nebenbei besprachen sie die Bestattung. Mein Großvater und nach ihm meine Mutter und jetzt ich – wir waren immer für die Hinterbliebenen da, Tag und Nacht. Trotzdem gibt es Leute, die dreimal ausspucken, wenn sie hier vorbeikommen. Bestatter mag eben nicht jeder. Allerdings ist unser Haus eine Institution, die jeder in der Gegend seit Jahrzehnten kennt.«
Judith Brunner fand diese selbstbewusste Aussage und die

Schilderung einer achtbaren Familientradition sympathisch. Sie bedankte sich dafür und erläuterte kurz den genauen Grund für ihren Besuch: »Wir überprüfen, welche Bestatter in der vergangenen Woche im Krankenhaus zu tun hatten. Die dortige Verwaltung hat auf unsere Nachfrage hin mitgeteilt, dass Sie im fraglichen Zeitraum zwei Tote abgeholt haben. Dürften wir dazu Ihre Unterlagen sehen?«

Bereitwillig suchte Brigitte Möbius die erbetenen Papiere heraus. »Das eine war eine Urnenbeisetzung, das andere eine Beerdigung; dafür habe ich mein Ausstellungsstück genommen«, erläuterte sie.

Judith Brunner prüfte sorgfältig das Transportbuch, die Bescheinigungen und Dokumente. Zur Sicherheit reichte sie die Unterlagen dann auch an Walter weiter. Alles schien in bester Ordnung zu sein.

»Ist Ihnen bei den Transporten im Krankenhaus etwas aufgefallen? War etwas anders als sonst?«, fragte Walter Dreyer.

»Da müssen Sie meinen Einsarger fragen, denn der erledigt das Abholen der Leichen, zumeist gemeinsam mit einem Gehilfen. Dabei passieren ihm schon seltsame Sachen: Neulich erst erzählte er mir, dass er von einer Witwe darum gebeten wurde, auf keinen Fall mit einem schwarzen Wagen zu kommen und sich als Krankenpfleger zu verkleiden, damit die anderen Bewohner in dem Mietshaus nicht mitkriegten, dass ihr Mann gestorben war.« Fassungslos schüttelte Brigitte Möbius den Kopf. Dann bat sie ihren Mitarbeiter hinzu.

Der Sargbeizer hatte keine bemerkenswerten Beobachtungen gemacht; die Leichen hätten keinerlei Probleme bereitet.

Nachdem ihr Besuch in den nüchternen Räumlichkeiten des in der Nähe gelegenen Städtischen Bestattungswesens ebenso bescheidene Ergebnisse gebracht hatte, waren Judith Brunner und Walter Dreyer mit ziemlich geringen Erwartungen zum dritten Bestattungshaus aufgebrochen.

Das »Bestattungsinstitut Lindenlaub, gegr. 1951« machte mit

seinen halb heruntergelassenen Jalousien einen etwas vernachlässigten Eindruck. In einem schlichten Schaukasten an der Hauswand bot man »Bestattungen mit Hausbesuch« und »Übernahme aller Formalitäten« an. Ein weiterer Zettel verriet eine Telefonnummer für Notfälle. Die augenfälligste Mitteilung, mit dickem schwarzem Stift auf grauem Papier geschrieben, lautete jedoch: »Aus technischen Gründen geschlossen«. Darunter war die offizielle Bestätigung mit Stempel und Unterschrift angepinnt.

Von der Schließung hatten sie schon von Brigitte Möbius erfahren, doch nun wurde Judith stutzig: »Das ist ja ein Ding!« Das Datum der Mitteilung belegte nämlich, dass die Schließung bereits vor fast zwei Wochen erfolgt war! Rasch sah Judith in ihren Notizen nach. Sie hatte sich richtig an Dr. Frederichs nachgelieferte Angaben erinnert. »Was hatte der Leichenwagen eines geschlossenen Bestattungshauses am Freitag vergangener Woche im Krankenhaus zu erledigen?«

Walter meinte: »Auf die Erklärung bin ich auch mächtig gespannt.« Doch weder auf sein lang anhaltendes Klingeln noch auf sein späteres energisches Klopfen wurde reagiert. »Niemand zu Hause«, konstatierte er.

Gemeinsam sahen sie sich um. Judith legte die Hände an die Schläfen und spähte durch die von innen verdreckte Eingangstür in den Ladenraum. Überall waren Spuren von Reparaturarbeiten zu sehen. Eine Wand war an mehreren Stellen aufgestemmt und Kabel hingen heraus. Außerdem lagen dicke Holzbretter und Rohre auf dem Fußboden. Die Handwerker waren allerdings nicht zu sehen. Judith sah auf die Uhr. War schon wieder Feierabend? Eigentlich nicht.

»Komm! Hier, das Tor ist unverschlossen«, hatte Walter bemerkt, und beide betraten durch die breite Einfahrt einen großen, gepflasterten Hof. Linker Hand deutete ein Schild auf die Nutzung des Seitengebäudes als Kühlraum hin und gebot, die Türen immer geschlossen zu halten. An der rechten Seite befand sich ein geräumiger Unterstand und hier war auch das

Sargauto des Bestattungshauses abgestellt. Daneben stand ein kleiner, rostiger Pkw. Ein dritter Stellplatz war leer.
Walter Dreyer klinkte an der Fahrertür des schwarzen Leichenwagens, und tatsächlich – er war unverschlossen.
Judith Brunner hatte an der Hintertür des Geschäftes nochmals versucht, sich bemerkbar zu machen, doch auch hier erfolgte keine Reaktion.
»Was machen Sie da schon wieder?«, war plötzlich und vor allem unangenehm laut zu hören.
Walter und Judith sahen sich suchend um. Niemand war zu sehen.
»Hauen Sie bloß ab, sonst ruf ich doch noch die Polizei!«
Jetzt entdeckte Walter in einem offenen Fenster im ersten Stock des Nachbarhauses eine üppige Brünette in Unterwäsche, die, die nackten Arme auf ein buntes Kissen gelegt, ein nachmittägliches Sonnenbad nahm und ihre Zigarette bedrohlich schwenkte.
»Guten Tag!«, rief er ihr zu. »Wir sind von der Polizei.«
»Ach ja?!« Die Frau klang nicht überzeugt und nahm einen tiefen Zug.
Jetzt trat Judith in die Hofmitte und hielt ihren Dienstausweis in die Höhe. »Sie können ihm glauben. Würden Sie bitte zu uns herunterkommen und uns bei einer Ermittlung helfen?«
»Na gut. Mach ich«, versprach die Frau und erschien tatsächlich nach einigen Minuten auf dem Hof des Lindenlaub-Instituts. Sie hatte sich einen Trainingsanzug übergezogen, wirkte allerdings nicht sonderlich sportlich darin.
Judith begrüßte sie höflich: »Vielen Dank, dass Sie sich Zeit für uns nehmen. Ich bin Hauptkommissarin Brunner und das ist mein Kollege Dreyer. Und Sie sind ...?«
»Meingold. Sabine Meingold. Ich wohne da oben schon jahrelang. Mir entgeht hier nix. Vormittags gucke ich raus zur Straße, nachmittags hinten auf die Höfe. Hab extra zwei Kissen dafür.«
»Müssen Sie denn nicht zur Arbeit?«, war Walter Dreyer neugierig. Die Frau wirkte weder krank noch gebrechlich, schon gar

nicht alt.
»Ich bin Hausfrau«, bekam er zur Antwort, »mein Mann ist auf Montage und bringt das Geld nach Hause; ich sorge für die Wohnung.«
»Aha.« Judith überlegte, wie viele Stunden täglich die Frau aus dem Fenster sehen mochte, fragte dann aber: »Wieso dachten Sie, wir sind schon wieder hier?«
Einen Moment brauchte Sabine Meingold, um den Sinn der Frage zu verstehen, dann hatte sie ihn aber begriffen: »Na, weil neulich schon mal jemand mit dem Leichenauto losmachte, obwohl der Laden zu ist.«
»Tatsächlich?«
»Könnse mir ruhig glauben, junge Frau. Da pass ich genau auf!«
Judith Brunner nickte bestätigend. »Oh. Ich wollte das auch gar nicht anzweifeln. Können Sie sich vielleicht noch erinnern, wann das war?«
Sabine Meingold brauchte nicht zu überlegen. »Freitag letzter Woche, das weiß ich ziemlich genau. Ganz früh morgens, es war fast noch dunkel. Mein Mann musste nämlich zeitig los auf 'ne neue Baustelle. Geflucht hat der, dass das nich bis Montag noch Zeit gehabt hätte. Ich hab ihm sein Stullenpaket jemacht.«
Walter Dreyer fragte: »Konnten Sie jemanden erkennen?«
»Nee, das war noch zu duster. Aber die sahen fast wie Sie beide aus. Den einen hab ich ja kaum gesehen. Der hat ja nur das Tor auf- und zugemacht, war ein Kleiner; wie Sie ungefähr«, zeigte Sabine Meingold auf Judith Brunner. »Und der andere war nicht mehr der Jüngste. Sah aber gut aus. Richtig schmuck gemacht. Im schwarzen Anzug. Deswegen hab ich ihm ja auch sofort geglaubt, dass er das Auto nehmen darf.«
»Das hat er behauptet?« Judith Brunner staunte, wie einfach so etwas zu bewerkstelligen war.
Sabine Meingold nickte. »Drum hab ich auch nich bei der Polizei angerufen, als ich das Auto vom Hof fahren hörte. Und nach ungefähr anderthalb Stunden brachte er das Auto wieder zurück. Seitdem steht die Kiste wieder an Ort und Stelle!«, schloss

sie überzeugt, ihre Bürgerpflicht getan zu haben, den Bericht.
»Wissen Sie vielleicht, wo die Inhaber sich aufhalten?«, fragte Walter Dreyer nach.
»Die haben die Reparaturzeit gleich genutzt und sind in Urlaub gefahren, ins Vogtland. Wollten nach Bad Brambach, wie jedes Jahr.«
»Und wo die Handwerker stecken, haben Sie da eine Ahnung?«
Irgendjemand musste die Schlüssel zum Bestattungsinstitut haben und Judith Brunner hoffte, damit auch in den Kühlraum zu gelangen.
Sabine Meingold wusste, dass die zwei »Faulpelze«, wie sie sie nannte, jetzt ihre übliche Kaffeepause beim Bäcker machten und jeden Moment wiederkommen müssten. »Passen Sie bloß auf, denn um vier machen die schon wieder Feierabend«, schimpfte sie im Gehen noch etwas.
Judith brachte im Stillen ein Hoch auf Zeit totschlagende, neugierige Nachbarinnen aus, und während Walter am Bestattungshaus auf die Handwerker wartete, fuhr sie rasch zur Dienststelle zurück und schickte die Spurensicherung los.

~ 48 ~

Lisa mochte die ungeliebten Routinearbeiten! Dieselbe Frage ein Dutzend Mal stellen? Ständig Abfuhren zu erhalten, Ausreden zu hören oder manchmal sogar unflätig beschimpft zu werden? Das hinderte sie kein bisschen am Weitermachen. Im Gegenteil, so etwas weckte erst recht ihren Ehrgeiz, doch noch eine nützliche Auskunft zu bekommen. Andere maulten, wenn sie herumtelefonieren oder in Papierbergen recherchieren sollten, ihr jedoch gefiel das planvolle Zusammentragen von Informationen immer besser, je länger sie nun schon zur Arbeitsgruppe von Judith Brunner gehörte. Lisa war auch ziemlich beeindruckt, was Laura Perch in der kurzen Zeit über Otto Holl und seine

Bande allein anhand der Archivakten herausgefunden hatte, und sie nahm sich vor, die Freundin ihrer Chefin bei nächster Gelegenheit um ein paar Tipps zu bitten.

Im Augenblick war Lisa auch so mit sich ganz zufrieden. Ihr Talent, am Telefon geduldig den richtigen Leuten präzise Fragen zu stellen, hatte auch heute wieder zum Erfolg geführt. Und wenn sie ehrlich war – so schwierig war es gar nicht gewesen. Da Otto Holl und Arnold Pfeiffer entlassene Straftäter waren, mussten die Dienststellen, die ihre gesellschaftliche Wiedereingliederung ermöglichen sollten, entsprechende Unterlagen haben. Lisa hatte die zuständige Sachbearbeiterin gleich ans Telefon bekommen. Unglücklicherweise war die Frau ein paar Tage krankgeschrieben gewesen und hatte deswegen nichts von den polizeilichen Ermittlungen erfahren. Rasch hatte sie die Akten zur Hand genommen und Lisa hilfsbereit mitgeteilt: »Viele Unterlagen haben wir noch nicht vorliegen; Holl und Pfeiffer sind ja erst vor zwei Wochen aus dem Gefängnis raus. Also: Die beiden Männer hatten sich zunächst an ihrem alten Wohnort in Nordhausen gemeldet. Das ist so Vorschrift. Die ihnen dort zugewiesene Unterkunft haben sie allerdings abgelehnt und versichert, sie hätten in der alten Heimat was Besseres in Aussicht. Dadurch sind sie hierher nach Gardelegen gekommen. Mein letzter Stand war, dass die sich gerade ihre Bleibe einrichten.«

»Die haben eine Wohnung? Zusammen?«, fragte Lisa Lenz nach.

»Ja. Ich hatte ihnen zumindest die übliche Zuweisung für eine Wohnung gegeben. Sie wollten gemeinsam einziehen. Ob die beiden dann aber tatsächlich zur Wohnungsverwaltung gegangen sind, kann ich Ihnen leider nicht sagen. Ich muss heute erst mal meinen Schreibtisch aufräumen, vielleicht finde ich da eine entsprechende Mitteilung.« Die Sachbearbeiterin schien zu bedauern, Lisa nicht mehr Informationen geben zu können. Zum Schluss hatte sie aber noch einen Rat: »Fragen Sie doch mal beim Sozialwesen nach. Vielleicht haben die ja mit Altmöbeln oder einem Kühlschrank geholfen und wissen schon mehr über die Unterkunft der zwei.«

Lisa bedankte sich, legte auf und versuchte es gleich mit dem empfohlenen Anruf.
Die Sozialbetreuerin war fraglos gar nicht gut auf die beiden Entlassenen zu sprechen: »Überhebliche Kerle! Hatten eine ganze Wunschliste mit. Die wurden richtig sauer, als ich ihnen klargemacht habe, dass sie von mir nur das Lebensnotwendigste bekommen und es dann mal mit Arbeit versuchen sollten. Da haben sie mich ausgelacht und gemeint, dass sie das nicht nötig hätten.«
Das fand Lisa hochinteressant. Welche Geldquellen wollten die beiden wohl anzapfen?
Ohne eine Pause einzulegen, machte die Sozialarbeiterin ihrem Herzen weiter Luft: »Ich weiß, man soll ja nicht schlecht von einem Toten reden, doch dass dieser Holl so kurz nach seiner Entlassung nichts Besseres zu tun hatte, als sich totzusaufen, ist schon saublöd. Und ich habe jetzt den ganzen Ärger!«
»Was meinen Sie?« Lisa Lenz hatte keine Vorstellung, wovon die Frau überhaupt sprach.
Wenig diplomatisch bekam sie zur Antwort: »Woll'n Sie mich veräppeln? Ich muss den ollen Kerl jetzt irgendwie unter die Erde bringen! Hab ihn schon ein paar Tage länger beim Bestatter liegen. Schließlich muss ich versuchen, noch irgendeinen Verwandten aufzutun! ›Ermittlung bestattungspflichtiger Angehöriger‹ heißt das bei uns.«
»Und, haben Sie einen gefunden?«, fragte Lisa gespannt zurück. Sollte es hier eine Spur zu Jenny Holl geben?!
»Wie denn? Der Holl ist dummerweise in einer Kneipe verstorben, in dieser üblen Kaschemme hinter der Tankstelle. Nicht etwa, wie normale Menschen das tun, im eigenen Bett oder wenigstens bei einem Bekannten. Nein! Der Mann hat sein halbes Leben im Knast verbracht, da ist bestimmt nicht mehr viel mit Familie. Ich hab bis jetzt ja noch nicht einmal herausbekommen, wo genau der gewohnt hat.«
Dass es dazu nur ein paar Anrufe gebraucht hätte, wollte Lisa Lenz ihr nicht vorhalten. Sie klang auch so schon verärgert ge-

nug. Sie fragte lieber weiter: »Haben Sie noch mehr zu den Todesumständen erfahren?«
Die Sachbearbeiterin empörte sich bereitwillig: »Ach, der war total besoffen, lallte nur noch unverständliches Zeugs, bevor er unter den Tisch rutschte. Der Notarzt konnte ihm auch nicht mehr helfen. Hat mir alles der Fahrer vom Leichenwagen erzählt, als er mir liebenswürdigerweise die Rechnung präsentierte.«
Lisa Lenz schrieb die Angaben eifrig mit und fragte: »Wissen Sie, zu welchem Bestattungshaus die Leiche gebracht wurde?«
»Klar doch! Das hat Lindenlaub gemacht. Die kennen sich mit den Abläufen bei Sozialfällen bestens aus und werden immer zuerst gerufen, da klappt das reibungslos. Die wollten zwar für zwei Wochen in den Urlaub, aber sie haben den größten Kühlraum in der ganzen Gegend. Wie gesagt, ich habe es meist nicht eilig mit dem Beerdigen, muss ja immer noch jemanden finden, der das Ganze bezahlt.«
Lisa fragte weiter: »Sie haben den Arnold Pfeiffer also auch gesehen?!«
»Was denken Sie denn? Ich kann mir die Leute ja nicht aussuchen.«
»Wann war er denn zuletzt bei Ihnen?«
»Hab ich doch gesagt, das ist vorletzte Woche gewesen. Zusammen mit dem Holl.«
»Könnten Sie mir den Pfeiffer näher beschreiben?«, bat Lisa Lenz.
Angewidert schniebte die Frau durchs Telefon. »Einfach nur eklig der Kerl. Unsauber. Und wie der stank!«
»Und sonst? Seine Figur?«
»Na ja. Er ist kein Riese, wenn Sie verstehen. Aber kräftig für sein Alter. Fast sportlich. Das ist bei vielen Knackis so. Machen halt viel mit Gewichten. Blass, kurze Haare. Seine Klamotten passten ihm nicht gerade wie angegossen. War alles ein bisschen zu groß.«
»Was genau hatte er denn an, als er Sie aufsuchte?«

Und noch während die Sachbearbeiterin lustlos und mit abfälligen Bemerkungen die Kleidungsstücke des Mannes beschrieb, wusste Lisa Lenz, dass der unbekannte Tote von den Elf Quellen nicht länger ein Unbekannter war.

Judith Brunner war von den Ermittlungsergebnissen Lisas beeindruckt. Sie griff sofort zum Telefon und hoffte, Dr. Renz trotz der vorgerückten Stunde noch im Krankenhaus anzutreffen, denn sie wollte ihm sowohl von der Identifizierung Pfeiffers erzählen als auch die Begleitumstände von Holls Tod, die in der Kneipe beobachtet worden waren, schildern. Vielleicht half das dem Rechtsmediziner bei seinen Untersuchungen.
Doch Judith Brunner hatte kaum mit ihrem Bericht begonnen, als Dr. Renz sie freundlich unterbrach: »Verzeihen Sie, aber wir müssen wegen der Todesursache nicht länger rätseln. Ich bin mit den Tests fertig. Es war Schierling – in allen drei Fällen.«

~ 49 ~

Als Judith in der Abenddämmerung in Waldau ankam, saßen Walter und Wilhelmina auf der Gartenbank rechts neben der Tür vor Lauras Haus und sahen ihr gelassen beim Arbeiten zu. Laura goss vorsichtig die Stiefmütterchen auf allen Fensterbänken und brach dabei verblühte Stängel aus. Sie schätzte diese abendliche kleine Pflicht der Blumenpflege als Teil eines Feierabendrituals, dem sie schon als Kind gerne gefolgt war. Wilhelmina billigte das Ganze laut schnurrend, und Walter kraulte der Katze zum Dank den Nacken.
»Wie ich sehe, vermisst mich hier niemand«, stellte Judith mit gespieltem Bedauern fest.
»Im Gegenteil, wir sind am Verhungern«, widersprach Walter, und Wilhelmina sprang, wie zum Beleg dieser akuten Gefahr, von der Bank und setzte sich neben einen leeren Fressnapf.

»Die beiden haben recht«, gab Laura zu und nahm ihr Körbchen mit den Blumenresten auf. »Ich habe darauf bestanden, dass wir mit dem Abendessen auf dich warten, Judith. Ich kann euch nämlich was berichten.«
»Sag bloß, du hast schon was gefunden!«, war Judith erfreut.
Laura nickte und wies einladend zur Haustür. »Der Tisch ist fertig gedeckt, es kann gleich losgehen.«
Im Haus begrüßte Walter Judith mit einem innigen Kuss und half ihr aus dem Mantel. Sacht schob er sie in die Küche, wo ein Herdfeuer für gemütliche Wärme und warmes Wasser sorgte.
Walter schnitt Brot ab, freihändig, den ganzen Laib vor die Brust gepresst. »Wie viele Scheiben möchtet ihr denn?«
»Zwei«, antworteten die Frauen synchron.
Wilhelmina bekam Butterhäppchen und war's einstweilen zufrieden.
»Stellt euch vor, was Tante Irmgard mir vorhin beim Kaffeetrinken erzählt hat: Diese ganze Diskussion mit den Elfen geht wieder los!«, eröffnete Laura das Tischgespräch.
Judith hob fragend die Brauen.
Walter sah ihr Unverständnis und bekräftigte: »Auch Alfi Schuler will sie schon öfter gesehen haben!«
Jetzt musste Judith nachfragen: »Wen hat er gesehen?« Hatte ihr geselliger Nachbar halluziniert?
Walter fing an zu lachen. »Ach, Laura redet von der Elfensage! Das war ja klar, dass das wieder losgeht. Wir haben hier nämlich eine ewig währende Debatte um den korrekten Namen dieser Naturschönheit. Durch den Leichenfund bei den Elf Quellen ist sie mit Vehemenz wieder aufgeflammt. Ein gewichtiger Teil unserer Mitmenschen ist nämlich der sonderbaren Auffassung, es handele sich um Elfenquellen.«
»Nur die Männer!«, warf Laura klarstellend ein.
»Richtig! Mit großer Überzeugung versuchen unsere angeduselten Stammtischbesatzungen zu vorgerückter Stunde, die seltenen Schlafgäste in der ›Altmärkischen Schweiz‹ damit zu beeindrucken, dort unter den Buchen wahrhaftig schon den tanzen-

den Waldprinzessinnen begegnet zu sein.«
Laura konnte sich die Bemerkung nicht verkneifen, dass die alkoholgeschwängerten Beteuerungen Alfi Schulers die Glaubwürdigkeit dieser Geschichten eher nicht erhöhten.
»Elf Quellen hat dort im Wald allerdings auch noch niemand gefunden«, betonte Walter augenzwinkernd.
»Aber, was ich eigentlich erzählen wollte«, kam Laura nun zu den ernsthafteren Themen, »Tante Irmgard fielen noch mehr Schandtaten von Otto Holl ein, die darauf hindeuten, dass seine Schwester nicht die einzige Frau war, die unter seinen sexuellen Übergriffen zu leiden hatte. Für seine Mutter war das alles schlimm. Die Luise Holl traute sich oft kaum noch ins Dorf. Immer, wenn was passiert war, dachten alle gleich an ihren Sohn. Ihr Mann Arno, der Förster, verschwand dann einfach tagelang im Wald und blieb unsichtbar, bis sich die Aufregung etwas gelegt hatte. Aber sie? Jemand musste ja die Besorgungen machen und sich um den Garten kümmern. Sie hat kaum mal ein Wort mit jemandem gesprochen, die Luise, so sehr hat sie sich geschämt. Irgendwann verschwanden Sohn und Tochter aus der Gegend und die Luise hat sich bald danach umgebracht. Wie es hieß, mit Tabletten oder Gift. Und der Arno hat es dann auch nicht mehr lange gemacht. Ganz schön traurig, das alles ... Aber nun passt auf.« Laura berichtete ausführlich von ihrem Vorgehen und von den Ergebnissen ihres Aktenstudiums zu Berthold Lemke. Judith und Walter hörten ihr aufmerksam zu, bis sie kritisch schloss: »Ich weiß nicht, ob euch das wirklich weiterhilft. Mehr passende Vorfälle sind aber nicht im Archiv dokumentiert. Bei dem Mann in Laatzke sehe ich kaum eine Möglichkeit weiterzukommen, weil ich mir kein Motiv vorstellen kann, außer, er war zufällig am falschen Ort und hat was Strafbares beobachtet. Doch bei der Postfrau, denke ich, liegt der Grund für die Tat auf der Hand – das Rentengeld. Da lohnen sich gegebenenfalls neue Ermittlungen.« Gespannt wartete Laura, was die beiden wohl zu ihrer Arbeit sagen würden.
Walter stand wortlos auf, verschwand für ein paar Minuten und

kam mit einer Flasche Rotwein in der Hand zurück. Er sah zufrieden aus, als er sprach: »Judith hat sicher auch nichts dagegen, wenn wir erst einmal auf dein Wohl trinken. Das hast du bravourös erledigt.«
»Das kann ich nur unterschreiben. Danke sehr, Laura«, schloss sich Judith dem Lob einfach an.
Laura holte Gläser herzu, Walter öffnete die Flasche und sie stießen an. Im Kerzenlicht spekulierten sie über den Charakter Lemkes, der ihn schon in so jungen Jahren so aggressiv werden ließ, die Ansatzpunkte, die sie jetzt noch finden konnten, und die nächsten Schritte. Judith würde ihre weiteren Ermittlungen gut begründen müssen. Doch alle drei waren sich einig, dass dieser Verbrecher für sämtliche seiner Taten zur Verantwortung gezogen werden musste. Das bekräftigten sie, indem sie erneut die Gläser hoben.
Und auch im Fall der drei vergifteten Männer, so eigenartig die Konstellationen zwischen den Opfern auch sein mochten, war Judith sich in dieser Umgebung von Geborgenheit, Freundschaft und Liebe ganz sicher: »Bald schon kommen wir der Lösung des Falles ein ganzes Stück näher.«
Auf welch bedrohliche Weise sich ihre Voraussage bewahrheiten würde, sollte sich bereits am nächsten Tag zeigen.

Mittwoch

~ 50 ~

»Den tüchtigen Handwerkern, die im Bestattungsinstitut zugange sind, ist – wie sollte es auch anders sein – überhaupt und gar nichts aufgefallen.« Ritter pflegte mit Wonne sein Vorurteil über die Brauchbarkeit von Zeugenaussagen und gab sich keine Mühe, den Sarkasmus aus seiner Stimme herauszuhalten.
»Was für Schwachköpfe!« Mit diesen Worten hatte ihn Walter gestern auch gegrüßt, als er ihm ein paar Notizen in die Hand drückte; eine Feststellung, die Ritter jetzt mit Freuden wiederholte. Er hatte den Handwerkern die Fingerabdrücke abnehmen müssen und fand Dreyers Eindruck rasch bestätigt. »Wir haben Reifenprofile, Dreck in allen Formen und einige Kleidungstücke sichergestellt, die wir nun untersuchen werden. Eine Leiche war allerdings nicht im Kühlraum«, schloss er seinen Bericht.
Die anderen hatten ihm mit Interesse zugehört.
Judith, die von Walter Entsprechendes zu den Zeugen gehört hatte, amüsierte sich im Stillen, ließ Ritters diesbezügliche Einlassungen kommentarlos durchgehen und fasste die Ergebnisse des gestrigen Tages weiter zusammen: »Wir haben den Toten von den Elf Quellen als Arnold Pfeiffer identifizieren können. Sowohl er, sein Kumpan Otto Holl als auch der nach wie vor nur in Teilen wieder aufgetauchte Eduard Singer sind vergiftet worden. Mit einem Pflanzengift, das aus dem Gefleckten Schierling hergestellt wurde. Wir haben herausgefunden, wo Otto Holl starb – in einer Kneipe in Gardelegen –, dass er danach als ›natürlicher Todesfall‹ bis letzten Freitag im Kühlraum des Bestattungsinstituts Lindenlaub aufbewahrt wurde und wie sein Leichnam von dort ins Krankenhaus kam: Er wurde in der Morgendämmerung, also um circa 5:45 Uhr, aus diesem Bestat-

tungsinstitut abtransportiert. Dazu nutzten die Täter den dort unverschlossen stehenden Leichenwagen.«
»Dann lag also der ermordete Holl völlig legal, gut gekühlt und deshalb auch unvermisst fast eine Woche beim Bestatter!«, konstatierte Hans Grede, »und ich vermute fast, die Waschung seines Leichnams diente nur der Überdeckung seines mittlerweile unerträglichen Verwesungsgeruchs.«
Niemand widersprach.
»Die Inhaber des Bestattungshauses wurden von Kollegen vor Ort in Bad Brambach über die notwendigen polizeilichen Maßnahmen in Kenntnis gesetzt und wollten sich sofort auf die Rückreise machen. Wie zu vermuten war, hatten sie niemandem gestattet, ihr Geschäftsfahrzeug zu benutzen«, teilte Judith Brunner der Vollständigkeit halber mit.
»Ganz schon clever, der Täter«, stellte Ritter zum wiederholten Male fest. »Im Krankenhaus muss man sich dann nur einen weißen Kittel überziehen und eine fahrbare Krankenliege organisieren. In der Nähe der Notaufnahme dürften da immer welche bereitstehen. Dann rollt man den mit einem Laken zugedeckten Körper in die Pathologie und nimmt, nun wieder ganz offiziell, einen anderen mit. In aller Frühe hat man da wohl nicht einmal Zeugen zu befürchten.«
»Einem Bestatter werden die meisten, die ihn und sein Auto als gewohnten Anblick im Krankenhaus wahrnehmen, ohnehin keine Beachtung schenken«, ergänzte Lisa.
Judith Brunner hielt das für ein durchaus mögliches Szenario. Hatten doch sowohl Dr. Renz als auch Dr. Frederich neben einem unbeobachteten Agieren von Weißkitteln auch eine relative Bewegungsfreiheit im Krankenhaus eingeräumt. Sie sagte: »Wir haben also drei identifizierte Mordopfer. Was uns immer noch fehlt, sind Verdächtige. Die Skoda-Fahrer scheiden wohl eher aus, es sei denn, jemand von Ihnen plädiert dafür, dass die Maler mit Holl und Pfeiffer wegen der Renovierung ihrer neuen Wohnung in Streit gerieten.«
Hatte Ritter richtig gehört? Sollte seine Chefin tatsächlich mal

einen Witz gemacht haben? Prompt ging er darauf ein: »Da wären wohl eher die Fäuste geflogen als Gift geflossen.«
»Stimmt!«, bestätigte Judith Brunner trocken und fuhr fort: »Bei Botho Ahlsens ist ebenfalls keine Tatbeteiligung erkennbar. Also bleibt uns nur die Legende um Jenny Holl. Was auch immer aus ihr geworden ist, ich will, das sie gefunden wird. Und zwar schnell!«
Das zustimmende Schweigen nutzte Dr. Grede, um noch kurz seinen Bericht los zu werden. Er hatte gestern bereits seine Friedhofsermittlungen abschließen können: Gleich die erste Gärtnerei, die unter dem Namen »Pflanzen-Mischer« schon seit Generationen Pflanzen züchtete, versprach auf einem kleinen, unscheinbaren Pappschild neben einigen Holzkistchen mit zarten Sellerie- und Porreepflänzchen, »Jetzt wieder seltene Gewächse – hinterm zweiten Gewächshaus« anzubieten. Im »Freilandgarten« fand Grede dann die feilgebotenen Exemplare, die ihn vermuten ließen, dass es sich um die vom Friedhof gestohlenen Gehölze handelte. Sie standen nicht bei den übrigen, in größeren Stückzahlen vorrätigen, gleich groß gewachsenen Setzlingen oder den Beerensträuchern, sondern separat, zwischen eingetopften Strauchrosen und jungen Obstbäumchen. Jede der Pflanzen war nur einmal zu haben. »Ungewöhnlich, oder? Also habe ich Werner Uhlig telefonisch zur Gärtnerei gebeten, ihm die Verkaufsstelle beschrieben und er hat ein Japanisches Zierahornbäumchen sofort wiedererkannt. Der Rest war eine Lappalie. Ich konfrontierte den Leiter der Gärtnerei mit unserem Verdacht und der hatte auch gleich eine Idee, wer von seinen Leuten sich da etwas hinzuverdienen würde. Er hatte nämlich unter seinen fünf Lehrlingen ein Pärchen, dem er bereits einen Verweis wegen unerlaubten Fahrens mit dem Gärtnereifahrzeug erteilen musste. Bis dato hatte er aber nur vermutet, dass die beiden gerne Auto fuhren, aber kein eigenes hatten. Nun hat er sich ohne viel Federlesens mit Uhlig auf eine Strafe für die Jungs geeinigt ... Allerdings geben mir die beiden keinen großen Anlass zur Hoffnung. Denn als ich von ihrem Chef als Stellver-

tretender Leiter der Kreisbehörde der Volkspolizei vorgestellt wurde und sie mit den Vorwürfen konfrontierte, nahmen die das nicht einmal ansatzweise ernst. Sie betrachteten alles als größeren Spaß oder maximal als Kavaliersdelikt. Und dass sie ihre Lehrstelle vielleicht verlieren würden, schreckte die nicht ein bisschen! Erst als Uhlig, der ja eine ganz schön imposante Erscheinung ist, ein paar deutliche Worte an die beiden richtete, hörten die überhaupt mal zu. Dass sie an den nächsten Wochenenden Gärtnerarbeiten auf dem Friedhof zu erledigen haben würden, gefiel ihnen gar nicht. Kommenden Sonnabend erwartet Uhlig die beiden mit den Pflanzen um sieben Uhr früh am Friedhof. Sonst wüsste er ja, wo er sie finden kann!«

Für Lisa waren das alles natürlich keine Neuigkeiten, denn bereits gestern Abend hatte sie aus erster Hand von den Langfingern bei »Pflanzen-Mischer« erfahren. Sie war froh, die Ermittlungen etwas forciert zu haben, und auch dankbar für die Anerkennung, die den Worten von Dr. Grede über Werner Uhlig zu entnehmen war. Auch die anderen in der Runde waren zufrieden, diese Angelegenheit erledigt zu wissen und sich wieder wichtigeren Dingen zuwenden zu können.

»Ich werde mich gleich auf den Weg zu Hella Singer machen. Sie weiß ja noch gar nicht, dass ihr Mann auch vergiftet wurde. Ich hoffe, sie wird mir nun etwas mehr über ihn erzählen. Vielleicht ergibt sich daraus ein Motiv. Ohne kommen wir einfach nicht weiter.«

»Soll ich mitkommen?«, bot Dr. Grede an, doch Judith Brunner wollte lieber allein mit der trauernden Witwe sprechen.

~ 51 ~

Laura wurde von einem lauten Schnurren am Fußende ihres Bettes geweckt. Wilhelmina hatte rücksichtsvoll geschwiegen, bis sie hinten aus den Gärten das Singen eines unbekannten

Vogels vernommen hatte. Der interessierte sie. Sie wollte unbedingt erkunden, wie groß er war und ob er in ihrer Reichweite saß. Dazu musste ihr allerdings erst jemand das Fenster öffnen und der einfachste Weg war, einen Menschen zu animieren.
Geschwind stand Laura auf und tat ihr den Gefallen.
Wilhelmina hopste auf das Fensterbrett, sah hinaus und schien mit einem Mal unschlüssig, was sie mit ihrer Bewegungsfreiheit anfangen sollte. Oder sondierte sie nur die Lage?
Laura atmete die frische Landluft ein und schlug ihr vor: »Leg dich in die Sonne, ich komme auch gleich hinterher. Heute habe ich frei.«
Die Angesprochene hatte jedoch eigene Pläne, hüpfte auf den Hof und entschwand in die blühenden Büsche.
Laura machte sich noch im Schlafanzug ein kleines Frühstück und bekam dabei wieder Gesellschaft von Wilhelmina, die ihr Vorhaben abgebrochen hatte und zunächst eine Stärkung begehrte.
Nach dem Essen trank Laura ihre zweite Tasse Kaffee und nahm sich vor, bis zum Mittag etwas Ordnung zu machen. Als Erstes wollte sie ihre Bücher vom Fensterbrett ins Wohnzimmerregal räumen. Allerdings – ein Buch würde sie ganz bestimmt nicht in Waldau lassen, sondern wieder mit nach Berlin nehmen. Es war ihr zu kostbar und Laura hütete es wie einen Schatz. Mit einem heißen Gefühl nahm sie es in die Hand und lächelte klopfenden Herzens bei der Erinnerung daran, wie sie es geschenkt bekommen hatte ... Vor einigen Wochen wollte sie das Buch kaufen und bekam die Auskunft, dass es vergriffen sei. Die Buchhändlerin machte ihr auch keine Hoffnung, es noch irgendwie beschaffen zu können. Enttäuscht drehte Laura sich um und stolperte in dem engen Buchladen in einen dicht hinter ihr stehenden Mann. Für wenige Sekunden blickte sie in die gefährlichsten Augen der Welt. Dunkel, wach, entschlossen! Der Mann hielt sie mit beiden Händen fest, damit sie nicht fiel. Vielleicht einen Moment länger als nötig. Zog er sie an sich? Möglicherweise. Hoffentlich! Denn Laura fühlte plötzlich eine unerklärliche Schwäche und

brauchte den Halt. Doch wieso spürte er das? Die körperliche Präsenz des Fremden während der wenigen Augenblicke ihrer Berührung war absolut überwältigend. Laura versuchte, vermutlich wenig überzeugend, Gelassenheit zu zeigen und bat leise um Entschuldigung.

Der Mann ließ sie los und antwortete mit einem charmanten: »Wofür?«

Laura hatte eilig den Laden verlassen, emotional verwirrt. Seine leicht amüsierte Stimme hatte ihr vollends die Fassung geraubt. Am nächsten Abend kam ihr der Mann auf ihrem Heimweg entgegen und wieder reagierte ihr Körper mit Prickeln und weichen Knien, doch seine Augen hielten sie schon von Weitem. Mit tiefer, klarer Stimme sprach er sie an: Er hätte nur wenig Zeit. Ob sie gleich heute Abend, jetzt, mit ihm essen gehen würde? Irgendetwas trieb Laura dazu, ihm zu gestehen, dass sie völlig durcheinander und eigentlich zu müde sei, da sie nach ihrer gestrigen Begegnung in der letzten Nacht kaum geschlafen hatte.

»Fantastisch. Mir ging es genau so!« Mit dieser zufrieden klingenden Bemerkung nahm er Laura – wieder fest, und ohne ihre Zustimmung abzuwarten – bei der Hand und entführte sie in das Restaurant eines altehrwürdigen Hotels hinter einer unauffälligen grauen Fassade, mit dezenten Kellnern und einer ungewöhnlich luxuriösen Weinkarte. Es wurde der erregendste Abend, den Laura bis dahin erlebt hatte. Ihr Herz siegte über ihren Verstand und bedenkenlos stürzte sie sich in eine leidenschaftliche Nacht.

»Ich komme wieder«, versprach er am Morgen und sie glaubte ihm.

Eines Abends, nach fast drei Wochen ohne ein Lebenszeichen, stand er tatsächlich vor ihrer Tür.

Laura war in dieser Zeit vor Sehnsucht fast gestorben und weinte sofort los.

Es gelang ihm mit viel Geduld, sie zu beruhigen. »Sieh mich an«, forderte er unnachgiebig, doch seine Stimme legte sich wie eine

wärmende Hülle um ihren Körper, »ich komme wieder. Immer. Ich verspreche es dir. Ich weiß nur nie, wann. Mehr kann ich dir nicht bieten.«
Sie nutzten die wenigen Stunden, die ihnen blieben, um einander grenzenlos aufzunehmen.
»Warte auf mich, bitte.« Den Schmerz bei seinen Abschiedsworten spürte Laura jeden Tag, wenn sie allein ins Bett ging. Doch gelang es ihm, in den unendlichen Zeiten seiner Abwesenheit auf verschiedenste Art bei ihr zu bleiben – und so hatte eines Abends ein Päckchen mit dem Buch auf ihrem Kopfkissen gelegen.
Laura trank den letzten Schluck Kaffee und nahm seinen Brief zur Hand, las die wenigen Worte und strich behutsam über die Zeilen. Sie wollte unbedingt glauben, dass er recht behielt.
Laura merkte, dass sie die Gedanken betrübten. So stand sie lieber auf und machte sich ans Aufräumen.
Wilhelmina, die sich bis dahin auf ihrem Schoß verwöhnen ließ, fand sich urplötzlich am Boden wieder. Auf der Stelle sprang sie zurück auf den frei gewordenen Sessel. Mit immer wieder zufallenden Augen beobachtete sie argwöhnisch, ob sich auch nicht allzu viel in ihrer Küche veränderte.

Laura verbrachte ein wenig Zeit im Bad und zog sich dann gemächlich an. Während sie den Tisch abräumte, klopfte es an der Haustür, doch keiner kam ins Haus.
Nanu? Wer besuchte sie denn auf diese ungewöhnliche Weise? Die Nachbarn kamen sonst, einen Gruß in den Flur rufend, eigentlich immer gleich in die Küche. Doch niemand erschien.
Neugierig ging Laura nachsehen. »Leon!« Sie war überrascht. Er hatte sich noch nie bei ihr blicken lassen. Und wie er sie ansah? Hoffentlich bringt er keine schlechten Nachrichten. »Guten Morgen! Komm doch rein.«
Leons Lächeln wirkte verlegen. »Hallo! Guck nicht so! Alles ist in bester Ordnung. Ich wollte dich nur mal was fragen.«
Er schloss die Tür und folgte Laura in die Küche. Interessiert

sah er sich um. »Sehr behaglich«, kommentierte er drauflos, »hier sitzt ihr sicher oft gemütlich zusammen.«
Laura wunderte sich. Was war mit Leon los? Er hatte auf sie bisher nicht wie der häusliche Typ gewirkt. »Setz dich doch. Hast du schon gefrühstückt?«, fragte sie. »Möchtest du einen Kaffee oder einen Tee? Das Wasser ist schnell heiß.«
Leon entschied sich für Kaffee. »Wie ist das eigentlich so, unter einem Dach mit einer Hauptkommissarin zu wohnen?«, fragte er unbefangen.
»Na, eigentlich wohnt sie hier und ich komme eher ab und zu auf Besuch«, schränkte Laura ein, »Judith Brunner ist eine sehr angenehme Mitbewohnerin. Und ich bin wirklich beruhigt, dass sich jemand um das Haus kümmert, wenn ich nicht da bin. Wir verstehen uns prima.«
»Onkel Botho schwärmt ja auch mächtig von ihr. Und das will schon was heißen! Der hat ganz schöne Ansprüche, also, bis man den so beeindruckt ... Die Kommissarin scheint wirklich gut zu sein, bei dem, was sie tut.«
»Stimmt. Das kann ich nur bestätigen.« Laura begriff noch immer nicht, was er von ihr wollte. Warum horchte Leon sie über Judith aus?
»Und mit Walter Dreyer scheint deine Kommissarin ja auch bestens auszukommen. Der ist, seit sie seine Chefin ist, immer richtig gut drauf.« Er zwinkerte ihr zu.
Oh! Höchste Zeit, das Thema zu wechseln, dachte Laura. Sie servierte Leon seinen Kaffee und setzte sich zu ihm an den Küchentisch. »Dann kannst du dir ja daran ein Beispiel nehmen, wenn du später mal für einige Leute Verantwortung trägst. Dein eigener Chef bist du ja inzwischen, wie Astrid mir erzählt hat. Architekt und Abrissexperte; sogar als Landschaftsgärtner versuchst du dich – ich höre nur Gutes von deiner Arbeit.«
Leon freute das Lob. »Weißt du, es macht mir riesigen Spaß, Laura. Ich hätte nie gedacht, dass mich mal etwas so fesseln kann. Mein Kopf ist voll von Ideen und ich kann öfter kaum schlafen, so begeistert mich die Aussicht, den alten Park zu re-

konstruieren und die Gärtnerei wieder aufzubauen.«
»Ich finde dein Projekt großartig. Das kann dem ganzen Anwesen nur gut tun, und wer weiß, vielleicht wird ja wieder ein florierender Betrieb draus. Früher soll die Gärtnerei so richtig was hergemacht haben. Meine Großeltern schwärmten oft von den Pflanzen! Seltene Sorten waren dabei, und trotzdem ist immer alles angewachsen. Ein paar der alten Gehölze und Bäume stehen noch in meinem Garten hinterm Haus.«
»Tatsächlich?! Würdest du mir die mal zeigen? Bitte!« Leon wäre fast aufgesprungen.
Laura freute sein Enthusiasmus, obgleich sie sich ihn nicht erklären konnte. »Gerne. Komm! Verrätst du mir dann auch, warum du eigentlich zu mir gekommen bist?«
»Genau deswegen! Wegen so etwas bin ich hier.«
Sie traten auf den sonnigen Hof hinter dem Haus und Laura zeigte Leon einen alten knorrigen Obstbaum, der unweit des Holzschuppens auf einer kleinen Wiese wuchs. »Das ist eine Goldparmäne. Schmeckt herrlich, gibt es aber kaum noch zu kaufen. Und ein Bäumchen zum Nachpflanzen suche ich seit Jahren vergeblich. Und nun kommst du zu mir, und obwohl du keine Ahnung hast, was eine Goldparmäne ist, starrst du mich an, als wäre ich der Weihnachtsmann« sagte Laura, ohne ihn verspotten zu wollen.
Leons Miene wurde dennoch ernster. »Pass auf. Was ich möchte, ist, sowohl die Gärtnerei als auch den Gutspark wieder herzurichten. Und zwar so originalgetreu wie möglich. Deswegen suche ich auch alte Pflanzen und Gehölze, die von dort stammen könnten. Vielleicht kann man davon Samen oder Setzlinge nehmen und sie nachzüchten.«
»Das ist eine wunderbare Idee!« Laura war begeistert. »Ich kenne ein paar der Älteren hier in Waldau, die du deswegen sicher fragen kannst. Ich komme auch gern mit, wenn du möchtest, und wir reden gemeinsam mit den Leuten.«
»Prima. Das Angebot nehme ich gerne an. Aber eigentlich wollte ich dich um einen anderen Gefallen bitten.«

Endlich kam Leon auf den Grund seines Besuches zu sprechen. Laura war gespannt: »Na?«
»Ich suche alte Pläne und Bauzeichnungen zum Gut. Von den Gebäuden und vom Park. Bei Onkel Botho habe ich zwar einiges gefunden, denn sein Bruder hatte in einem Büroschrank zwei große Mappen aufbewahrt. Doch das Material ist fast alles aus derselben Zeit, zwanziger und dreißiger Jahre. Da gab es wohl allerhand Umbauten am Haus und einige Bäume und ein Zierteich wurden der Neuanlage von Garagen geopfert. In Büchern habe ich auch etwas gefunden, doch nur Beschreibungen, kaum mal ein Bild. Das reicht mir nicht. Ich brauche Abbildungen. Außerdem will ich weiter zurück in der Zeit, viel weiter. Du weißt doch sicher, wie ich solche Dokumente finden kann.«
Leon war anspruchsvoll und dachte in Dimensionen, die Laura ausgesprochen gut gefielen. Ihre Sympathie für den jungen Mann wuchs. »Natürlich helfe ich dir, Leon. Das mache ich gern.«
»Wirklich? Das freut mich! Astrid sagte nämlich, dass du genau die Richtige für so etwas bist.«
»Leon, das ist mein Beruf! Vertrau mir, wenn es noch Unterlagen gibt, finden wir die auch.«
Sie setzten sich auf die sonnenbeschienene Gartenbank.
»Du verdienst also dein Geld damit, dass du für die Leute so was rauskramst? Alte Karten und Pläne? Keine schlechte Arbeit!«
Laura stimmte ihm zu, doch sie erzählte Leon auch von den langweiligeren Anfragen, die eigentlich aus jeder beliebigen Tageszeitung zu beantworten gewesen wären, und von den weniger angenehmen Recherchen, die bei familiären Tragödien, bedrückenden Verbrechen oder infolge von Katastrophen zu erledigen waren.
Dann begann sie, Leon zu erklären: »Du weißt sicher, dass das Gut deines Onkels eine große Tradition hat. Es ist als Rittergut gegründet worden und eure Vorfahren haben als Landräte und Abgeordnete gewirkt. Dazu ist schon einiges publiziert worden; manches davon finden wir bestimmt in den Sammlungen der

Gardelegener Stadtbibliothek. Damit beginnen wir. Ich rufe gleich nachher dort an. Den Leiter der Bibliothek kenne ich gut und er wird uns gern unterstützen. Wann hättest du denn Zeit?«
Leon überlegte kurz und meinte dann, sich Anfang der nächsten Woche ein, zwei Tage freimachen zu können.
»Gut. Für den Anfang reicht das. Doch wenn wir in dieser Bibliothek fertig sind, fragen wir unbedingt in der in Salzwedel nach, und danach arbeiten wir uns durch die Archive, und das wird dann aufwendiger. Da kommen nämlich einige infrage, denn die Altmark gehörte allein in den letzten zweihundert Jahren zu diversen Königreichen und Provinzen. Die alten Registraturen der kurmärkischen Verwaltung liegen im Staatsarchiv in Potsdam, da habe ich selber schon einige Male recherchiert; die der brandenburgischen Städte, Ämter und Kreise und der adeligen Familien findet man im Geheimen Staatsarchiv Preußischer Kulturbesitz in Berlin, da kommen wir nicht ran. Aber die Archivare vom Staatsarchiv in Magdeburg könnten uns vielleicht auch helfen. Und die Stadtarchive und Museen hier in der Altmark verwahren ebenfalls Quellen, da gibt es allerhand interessante Möglichkeiten, fündig zu werden. Ich kümmere mich darum, Leon«, versprach Laura und fing in Gedanken schon an, ihre Telefonate zu planen. Dann fiel ihr weiter ein: »Und in den Bauämtern sollten wir wegen der Bauakten nachfragen. Eventuell gibt auch die Grundakte beim Kreisgericht noch was her ...«
»Stopp! Stopp! Ich sehe schon, es war richtig, Astrids Rat zu folgen«, unterbrach Leon, dankbar lächelnd, Lauras eifrige Überlegungen, »hab vielen Dank.« Seine spontane Umarmung geriet auf der kleinen Gartenbank etwas ungeschickt, wirkte aber umso ehrlicher. Dann lachte er auf: »Klärst du mich noch auf, was eine Goldparmäne ist, bevor wir loslegen?«
»Besser noch! Ich werde dir sogar was mitgeben, dann kannst du entscheiden, ob sich die erneute Anzucht lohnen könnte«, meinte Laura. »Warte bitte einen Moment.«
Kurz danach kehrte sie aus dem Keller zurück und drückte Leon zwei Flaschen vom goldgelben Apfelsaft in die Hand.

~ 52 ~

In Breitenfeld parkte Judith Brunner gleich hinter dem Ortseingang, in einer Einfahrt vor einem leer stehenden, leicht verfallenen Hof. Sie ging das kleine Stück zum Haus der Singers zu Fuß, um sich auf das kommende Gespräch vorzubereiten. Der Besuch bei Hella Singer fiel ihr schwer. Judith empfand tiefes Mitgefühl für die Witwe. Die erwartete sicher die Nachricht, endlich ihren Mann würdevoll beisetzen zu können. Stattdessen würde sie erfahren, dass er ermordet worden war.
Hella Singer nutzte die milde Witterung und arbeitete im Vorgarten. Sie schnitt offenbar Sträucher zurück, doch Judith kannte sich zu wenig in der Gartenarbeit aus, um das richtig einschätzen zu können.
Ein breites, schwarzes Seidenband hielt Hella Singer die Haare aus dem grazilen Gesicht. Sie trug einen dunkelvioletten Hausanzug und war wieder barfuß.
Judith Brunner rief leise einen Gruß über den Gartenzaun und Hella Singer kam ihr unverzüglich entgegen. Verlegen putzte sie sich etwas Dreck von ihren Händen und ihrer Kleidung. Dann öffnete sie der Hauptkommissarin die Gartentür: »Guten Tag. Verzeihen Sie meinen Aufzug, aber ich habe nicht mit Ihrem Besuch gerechnet.«
»Nicht doch. Ich möchte Sie um Entschuldigung bitten, hier ohne Anmeldung herzukommen«, wandte Judith Brunner ein, »aber ich muss dringend mit Ihnen sprechen.«
Hella Singer glaubte zu verstehen: »Ah! Sie haben meinen Mann endlich gefunden? Kommen Sie doch mit ins Haus. Ich koche uns einen Tee.«
Judith hoffte inständig, dass sie die erwartungsvolle Stimmung dämpfen konnte, ohne größeren Schaden anzurichten: »Bitte nicht für mich. Frau Singer, ich bringe keine guten Nachrichten.«
»Haben Sie ihn denn immer noch nicht gefunden?«, fragte Hella Singer vorwurfsvoll. Währenddessen ging sie zu einer am rech-

ten Hausrand stehenden Gartenbank – mit Blick zum nahe gelegenen Waldrand.
Die beiden Frauen setzten sich.
Judith Brunner musste die Vorhaltung bestätigen: »Leider nein. Aber ich bin nicht deswegen hier.« Sie wartete einen kurzen Moment und sah Hella Singer offen ins Gesicht. »Unsere Untersuchungen haben ergeben, dass Ihr Mann ermordet wurde.«
»Was!?« Der Körper der Frau erstarrte.
Wie anders sollte diese Frau ihre Fassungslosigkeit auch ausdrücken! Hella Singer war geschockt. Das war ihr deutlich anzusehen. Langsam füllten sich ihre Augen mit Tränen.
Judith Brunner fragte behutsam: »Soll ich jemanden für Sie anrufen oder einer Nachbarin Bescheid sagen?«
Wortlos schüttelte Hella Singer den Kopf.
»Darf ich Ihnen einige Fragen stellen?«, tastete Judith Brunner sich weiter vor. »Wir benötigen für unsere Ermittlungen noch einige Angaben.«
Nach einer kleinen Ewigkeit bewegte Hella Singer sich wieder. »Wie?«
Natürlich. Sie wollte wissen, was ihrem Mann passiert ist. Judith Brunner antwortete: »Er wurde vergiftet.«
»Gift?«
Judith Brunner nickte.
»Aber ... Wie denn?« Hella Singer überlegte. »Fühlte er sich deswegen so schlecht, als er vom Einkaufen kam? Warum haben die das im Krankenhaus nicht gleich erkannt?«
»Das kann ich Ihnen auch nicht beantworten. Aber die Symptome dieser speziellen Vergiftung sind nicht so einfach zuzuordnen. Sie sind, wie man so sagt, recht unspezifisch. Unser Rechtsmediziner hat nämlich herausgefunden, dass Ihr Mann mit Schierling vergiftet wurde.«
»Wie bitte? Wie Sokrates?«
Judith Brunner hob bestätigend die Schultern.
»Und dann schneidet man ihm noch die Hände ab? Wozu?«
»Das wollen wir ja herausfinden. Schaffen Sie es, mir ein paar

Fragen zu beantworten?«
Fast demütig antwortete Hella Singer: »Fragen Sie.«
Judith holte tief Luft. »Frau Singer, wer könnte Interesse an der Ermordung Ihres Mannes gehabt haben?«
Ratlos schüttelte die Frau den Kopf. »Niemand! Er hat nie jemandem etwas getan!«
Das stimmte nicht, wusste Judith Brunner. Doch wusste es auch Hella Singer? Die Kommissarin war sich nicht sicher, ob sie die Attacke Singers auf Holl zur Sprache bringen sollte. »Wie lange kannten Sie Ihren Mann eigentlich?«
»Was soll die Frage?!«
»Es besteht die Möglichkeit, dass das Motiv für den Mord an Ihrem Mann einige Jahrzehnte zurückliegt.«
Falls Hella Singer diese Annahme verwundern sollte, ließ sie es nicht erkennen. »Nun ja! Wir haben uns 1960 das erste Mal getroffen, durch eine Studienreise von Eduard. Er hat in einer Pension bei uns im Ort übernachtet.« Der Anflug eines Lächelns zeigte sich auf ihrem Gesicht. »Noch im selben Jahr haben wir geheiratet und sind hierher in das Haus seiner Familie gezogen. Wir haben immer recht einfach und bescheiden gelebt. Da ist nichts, was so etwas Unerträgliches wie Eduards Ermordung rechtfertigen könnte.«
Judith Brunner dachte nach. Das Paar hatte sich ein paar Jahre nach den Ereignissen um Jenny Holls Vergewaltigung kennengelernt. Singer musste seiner Frau nichts davon erzählt haben. Sie fragte: »Sagen Ihnen die Namen Otto Holl oder Arnold Pfeiffer etwas?«
Hella Singer schloss die Augen einen Moment und überlegte. »Nein. Wer sind die beiden?«
»Wir sind bei unseren Ermittlungen auf diese Namen gestoßen«, blieb Judith Brunner in ihrer Antwort vage.
Doch schien Hella Singer an einer weitergehenden Erklärung nichts zu liegen. Sie lehnte sich auf der Bank zurück und blickte ins Leere.
Lisa Lenz hatte Judith von einer Geldquelle berichtet, von der

Holl und Pfeiffer behauptet hatten, einfach darauf zurückgreifen zu können. »Verfügen Sie über Vermögen? Oder irgendetwas von Wert?«, fragte sie Hella Singer.
»Woher denn? Eduard war Lehrer und ich Verkäuferin. Seit einigen Jahren schon leben wir von seiner Rente. Wir kommen – kamen – immer gut zurecht, auch ohne dass wir reich waren. Nein. Bei uns gab es nicht viel zu holen.«
Das Gespräch nahm Hella Singer mittlerweile sehr mit. Judith Brunner versuchte es noch mit ein, zwei Nachfragen, doch auch damit gelang es ihr nicht, brauchbarere Auskünfte zu Eduard Singers Leben zu erhalten. Die Frau schien am Ende ihrer Kräfte.
Judith Brunner verabschiedete sich.
Auf der Rückfahrt dachte sie erneut über mögliche Gründe für Singers Ermordung nach. Kurz vor Gardelegen fiel ihr ein, dass sie eines der klassischen Mordmotive bisher völlig außer Acht gelassen hatte – die Eifersucht. Gab es außereheliche Beziehungen bei den Singers? Liebe und Hass lagen oftmals nahe beieinander. Hella Singer war eine schöne Frau und das Alter spielte bei derlei Dingen keine Rolle. Und was wäre, wenn ...

~ 53 ~

Walter Dreyer hatte seine übliche Morgenrunde durch Waldau beendet. Dieser längere Kontrollgang gehörte zur Routine seiner Arbeit, an die sich alle Bewohner im Dorf längst gewöhnt hatten. Die Waldauer verließen sich quasi schon darauf, ihren Ortspolizisten bei dieser Gelegenheit ansprechen zu können und kamen deshalb kaum noch zu den Sprechzeiten in sein Büro. Dreyers Weg führte ihn an allen Gehöften vorbei; er sah auch nach den abgelegeneren Ställen, den weniger genutzten Gebäuden oder den außerhalb des Dorfes gelegenen Gärten. So

konnte er sich vergewissern, dass alles in Ordnung war – oder eben nicht. Doch Anlass zur Aufregung gab es selten, von ernsten Vorfällen ganz zu schweigen. Dreyer gab bei seinen Spaziergängen auch immer acht, ob die betagten oder erkrankten, allein lebenden Waldauer zurechtkamen, wie es Alfi Schuler oder anderen über die Maßen trinkenden Zeitgenossen erging, oder er ertappte Wiederholungstäter beim Schuleschwänzen und brachte sie zum Unterricht.
Besonders aufmerksam war er immer, wenn er am Haus von Elvira Bauer vorbeikam. Die junge Frau sah trotz des neuen Glücks mit Leon Ahlsens immer noch ein wenig verschattet aus, und Dreyer konnte mit seinen Schuldgefühlen, sie zu Beginn ihres Lebens in Waldau nicht genügend unterstützt zu haben, nur schwer fertig werden. Doch je deutlicher wurde, wie gut es den Kindern, Elvira und Leon gemeinsam ging – und ein Baby war da wohl ein zuverlässiger Hinweis – desto schweigsamer wurde sein Gewissen.
Heute Vormittag war er, ohne sich akut um etwas kümmern zu müssen, von seinem Rundgang ins Büro zurückgekehrt. Nun saß er an seinem Schreibtisch, eine Tasse frisch gebrühten Kaffees vor sich. Er überlegte, ob er sich aufraffen könnte, etwas von dem unvermeidlichen Papierkram zu erledigen. Eher nicht. Lieber wollte er gleich wieder los und einige Leute gezielt auf Jenny Holl ansprechen. Sie hatte damals ganz bestimmt Freundinnen im Ort gehabt. Oder nicht, als Schwester eines Verbrechers? Jemand musste sie doch gekannt haben! Vielleicht hatte der eine oder andere in den zurückliegenden Jahren etwas von ihr gehört? Walter hoffte das stark.
Auch die beiden Fälle, die Laura zu Berthold Lemke recherchiert hatte, beschäftigten ihn. Zumindest von den älteren Waldauern würde sich eventuell noch jemand an die schweren Verbrechen erinnern können. So etwas vergaßen die Leute eigentlich nie.
Mitten in seine Überlegungen hinein rief Judith an.
»Bitte, rette mich«, bat er sie scherzhaft. »Ich kann mich nicht

entscheiden, was ich als Nächstes tun soll. Außer, mit dir zu sprechen natürlich – und meinen Kaffee in Ruhe auszutrinken.«
Judith blieb ungewöhnlich ernst. »Da kann ich dir sogar helfen. Ich habe nämlich eine dringende Bitte an dich.« Sie schilderte Walter kurz ihr Gespräch bei Hella Singer. »Könntest du dir mal eine Meinung zu ihr bilden? Vielleicht war ich von ihrer Trauer zu geblendet.«
Walter war verwirrt. »Klar, mach ich. Aber glaubst du wirklich, einer von den Singers hatte ein Verhältnis? Und jetzt soll sie ihn sogar umgebracht haben? Ich vermutete nach deinen Schilderungen eher eine äußerst innige Beziehung.«
»Davon gehe ich auch immer noch aus, wir dürfen allerdings keine Option ungeprüft lassen. Es ist nicht nur eine Frage der Vollständigkeit.«
»Du meinst also, wenn Rache und Geld als Motive ausscheiden, bleiben immer noch die Liebe oder die Eifersucht? Na, warum nicht?! Zumindest spricht die Statistik bei Giftmorden eine deutliche Sprache hinsichtlich der Ehefrauen.«
»Richtig. Mir ist jeder Hinweis sehr willkommen. Ach bitte, fahr nicht in Uniform zu ihr. Ich möchte nicht, dass sie sich als verdächtigt fühlt. Bestimmt liege ich mit meinen Überlegungen auch völlig falsch.«

Und so war Walter Dreyer schleunigst nach Breitenfeld aufgebrochen, um Singers Witwe behutsam auszuhorchen. Zu diesem heiklen Thema ein oder zwei Nachbarn zu befragen, konnte auch nicht schaden.
Als er von der schmalen Landstraße rechts in den Ort abbog, sah er glücklicherweise gerade noch, dass hinten, am Ende der mit Kopfsteinen gepflasterten alten Dorfstraße, Hella Singer auf ihr Fahrrad stieg und kraftvoll in die Pedalen trat. Sie fuhr auf dem Sandweg in Richtung des nahen Waldes. Herrje! Wie sollte er sie da noch abfangen? Mit seinem Wagen konnte er ihr nicht lange folgen, denn Walter wusste, dass dieser Wanderweg bald viel zu schmal für ein Auto wurde. Sollte er auf Hella Sin-

gers Rückkehr warten?
Ach was! Wo besser, als in freier Natur, konnte man ungezwungen über das Thema Liebe und Beziehungen reden? Walter nahm es geduldig hin, dass einige Hühner, die hier und da in aller Seelenruhe nach einem Happen pickten, die Dorfstraße überquerten, wendete und parkte dann seinen Wagen vor dem Haus von Manfred Lange, seinem Kollegen in Breitenfeld. Ohne große Erklärungen zu verlangen, lieh der ihm ein Fahrrad.
Walter Dreyer radelte Hella Singer zügig hinterher und war sich sicher, sie bald eingeholt zu haben. Ihr Vorsprung konnte höchstens zehn Minuten betragen. Der Feldweg war trocken und trotz des sandigen Untergrundes gut befahrbar. Jeden Augenblick müsste er sie sehen können. Doch auch während Walter den nächsten Kilometer fuhr, konnte er sie nicht entdecken. Wo war sie hin? Nirgends zweigte ein Weg ab; weit und breit war niemand zu sehen. Walter stieg vom Rad und sah sich um. Es herrschte einen Moment fast absolute Stille, dann nahm er Insektengesumm und die weit entfernten, leisen Straßengeräusche wahr. Die Bienen waren in der Mittagssonne fleißig unterwegs und Walter erinnerte sich, dass ein ganzes Stückchen weiter hinten im Wald, auf einer Lichtung, ein Imker aus Jeggau in den letzten Jahren stets seine Bienenwagen aufgestellt hatte.
Wollte Hella Singer vielleicht dorthin? Honig gab es allerdings noch nicht. Unter Umständen kannte sie aber den Imker und wollte ihn besuchen?
Viele Möglichkeiten blieben nicht und diese war einen Versuch wert. Zudem kannte er eine Abkürzung, denn seine geheime Krause-Glucken-Stelle war ganz in der Nähe.
Walter stieg wieder auf sein Fahrrad und fuhr bis zum Waldrand weiter, lehnte das Rad an einen Baum und begann auf dem herrlich weichen Boden einen kurzen Streifzug quer durch den Wald. Um nach seinem Sprint wieder etwas abzukühlen, ging er langsam. Dabei mühte er sich, auf keinen der trockenen Äste am Boden zu treten oder sonst irgendein unnötiges Geräusch zu verursachen. Vielleicht konnte er Hella Singer dadurch sogar

hören, wenn sie nicht ganz so vorsichtig durch den Wald lief. Trotz des geringen Tempos hatte er die Lichtung nach gut einer Viertelstunde erreicht und sah dort, wie schon in den letzten Jahren, drei alte Wagen stehen.
Die beiden äußeren beherbergten die Bienenvölker. Die ursprüngliche Farbigkeit der verschieden bemalten Kästen war kaum noch zu erkennen. Der mittlere Wagen, der in einem früheren Leben wohl als Bauwagen gedient hatte, war unterteilt und bestand augenscheinlich zur größeren Hälfte aus einem Arbeits- oder Aufenthaltsraum für den Imker. Die andere Hälfte war ein Lagerraum. Ein quadratisches Fensterchen ließ Tageslicht in den Wagen. Aber es war zu klein, um irgendetwas vom Innenleben preiszugeben.
Jetzt sah Walter, dass er Glück mit seiner Vermutung hatte: Am Geländer einer einstmals robusten Stiege, welche aus ein paar rohen Brettern gezimmert worden war und hoch zur schmalen Tür des Wagens führte, lehnte ein Damenfahrrad. Von der Besitzerin war nichts zu sehen.
Walter ging über die Lichtung und war eben im Begriff, an die Tür zu klopfen, als diese aufschwang und Hella Singer, nach unten auf die morsche Treppe blickend, laut lachend heraustrat. So sah sie einen Augenblick zu spät auf und entdeckte den Polizisten erst, als ein Mann hinter ihr in die Tür getreten war, bei dessen Anblick Walter Dreyer spürte, wie sich ein Eisklumpen in seinem Magen bildete.

~ 54 ~

Eduard Singer lebte! Wie war das nur möglich? Seine Hände waren doch auf den Baumstämmen ... Dreyer sah fassungslos von den vorhandenen Händen zum Gesicht des Mannes auf, der ihn ebenso anstarrte. Doch die Miene Eduard Singers verriet neben dem Entsetzen auch unbändige Wut.

Walter Dreyer wurde von Panik ergriffen. Wenn Singer lebte – und immerhin stand der recht lebendig vor ihm –, dann hatten er und seine Frau nicht nur für einen gigantischen Schwindel gesorgt, sondern mit ziemlicher Sicherheit auch Menschen umgebracht. Und mit diesem mörderischen Paar war er nun alleine, mitten im Wald! Unbewaffnet. Nicht einmal sein Kollege aus Breitenfeld wusste genau, wo er war.
Walter erwog kurz, ob die beiden ihn erkannt hatten, bis ihm einfiel, dass das vermutlich gar nicht entscheidend war. Das Ehepaar wurde zusammen gesehen, das war viel gefährlicher für sie. »Was machen wir jetzt?«, fragte er, um Haltung bemüht.
Hella Singer hob die Schultern und wandte sich ruhig ihrem wartenden Mann zu: »Fahren wir gleich?«
»Sicher. Doch erst müssen wir für ihn noch eine Lösung finden«, deutete Eduard Singer mit dem Kopf auf Walter Dreyer. »Sie kommen am besten mal zu mir rein«, forderte er ihn auf, »da können wir uns unterhalten.«
»Ich fürchte, das muss ich ablehnen«, entgegnete Walter mit gepresster Stimme. Er würde bestimmt nicht freiwillig zu diesen Leuten in den Wagen steigen.
»Ihnen passiert nichts, glauben Sie mir«, versicherte Hella Singer. »Warum sollten wir Ihnen denn was tun? Was zu erledigen war, haben wir getan. Sie brauchen sich nicht zu fürchten!« Fast schien es, als könne sie Walter Dreyers Ängste tatsächlich nicht verstehen.
»Dass ich Sie beide hier entdeckt habe, spielt natürlich überhaupt keine Rolle!«, entgegnete er beißend. »Wie lange wollten Sie das Versteckspiel eigentlich durchhalten? Irgendwann hätte Sie jemand gesehen, oder?« Er sah Eduard Singer fragend an.
Der hatte sich inzwischen von dem Schreck erholt und blieb gelassen. »Vielleicht. Vielleicht auch nicht. Das ist völlig egal. Wir müssen jetzt weg und Sie werden uns gewiss nicht aufhalten.«
»Was wollen Sie denn machen? Mir eins über den Schädel ziehen?« Walter wusste auch nicht, warum er diesen dämlichen Vorschlag machte. Hatten ihn alle guten Geister verlassen?

Singer schien diese Möglichkeit auch kurz zu erwägen, aber dann verwarf er sie wieder. »Zu dieser Sorte Menschen gehören wir nicht! Ich würde es bevorzugen, wenn wir eine weniger brutale Lösung fänden. Sehen Sie, wir benötigen nur einen kleinen Vorsprung. Dann sind Sie uns für immer los. Doch auf diesen minimalen Vorteil muss ich bestehen. Also kommen Sie endlich rein! Ich will Sie nur einsperren.«

Dreyer überlegte angestrengt. Er glaubte Eduard Singer nicht. Kein Wort. Was hatten die beiden vor? Waren sie wirklich überzeugt, fliehen zu können? ›Fahren wir?‹, hatte Hella Singer ihren Mann gerade erst gefragt. Und wohin überhaupt? Zugegebenermaßen hatte Eduard Singer mit einem recht: Sie vergifteten ihre Opfer – das rohe Erschlagen gehörte nicht zu ihren Methoden. Bis jetzt. Wer weiß?

Eduard Singer stand immer noch oben im Kabuff, seine Frau versperrte ihm den Weg auf der obersten Stufe.

»Ich steige nicht da rein!«, schrie Walter, um sich Mut zu machen. Blitzartig drehte er sich zur Seite und rannte davon, so schnell wie noch nie in seinem Leben.

Die Telefonverbindung war schlecht. Außerdem war Walter aufgeregt und noch außer Atem, als er seinen Bericht begann. Dann sagte er, schon etwas ruhiger geworden: »Ich habe hinter mir nur ein Motorrad starten gehört, und als ich aus dem Wald raus war, sah ich die Singers in einiger Entfernung davonfahren. Ich bin nach Breitenfeld zurück, so schnell das mit einem Fahrrad auf einem Sandweg eben geht, und hatte Glück: Manfred Lange hat in seinem Büro auf mich gewartet. Auf jeden Fall – weit können die beiden noch nicht sein!«

Judith konnte es kaum fassen. »Eduard Singer lebt also und ist jetzt mit seiner Frau auf der Flucht?!«

»Ja, genau das habe ich dir eben erzählt.« Walter konnte ihre Überraschung gut verstehen.

»Und dir geht es gut?« Schlagartig war Judith die Gefahr, in der Walter vor einigen Minuten noch steckte, bewusst geworden.

Der untergetauchte Singer war, und da bestanden für Judith keinerlei Zweifel, für die Morde an Otto Holl und Arnold Pfeiffer verantwortlich. Bestimmt auch für den Mord am Besitzer des Händepaares, wer immer das auch war. Was hatte diesen Mann abgehalten, auch Walter noch umzubringen? Die Anwesenheit seiner Frau Hella? Die musste ihm zweifelsohne bei allem geholfen haben!
Judith spürte, wie sich ihr Herzschlag nach einem schrecklichen Moment der Angst wieder normalisierte. »Du bist also bei Lange im Büro?«, vergewisserte sie sich nochmals. Sie sah den Breitenfelder Ortspolizisten im Geiste vor sich stehen. Ein zuverlässiger Mann.
»Es ist alles in Ordnung, glaube mir. Der Singer wollte mir überhaupt nichts antun, nur kurz einsperren wollte er mich. Sie bräuchten einen kleinen Vorsprung.« Walter, der Judiths Bangen spürte, versuchte, sie mit einer harmlosen Variante der Geschichte weiter zu beruhigen. Dann schlug er vor: »Am besten, wir sehen uns sofort bei den Singers zu Hause um. Vielleicht finden wir einen Hinweis auf das Ziel ihrer Flucht. Ich warte dort auf euch. Den Manfred Lange werde ich kurz über alles informieren. Dann schicke ich ihn zu den Bienenwagen raus. Soll er dort alles im Auge behalten.«
»Gute Idee«, stimmte Judith ihm zu. »Bis gleich ... Und pass bloß auf dich auf!«

Kaum dass Judith Brunner den Hörer aufgelegt hatte, lief sie aus ihrem Büro und rief Lisa zu: »Kommen Sie, rasch!«, und stürmte weiter zu Dr. Grede. Der sah überrascht auf und staunte ebenfalls nicht schlecht, als ihm seine Chefin entgegenschmetterte: »Eduard Singer lebt!«
»Wie bitte?«
»Wirklich! Walter Dreyer hat ihn und seine Frau vor Kurzem im Wald bei Breitenfeld entdeckt. Singer hatte sich in einem Bienenwagen versteckt gehalten.«
»Wieso kann der noch leben? Seine Hände sind ihm doch post

mortem entfernt worden. Was hat das zu bedeuten?« Dr. Grede konnte es immer noch nicht fassen.
»Unser Mordopfer ist gar nicht tot?« Auch Lisa brauchte eine zweite Bestätigung.
Mehr Zeit für ihre Verblüffung hatten sie jedoch nicht, denn Judith Brunner verteilte die Aufträge: »Lisa, Sie lösen bitte umgehend die Fahndung nach den beiden aus. Sie sind auf einem Motorrad unterwegs. Der Vorsprung dürfte höchstens eine halbe Stunde betragen. Und Sie, Dr. Grede, sammeln bitte Thomas Ritter und sämtliche seiner verfügbaren Leute ein. Sie müssen umgehend nach Breitenfeld fahren und das Haus und den Unterschlupf der Singers untersuchen. Das könnten zwei mögliche Tatorte sein. Ich fahre schon vor. Solange es noch hell ist, will ich mir mal das Versteck im Wald ansehen.«

~ 55 ~

Judith Brunner fuhr, um einiges schneller als die Polizei erlaubte, über die Dörfer. Nicht nur, weil sie sich bei Tageslicht mehr Hinweise auf ein Fluchtziel Eduard Singers erhoffte, sondern auch, weil sie wusste, dass die beiden Flüchtigen bei Nacht in der waldreichen Gegend unmöglich zu finden sein würden. Jetzt zählte jede Minute, zumal sie nicht voraussehen konnte, was die Singers noch vorhatten.
Unwillkürlich achtete sie auf alles mit zwei Rädern, obwohl sie eigentlich überzeugt war, dass Hella und Eduard Singer, wenn sie aus der Gegend verschwinden wollten, jetzt wohl kaum auf den Landstraßen zwischen Gardelegen und ihrem Heimatdorf unterwegs sein würden. Und richtig – die von ihr registrierten Motorräder waren nur mit einer Person besetzt, und bei manchem Fahrer hätte Judith wegen des geschlossenen Helmes und der Bekleidung ohnehin nicht erkannt, wer sich unter der Montur befand.

Nach zwanzig Minuten war sie vor Ort, stieg aus dem Wagen und konnte mit einem Mal trotz ihrer Sorgen entspannt lächeln. Walter begrüßte sie vor dem Haus der Singers, lässig wie ein Cowboy an ein altes, wuchtiges Motorrad gelehnt und an einen imaginären Hut tippend. »Kommen Sie, Frau Hauptkommissarin«, rief er ihr zu, »reiten wir gleich in den Wald.«
»Woher stammt denn dieser Feuerstuhl?«, staunte Judith und war froh, mit Jeans und Halbschuhen robust genug für eine Motorradfahrt gekleidet zu sein.
»Der stand bei Manfred Lange in der Scheune, immer für Notfälle einsatzbereit, wie er mir sagte. Er selbst ist vorhin mit seinem Mofa losgefahren und wartet bei den Bienenhäusern auf uns. Wir können also diesem Gaul die Sporen geben. Als seine Chefin musst du Lange für seine Weitsicht unbedingt belobigen«, schlug Walter in aufgeräumter Stimmung vor. Er freute sich auf die kleine Motorradtour mit Judith auf dem Sozius, auch wenn die Umstände außergewöhnlich waren.
»Da überlege ich mir auf jeden Fall etwas. Doch wen lassen wir hier, bis Ritter kommt? Wenn wir beide wegfahren, ist das Haus der Singers wieder unbewacht.«
Aber der Breitenfelder Polizist hatte auch dafür vorgesorgt. Walter informierte Judith: »Lange hat seinem Sohn Bescheid gesagt. Der ist neunzehn Jahre alt und Freiwilliger Helfer bei der Volkspolizei. Er übernimmt die Wache. Ewig wird die Spurensicherung doch nicht mehr brauchen?«, vergewisserte sich Walter und sah erwartungsvoll die holperige Dorfstraße hinauf.
Nach wenigen Augenblicken erschien Lange Junior, ein kräftiger, imposanter Kerl. Selbstbewusst nahm er seinen Wachposten im Auto des Waldauer Ortspolizisten ein.
Walter und Judith knatterten los.

Diesmal nahm Walter keine Rücksicht auf die Natur. Er fuhr am etwas festeren Rand des Sandweges und so manches Pflänzchen wurde dabei überrollt. Ein winziges Tier mit glänzendem braunen Fell schaffte es gerade noch so, sich vor den breiten

Reifen des Motorrades in die Brombeerbüsche des Unterholzes zu retten.
Walter hielt an derselben Stelle wie vor knapp anderthalb Stunden. Er nahm wieder den kürzesten Weg und Judith folgte ihm. An der Lichtung angekommen, sah sie sich aufmerksam um. Es war ein schöner, windgeschützter Ort, und obwohl die Sonne den Boden nicht mehr überall erreichte, war es noch hell genug, um Einzelheiten zu erkennen.
Manfred Lange, der auf einem ausrangierten Holzkasten neben dem rechten Wagen gehockt hatte, stand auf und begrüßte seine Vorgesetzte vorschriftsmäßig.
Judith Brunner grüßte zurück und bedankte sich freundlich für die umsichtige Hilfe des Dorfpolizisten.
Das Lob war aufrichtig gemeint und Lange spürte das. Verlegen rieb er sich die Hände an seiner Uniformjacke.
Unterdessen bemerkte Walter Dreyer etwas, das ihm bei seinem ersten Besuch am Nachmittag gar nicht aufgefallen war: Er hörte kein Summen. »Wo sind die Bienen?«, fragte er sich laut.
»Die hat er dieses Jahr weggegeben«, wusste Manfred Lange.
»Sie kennen den Imker wohl?«, hoffte Judith Brunner. Gab es einen neuen Akteur um das mörderische Geschehen? Singers Auferstehung von den Toten hatte sowieso alle bisherigen Gedankenspiele infrage gestellt.
»Ja, ein wenig«, bestätigte Lange. »Der steht schon eine Ewigkeit mit seinen Wagen hier, doch für dieses Jahr hat er seine Völker zum Imkerverein nach Klötze in Pflege gegeben. Vielleicht rappelt er sich noch mal auf und macht im nächsten Jahr weiter. Der Honig von hier war immer schön cremig.«
Das glaubte Walter gern. »Erinnerst du dich, seit wann die Wagen leer stehen?«
Lange nickte bedächtig. »Na so ungefähr. Die Bienen waren schon vor dem Winter nicht mehr da.«
»Haben Sie Eduard Singer mal zusammen mit dem Imker gesehen?«, wollte Judith Brunner wissen.
»Nein, nicht dass ich mich erinnern könnte. So oft bin ich nicht

im Wald unterwegs. Nur ein- bis zweimal im Jahr. Da traf ich den Imker immer nur alleine an«, gab Lange bedauernd wieder.
Während des Gesprächs hatte Walter Dreyer versucht, die Tür zum Aufenthaltsraum des mittleren Wagens vorsichtig aufzubekommen. Die Singers hatten vor ihrer Flucht tatsächlich noch abgeschlossen! Walter ging einmal um den Wagen. Der Schlüssel befand sich auf dem Reifen des rechten Vorderrades, war also nicht besonders raffiniert versteckt, und problemlos öffnete er die Tür.
Gespannt betraten er und Judith Brunner den kleinen Raum. Gleich links befand sich ein Regalbrett, auf dem ein Paar Gummihandschuhe, eine Imkerpfeife und mehrere leere Bienenwaben-Rahmen lagen. Auf allem befand sich eine gleichmäßige Staubschicht. An einem Haken hingen griffbereit zwei Bienenschleier, die ebenfalls lange Zeit nicht benutzt wirkten.
Ganz anders der Tisch und die Holzbank auf der rechten Seite – alles war sauber, wie auch das kleine Schränkchen in der Ecke und das Geschirr in der angeschlagenen Emailleschüssel auf einem dreibeinigen Schemel. Eine Campingliege stand zusammengeklappt daneben; Decken und Kissen lagen oben auf. Hier also hatte sich Eduard Singer in den letzten Tagen versteckt!
Judith Brunner fasste nichts an und stieg achtsam die Holztreppe wieder hinunter.
Walter kam hinterher.
Manfred Lange, der draußen gewartet hatte, kündigte an: »Gleich müsste jemand kommen. Ich habe vorne am Weg einen Motor gehört.«
Am Weg? Walter Dreyer hatte über eine befahrbare Route hierher gar nicht nachgedacht. Aber richtig, irgendwie mussten die Bienenwagen früher mal an diesen Ort gekommen sein.
Noch während Judith Brunner überlegte, wie ihre Mitarbeiter von der Spurensicherung eigentlich zu dieser Lichtung finden sollten, traten Langes Sohn, Thomas Ritter und ein weiterer Kriminaltechniker aus dem Wald. Jeder schleppte Koffer und Gerätschaften.

Nach einer kurzen Begrüßung erklärte Ritter: »Ich wollte mich eigentlich hier nur umsehen und dann schnellstens zurück zum Haus der Singers fahren.« Er blickte kurz in den Aufenthaltsraum und sagte, als er wieder draußen war: »Ich kann meinem Mann hier die Arbeit überlassen, das schafft auch einer alleine. Ich hole ihn dann nachher wieder ab.« Als ob ihm noch rechtzeitig eingefallen wäre, dass eigentlich seine Chefin hier das Sagen hatte, hängte er seinem Entschluss noch einen fragenden Blick an.
»Einverstanden, ich fahre auch zurück«, meinte Judith Brunner und billigte die empfohlene Verfahrensweise.
»Unser Auto steht gleich da vorne in der Schneise, kommen Sie«, zeigte Ritter ihr entgegenkommend die Richtung an.
Judith, die lieber mit Walter zurückgefahren wäre, konnte nicht ablehnen, ohne begründete Nachfragen zu riskieren. »Danke, ich fahre gern mit Ihnen mit.« Der Vorschlag Ritters, den Kriminaltechniker ganz allein im Wald arbeiten zu lassen, gefiel ihr aber nicht. Sie konnte nicht wissen, ob die Singers zurückkommen würden, und regte an: »Dann lassen wir am besten den jungen Polizeihelfer auch noch hier. Falls nötig, kann er ja der Kriminaltechnik helfen.«
Den Langes gefiel der Vorschlag prächtig und überschwänglich bot der Ortspolizist an: »Ich lasse mein Mofa hier, da ist der Junge beweglicher. Vielleicht muss noch was geholt werden oder so. Ich kann doch mit Ihrem Auto mitfahren, oder?«
Das war überhaupt kein Problem, und so sah sich Walter wenig später allein durchs unwegsame Unterholz zurück zum Motorrad stapfen.

Wieder in Breitenfeld, fand Ritter seinen zweiten Mitarbeiter dabei vor, den Kühlschrank in Singers Küche zu inspizieren. Über die Schulter rief der Kollege ihm zu: »Kaum Vorräte. Nichts länger haltbar. Das reicht nur für ein, zwei Tage.«
»Und sonst? In den Schränken?«, fragte Ritter.
»Das Übliche: Mehl, Zucker, Reis, Gewürze, Backzutaten. Es

sieht alles völlig normal aus, als kämen die Leute jeden Moment zurück.«
Judith Brunner, die einen Augenblick nach Ritter das Haus betreten hatte, hörte die letzte Bemerkung und war überzeugt: »Darauf können wir wohl lange warten!«
»Tja, und wonach suchen wir eigentlich?«, fragte der Kriminaltechniker.
»Wir brauchen einen Anhaltspunkt, wohin die Singers unterwegs sein könnten. Und mit wem sie in den letzten Tagen Kontakt hatten. Also Briefe, Adressen, Notizen, Landkarten ...«
»Gut.« Mit dieser Auskunft war der Mann zufrieden und begann routiniert, an den entsprechenden Stellen zu suchen.
Ritter informierte Judith Brunner: »Der Schlüssel zum Haus hing am Fallrohr, hinter dem letzten Fenster. Es ist ein ziemlich einfaches Schloss, das hätten wir auch mit der berühmten Haarnadel aufbekommen.« Dann begann auch er, sich systematisch nach brauchbaren Hinweisen umzusehen.
Judith Brunner wandte sich an den Breitenfelder Ortspolizisten: »Bei einem Gespräch, das ich mit Frau Singer am Sonnabend führte, half ihr eine Frau im Haushalt, die sie mit Anneliese anredete. Auch eine Meta wurde erwähnt. Sagen Ihnen die Vornamen etwas?«
Lange nickte. »Ja, ich denke schon.«
»Könnten Sie die beiden herbringen? Ich möchte mich mit ihnen unterhalten. Verraten Sie aber bitte noch nichts darüber, was geschehen ist.«
Manfred Lange grüßte korrekt und verschwand.
Inzwischen war auch Walter Dreyer wieder am Haus angekommen, hatte Judith in einem unbeobachteten Moment zugezwinkert und sah sich nun mit ihr und Ritter im Wohnzimmer der Singers um. »Ein schöner Raum. Die beiden haben sich wohlgefühlt, das spürt man«, beschrieb er seinen Eindruck.
Ritter, der sich bereits vom ganzen Haus einen Eindruck verschafft hatte, ergänzte: »Die anderen Räume sind ebenso wohnlich. Schöne Hölzer, viele Bücher, gemütliche Polstermöbel. Of-

fenbar lieben die Singers die Natur; alle Bilder an den Wänden zeigen Landschaften oder Tiere.« Mühelos rückte er ein zweitüriges Schränkchen von der Wand ab und leuchtete mit einer hellen Taschenlampe dahinter.

Judith konnte die Schönheit des Zimmers nicht mehr faszinieren. Sie fühlte sich von der Bewohnerin dieser geschmackvoll eingerichteten Räume, der sie ihr aufrichtiges Mitgefühl entgegengebracht hatte, schwer hintergangen, denn nun war offenbar geworden, dass es für ihre ehrliche Anteilnahme keinen Grund gegeben hatte. Als Ermittlerin war Judith Brunner natürlich daran gewöhnt, angelogen zu werden, doch Hella Singer hatte sie gemocht, die Frau war ihr sympathisch gewesen, und insofern war Judith um so mehr enttäuscht.

Thomas Ritter, der gerade die Schubfächer einer alte Kommode mit gemangelter, leinener Tischwäsche durchsucht hatte, blickte sich nochmals um und gab seine Ansichten zur Raumgestaltung preis: »Mir fällt auf, dass kein Foto von den beiden, egal ob als Paar oder als Porträt, oder irgendein anderes Familienfoto, zu sehen ist. Wie sieht die Singer überhaupt aus? Wir brauchen da sicher was Aktuelles für die Fahndung. Ich habe aber absolut nichts entdecken können! So was hängt doch eigentlich bei jedem in der Wohnung.«

Judith warf Walter einen unauffälligen Blick zu. Weder bei ihr und Laura im Haus noch bei ihm hingen solche Fotos. Nirgendwo. Niemand sollte, und sei es nur bei einem zufälligen Besuch, auf eine private Verbindung zwischen ihnen stoßen.

Ritters beiläufige Äußerung über die fehlenden Fotos des Ehepaares brachte Judith jedoch auf einen Gedanken, den sie im ersten Moment kaum zu denken wagte, der ihr dann aber so naheliegend erschien, dass sie sich wunderte, wieso sie nicht schon eher darauf gekommen war! Warum wohl sollte niemand ein Foto von Eduard oder Hella Singer sehen?!

Sie wirkte in sich gekehrt, und Walter deutete das als Erschöpfung. Er wollte sie aufrichten: »Das meiste ist doch geklärt«, meinte er froh. »Wir wissen, wer die Mörder sind. Jetzt müssen

wir nur noch rausbekommen, wo sie stecken, wessen Hände die beiden uns als Eduard Singers untergeschoben haben und was aus Jenny Holl geworden ist.«
»Ich denke, ich weiß, was aus Jenny Holl geworden ist.« Fast atemlos, als könnte sie selbst ihrer plötzlichen Eingebung noch nicht so recht trauen, setzte sie fort: »Sie sitzt auf dem Sozius eines Motorrades und ist mit ihrem Mann auf der Flucht.«

~ 56 ~

Auf einmal passte alles zusammen.
Das geschah bei fast jeder Ermittlung, zumindest bei den erfolgreichen, und davon waren Judith schon etliche gelungen. Das Gefühl, in einem verzwickten Fall endlich die Fäden in der Hand zu haben, war jedes Mal aufs Neue unglaublich befriedigend. Sie lächelte siegessicher.
Nachdem sie ihre Vermutung laut im Wohnzimmer der Singers ausgesprochen hatte, war es einen Augenblick ruhig geblieben, bis Ritter frohlockend ausrief: »Genau! Das ist es!«
Walter konnte gar nicht anders, als Judith zu bewundern. Er suchte nur nach einer unverfänglichen Äußerung, denn seinen eigentlichen, nach inniger Berührung drängenden Empfindungen konnte er in Ritters Gegenwart natürlich nicht nachgeben. So sagte er nur: »Großartig! Nur das kann die Lösung sein!« Doch dabei sah er Judith auf eine Weise an, dass ihr am ganzen Körper heiß wurde.
Wenig später meinte Walter: »Wenn das stimmt, hatten die beiden Singers natürlich jeden Grund, Otto Holl zu hassen.« Was würde er nicht alles tun, wenn Judith einem so brutalen Kerl in die Hände gefallen wäre? Ihm das Herz bei lebendigem Leibe rausreißen? Ihn langsam am Spieß grillen? Ihm fielen sicher noch zivilisiertere Methoden ein.
»Und? Was ist mit dem anderen, von dem wir nur die Hände

haben?«, fragte Ritter mit Nachdruck und holte damit Walter aus seinen lebhaften Fantasien.
»Er war vielleicht ebenfalls ein Komplize Holls. Laut Aktenlage gab es eine ganze Bande. Da er auf die gleiche Weise vergiftet wurde, scheint einiges darauf hinzudeuten«, führte Judith sachlich aus.
Vom Hausflur aus hörten sie den Breitenfelder Kollegen rufen: »Ich habe die Nachbarinnen hier, Frau Hauptkommissarin.«
Ritter fragte: »Soll ich mich vorerst woanders umsehen?«
Judith fürchtete einen Atemzug lang, ihm sei der vertraute Blickwechsel zwischen ihr und Walter aufgefallen, doch dann deutete Thomas Ritter auf den runden Tisch im Zimmer und meinte: »Ich will Sie beim Gespräch nicht stören. Soll ich noch einen Stuhl dazu stellen?«, bot er hilfsbereit an.
Sie nickte ihm erleichtert zu.
Dann gab sie Walter einen Wink. »Bitten Sie die drei herein.«

Lange kam als Erster ins Zimmer, hinter ihm die Frau, die Judith Brunner schon kannte, und dann eine weitere, wesentlich ältere Dorfbewohnerin. Beide Frauen trugen über ihren schmucklosen Trägerkleidern aus leichtem Stoff wollene Strickjacken in gedeckten Farben. Sie sahen sich unsicher um.
Walter Dreyer verschwand, um sich bei der Durchsuchung des Singerschen Wohnhauses in den anderen Zimmern nützlich zu machen.
Judith Brunner stellte sich der älteren Frau vor und führte beide zum Tisch. »Nehmen Sie Platz, bitte. Ich muss dringend mit Ihnen sprechen.«
Die sahen sich kurz an und setzten sich zögernd auf die Stühle. Sie fühlten sich in dem Raum in Abwesenheit der Hausherrin offensichtlich nicht wohl.
»Was ist mit Hella?«, fragte die jüngere, die Judith Brunner schon als Anneliese kannte.
»Wieso sollte etwas mit ihr sein?«, gab die Kommissarin, ohne mit einer Wimper zu zucken, zurück.

»Was macht denn die Polizei sonst in ihrem Haus? Sie waren doch neulich schon da; ich hab Sie gleich erkannt. Geht es Hella gut? Haben Sie den Eduard endlich wiedergefunden?«

Judith Brunner horchte auf. Offenbar hatte Hella Singer ihren Nachbarinnen von dem Verschwinden des Leichnams ihres Mannes berichtet! Judith musste sich gut überlegen, wie sie nun das Gespräch weiter führte. Möglicherweise waren die Frauen sogar in die Fluchtpläne der Singers eingeweiht und sie durfte keinesfalls erkennen lassen, was die Polizei schon wusste oder zumindest vermutete. »Davon gehen wir aus ... Ich denke, es ist besser, wir machen es so«, schlug sie dann zielgerichtet vor: »Ich erkläre Ihnen kurz die Situation. Dann möchte ich Ihnen einige Fragen stellen und dann sehen wir uns gemeinsam im Haus um. Und Herr Lange, den Sie beide gut kennen, macht sich Notizen zu unserem Gespräch.«

Die Frauen sahen nun noch besorgter aus.

Manfred Lange nahm ebenfalls Platz, holte einen kleinen Schreibblock aus seiner Uniformjackentasche und zückte einen Kugelschreiber.

Judith Brunner begann: »Zunächst möchte ich Ihnen danken, dass Sie sich gleich die Zeit genommen haben, herzukommen, Frau ...?«

Anneliese reagierte: »Graf. Anneliese Graf. Und das ist Meta Teichert.«

Lange nickte bestätigend und Judith Brunner fuhr fort: »Heute Nachmittag wollte ein Kollege Frau Singer etwas fragen. Leider hat er sie nur noch von Ferne wegfahren sehen und wir gehen inzwischen davon aus, dass sie so bald nicht wiederkommt. Wir müssen sie aber dringend befragen. Und ich habe Sie hergebeten, weil wir uns von Ihnen einen Hinweis erhoffen, wohin sie gefahren sein könnte.«

»Hella ist weg?« Anneliese Graf sah ihre Nachbarin ungläubig an.

Auch Meta Teichert war ratlos. »Mir hat sie nichts gesagt! Warum sollte sie verreisen? Sie wollte doch den Eduard ...«

»Ja?«, forderte Judith Brunner interessiert zum Weiterreden auf.
»Na, wenn Sie ihn wieder haben, wollte Hella ihn endlich beerdigen. Warum fährt sie denn dann weg?«
»Hm, wann haben Sie eigentlich zuletzt mit Frau Singer gesprochen?«
Jetzt antwortete Anneliese Graf: »Heute Morgen noch, wir sind uns beim Einkaufen begegnet. Meta war dabei und noch ein paar Frauen.«
Lange bat um die Namen und notierte sie akribisch.
Judith Brunner musste sicher sein: »Hella Singer hat sich also nicht von Ihnen verabschiedet? Oder um einen Freundschaftsdienst für die nächsten Tage gebeten? Blumen gießen oder so etwas?«
Das Kopfschütteln der beiden war überzeugend.
»Können Sie mir etwas zu Verwandten, Freundinnen oder guten Bekannten von Frau Singer sagen?«, versuchte Judith Brunner erneut, mögliche Fluchtpunkte zu eruieren.
Die Frauen sahen ihren Ortspolizisten auffordernd an, der daraufhin bestätigte: »Sie hatte wohl keine, bekam nie Besuch.«
»Und ihr Ehemann?«
Bedauernd hoben alle drei die Schultern.
»Der auch nicht. Die beiden lebten mehr für sich«, fügte Anneliese Graf hinzu.
Judith Brunner fragte: »Wie schätzen Sie die Ehe der Singers ein?«
»Wie meinen Sie das?«, fragte Meta Teichert.
»Na, zum Beispiel, ob Hella Singer ein Verhältnis hatte? Oder ihr Mann? Gab es mal Streit?«
Einhellig, ja fast empört wurden diese Überlegungen zurückgewiesen. Sogar Manfred Lange mischte sich ein und verwarf Derartiges.
Nun gut. »Wie lange kennen Sie Hella Singer eigentlich schon?«, wollte Judith Brunner wissen. Mit der Frage hätte sie eigentlich beginnen müssen, aber mögliche Hinweise für die Fahndung waren ihr wichtiger gewesen.

»Ach, schon ewig. Gleich, als sie damals vom Eduard mitgebracht wurde, habe ich mich mit ihr angefreundet. Da lebten seine Eltern noch mit im Haus. Die Hella hat sich jahrelang um sie gekümmert.« Meta Teichert lächelte. »Wir waren ungefähr im selben Alter, ich war auch gerade erst in Breitenfeld angekommen, mit meinem zweiten Mann. Da teilten wir als Neue im Dorf das gleiche Schicksal und die Hella gefiel mir. Sie war kein bisschen neugierig wie die anderen und genau genommen sogar schüchtern und zurückhaltend. Drängte sich niemandem auf. Aber zuverlässig; wenn sie etwas versprochen hat, war sie immer für einen da. Wo will sie bloß hin?«

Darauf hätten alle gern eine Antwort.

Judith Brunner wandte sich an Anneliese Graf: »Und Sie? Wie haben Sie Hella Singer kennengelernt? Sie sind doch erheblich jünger als sie.«

»Na, das kam, weil sie manchmal auf mich aufgepasst hat, als ich noch ein Kind war. Hella war als junge Frau gern bereit, stundenweise bei uns zu bleiben.«

»Uns?«

»Oh, wir waren fünf Geschwister zu Hause. Ich war die Jüngste, habe drei Brüder und noch eine Schwester. Da war immer viel los, kann ich Ihnen sagen!«, klang Anneliese Graf begeistert. »Hella hat alles ertragen und meine Mutter war heilfroh, sie zu haben, hat sie immer gesagt. Die Hella war so eine Geduldige, Freundliche, sie wusste viel, und wir Kinder wollten, dass nur sie auf uns aufpasst und sonst niemand. Deswegen haben nicht mal die Jungs Ärger gemacht ... Ich bin als Einzige von uns Kindern in Breitenfeld geblieben, und die Hella ist immer noch eine gute Freundin. Hoffentlich kommt sie bald wieder. Was soll denn mit dem Eduard werden? Wer soll ihn denn begraben?«

Auf Eduard Singer wollte Judith Brunner nun keinesfalls eingehen. Dass er noch am Leben und mit seiner Frau auf der Flucht war, und beide höchstwahrscheinlich die Verantwortung für einige Morde trugen, sollte vorerst nicht nach außen dringen.

Sie überdachte die Informationen und bat dann die beiden

Frauen, sich im Haus umzusehen, ob etwas fehlte, zum Beispiel bestimmte Kleidung oder Gepäckstücke. Auch Geschirr oder Geräte. Vielleicht hatten die Singers sich außer im Bienenwagen noch ein weiteres Versteck eingerichtet.
Doch Meta Teichert und Anneliese Graf waren mit dieser Bitte überfordert. So eng war ihre Freundschaft zu Hella Singer dann auch wieder nicht gewesen, dass sie derartige Details im Haushalt erkennen konnten. Die Jacke, die Hella Singer gewöhnlich trug, und ihr gehäkeltes Schultertuch hingen an der Garderobe, ihre Umhängetasche fehlte, doch mehr wussten sie nicht zu sagen.
Judith Brunner beendete das Gespräch und bedankte sich herzlich. Sie bat Manfred Lange, die Frauen nach draußen zu begleiten. »Waren die Singers eigentlich oft mit dem Motorrad unterwegs?«, fiel ihr noch ein, die beiden im Hinausgehen zu fragen. Verblüfft sahen sie erst sich und dann die Kommissarin an.
Manfred Lange klärte auf: »Ich habe die Singers noch nie mit einem Motorrad gesehen.«

~ 57 ~

Die Abendbesprechung konnte kurz gehalten werden. Judith Brunners Hypothese, dass Hella Singer und Jenny Holl ein und dieselbe Person waren, war so überzeugend, dass kein Ermittler mehr von etwas anderem ausging. Sie saßen um den großen Tisch beisammen und diskutierten freimütig unter dem Eindruck der letzten Stunden.
»Fast wie im klassischen Schauerroman: Die verschollene und von den meisten längst vergessene Jenny Holl agierte im Verborgenen und Eduard Singer krönt das Ganze noch – durch seine Wiederauferstehung von den Toten. Da war das Morden einfach!« Lisa dramatisierte. Dann, etwas weniger enthusiastisch, beharrte sie: »So war es doch?«

Judith Brunner stimmte Lisa lächelnd zu. Zumal nun sämtlichen Taten, mit deren Aufklärung sie sich in den letzten Tagen befassen mussten, ein einheitliches Motiv zugrunde lag, das zudem jedem einleuchtete: Rache.
»Gibt es sonst noch was?«, fragte Judith Brunner in die Runde.
Dr. Grede hatte am Nachmittag einen Anruf von der Krankenhausapotheke bekommen und berichtete. Dort war man umgehend seinen Hinweisen nachgegangen und hatte feststellen müssen, dass auch hier einzelne Durchdrückpackungen aus den Pappschächtelchen entnommen worden waren oder kleine Mengen von Tabletten oder Kapseln aus Glas- oder Plastefläschchen fehlten. »Ohne unsere Liste hätte man dies wohl gar nicht so schnell bemerkt«, gab Grede die Worte des Apothekenleiters sinngemäß wieder. Ein Anruf bei der Bezirksapothekeninspektion führte dann dazu, dass man dort den einzigen neuen Mitarbeiter des Zentrallagers mit den Tatsachen konfrontierte. Erst leugnete der wohl alles, hatte aber unvorsichtigerweise ein Tablettenlager in seinem Spind. Hans Grede verspürte eine gewisse Befriedigung, denn damit hatte sich diese, in ihren Ermittlungen ohnehin nur am Rande verfolgte Spur auf unerwartet einfache Weise erledigt.
Am nächsten Morgen wollte Lisa Lenz sich intensiv um Belege für die Identität Jenny Holls kümmern.
Ritter plante, noch mal nach Breitenfeld zu fahren, denn bisher hatte ihre Suche keinen Hinweis erbracht, der helfen konnte, den Aufenthaltsort oder wenigstens ein mögliches Ziel der Flüchtenden zu erkennen. Außerdem hoffte er, Spuren des Giftes oder seiner Herstellung zu finden. Schierlingssaft war außerordentlich gefährlich, und falls es noch Vorräte geben sollte, mussten die umgehend eingezogen werden.
Judith Brunner und Dr. Grede saßen dann noch beisammen, um die nächsten Schritte zu besprechen und vor allem die Vernehmungen der Singers vorzubereiten, denn dass die Fahndung nach ihnen erfolgreich verlaufen würde, darauf hofften beide. Die Grenzbehörden waren informiert, die Bahnhöfe, die Hotels

auch, und jeder Polizist im Lande hatte ein geschärftes Auge für Motorräder mit einem älteren Paar.

Donnerstag

~ 58 ~

Als Walter am Morgen nach einem einsamen Frühstück in seiner Küche – wo steckte eigentlich Wilhelmina? – sein Büro betrat, warf er wie gewöhnlich einen Blick auf den schönen Dorfplatz und traute seinen Augen nicht: Auf der Bank vor den Fenstern seines Hauses saßen zwei Personen und diskutierten. Doch nicht etwa Einwohner Waldaus warteten auf ihn. Es waren die flüchtigen Eduard und Hella Singer!

Was sollte das? Wollten sie ihn doch noch zum Schweigen bringen?

Er griff sofort zum Hörer und wählte die Nummer der Kreisdienststelle in Gardelegen. Judith war erst auf dem Weg dorthin, das wusste er, doch Lisa Lenz hatte er sofort am Apparat. Sie versprach, alles Nötige umgehend zu organisieren.

Seine Stimme war während des Telefonats offenbar nach draußen gedrungen, denn die Singers hatten sich zum Fenster umgedreht, kurz hereingespäht und sich dann langsam erhoben. Walter hatte das laute Sprechen durchaus beabsichtigt, um den unerwarteten und womöglich gefährlichen Besuchern auf diese Weise mitzuteilen, dass ihre Anwesenheit in Waldau, direkt vor seinem Büro, nun auch seinen Kollegen bekannt war. Als er auch noch Manfred Lange in Breitenfeld informieren wollte, hörte er, wie es bereits an seiner Haustür klopfte.

Wenig später traten die Eheleute in sein Büro.

»Das hat man nun von stets offenen Türen!«, fluchte Walter leise vor sich hin.

»Bitte sorgen Sie sich nicht, wir sind nicht gekommen, um Ihnen etwas anzutun«, erklärte Eduard Singer umgehend und lehnte sich demonstrativ gleich neben der Tür an die Wand. Seine Frau grüßte freundlich und blieb in seiner Nähe stehen. Die beiden sahen für flüchtige Mörder recht erholt und entspannt aus. Und wenn Walter sich richtig erinnerte, mussten sie sich auch irgendwo umgezogen haben. Wo kamen die Singers jetzt her? Das Verhalten der beiden war mehr als ungewöhnlich. Immerhin hatten sie drei – oder doch nur zwei? – Morde begangen. Walter wusste das im Moment nicht genau. Schließlich war aus einem vermeintlichen Mordopfer ein quicklebendiger Mörder geworden.

Vergiften konnten sie ihn mit Sicherheit nicht! Und so fragte er etwas gelassener, nachdem er den ersten Schreck überwunden hatte: »Was erwarten Sie von mir? Weshalb sind Sie hier?«

Er sah unauffällig zur Uhr. Es würde mindestens noch eine Viertelstunde dauern, bis seine Kollegen aus Gardelegen da wären. Also musste er seine Besucher bis dahin, so gut es ging, hinhalten.

»Wir haben gesehen, dass Sie gestern Abend in unserem Haus waren.« Eduard Singer klang nicht vorwurfsvoll, eher betrübt. »Das fühlte sich nicht gut an.«

»Damit mussten Sie doch rechnen! Das ist die übliche polizeiliche Praxis. Sie sind immerhin auf der Flucht.«

»Die Arbeit hätten Sie sich sparen können. Wir sind ja hier.«

»Womit man aber nicht rechnen konnte. Welche Mörder sind schon so zuvorkommend?!«, provozierte Dreyer in seiner Nervosität die Besucher.

Das war ein Fehler, denn Eduard Singer stieß sich von der Wand ab und machte einen Schritt auf ihn zu. Seine Frau hielt ihn jedoch mit einer sanften Berührung am Arm zurück. Singer blieb stehen und sprach mit scharfer Stimme: »Sie wissen überhaupt nichts!«

Er hatte unzweifelhaft recht, zumindest war Walter genau das in den letzten Sekunden durch den Kopf gegangen.

Singer lehnte sich wieder an die Wand und schwieg.

Seine Frau fing an, in ihrer Handtasche zu kramen. Als sie ein Taschentuch herauszog, atmete Walter Dreyer erleichtert auf.

Ein erneut verstohlener Blick auf die Uhr zeigte ihm an, dass kaum ein paar Minuten vergangen waren. Die Situation wurde unerträglich. Was konnte er tun? ... Da bemerkte er, wie sich ein Mann lautlos an seinem Bürofenster vorbeibewegte und in Richtung Haustür schlich. Der Kollege aus Breitenfeld! Woher wusste der ...? Lisa! Sie war ein Schatz. Walter würde sich ein besonderes Dankeschön für sie einfallen lassen müssen.
Eine Sekunde später grüßte Manfred Lange betont laut in den Raum. Er starrte Eduard Singer einen Augenblick lang an und sagte dann betrübt: »So sieht man sich wieder?«
»Tut mir leid, Manfred.« Singer klang, als meine er das auch so. Doch für Walter Dreyer war nicht erkennbar, ob sich diese Äußerung auf die bereits geschehenen Ereignisse bezog oder ob Eduard Singer um Nachsicht für etwas bat, das gleich folgen würde. Jetzt erst bemerkte er, dass sein Kollege die Dienstpistole in der Hand hielt, obgleich er sie nicht auf eine Person richtete. Auch ein Paar Handschellen blitzte deutlich sichtbar an Manfred Langes Gürtel. Einigermaßen beruhigt stand Walter Dreyer auf und wandte sich an das Ehepaar: »Wir warten jetzt auf weitere Kollegen. Die sind jeden Moment da. Ich würde es bevorzugen, wenn Sie mit Ihren Erklärungen warten, bis Sie in Gardelegen in den Räumen der Kreisdienststelle der Polizei sind. Ich habe hier keinerlei technische Ausrüstungen und bin auch nicht befugt, Ihre Aussagen aufzunehmen.«

~ 59 ~

»Kann das wahr sein?« Judith Brunner konnte kaum fassen, was Lisa Lenz, die schon ungeduldig im Eingangsbereich auf sie gewartet hatte, ihr berichtete. »Vor Dreyers Haus sitzen die? Das ist ja unglaublich! Wir müssen sofort hin.«
Auch Dr. Grede war verblüfft gewesen, als Lisa ihn kurz zuvor über die Situation in Waldau informiert hatte. Er kümmerte sich

umgehend um Fahrzeuge und Leute und so konnten sie wenig später mit Blaulicht in Richtung Waldau rasen.
Judith war beunruhigt. Was sollte der Auftritt der Singers bei Walter bedeuten? Wollten sie sich für ihre Enttarnung revanchieren? Zu unwahrscheinlich! Lisas Schilderung nach hörte es sich so an, als würden sie sich stellen wollen. Hoffentlich war Manfred Lange inzwischen schon vor Ort ...

Als Judith Brunner und Dr. Grede durch die offene Tür in das Büro blickten, standen Hella und Eduard Singer, sich an den Händen haltend, mitten im Raum. Sitzgelegenheiten hatten sie dankend abgelehnt.
Manfred Lange lehnte am vorderen Fenster und hatte seine Waffe inzwischen zurück in das Gürtelholster gesteckt; seine Hand lag jedoch deutlich sichtbar auf dem Pistolengriff.
Walter stand neben seinem Schreibtisch und Judith sah, dass auch er die Kassette mit der Dienstwaffe aus seinem Stahlschrank genommen und geöffnet hatte.
Angesichts des friedfertigen Eindruckes, den Eduard Singer und seine Frau recht erfolgreich von sich zu verbreiten versuchten, wirkte die Bewachung durch zwei bewaffnete Ordnungshüter irgendwie paradox. Doch inzwischen gingen alle anwesenden Polizisten davon aus, hier einem Mörderpaar gegenüber zu stehen, und da war Vorsicht immer noch besser als Nachsicht. Kurioserweise lag keine Anspannung in den Gesichtern und man unterbrach nicht einmal die laufende Unterhaltung.
Offenbar hatte Eduard Singer gerade etwas gesagt, das Walter Dreyer überraschte, denn er fragte nach: »Tatsächlich?«
»Ja. Warum denn nicht? Als Sie alle weg waren, haben wir die Tür an der Gartenseite aufgeschlossen und sind in unser Haus gegangen. Wir waren müde, wollten einen Happen essen und unter die Dusche. Die Heimlichtuerei war überflüssig geworden. Sie hatten uns doch längst entdeckt.«
Dass eine versiegelte Tür Eduard Singer nicht aufhielt, war nachvollziehbar. Aber eine Flucht vorzutäuschen, die Haus-

durchsuchung abzuwarten und sich dann gemütlich im eigenen Haus zu betten – so eine Unverfrorenheit war für Walter unvorstellbar gewesen.
Judith Brunner nickte den beiden Streifenpolizisten, die sie begleitet hatten, zu und forderte sie damit auf, Hella und Eduard Singer festzunehmen – wegen des Verdachts auf mehrfachen Mord, wie sie dem Ehepaar unmissverständlich mitteilte – , und sie getrennt in die Kreisdienststelle nach Gardelegen zu bringen. Dr. Grede würde die Fahrt begleiten.
Eduard Singer wandte sich seiner Frau zu, umarmte sie innig, flüsterte ihr etwas ins Ohr und beide nahmen die Verhaftung ohne ein weiteres Wort hin.
Als die Wagen abgefahren waren, bot Walter Judith und seinem Breitenfelder Kollegen erst einmal einen frischen Kaffee an, der dankbar angenommen wurde. Judith Brunner wollte sich die Geschichte vom unerwarteten Auftauchen der Singers unbedingt aus erster Hand erzählen lassen.
Während Walter Dreyer in seiner Küche hantierte, nutzte sie die Gelegenheit zu einem Telefonat mit der Staatsanwaltschaft und berichtete von der Festnahme. Auch dort war man überrascht, gratulierte jedoch zum schnellen Erfolg.
Manfred Lange hatte sich grübelnd in einen der Sessel gesetzt und versuchte, einen Sinn im Handeln seiner Dorfnachbarn zu erkennen. Vergeblich. Er freute sich, dass Walter Dreyer schnell mit dem heißen Kaffee ins Büro zurückkam.
Die großen Tassen waren randvoll und Walter musste sie vorsichtig absetzen. »Milch passt noch nicht rein. Sie müssen erst etwas abtrinken«, machte er seine Gäste aufmerksam und begann, sacht in seine Tasse zu pusten. Als die ersten Kaffeekrümel nach unten sanken, nahm er vorsichtig einen Schluck von dem Gebräu und seufzte erleichtert. »Ich muss mich auf den Schreck hin erst einmal stärken.« Er nahm den nächsten Schluck. »Ich war total überrascht, als ich die beiden vorhin auf meiner Bank sitzen sah.« Er berichtete nun in Ruhe von der morgendlichen Begegnung. Selbstverständlich bedankte er sich

auch bei Manfred Lange für sein rasches Erscheinen.
Der wies das bescheiden zurück: »Ist schon gut. Ich glaube nicht, dass die beiden dir was tun wollten. Das passt gar nicht zu denen. Obwohl, na ja, vielleicht kenne ich sie doch nicht so gut, wie ich dachte. Niemals hätte ich den Singers einen Mord zugetraut! ... Aber was haben die hier in Waldau gewollt? Wieso sind die nicht zu mir ins Büro gekommen?«
Walter hob ratlos die Schultern. »Ich verstehe es auch nicht. Aber du hast recht. Die hatten wirklich nur vor, sich der Polizei zu stellen, und das hätten sie auch bei dir haben können.«
Manfred Lange machte Anstalten, sich zu verabschieden. »Du fährst doch sicher die Hauptkommissarin nach Gardelegen, oder? Na, ich mache mich dann mal auf den Weg zurück nach Breitenfeld und passe auf das Singersche Haus auf. Ich rechne zwar nicht mehr mit weiteren Überraschungen, aber die Spurensicherung kann gewiss die getragenen Klamotten der beiden gebrauchen. Und wer weiß, was die über Nacht alles angestellt haben? Ich melde mich bei dir, Walter.« Er gab ihm dankend seine Tasse zurück und verließ, mit einem korrekten Gruß an seine Chefin, das Büro.
Judith Brunner hatte, nachdem sie sich mit sorgenvollen Blicken von Walters Wohlergehen überzeugt hatte, den beiden Ortspolizisten kaum noch zugehört. Sie war in Gedanken schon bei den Verhören. Gab es weitere Geheimnisse? Einige Dinge waren für sie noch rätselhaft und ergaben einfach keinen Sinn.
Auch während der Fahrt nach Gardelegen redeten sie kaum; Judith hing ihren Überlegungen nach und Walter hielt einfach immer mal wieder ihre Hand.

~ 60 ~

Heftig gestikulierend machte Wachtmeister Stein auf sich aufmerksam, als sei er ansonsten auf seinem Posten am Empfang zu übersehen. Judith Brunner ahnte die kommende Herausforderung – und richtig, er gab ihr einen Zettel in die Hand, wie stets mehrfach gefaltet und mit penibler Steinscher Handschrift an die Hauptkommissarin adressiert.

»Vielen Dank.« Judith las für Walter laut vor: »Herz alles, Lunge auch.«

Der konnte sich das Lachen kaum verkneifen.

Stein blieb völlig ernst. Stolz betonte er: »Ich habe keine Abkürzungen benutzt.«

»Richtig«, bestätigte Judith. »Was hat der Anrufer denn gewollt?«

»Er wollte Sie sprechen. Ich habe ihm gesagt, dass Sie außer Haus sind, und da hat er gesagt, er kommt am späten Vormittag selbst vorbei.«

»Schön. Haben Sie sich den Namen des Anrufers gemerkt?«

»Ja. Es war derselbe wie neulich.«

»Und? Der war ...?«

Doch Stein schien ratlos. Ihm fiel kein Name ein. Zögerlich fragte er: »Sie wissen den auch nicht mehr?«

Wenn Blicke degradieren könnten, stände jetzt ein Unterwachtmeister vor Judith Brunner. Nun konnte sie nur vermuten, dass Dr. Renz der Anrufer war, der ihr bezüglich der Leichen etwas hatte mitteilen wollen. Sollte sie Karl-Horst Stein noch größere Vorhaltungen machen oder musste sie vor seiner Einfalt endgültig kapitulieren? »Doch, ich kann erahnen, wen Sie meinen. Aber es wäre besser, Sie schreiben sich den Namen das nächste Mal auf, genau so, wie wir es besprochen haben. Es kann ja sein, ich vergesse auch mal etwas, und dann wäre ein Hinweis von Ihnen sehr nützlich.«

Die Aussicht, der Hauptkommissarin hilfreich zur Seite stehen zu können, beflügelte Wachtmeister Steins Arbeitseifer und er machte sich augenblicklich irgendwelche Notizen.

Judith Brunner wollte gar nicht wissen, was er sich da aufschrieb. Urplötzlich lachte sie laut auf und reichte den Zettel zurück. »Wachtmeister Stein, sind Sie sicher, dass dieser Zettel mich erreichen sollte? Ist das nicht eher die Bestellung eines Kollegen

für das Wochenende?«
Stein wurde knallrot, als er realisierte, was er da geschrieben sah.
»Oh. Ähm, das ist für den Pieske seinen Hund. Der hat angerufen. Also der Pieske, nicht der Hund. Der will immer die ... Na, ja. Sie haben recht.«
Stein blickte so niedergeschlagen, dass Judith Brunner große Mühe hatte, wieder ernst zu werden. »Das kann ja mal passieren«, war sie nachsichtig.
Dankbar erlaubte sich Wachtmeister Stein ein unsicheres Lächeln.
Walter konnte, während er sich zum Gehen wandte, nicht umhin, Judith leise zuzuraunen: »Beneidenswert, so engagierte und formbare Leute zu haben. Er frisst dir aus der Hand.«
»Halte dich mit deinen frechen Bemerkungen besser zurück, sonst erinnere ich Stein daran, dass er dich noch nicht kontrolliert hat. Dann bist du den ganzen Vormittag in seinen Klauen«, flüsterte Judith zurück.
»Das machst du besser nicht! Womöglich ist seine enorme Auffassungsgabe ansteckend. Und zu viel Diensteifer könnte mich dauerhaft schädigen!«
»Hm. Das will ich natürlich nicht riskieren«, war Judith sich gewiss und setzte gekonnt eine besorgte Miene auf.

In der Kürze der Zeit war es nicht gelungen, weitere Informationen zu Jenny Holl zu bekommen. Sie mussten sich mit dem Wenigen begnügen, das sie bisher zusammengetragen hatten: Jahrgang 1931, aufgewachsen als Tochter des Försters in Waldau, 1957 von ihrem Bruder und dessen Kumpan brutal vergewaltigt und danach verschwunden. Niemand hatte je wieder etwas von ihr gehört. Wie auch, wenn sie seit fast dreißig Jahren unbescholten als Hella Singer lebte. Und jetzt saß die Frau unter dem Verdacht des dreifachen Mordes nebenan und wartete auf ihr Verhör.
Judith Brunner blätterte in den Unterlagen. Ihre Gedanken bewegten sich immer wieder in entgegengesetzte Richtungen: Mit-

gefühl für das Vergewaltigungsopfer und Verständnis für deren Vergeltungstaten rangen mit ihren dienstlichen Pflichten. Es war nicht das erste Mal, dass sie sich in diesem Zwiespalt befand. Und bei Hella Singer war alles noch ein wenig komplizierter.
Der Kommissarin fiel deren überzeugende Vorstellung ein, als sie die Rolle einer verzweifelten Witwe gespielt hatte, trauernd in ihrem Wohnzimmer saß, ihren Mann kaum zwei, drei Kilometer weiter gut versteckt und versorgt wissend. Die Singer hatte sie schamlos angelogen! Das war unter den Umständen sogar nachvollziehbar, doch hatte der täuschend echte Kummer der Frau bei Judith zu einer Panikattacke voller Verlustängste geführt, die ihr wohl noch lange Schmerz bereiten würde. Das konnte sie ihr nicht verzeihen. Sie überlegte kurz, ob sie Hella Singer jetzt mit Jenny Holl anreden sollte, doch im selben Moment schämte sie sich ihrer gemeinen Gedanken, denn ihr war klar, dass Jenny Holl damals, 1957, aufgehört hatte zu existieren. Es bestand kein Anlass für unnötige Schikanen.
Es klopfte an ihrer nur angelehnten Tür.
Dr. Grede würde sie bei den Verhören unterstützen und kam, um sie abzuholen.
Sie war froh, ihn wieder dabei zu haben.
Um seine Chefin nicht zu drängen, setzte er sich an den Besprechungstisch und legte seine Unterlagen ab. Obenauf lag ein kleiner Notizblock. Er hatte sich die im Ermittlungsraum verfügbaren Eckdaten zu Eduard Singer notiert, wobei das auch nicht viel mehr war, als sie über dessen Ehefrau wussten: Jahrgang 1915, Chemiestudium gemeinsam mit Paul Ahlsens, Lehrer, verheiratet mit Hella Singer. »Ob sich die beiden überhaupt amtlich trauen ließen?«, fragte er mehr für sich.
Sie würden es gleich erfahren.

~ 61 ~

Im Verhörraum war es angenehm warm und jemand hatte eine Flasche Wasser und mehrere Gläser bereitgestellt. Hella Singer hatte sich nicht bedient. Sie saß ruhig auf ihrem Stuhl an der Stirnseite eines schmalen Tisches, schien aber erleichtert, dass jemand den Raum betrat.

Judith Brunner stellte ihr Dr. Grede nochmals offiziell vor und deutete auf die unbenutzten Wassergläser. »Möchten Sie lieber einen Kaffee?«

Dankend lehnte Hella Singer auch dieses Angebot ab.

Die Ermittler nahmen an beiden Seiten des Tisches Platz und Dr. Grede legte seine Mappe mit Fotografien und Laborberichten vor sich auf den Tisch.

»Es tut mir leid, dass wir dieses Gespräch führen müssen.« Mit dieser ehrlichen Bemerkung begann Judith Brunner die Vernehmung, noch bevor das Tonbandgerät eingeschaltet war.

»Mir auch«, gab Hella Singer unumwunden zu, eine Frau, die gemordet hatte, planvoll und raffiniert.

Judith Brunner betätigte die Starttaste des Aufnahmegerätes und sagte die notwendigen Sätze zu Datum, Uhrzeit, Delikt und anwesenden Personen.

Dann fragte sie ruhig und interessiert: »Frau Singer, was ist geschehen?«

Das überraschte die zierliche Frau offenbar, denn sie rang sichtbar um Fassung.

Womit hatte sie gerechnet, fragte sich Judith. Dass ich sie anschreie oder ihr Vorwürfe mache? Wozu sollte das gut sein? Allerdings kannte Judith hinlänglich die schauspielerischen Fähigkeiten von Hella Singer und war auf der Hut. Sie wartete.

»Zu viel ... Zu viel Schlimmes ist passiert.« Mehr kam nicht.

Judith Brunner bat nach einem kleinen Moment: »Erklären Sie uns das. Und etwas ausführlicher bitte.«

Hella Singer blickte ihr noch unentschlossen ins Gesicht. Es sah so aus, als wisse sie nicht recht, womit sie anfangen sollte oder

als suche sie nach einer geeigneten Formulierung. Dann sagte sie: »Es gibt Gründe für das, was geschehen ist.«
»Davon gehe ich aus. Ich muss jedoch genau wissen, was Sie getan haben und warum. Sie sind hier, weil Sie schwerer Verbrechen verdächtig sind. Das habe ich Ihnen bereits bei Ihrer Verhaftung in Waldau mitgeteilt. Ich möchte von Ihnen hören, wie alles geschah.«
Doch Judith Brunners eindringlicher Appell führte nicht dazu, dass Hella Singer sich erklärte. Nun schüttelte sie – wieder in sich gekehrt – nur den Kopf.
Dr. Grede schenkte von dem Wasser ein, auf eine Reaktion hoffend; ungeachtet dessen war die Frau nicht bereit zu reden.
Judith Brunner sah ihren Kollegen fragend an, der nickte unauffällig zurück, und so konfrontierte sie die Verdächtige ohne Vorwarnung mit ihrer Vermutung: »Frau Singer, wir gehen mit Gewissheit davon aus, dass Sie die vermisste Jenny Holl sind. Was sagen Sie dazu?«
Der Schreck hätte größer nicht sein können! Hella Singer entfuhr ein ängstlicher Laut, das Blut wich ihr aus dem Kopf und ihre Hände verkrampften sich.
Allein diese Reaktionen bestätigte Judith Brunner, dass ihre Hypothese tatsächlich zutraf.
Plötzlich liefen Tränen über Hella Singers Gesicht.
Judith Brunner reichte der Frau ein Papiertaschentuch, das mit zitternder Hand genommen wurde. »Wir haben uns mit jemandem unterhalten, der die Geschichte von damals kannte«, versuchte sie so taktvoll wie möglich auf die Vergewaltigung zu sprechen zu kommen.
Erstaunt fragte Hella Singer leise zurück: »Wer weiß denn heute noch davon?«
»Das darf ich Ihnen nicht sagen, doch wir gehen davon aus, dass in diesem Verbrechen die Ursache für Ihre heutigen Morde liegt.« Konkreter durfte Judith Brunner nicht werden, ohne der Verdächtigen zu viel zu verraten oder ihr Worte in den Mund zu legen.

Dr. Grede tat so, als mache er sich Notizen.
Judith Brunner beobachtete Hella Singer genau. Sie registrierte, wie sich die Angeschuldigte zu einem Entschluss durchzuringen schien, und war sogar etwas überrascht, als plötzlich ein friedliches Lächeln das Gesicht der Frau erhellte. Es kam von innen und Judith wusste genau, was es zu bedeuten hatte.
»Ich liebe meinen Mann. Er ist das Beste, was mir das Leben gebracht hat, und ich bin jeden Tag dankbar, ihn zu haben.« Hella Singer nahm nun doch einen Schluck von dem Wasser und begann zu erzählen: »Eduard hat mir damals nach der Vergewaltigung beigestanden, ist mir nicht mehr von der Seite gewichen. Ich befürchtete, schwanger geworden zu sein. Für mich war das ein grässlicher Gedanke, denn ich spürte, dass ich dieses Kind nie würde lieben können. Tagelang schmerzte mein ganzer Leib bei der Vorstellung, was da für ein entsetzlicher Fremdkörper in mir heranwachsen könnte. Ich ekelte mich vor mir selber und konnte mich kaum noch bewegen. Ich war so deprimiert, dass ich nicht mehr leben wollte. Und in einem Moment tiefster Verzweiflung bat ich Eduard um Gift, damit ich mich umbringen konnte.« Hier stockte Hella Singer in ihrem Bericht und erneut begannen ihr Tränen übers Gesicht zu laufen. Doch es gelang ihr, sich wieder zu fassen. »Ich habe Eduard nie vorher und auch danach nie wieder so wütend erlebt. Er schrie: ›Ich werde töten, aber gewiss nicht dich!‹ Es war eine furchtbare Auseinandersetzung voller Angst und Hass, aber am Ende voller Liebe und Trost ... Ich habe mich später noch oft dafür geschämt, ihm überhaupt diesen Wunsch zugemutet zu haben.«
»Was ist aus dem Kind geworden?«, traute sich Judith Brunner nach einer Weile zu fragen.
»Ach. Ich habe ein paar Tage später vorsichtshalber einen Pflanzensud zur Abtreibung, den Eduard nach einem alten Rezept hergestellt hatte, getrunken. Er hat gar nicht erst versucht, mir das Ganze auszureden, hat mir einfach nur geholfen. Wir haben nie wieder davon geredet.« Nach einer kurzen Pause setzte sie leise hinzu: »Nur wurde ich niemals wieder schwanger.«

»Sie haben sich nach der Vergewaltigung nicht ärztlich behandeln lassen«, vermutete die Kommissarin. »Das hätte sogar lebensgefährlich sein können«, stellte sie mitfühlend fest.
»Ich war so voller Scham. Nach dem Abbruch ging es mir schnell besser. Die Wunden heilten. Eduard hatte mich in seinem Elternhaus in der ehemaligen Kammer seiner jüngeren Schwester untergebracht. Seine Eltern waren bereits wochenlang an der See. Der Aufenthalt dort linderte die schwere Krankheit, die sein Vater aus Russland mitgebracht hatte. Und sie hatten auch nicht vor, bald in ihr Zuhause zurückzukommen. Eduard lebte also allein und hatte genügend Platz ... Später haben wir dann die Wand zur Kammer einreißen lassen und die Zimmer zu unserer großen Wohnstube zusammengelegt.«
Judith sah sofort wieder den gemütlichen Raum vor sich.
»Doch ewig konnte ich mich nicht verstecken. Sobald ich wieder bei Kräften und die blauen Flecken aus meinem Gesicht verschwunden waren, verließ ich die Gegend und ging weg aus der Altmark. Eduard flehte mich an, es nicht zu tun, und versicherte mir, er würde sich um Holl kümmern, und zwar so, dass der mir nie wieder etwas antun könne, doch ich hatte zu große Angst vor dem Mann. Also ging ich in den Westen, erzählte dort, dass mir sämtliche Papiere gestohlen worden wären, und beantragte mit der Geburtsurkunde einer Cousine Eduards, einer Hella Schmittke, einen neuen Ausweis. Das war damals alles noch unkompliziert. Eduard besuchte mich, so oft er konnte, und zwei Jahre später haben wir dort geheiratet. Dann gingen wir als Eheleute Singer zurück nach Breitenfeld. Meine Eltern hatte der Holl inzwischen ins Grab gebracht, sie waren auch Opfer seines maßlos bösen Wesens. Mich kannte in Eduards Dorf ohnehin niemand und außerdem hatten mich die Ereignisse auch äußerlich ziemlich verändert ... Das klingt aus heutiger Sicht recht einfach, doch für uns war es damals eine schlimme Zeit.« Prüfend sah Hella Singer dann Judith Brunner an, bevor sie überzeugt weitersprach: »Sie wissen, dass sich eine große Liebe nach Zweisamkeit sehnt?«

Judith wusste genau, wovon Hella Singer sprach. Und das Ende dieser großen Liebe wäre das Ende von allem, ergänzte sie in Gedanken.
Hella Singer fuhr fort: »Meine Angst ließ nicht nach. Nur wenn Eduard bei mir war, fühlte ich mich vollkommen sicher. Deshalb verließ ich so gut wie nie das Haus. Außerdem benötigten Eduards Eltern viel Zuwendung und Pflege, da sie mittlerweile beide bettlägerig waren. Und dann, eines Tages, brachte mein Mann eine wirklich gute Nachricht: Holl saß im Gefängnis. Lebenslänglich!«
Judith Brunner hatte bemerkt, dass Hella Singer nie von ihrem »Bruder« sprach oder ihn gar beim Vornamen nannte. Er war für sie immer nur der »Holl«. Diese Distanzierung war mehr als verständlich. Sie sah die Frau auffordernd an: »Und der andere? Arnold Pfeiffer?« Das war wieder ein Bluff, denn bisher hatte sie keinerlei Bestätigung, dass es genau dieser Mann war, der sie damals vergewaltigte.
Hella Singers feine Züge verhärteten sich vor Abscheu. »Der war einfach von der Bildfläche verschwunden. Eduard sagte, er und Paul Ahlsens hätten nach ihm gesucht, doch war er ihnen entwischt. Wir hörten ja später, dass er mit Holl zusammen einsaß.« An dieser Stelle hielt sie inne. Dann nickte sie; ihre Gesichtszüge hellten sich auf. »Paul ... Ja! Der gute Paul. Er hat sich bestimmt seinem Bruder anvertraut. Botho Ahlsens hat Ihnen von mir erzählt, stimmt's?«
Judith Brunner wollte diese Vermutung noch nicht bestätigen und schwieg.
»Er ist ein feiner Mann, denke ich, obwohl ich die beiden Ahlsens seit damals nicht mehr gesehen habe. Ich habe Begegnungen mit ihnen zu meiden versucht, um nicht doch noch erkannt zu werden. Mir zuliebe hat Eduard die Freundschaft mit Paul ziemlich abrupt sterben lassen.«
Judith Brunner forderte freundlich: »Können Sie bitte auf Pfeiffer zurückkommen?«
Hella Singer berichtete weiter: »Der Pfeiffer. Hm. Er versuchte,

Eduard zu erpressen. Nach all den Jahren besaß er tatsächlich die Dreistigkeit, bei uns zu Hause aufzukreuzen und zu verkünden, dass der Holl auch noch persönlich erscheinen würde, wenn Eduard sich nicht durch regelmäßige, angemessene Zahlungen freikaufen würde. Die beiden waren also wieder draußen! Ich hätte diesen Mann nicht wiedererkannt, wenn er sich nicht selbst vorgestellt hätte. Nun war endlich der Zeitpunkt gekommen, an dem Eduard handeln konnte – und wohl auch musste.«
Dr. Grede waren die Zweifel an dieser Notwendigkeit deutlich anzusehen, als er fragte: »Und da haben Sie ihn prompt vergiftet?«
»Aber nicht doch! Eduard musste ja erst noch herausfinden, wo der Holl steckte.«
»Wie kamen Sie denn überhaupt an den Pfeiffer ran? War der nicht misstrauisch?«, fragte Grede nach.
Verächtlich schnaubend meinte Hella Singer: »Ach, der doch nicht! Große Klappe, Gangstergetue. Wir spielten ihm erschrockene, hilflose alte Leutchen vor, die er so eingeschüchtert hatte, dass sie ihm jeden Wunsch erfüllen würden. Unverzüglich, denn schon für den nächsten Tag, hatte Eduard ihm zugesagt, dass er die erste Rate bekommen könne. Das hat ihn so gefreut, dass er alle Vorsicht fahren ließ. Pfeiffer kam wirklich am späten Nachmittag des folgenden Tages. Ich war gerade bei einer Nachbarin. Eduard berichtete mir, dass Pfeiffer hocherfreut den Batzen Geld sah. Eduard hat ihm auf die Vereinbarung hin großzügig von seinem speziellen Weinbrand angeboten und wenig später lag Pfeiffer schon irgendwo im Wald. Ich habe ihn kein zweites Mal sehen müssen.«
»Warum hat Ihr Mann eigentlich Gift genommen?«
»Weil er es hatte und sich bestens damit auskannte, so einfach war das. Er hatte schließlich jahrelang Zeit, sich vorzubereiten. Und er war sich absolut sicher, dass es funktionierte.«
In Ordnung, dachte Judith. Das vermutete Motiv für den Mord an Holl und Pfeiffer hatte sich nun bestätigt, und Hella Singer hatte zumindest schon mal den Giftmord ihres Ehemannes an

Pfeiffer bestätigt. Doch vieles war noch unklar. »Und warum das Ganze mit den abgetrennten Händen?« Auffordernd sah sie Hella Singer an.

»Es kreuzte noch jemand auf, und mit dessen Erscheinen hatte Eduard nicht gerechnet. Mit ihm fingen seine Probleme an: Er musste seine Absicht, die beiden Unholde für ihre Taten büßen zu lassen, grundlegend ändern.«

Judith Brunner gestand: »Das verstehe ich nicht.« Sie sah, dass auch ihr Kollege nicht genau wusste, wovon gerade die Rede war.

Hella Singer erklärte: »Der Holl hatte einen weiteren Kumpan in die Sache eingeweiht. Wie der sich benahm, war es sein Mann fürs Grobe. In meiner Jugend war ich dem nie begegnet. Seinen Namen erfuhr ich erst an jenem Morgen nach Pfeiffers Aufkreuzen: Wuttke!«

Dr. Grede, der sich Notizen machte, fragte nach: «Wann genau tauchte dieser Wuttke bei Ihnen auf? Bevor oder nachdem Ihr Mann Pfeiffer umgebracht hatte?«

»Das war ja das Überraschende, gleich nach Pfeiffers erstem Besuch. Wir vermuteten, er sollte den Druck auf meinen Mann noch weiter erhöhen, vielleicht in Pfeiffers Auftrag oder auch von Holl geschickt. Sie können sich vielleicht vorstellen, was für einen gewaltigen Schreck wir bekamen: Wie viele Leute würde der Holl noch auf uns hetzen!? Und wie viele wussten von uns? Sollte das mit diesen Banditen jetzt erst richtig losgehen? ... Nun ja, nachdem Wuttke fast unsere Tür eingetreten hatte, stürzte er sich sofort auf Eduard und wurde handgreiflich. Das hätte er nicht tun sollen, denn er hatte – was meinem lieben Mann sofort auffiel – etwas aufzuweisen, das sich als Lösung der unvorhergesehenen Probleme erweisen sollte: Wuttke fehlten an der rechten Hand ebenfalls einige Fingerglieder! Und auch ansonsten sahen sich die beiden Männer hinreichend ähnlich.«

War das möglich? Judith Brunner spürte, dass sich nun alles auflösen würde. Sie fühlte, wie sich ihr Körper konzentriert spannte. Doch sie schwieg, um Hella Singer nicht zu unterbrechen.

»Auf einmal wusste Eduard, wie es klappen könnte. *Wir* beide müssten ein für alle Mal verschwinden! Seine spontane Idee war: Ich gebe den von ihm vergifteten Wuttke als meinen erkrankten Mann in der Notaufnahme ab und lasse ihn dort sterben. Eduard übernimmt kurzerhand die Identität von Wuttke. Das Alter und die Statur stimmten ziemlich überein, auch die grauen Haare. Und Eduard hätte sich nur seine alte, große Hornbrille aus den Siebzigern aufsetzen müssen, so wie der Wuttke sie noch immer trug. Das hätte bei einem zerknitterten Ausweisfoto niemand bemerkt. Glauben Sie, bei alten Männern guckt da jemand genauer hin? ... Ich wäre dann die trauernde Witwe, die mit ihren Erinnerungen in Breitenfeld nicht mehr hätte leben wollen. Wir hätten irgendwo als Paar neu angefangen. Das Einzige, was Eduard für den Plan benötigte, war ein Transportgerät. Da wir kein Geld für ein Auto hatten, kaufte er noch am selben Tag ein gebrauchtes Motorrad mit Beiwagen. Das war für ihn auch viel besser geeignet als ein Pkw, denn wer wird schon unter einem Motorradhelm mit Schutzbrille sofort erkannt?«
»Aber wie wollte er den Wuttke dazu bringen, das Gift zu schlucken?«, fragte Dr. Grede ungläubig nach.
»Mit der Aussicht auf viel Geld natürlich! Stets mit der gleichen Verlockung: Als Wuttke Eduard wieder etwas Luft zum Atmen ließ, versprach er ihm eine hohe Summe. Aber nur, wenn er niemandem etwas davon erzählte. Das sagte Wuttke fies grinsend zu; er hätte sowieso niemanden, mit dem er teilen müsste. Eduard wies darauf hin, dass es ein paar Tage bräuchte, bis unsere Sparverträge aufgelöst wären ...« Hella Singer lächelte sogar, bevor sie ergänzte: »Dass wir das Geld gar nicht hatten, spielte überhaupt keine Rolle.« Dann schilderte sie weiter: »Wuttke sollte in einer Woche wiederkommen und schon wäre er ein reicher Mann. Mit der Vorstellung, das große Los gezogen zu haben, verließ der Kerl unser Haus! Pünktlich nach sieben Tagen klopfte er wieder heftig an unserer Tür. Wuttke hatte sich, wie wir schon dachten, gleich am Morgen aufgemacht. Das üppige Frühstück, welches Eduard dann servierte, schmeckte dem

Trottel vorzüglich. Das Gift war genau bemessen, um seinen Tod langsam herbeizuführen. Eduard hatte zweifelsohne an alles gedacht.«

»Das war der Plan?!« Judith Brunner wurde fast schwindlig, als sie einen Moment später erkannte, dass das alles hätte wirklich funktionieren können, wäre den Singers nicht der unglaubliche Zufall, von Walter entdeckt zu werden, in die Quere gekommen! Hätten die beiden Walter wirklich ungeschoren davonkommen lassen, ihn, der die einzig verbliebene Bedrohung für sie darstellte? Judith beschlichen da erhebliche Zweifel.

»Frau Singer, es ist Ihnen doch sicher bewusst, dass Sie nun für einige Jahre ins Gefängnis müssen, getrennt von Ihrem Mann.«

Die Frau nickte selbstbewusst und lehnte sich dann vor. Ganz gelassen klärte sie Judith Brunner auf: »Machen Sie sich nichts daraus. Das haben wir schon bedacht. Sicher, wir werden einige Jahre getrennt sein, doch das überstehen wir. Sie wissen, wie das heutzutage läuft: Selbst wenn Eduard zu fünfzehn Jahren verurteilt wird, ist er nach Lage der Dinge nach sieben, acht Jahren raus. Die Bewährungsauflagen werden ihm wohl kaum Schwierigkeiten machen. Was er tun musste, hat er erledigt. Und dann leben wir wieder zusammen, und dieses Mal droht uns keine Gefahr, von niemandem.«

~ 62 ~

Judith Brunner und Dr. Grede saßen im Besprechungsraum und spielten das Verhörband nochmals ab. Die Vernehmung war durchaus erfolgreich verlaufen. Sie hatten allerhand erfahren, wenn auch hinsichtlich der konkreten Beteiligung Hella Singers an den Taten weiterer Klärungsbedarf bestand. Beiden Ermittlern war aufgefallen, dass die Verdächtige die Sachverhalte zwar bis ins letzte Detail zu schildern bereit gewesen war, aber an

keiner Stelle eine unmittelbare Beteiligung an den Morden eingestanden hatte. War sie wirklich nur Komplizin?
Grede klang zuversichtlich: »Wie es aussieht, sollte es uns bald gelingen, auch die letzten Details dieser verworrenen Geschichte aufzuklären.«
Sie mussten jetzt mit Eduard Singer reden.

Als sie den schmalen Raum betraten, in dem er auf sein Verhör wartete, stand der Mann mit geschlossenen Augen an die Wand gelehnt, die Hände in den Hosentaschen. Einen Moment später sah er Judith Brunner und Dr. Grede mit wachem Blick an, stieß sich sacht ab und kam ihnen entgegen. Mit angenehm freundlicher Stimme fragte er: »Haben Sie schon mit meiner Frau gesprochen? Wie geht es ihr?«
Judith Brunner konnte nun den flüchtigen Eindruck, den sie bei der Verhaftung von ihm gewonnen hatte, vertiefen. Obwohl eher schmal gebaut, wirkte der Mann muskulös und für sein Alter ausgesprochen fit, mit vollem, gut frisiertem Haar und einem verwegenen Dreitagebart.
»Setzen Sie sich bitte hin«, forderte Dr. Grede ihn auf und wies auf den Stuhl hinter dem quadratischen Tisch.
Zögernd folgte Singer dieser unmissverständlichen Aufforderung.
Jetzt erst stellte Judith Brunner sich und ihren Kollegen vor. Dann ging sie auf seinen freundlichen Tonfall ein: »Ihrer Frau geht es gut. Sie hat kooperiert und wir haben bereits vieles klären können. Einiges würden wir jedoch gerne von Ihnen erfahren.« Sie drückte den Aufnahmeknopf des kleinen batteriebetriebenen Kassettenrekorders, konfrontierte Singer nochmals mit den Tatvorwürfen, nannte die anwesenden Personen und fragte Singer, ob er einen Kaffee oder etwas Wasser möchte.
Der Mann verneinte und verlangte nur: »Ich will meine Frau sehen.«
»Das wird vorerst nicht möglich sein«, informierte Judith Brunner ihn wahrheitsgemäß.

»Wir haben uns gestellt und ich bin bereit, alles zu gestehen. Was wollen Sie denn noch?«

»Ich habe noch einige Fragen. Danach finden wir vielleicht eine Möglichkeit für Sie und Ihre Frau, sich zu sehen. Können wir anfangen?« Judith Brunner durfte auf keinen Fall riskieren, dass der Mann sich sperrte.

Eduard Singer nickte.

»Gut. Herr Singer, wie haben Sie Otto Holl gefunden?«

Dass die Hauptkommissarin gleich so zur Sache kam, überraschte Singer. Er sah sie irritiert an. »Den Holl?«, fragte er, als ob ihm der Name nichts sagte. Da er nicht wusste, was seine Frau bereits eingeräumt hatte, war es für ihn schwer, den Kenntnisstand der Polizei zu beurteilen. Er hoffte, mit einer Gegenfrage irgendeinen Hinweis zu erhalten: »Wie meinen Sie das?«

Doch diese Taktik kannte Judith Brunner zur Genüge und sie versuchte, seinen Blick zu fangen. Sollte Eduard Singer ruhig alles nochmals erzählen!

Dr. Grede malte, Gelassenheit und Langeweile vortäuschend, Kreise auf seinen Notizblock. Die Zeit verging.

Mitten in diese Ruhe hinein war auf einmal zu hören: »Otto Holl.« Singer betonte den Namen so schleppend, mit so einer Verachtung und so einem Hass in der Stimme, dass es eines Geständnisses, er hätte diesen Mann ermordet, eigentlich nicht mehr bedurfte. Dann sah er sein Gegenüber direkt an. »Was würden Sie für Ihre Liebe tun, Herr Dr. Grede?« Er beugte sich noch weiter vor und schien an einer Antwort Gredes wirklich interessiert zu sein.

Judith Brunner hatte ihren Kollegen noch nie so verwirrt gesehen. Ihm schien diese Frage eindeutig zu weit zu gehen.

Die Männer starrten sich einen Moment an, doch dann entspannte sich die Situation sofort wieder, als Eduard Singer sich zurücklehnte und nun in ihre Richtung sprach: »Otto Holl war ein Unmensch, ein Rohling ohnegleichen. Und ich bin erleichtert, dass er endlich tot ist. Ich bedaure nicht, was ich getan habe.«

»Was genau haben Sie denn getan?« Judith Brunner fragte sich mittlerweile, ob Singer, wie angekündigt, überhaupt zu einem Geständnis bereit war.
Singer schloss erneut die Augen, lehnte konzentriert den Kopf zurück und schwieg.
Doch auch bei ihm konnte Judith Brunner sehen, wie sich seine Gesichtszüge entspannten, als hätte er der Welt verziehen. Wenig später begann Eduard Singer zu reden. Er bestätigte die Geschichte seiner Frau, das Verbrechen an Jenny Holl und ihren Identitätswechsel.
Als Judith Brunner ihn nach den damaligen Schüssen auf Otto Holl fragte, gab er auch das unumwunden zu. »Dann frage ich Sie jetzt noch einmal: Wie haben Sie den Holl nach seiner Entlassung gefunden?«
Dieses Mal antwortete Singer: »Der Pfeiffer, das damals entwischte Schwein, hat mir mit Holls Auftauchen gedroht, falls ich nicht ›Schmerzensgeld‹ zahlte. Dass Holl nicht selbst erschien, zeigte mir, dass meine jahrzehntealte Drohung noch immer zog. Nun, dass Holl zusammen mit Pfeiffer wohnte, hatte der ganz nebenbei fallen lassen. Eigentlich hatte er damit nur sagen wollen, dass ich mich nicht vor ihm fürchten müsste, wenn ich immer brav zahlte. Zum Schein bin ich auf den Handel eingegangen und hatte dann leichtes Spiel mit Pfeiffer. Bei dem Zug, den er beim Weinbrand tags darauf vorlegte, brauchte ich nicht lange auf seinen Tod zu warten. In seiner Jackentasche habe ich sogar noch den Zuweisungsschein für die Wohnung gefunden. Aber auch so hätte ich mit ein paar Telefonaten Holls Unterkunft aufgespürt, nachdem ich die Bestätigung hatte, dass er in Gardelegen untergekommen war. Nur, so ging alles schneller.«
»Und?«
»Hm, nachdem ich Pfeiffer nahe der Stelle, an der seinerzeit Holl meinen warnenden Worten nicht genügend Glauben schenkte, im Wald entsorgt hatte, bin ich sofort weiter in die Stadt und habe gegenüber seiner Bude gewartet. Die Beine musste ich mir gar nicht erst in den Bauch stehen, denn schon nach ein paar Mi-

nuten machte sich der Holl in Richtung Kneipe auf den Weg.«
Da Singer zögerte, machte Judith Brunner etwas Druck: »Sie hatten Otto Holl in Gardelegen entdeckt. Folgten ihm. Und dann? Wie konnten Sie ihn vergiften? Woher wussten Sie, dass der Tote bei den Lindenlaub-Bestattungen liegt?«
»Ich habe aufgepasst, welches Auto ihn abgeholt hat«, beantwortete Singer sofort die letzte Frage.
»Wie? Sie haben aufgepasst? Das müssen Sie uns von Anfang an erzählen!«
»Ihnen ist doch klar, dass ich den nicht zum Spaß beobachtet habe! Seit dreißig Jahren träumte ich davon, die beiden Dreckskerle zu erledigen. Malte mir aus, wie ich sie mit meinen eigenen Händen umbringen würde. Und eigentlich war das Ende auch für Holl viel zu leicht: Er war schon völlig besoffen, als ich mich gut zwei Stunden später neben ihn setzte, doch meine Großzügigkeit, ihm ein paar Schnäpse zu spendieren, hat er immer noch lallend angenommen. Hat mich natürlich nicht erkannt, das Schwein. Dachte im Suff sogar, ich sei der Wuttke, wegen der Finger.« Eduard Singer hob seine Hand kurz hoch und deutete ein Lächeln an. »Na gut, wir hatten uns auch drei Jahrzehnte nicht gesehen ... Holl hat nicht gemerkt, dass er vergiftet wurde. Ich bin einfach raus aus der Kneipe und habe gewartet. Eine Stunde danach kam der Notarzt, wenig später der Leichenwagen und ich war informiert, wo Holl hingeschafft wurde.«
Einen Moment war nur das schleifende Geräusch der Kassette zu hören.
Dann fragte Judith Brunner: »Und, Heino Wuttke. Was war mit dem?«
Eine abwertende Geste unterstrich, was Eduard Singer von dem Mann hielt. »Das war einer von Holls brutalen Schlägern. Pfeiffer hatte ihn zu mir geschickt, damit er seinen Forderungen ein ›bisschen‹ Nachdruck verlieh. Der Kerl drohte sogar damit, Hella wehzutun – das verzeihe ich keinem Mann. Wuttke ist mir an die Kehle gegangen und hat damit unmissverständlich klargemacht, dass ich keine Chance hätte, mich der Zahlungen

zu verweigern. In dem Moment wurde mir klar, dass er recht hatte. Mein Vorhaben, nur Holl und Pfeiffer büßen zu lassen, war so nicht mehr durchführbar. Wer weiß, wie viele es noch von Wuttkes Sorte gab? Ich musste die Initiative ergreifen und schnell handeln. Schon als er mich losließ, wusste ich, was zu tun war ... Zunächst einmal versprach ich ihm ein lukratives Extra-Sümmchen, wenn er mir nur eine Woche Zeit ließe. Er ging darauf ein. Nun hatte ich die Zeit, mich auf das Wiedersehen vorzubereiten.«

Judith Brunner sah ihren Kollegen abwägend an. Das Resultat dieser Vorbereitungen kannten sie bereits.

Dr. Grede blätterte in seinen Notizen und versuchte, weiter voranzukommen. »Wenn ich mal kurz vorwegnehmen darf: Sie haben Wuttke wegen seiner Drohungen wohldosiert handlungsunfähig gemacht, konnten ihn dann wegen seiner nicht vorhandenen Fingerglieder als Eduard Singer ins Krankenhaus bringen, ihn dort sterben lassen und haben ihm dann in der Pathologie seine Hände abgetrennt?«

»Richtig. Wozu fragen Sie noch, wenn Sie doch schon alles wissen?«

Dr. Grede nahm den Einwurf zur Kenntnis und begründete sein Vorgehen: »Das Ergebnis Ihres Handelns ist uns bekannt. Uns interessiert, wie Sie das im Krankenhaus angestellt haben.«

Eduard Singer antwortete bereitwillig: »Die Anruferei war noch das Einfachste: Donnerstag, es war noch nicht Mittagszeit, kurz nachdem Hella den Wuttke in die Notaufnahme begleitete, bin ich im weißen Kittel durchs Krankenhaus gelaufen und habe mich umgesehen. In der Pathologie stellte ich mich einer jungen Lernschwester als mit den hiesigen Abläufen unerfahrener neuer Kollege vor, der bei den Akten eines verstorbenen Patienten vielleicht etwas verwechselt hätte.«

Judith ahnte, wie dieser charmante, seriöse, den ratlosen Arzt gebende Mann auf eine unerfahrene Schwester gewirkt haben könnte.

Singer bestätigte: »Sie hat mir zuvorkommend die Akten und

die Leichen gezeigt. Auch sonst wollte sie beweisen, was sie alles schon von den Abläufen im Krankenhaus wusste. Sie erzählte auch von der Situation, dass im Moment kein Arzt in der Pathologie verfügbar war, und schien sich zu freuen, dass das Krankenhaus durch mich Unterstützung von außerhalb bekäme. ›Normalerweise würde ja Dr. Renz aushilfsweise einspringen‹, verriet sie mir. Zum Schluss beruhigte sie mich noch, dass sie mit keinem über meinem Lapsus sprechen würde, sie hätte ja auch mal angefangen und Fehler gemacht ... Am späten Nachmittag hatte ich alle Informationen, die ich brauchte, und konnte dann die beiden Anrufe bei diesem Renz erledigen. Seine Nummer steht sogar im Telefonbuch. Freitag früh habe ich dann den Austausch der Leichen vorgenommen.«
Judith Brunner ging das jetzt zu schnell. Sie fragte nach: »Warum haben Sie eigentlich so einen Aufwand betrieben und den bereits unter ihrem Namen verstorbenen Wuttke gegen den Holl getauscht?«
Singer räusperte sich. »Ähm. Wuttkes vergifteter Leichnam musste aus dem Krankenhaus entfernt und durch einen anderen ersetzt werden. Sonst wäre bei einer Obduktion die Vergiftung offenbar und möglicherweise Hella verdächtigt worden. Eine passende Ersatzleiche wollte ich bei Lindenlaub besorgen. An dieser Stelle hatte ich mich gründlich verspekuliert! Ich bin fest davon ausgegangen, dass in dem Bestattungsinstitut immer eine größere Auswahl an Toten liegt. Als ich dort vor einem halben Jahr die Formalitäten für einen ehemaligen Kollegen zu erledigen hatte, war der Kühlraum mit mehreren Leichen gefüllt. Außerdem wusste ich noch, dass in dem ganzen Gebäude niemand wohnte; dort gibt es ausschließlich Gewerberäume. Ich hätte mich problemlos bedienen können. Als Holl von Lindenlaub abgeholt wurde, freute ich mich noch, wie perfekt alles lief, aber nun mein Schreck, als ich den Kühlraum betrat: Nur der Holl lag dort! Wer konnte denn das mit den Reparaturarbeiten ahnen! Um woanders nach einer passenden Leiche zu suchen, fehlte mir die Zeit. Ich selbst hatte ja mit meinen Telefonaten dafür

gesorgt, dass die Autopsie schon in ein, zwei Stunden stattfinden würde. Mir erschien es vormals hilfreich, für ein höheres Untersuchungstempo zu sorgen. Die Obduktion sollte eine rasche Routineuntersuchung kurz vor dem Wochenende werden.«
»Und da hatten Sie gar keine andere Wahl, als den Holl zu nehmen«, vermeinte Dr. Grede die Misere jetzt nachvollziehen zu können.
»Oder den Wuttke in der Pathologie zu lassen und das Beste zu hoffen. Denn der Holl war ja auch von Ihnen vergiftet worden. Zudem wies er nicht Ihre Fingeramputationen auf, sondern hatte schlimmste Körperentstellungen! Das Risiko, entdeckt zu werden, war mit dem Holl ungleich höher«, hielt Judith Brunner dagegen.
»Mein Kompliment, Sie haben es ebenso schnell erkannt. Und mir war das auch sofort klar: Der Holl geht niemals als Singer durch! Deswegen mussten ja auch unbedingt Wuttkes Hände gefunden werden. Wenn mich jemand – nur anhand der Hände – identifizieren würde, wäre zumindest das Wiederauftauchen eines Teils meiner Leiche damit gesichert, Hella hätte was zum Begraben, der Erbschein wäre ausgestellt worden und sie hätte das Haus verkaufen können. Wir hätten etwas Geld gehabt, um unsere neue Existenz aufzubauen«, bestätigte Singer mit einem schiefen Lächeln. »Und der Holl sollte uns genau diese Zeit verschaffen! Schließlich war ich mir sicher, dass es ein paar Tage dauern würde, bis Sie überhaupt in Erfahrung bringen konnten, wer da vor Ihnen lag. Und außerdem, selbst wenn Sie mich irgendwann mit dem Tod von Holl in Verbindung brächten, was sollte mir passieren? Ich war tot!«
Dass er mit diesen Behauptungen nicht ganz irrte, wollte Judith Brunner ihm nicht verraten. Sie machte einfach weiter. »Wo ist der Leichnam von Wuttke eigentlich?«
»Im Wald, ziemlich weit weg von den Bienenwagen. Für ihn habe ich mir viel Zeit genommen, um ihn richtig tief zu begraben. Den sollten Sie auch bei intensivster Suche niemals finden.«
»Sie werden uns die Stelle aber noch zeigen?«

Eduard Singer nickte.
Dr. Grede fasste es nicht: »Sie nahmen also billigend in Kauf, dass Holl und Pfeiffer sogar als Ihre Mordopfer identifiziert werden konnten?«
Gleichgültig zuckte Singer mit den Schultern. »Das war mir egal. Die akute Bedrohung für Hella und mich war weg. Die drei Kerle waren tot, das war das Wichtigste. Was hätten Sie denn in der Situation besser gemacht?«
Judith Brunner wusste, dass er nicht im Ernst eine Diskussion zu dieser Frage erwartete. Ihr ging es nur um Täterwissen. Daher führte sie die Befragung nochmals zurück: »Sie waren also im Kühlraum? Wie ging es dann weiter?«
»Wie gesagt, als ich den Holl da liegen sah, konnte ich zum ersten Mal die Narben sehen. Zugegeben, ich habe sie mit einer gewissen Genugtuung betrachtet. Er stank, wie bei diesem Widerling nicht anders zu erwarten. Ich wollte mich diesem Geruch nicht aussetzen, also habe ich ihn mit einer ganzen Flasche Badeschaum übergossen. Die stand da rum. Vielleicht waschen die ja die Toten mit dem Zeug. Dann habe ich mit einer Gießkanne nachgespült, die ich draußen auf einem Fensterbrett fand. Während ich das tat, durchdachte ich meinen neuen Plan. Der Rest im Krankenhaus war ein Kinderspiel. Ein Leichenfahrzeug vor der Einfahrt geparkt, einen Kittel übergezogen, eine Rollliege geschnappt, – da fragt keiner nach, was Sie da treiben.«
Judith Brunner musste ihm in diesem Punkt recht geben.
Sie würden die Aussagen der beiden Singers noch vergleichen und gewiss nach dem einen oder anderen Detail fragen müssen, doch grundsätzlich schien der Fall gelöst.
Eduard Singer hatte alles gestanden. Wenn beide bei ihren Aussagen blieben, würde ihnen schwerlich etwas anderes nachzuweisen sein.
Das abscheuliche Verbrechen an Jenny Holl ging Judith Brunner nicht aus dem Kopf; ihr imponierte, dass Eduard Singer die Folgen ihrer Rache in Gänze auf sich nahm.
Und dennoch, sie hatte einen Dreifachmörder vor sich sitzen!

Da war allzu viel Mitleid wohl unangebracht. Oder? Durfte man für den Schutz der eigenen Liebe so weit gehen? »Herr Singer, warum sind Sie heute Morgen eigentlich nach Waldau gefahren, um sich zu stellen? Hätten Sie das nicht in Ihrem Polizeibüro in Breitenfeld erledigen können?«

»Was soll ich sagen? Wir waren schon mit dem Motorrad los, um in unsere jetzt ungewisse Zukunft zu fahren. Doch genau wie gestern Abend gelang es uns nicht, unser Zuhause einfach hinter uns zu lassen. Wir wollen nicht weg von hier. Das ist unsere Heimat und nur hier waren wir glücklich ... Schon nach wenigen Kilometern, in Waldau, bat Hella mich, anzuhalten. Ich habe ihr nicht widersprochen.«

Das Verhör konnte im Wesentlichen beendet werden. Judith Brunner spürte, wie die Anspannung von ihr wich.

Die beiden Männer wechselten in lockererem Ton noch ein paar Bemerkungen.

»Hätten Sie wirklich mit Heino Wuttkes Namen leben können?«, wollte Dr. Grede wissen.

»Ach, der war noch der Harmloseste von allen! Das wäre schon gegangen. Aber darüber muss ich mir ja nun keine Gedanken mehr machen, stimmt's? Ich werde als Eduard Singer aus dem Gefängnis kommen und mit meiner Frau noch einige gute Jahre verbringen.«

Die Gewissheit, mit der Singer diese Vision vortrug, war beeindruckend.

Judith Brunner lag noch eine Sache am Herzen: »Warum haben Sie Botho Ahlsens da mit reingezogen. Ihm das angetan? Er hatte doch nicht das Geringste mit Ihrer Rache zu tun? Und die Handschuhe – sollten die einen besonders dramatischen Effekt abgeben?«

Zum ersten Mal während des Verhörs zeigte Eduard Singer echte Schuldgefühle. Er schluckte. »Das stimmt schon. Mir tut es auch leid, und wenn ich die Gelegenheit habe, werde ich ihn auch um Entschuldigung bitten ... Doch die Hände sollte jemand finden, der über jeden Verdacht erhaben ist und verantwortungsvoll handelt, indem er sofort die Polizei informiert. Ich hatte Angst, es könnte Leute geben, die die Hände einfach ignorieren oder gar verschwinden lassen, nur um nicht in irgendetwas mit hineingezogen zu werden. Außerdem hätte er mich anhand der fehlenden Fingerkuppen als Eduard Singer identifizieren können. Ich hoffte zumindest, dass er sich daran noch erinnerte. Und um auf Ihre Frage mit den Handschuhen zurückzukommen: Die nackten Hände von Wuttke bei der Amputation anzusehen, habe ich einfach nicht gekonnt. Das war zu widerlich! Ich zog ihm also meine Handschuhe über, die ich mir extra noch gekauft hatte, um nirgendwo Fingerabdrücke zu hinterlassen. Für den Transport erwies es sich auch als praktisch. Aber als ich den Botho Ahlsens dann am Ferchel kommen sah, gelang es mir nicht, die Hände, wie beabsichtigt, schnell herauszuziehen. Hätte er mich gesehen oder möglicherweise sogar erkannt, wäre mein Vorhaben vorzeitig gescheitert.«

~ 63 ~

Laura war mit Astrid zum Mittagessen verabredet. Es gab nur eine Kleinigkeit, eine leichte Gemüsesuppe, denn Astrid überraschte sie mit der Einladung zu einem abendlichen Grillfest auf der Wiese am Gutshaus.
»Nanu? Was gibt es denn zu feiern?«
Ihre Freundin wusste jedoch auch nichts Näheres. »Ich habe keine Ahnung. Onkel Botho tut sehr geheimnisvoll und strahlt übers ganze Gesicht. Aber er rückt nicht mit der Sprache raus. Lassen wir uns also überraschen und vor allem genügend Platz im Bauch, damit wir nachher ordentlich zulangen können. Wir werden sicher wieder viel zu viel zur Auswahl haben. Onkel Botho will extra zum Fleischer nach Winterfeld fahren.«
Laura amüsierte sich über Astrids offenkundige Vorfreude auf

die zu erwartenden Grillspezialitäten; ihre unbeschwerte Stimmung war direkt ansteckend.

Nach dem Essen saßen sie mit einem starken Kaffee in der gemütlichen Bibliothek des Gutshauses. Die kleine Ella schlief auf dem Sofa, neben dem faulen Kater, still und bewegungslos. Laura sah sich um und entdeckte auf dem Tischchen neben dem Sofa einen stabilen Schuhkarton, voll bis obenhin mit Fotografien.

Astrid bemerkte ihren Blick. Sie stand auf, holte den Karton, setzte sich neben ihre Freundin und kramte ein paar Fotos heraus.

Laura sah, dass sie sich gezielt Fotos von Martin Bach auf den Schoß sortierte.

Langsam zerknitterte sie eine Porträtaufnahme von ihm, und für einen kurzen Moment schloss sie die Augen. Dann sah Astrid zu ihrem Töchterchen hinüber und ein Lächeln verzauberte ihre Gesichtszüge. Leise, doch mit überraschend klarer Stimme sagte sie: »Er wird sich nie von seiner Frau trennen, Laura. Und von seinen Kindern natürlich auch nicht. Er liebt sie zu sehr. Das ist mir mittlerweile bewusst geworden. Wir werden nie gemeinsam aufwachen, in den Urlaub fahren oder Weihnachten zusammen feiern. Bei Martin wäre ich immer nur im Wartestand. Bei ihm bekomme ich nicht, was ich suche ... Aber es tut weh, ihn zu verlassen.« Nun schluchzte sie doch noch auf.

Laura zog ihre Freundin an sich, strich ihr über das Haar und ließ sie weinen.

Irgendwann rutschten die Fotos von Martin auf den Teppich. Astrid suchte sie wieder zusammen und steckte sie in den Schuhkarton, aber diesmal ganz nach unten. Unerwartet musste sie laut lachen, als sie das nun zuoberst liegende Foto sah. »Sieh dir das doch bloß mal an!«, forderte sie Laura auf. »Mein Schulabschlussball, vor dem Abitur, weißt du noch? Was habe ich mir bloß dabei gedacht, dieses furchtbare Kleid nähen zu lassen und es dann auch noch öffentlich zu tragen! Kein Wunder, dass niemand mit mir tanzen wollte!«

Auch Laura schmunzelte, als sie das Schwarz-Weiß-Foto in die Hand nahm. »Ich erinnere mich noch gut, wie du mir, kaum dass der Ball vorbei war, die Erwähnung dieses Kleides für alle Zeit verboten hast. Gilt das nicht mehr?«
»Ach, ich glaube, inzwischen kann ich zu einigen meiner Jugendsünden stehen«, gab Astrid gelassen zu.

~ 64 ~

Was für eine Geschichte! Angesichts der unerträglichen Taten von Holl und Pfeiffer wünschte Judith fast, die Singers hätten es geschafft, sich in ihr neues Leben abzusetzen. Ob sie fern der Heimat und mit der latenten Gefahr drohender Entdeckung hätten glücklich leben können, war allerdings fraglich.
Nachdem sie sich im Kreise ihrer Mitstreiter mit einem kleinen Imbiss für die hervorragende Teamarbeit bedankt hatte – Wachtmeister Stein hatte auf Lisas Bestellung hin zuverlässig ein paar belegte Brötchen besorgt –, bereitete sie gründlich die Verhöre nach, machte sich Notizen zu den verbliebenen Arbeiten und rief dann Dr. Renz an, um ihn über den baldigen Abschluss der Ermittlungen zu informieren. »Tja, wer hätte das geglaubt?«, sagte sie zu ihm. »Nun haben wir schneller als gedacht den Fall lösen können!«
»Hatten Sie je daran gezweifelt?«, fragte Renz nach.
»Oh doch! Der Singer hat lange geschickt agiert, bis ihn sein Glück verließ: Um sich zu rächen, hatte er sich seit Jahren vorgenommen, die beiden Vergewaltiger zu töten. Bei seiner Entschlusskraft hatten die Verbrecher kaum eine Chance, ihrem Schicksal zu entgehen. Dann aber tauchte der Schläger Wuttke auf und Singer wurde klar, dass er nicht sämtliche Bandenmitglieder umbringen konnte. Also musste er selbst verschwinden. Und wie perfekt er einen Identitätswechsel organisieren kann, sehen wir an Jenny Holl alias Hella Singer. Mit Wuttke wurde

ihm sogar was Passendes frei Haus geliefert. Doch dann ging sein gerade erst entwickelter Plan, den vergifteten Wuttke gegen einen natürlich Verstorbenen auszutauschen, schief. Und wieder hat er aus der Not eine Tugend gemacht, indem er unsere ganze Aufmerksamkeit auf Holl lenkte. Ich bin mir ziemlich sicher, er wäre damit durchgekommen, wenn Walter Dreyer nicht zufällig das Versteck im Wald ausfindig gemacht hätte.«

»Na, verehrte Frau Kollegin, da stellen Sie Ihr Licht aber wieder einmal unter den Scheffel. Ich denke, Sie hätten ihn trotzdem erwischt, denn so etwas wie den perfekten Mord gibt es nicht!«

»Sicherlich haben Sie damit recht, aber wenn es den Singers erst einmal gelungen wäre unterzutauchen, hätten wir kaum noch damit rechnen können, sie jemals wieder zu Gesicht zu bekommen, denn sie sind nach meinem Eindruck intelligent und zielstrebig – eine Kombination, mit der man fast alles erreichen kann«, war Judith Brunner überzeugt.

Dr. Renz ließ sich nicht beeindrucken. Für ihn zählten Ergebnisse und zu denen beglückwünschte er die Leiterin der Ermittlergruppe nochmals ausdrücklich.

Als Judith Brunner auflegte, begann sie sich nüchtern zu fragen, ob sie in diesem Fall die Lorbeeren in der Tat verdient hatte. Aber was sollten diese Überlegungen jetzt noch bringen? Dr. Renz irrte in seinen Einschätzungen recht selten, und Walter hatte ihr nicht zum ersten Mal entscheidend geholfen. Sie hatte mit ihm nicht nur einen in jeder Hinsicht begehrenswerten Mann an ihrer Seite, sondern auch, wie sie immer wieder feststellen konnte, einen zuverlässigen Polizisten, der ganz bestimmt einen ausgezeichneten Ermittler abgeben würde.

Genug sinniert! Die Arbeit war noch nicht beendet. Sie griff erneut zum Telefon und hoffte, Botho Ahlsens zu erreichen. Schon nach dem dritten Klingeln war er dran. Sie berichtete ihm vom Stand der Dinge und von den Gründen, die Eduard Singer bewogen hatten, ihn als den Finder der Hände auszuwählen.

»Mein Gott! Ging das nicht alles etwas einfacher?« Ahlsens wiederholte damit fast wörtlich eine Bemerkung, die Dr. Renz kurz

zuvor am Telefon gemacht hatte. Dann wunderte er sich erneut: »Warum habe ich ihn während meines Spazierganges zum Ferchel bloß nicht bemerkt? Er muss doch kurz vor mir dort gewesen sein!«
»Stimmt. Singer berichtete, er sei mit dem Fahrrad unterwegs gewesen und hätte aus der Ferne beobachtet, wie Sie den Gutspark zu Fuß verließen und den Wanderweg zum Ferchel einschlugen. Ursprünglich hatte er nämlich vor, die Hände auf Ihrem Hof zu platzieren. Als er dann das Ziel Ihrer Wanderung erkannte, ist er mit dem Rad einfach unten die Parallelstraße lang gefahren, hat sein Fahrrad hinter die Büsche geschmissen, ist durch den Wald gerannt und hat dann die Hände auf dem Baumstamm abgelegt. Er sah Sie kommen und musste sich rasch verstecken. Bei dem Krach, den der ankommende Trecker dann machte, hat er sich wieder durch den Wald zur Straße hin verzogen, da konnten Sie ihn nicht sehen, geschweige denn hören. Er nahm sein Fahrrad und fuhr über die Feldwege einfach wieder in sein provisorisches Zuhause.«
»Ich wusste doch, dass mich jemand beobachtet hat!«, stellte Ahlsens mit Genugtuung fest und es klang, als freue er sich.
»Herr Ahlsens«, begann Judith Brunner vorsichtig, »Eduard Singer bat mich außerdem, Ihnen etwas auszurichten.«
»Tatsächlich? Was denn?«
»Nun, er bedauert, dass er Sie in die Geschichte reingezogen hat. Er möchte sich bei Ihnen entschuldigen, sobald sich für ihn eine Gelegenheit dazu bietet.«
»Ha, da werde ich wohl noch ein paar Jahre warten können«, war Botho Ahlsens von einem baldigen Wiedersehen mit dem Jugendfreund seines Bruders wenig überzeugt, klang dann aber mit einem Mal betrübt. »Der Eduard ist ja kein schlechter Kerl ... Vielleicht besuche ich ihn irgendwann, wenn das geht.«
Judith Brunner wusste nicht so recht, was sie vor Abschluss der Ermittlungen zu dem Fall schon sagen durfte. »Ein paar Details müssen wir natürlich noch klären, doch ich denke, es wird bald zu einem Prozess gegen die Singers kommen. Zumindest Hella

Singer wird, wenn überhaupt, nicht lange im Gefängnis bleiben müssen ... Trotzdem finde ich, kann das Schicksal manchmal sehr ungerecht sein.« Mit diesen Worten deutete sie vage an, dass sie auch für Eduard Singer auf ein mildes Urteil hoffte.
Einen Moment schwiegen beide, dann wechselte Botho Ahlsens überraschend das Thema und sagte in aufgeräumter Stimmung: »Nun, das Beste wird sein, Sie machen mal eine kleine Pause von der Arbeit. Lenken Sie sich etwas ab. Ich möchte Sie gern zu einem kleinen Gartenfest einladen, nur in Familie, ganz ungezwungen, gleich heute Abend. Es gibt einen guten Grund zum Feiern, glauben Sie mir! Sie müssen unbedingt kommen. Ich bitte Sie herzlichst!«
»Oh! Vielen Dank! Ich komme gern«, sagte Judith Brunner sofort zu, sich selbst etwas über ihren raschen Entschluss wundernd. Doch sie ahnte den Grund für das Fest und war sehr gerührt. Auch freute sie der Gedanke hinter der Einladung: Sie fühlte sich immer noch als die Neue im Dorf und wurde nun in den engsten Familienkreis der Ahlsens einbezogen.
Die folgenden Telefonate mit der Staatsanwaltschaft, mit dem Ärztlichen Direktor vom Gardelegener Kreiskrankenhaus, Dr. Frederich, und mit der Bezirksbehörde der Polizei in Magdeburg dauerten dann dennoch etwas länger, sodass Judith mit Verspätung zum Gartenfest kam.

Sie hatte vor Lauras Haus geparkt, sich rasch ein wenig frisch gemacht und umgezogen. Dann war sie das kurze Stück Weg zum Gutshaus spaziert.
Eingangs der alten Allee hielt sie am Tor inne, lehnte sich an den steinernen Pfosten und staunte, so überrascht war sie von der Szenerie, die sich ihr bot: Vor dem Wintergarten, auf der mit Gänseblümchen übersäten Wiese, war aus mehreren Gartentischen eine kleine Tafel gebildet worden. Klappstühle und Holzbänke boten Sitzplätze und ein leuchtend gelbes Tischtuch sowie passende, in Gelbtönen gestreifte Sitzkissen verbanden alles zu einem fast schon sommerlich anmutenden Ensemble.

Leon und Walter knüpften gerade eine bunte Wimpelkette zwischen zwei verwitterten Nymphenstatuen fest, indem sie jeder Dame ein Ende des Bandes in die Hand gaben.
Fritzi beäugte erwartungsfroh die bunten Papierlampions, die in einer für ihn unerreichbaren Höhe in den Ästen einer jungen Kastanie hingen.
Seine Schwester Dany versuchte, mit der kleinen Ella Federball zu spielen, was mit einem Krabbelkind nicht leicht war. Sie brachte aber offenbar die nötige Geduld dafür auf. Ella warf Federbälle mit quietschender Wonne vor sich in die Luft und Dany beförderte sie mit dem Schläger weit in den Abendhimmel.
An der Festtafel reichte Astrid gerade Elvira Bauer, die das Spiel der Mädchen gelassen verfolgte, ein Glas.
Laura zündete bereits die bunten Windlichter an.
Leon schnappte sich Fritzi und hob ihn zu einem der Lampions hoch. Mit einem langen Kienspan durfte der Knirps die Kerze darin entzünden.
Botho Ahlsens, der an der linken Stirnseite der Gartentafel saß, prostete Walter, der sich entspannt auf einem Stuhl an der anderen Stirnseite niedergelassen hatte, laut lachend zu. Beide Männer schienen glücklich zu sein.
Dann wurde Judith entdeckt.
Botho Ahlsens stand auf, winkte ihr zu und kam ihr mit offenen Armen entgegen. »Frau Brunner, herzlich willkommen. Schön, dass Sie es einrichten konnten. Bitte, setzen Sie sich. Was darf ich Ihnen anbieten? Astrid hat eine prickelnde Früchtebowle angesetzt, wir haben aber auch Bier, oder doch lieber Rotwein …?«
Alles an diesem Ort war gut und fühlte sich auch so an.

~ ~ ~

Wilhelmina war allein im Haus, ein Zustand, den sie mit den Jahren sogar genoss. Sie erinnerte sich, wohlversorgt und mit geschlossenen Augen in ihren Lieblingssessel geschmiegt, an das Tun ihrer Mitbewohner in den letzten Tagen. Ein wenig vernachlässigt hatte sie sich schon gefühlt. Nun schnurrte sie aber leise vor sich hin, voll darauf vertrauend, dass das Glück da verweilt, wo die Liebe nicht vergeht.

Nachbemerkung

Liebe Leserinnen und Leser,

dies ist ein bestens geeigneter Moment, um Ihnen aufrichtig zu danken – für Ihr Interesse, für die Zeit, die Sie sich für die Lektüre dieser Geschichte genommen haben, und für Ihre Anerkennung, Ihre Rezensionen, für die Anregungen und kritischen Hinweise zu meinen ersten Büchern insgesamt.
Ich freue mich, vielen Lesern die Altmark etwas näher gebracht zu haben, denn das ist *eine* wesentliche Absicht meiner Geschichten.
Eine *andere* ist – unabdingbar für Kriminalromane –, meine Leser spannend zu unterhalten. Ich entschied mich für klassische Ermittlergeschichten in einer Romanreihe, die Mitte der 1980er Jahre einsetzt und irgendwann in der Gegenwart angekommen sein wird.
Und *letztlich* sollen die Romane dem Leser auch einige historisch interessante Sachverhalte oder Begebenheiten bieten.

Altmärker haben mir mehrfach versichert, dass sie sich gut wiedererkennen und meine Schilderungen authentisch und zutreffend sind. Das freut mich besonders.
Nicht-Altmärker schätzen die Informationen über einen weitgehend unbekannten Landstrich, den Leser aus den südlicher gelegenen Gefilden des deutschsprachigen Raums zum Beispiel bis dahin nur vom »Durchfahren zum Urlaub an die Küste« kannten.

Auch das Ermittlerteam spricht viele Leser an, es wird als »sympathisch« oder auch als »ungewöhnlich« empfunden. Dass sich die Hauptkommissarin, der Dorfpolizist und die Archivarin beruflich und privat prächtig verstehen, ist ihrer erfolgreichen Zusammenarbeit sicher nicht abträglich.

Die meisten Komplimente bekommt allerdings – wie nicht anders zu erwarten – Wilhelmina, die Katze.

Bei der Darstellung von Altmärker Traditionen, wie z. B. die der Mordkreuze (»Blutbuchen«) oder des Hausschlachtfestes (»Eisblumen«), und bei der Schilderung der historischen Geschehnisse strebe ich selbstverständlich Authentizität und Exaktheit an, nutze meine archivarischen Kenntnisse, informiere mich in der einschlägigen Literatur, hole mir Rat von Fachleuten oder befrage Zeitzeugen.
Im ersten Roman der Reihe, »Blutbuchen«, sind diese historischen Bezüge die Flucht und Vertreibung der deutschen Bevölkerung aus den Ostgebieten und der Einsatz von geheimen Spezialkommandos im Zweiten Weltkrieg.
Im zweiten Roman, »Eisblumen«, wird am Beispiel von beschlagnahmten Privatbibliotheken die Verfolgung und Ausplünderung der jüdischen Bevölkerung durch das NS-Regime aufgegriffen. Ein anderer Handlungsstrang nimmt sich der Thematik die NS-Euthanasie an.
Für den vorliegenden Roman, »Giftweizen«, bieten die Aspekte des chemischen Pflanzenschutzes und entsprechender Spezialisteneinsätze nach dem Ende des Zweiten Weltkrieges, die Auswirkungen der Bodenreform und die »Förderung der sozialistischen Intelligenz«, aber auch brutale Verbrechen an sogenannten »Zonenflüchtlingen« die zeitgeschichtlichen Hintergründe.
Sämtliche vor diesen reellen historischen Ereignissen geschilderten Handlungen und Personen in meinen Romanen sind – und das soll hier noch einmal besonders betont werden –, fiktiv, hätten allerdings durchaus so oder ähnlich geschehen und wirken können.
Auch der Ort Waldau in meinen Romanen ist als einziger der genannten Ortsnamen in der Altmark erfunden, um eine Distanz zum realen Zichtau deutlich zu machen. Ich brachte es nicht übers Herz, die Idylle meiner Kindheit mit Verbrechen zu überziehen. Zichtau, ich hoffe, du kannst mir verzeihen!

Da die ersten vier Kriminalromane meiner Reihe in den 1980er Jahren spielen und die Altmark als sachsen-anhaltinische Region ein Teil der DDR war, ergeben sich unvermeidlich Bezüge zu den damaligen gesellschaftlichen Verhältnissen. Jedoch hatte ich nie die Absicht, mit meinen Romanen das Genre »DDR-Krimi« zu bedienen, oder gar im Sinne einer politisch-geschichtlichen, exakten Dokumentation der reichlich vorhandenen Fachliteratur auf diesem Gebiet weitere Publikationen hinzufügen.
Die »Rahmenbedingung« DDR habe ich zugunsten einer besseren Verständlichkeit auch für nicht aus der DDR stammende Leser bewusst zurückhaltend verarbeitet. Die Verwendung der amtlichen und oft auch sperrigen DDR-Sprache, wie etwa das korrekte »Rat des Kreises Gardelegen, Abteilung Inneres, Sektor Wiedereingliederung kriminell Gefährdeter und Strafentlassener« für eine der im Roman »Eisblumen« beschriebenen Dienststellen, hätte das Lesevergnügen sicher nicht gefördert. Mir ist natürlich bekannt, dass sich die Mitarbeiter bei der Volkspolizei eigentlich mit »Genosse« anredeten. Die Mordkommission hieß korrekt »Morduntersuchungskommission«; Kriminalkommissare durften sich »Hauptmann der Volkspolizei« bzw. »Hauptmann der Kriminalpolizei der DDR« nennen – beides für eine literarische Verarbeitung nicht ganz optimal, oder? Sicher gab es auch keine »pensionierten« Rechtsmediziner, die privat in Kreiskrankenhäusern forschen konnten. Auch »Beamte« oder »Behörden« als Bezeichnungen gab es in der DDR über viele Jahre nicht, im alltäglichen Sprachgebrauch und vom Status her gab es diese Leute oder Dienststellen dennoch.
Für das Funktionieren der eigentlichen Kriminalerzählung, des Rätsels um den Täter oder um die Tat, ist aus meiner Sicht die überkorrekte Benutzung der DDR-Terminologie nicht zwingend erforderlich. Für meine Leser in zehn oder zwanzig Jahren, und für diejenigen, die nicht in der Altmark oder in der ehemaligen DDR, sondern beispielsweise in den USA oder in Brasilien wohnen, wird der Unterschied zwischen dem »Abschnittsbe-

vollmächtigten der Volkspolizei« und dem »Ortspolizisten« mit wachsendem zeitlichen oder räumlichen Abstand sicher immer weniger von Bedeutung sein.
Selbst die Angaben zu Ort und Zeit am Anfang der Geschichten gab es in der ersten Auflage der »Blutbuchen« noch nicht. Erst als ich erfuhr, dass manche Leser diesen Hinweis erwarten, habe ich ihn eingefügt und in die folgenden Romane übernommen.

Die Kriminalfälle in meinen Büchern hätten jedoch ebenso gut vor zehn Jahren oder im letzten Jahr passieren können – nur, dass die Polizei mittlerweile über andere Möglichkeiten zur Untersuchung (DNA-Abgleich), zur Fahndung (Internet) oder zur Kommunikation (Handy) verfügt.
Hier dürfen Sie sich auf weitere Geschichten freuen, die den Bogen bis in die Gegenwart spannen und meine Protagonisten vor neue Herausforderungen stellen werden.
Der vierte Fall für Judith Brunner – »Nachtnelken« – ist in Arbeit.
Wenn Sie weitere Informationen haben möchten – lassen Sie es mich bitte per Email wissen. Stellen Sie Ihre Fragen! Ich freue mich über Ihre Meinung, über Hinweise und Anregungen.
Sie erreichen mich über heike.schroll@gmail.com. Sie können auch gern meinen Blog www.heikeschroll.com nutzen.

Liebe Leserinnen und Leser, nochmals vielen Dank für Ihr Interesse. Ich wünsche Ihnen auch in Zukunft gute Unterhaltung beim Lesen meiner Kriminalromane.
Bleiben Sie gespannt!

Ihre Heike Schroll, im Dezember 2012

»Blutbuchen – Ein Altmarkkrimi«
Judith Brunners erster Fall

ISBN: 978-3-00-039131-6 (Print altmarkkrimi.de, 2012)
ISBN: 978-3-944468-00-6 (Print Erstauflage alto-Verlag Berlin, 2013)
ISBN: 978-3-944468-04-4 (epub)
ISBN-A: 10.978.3944468/006
http://dx.doi.org/10.978.3944468/006

»Eisblumen – Ein Altmarkkrimi«
Judith Brunners zweiter Fall

ISBN: 978-3-00-039332-7 (Print altmarkkrimi.de, 2012)
ISBN: 978-3-944468-01-3 (Print Erstauflage alto-Verlag Berlin, 2013)
ISBN: 978-3-944468-05-1 (epub)
ISBN-A: 10.978.3944468/013
http://dx.doi.org/10.978.3944468/013